魅丽文化 花火工作室

他在云上看星光

闲人有闲 著

江苏凤凰文艺出版社
JIANGSU PHOENIX LITERATURE AND ART PUBLISHING LTD

图书在版编目（CIP）数据

他在云上看星光 / 闲人有闲著 . — 南京 : 江苏凤凰文艺出版社 , 2019.5
ISBN 978-7-5594-3531-6

Ⅰ . ①他… Ⅱ . ①闲… Ⅲ . ①长篇小说 – 中国 – 当代
Ⅳ . ① I247.5

中国版本图书馆 CIP 数据核字 (2019) 第 062598 号

他在云上看星光

闲人有闲 著

责任编辑 张 倩 王 青
特约编辑 喻 戎 陈 聪
装帧设计 李 娟
出版发行 江苏凤凰文艺出版社
南京市中央路 165 号，邮编：210009
网 址 http://www.jswenyi.com
印 刷 湖南凌宇纸品有限公司
开 本 880mm × 1230mm 1/32
印 张 10
字 数 304 千字
版 次 2019 年 5 月第 1 版，2019 年 5 月第 1 次印刷
书 号 ISBN 978-7-5594-3531-6
定 价 38.00 元

目录

CONTENTS

目录

CONTENTS

第一章 你笑起来真好看

没想到在这个最困难的时刻，能够给自己帮助的
人居然是一个她连名字都不知道的陌生人。

A 市栗渊机场。

外场，各种特种车辆在各色旗子的指挥下忙碌起来。飞机在晨曦的薄雾中被拉出机库，一架架从机位推出。跑道上，一架 B738 仰首离地，这是今天的第一架出港航班，也拉开了这个最大的枢纽机场忙碌的序幕。

“LY3345，报告高度……”

“CJ 没时间等你们，你们的起飞时间已经让给飞扬航班了，重新排队吧！”

天空慢慢变亮，天边没有一丝云彩，太阳的光一瞬间迸发出来。顾念林伸手挡在额头上，避开光线的直射，脸上映着朝阳的艳红，一派神采飞扬。从法兰克福培训回来，他一刻也没有休息就到了公司上班。凌云航空的 A380 马上就到了，这次公司花大手笔，一次就定了六架，此举被业界称为是凌云航空要在国际高端精品航线上大展拳脚的一个有力信号。

“弟兄们，咱们以后伺候的主子今天就要到了，大家都打起精神来。”他招呼着自己 A380 机务组的人。他是这个机组的中队长，二十七岁的年纪便担此重任，除了他个人的技术和能力高以外，也是凌云的人事策略，因为公司要大力培养优秀的青年骨干人才。这次凌云派去国外改驾的飞行员都以年轻人为主，最大的也不过三十九岁，都是正当午的飞行力量。

内场，地服值班主任韩丽雯已经给组员安排好了一天的工作。在本场，差不多一天会有上百次凌云航班起降，早上这一开柜，几乎这一天就像是

上了发条的钟表，停不下来了。

“先生，请侧面，把手向上。”地服面带微笑，指导着乘客托运行李。

乘客有些茫然，呆呆地愣了一会儿后侧过身去，然后把手举起来：“姑娘，这里顺便也安检吗？”

韩丽雯远远地看着，忍不住想笑。她走过来，很有礼貌地七十五度鞠躬：“先生，我们是请您把行李箱侧放，然后把行李箱的把手向上，这样方便我们给行李贴上航空标签。”看着乘客尴尬的表情，她依旧面带微笑，“对不起，是我们没有讲清楚，给您造成的不便还请原谅。”

后面排队的乘客渐渐鼓起了掌：“都说凌云的服务是超一流的，果然就是棒！”

韩丽雯转身向大家鞠躬：“感谢大家对我们凌云航空的支持，我们能做的就是给大家提供最好的服务，谢谢大家。”说完她向柜台使了个眼色，便离开去照应其他的柜台。

肖莱在旁边看得有些傻眼：“我什么时候才能做到这么好啊？你看她笑得多好看，我怎么觉得我笑起来就有些傻呢？”她转头看着旁边的祁可，“还有你，平时看你冷冰冰的，没想到你笑起来那么温暖，真好看。祁可，你比刚才那个姐姐笑得还好看。”

祁可狠狠地剜她一眼：“你别说，你不但笑起来傻，人也傻得厉害。”说着便揽上她的肩膀，“快走吧，你不想第一天上班就迟到吧？”

更衣室里，两个人匆匆换好了制服，祁可不忘抽空还要抽一支烟。有时候习惯很可怕，曾经她那么讨厌抽烟，每次他抽的时候她都会不客气地给他掐灭：“长毛病了，抽烟死得快，把钱省下来买房子，就等着你戒烟交首付。”她总这么调侃他，可现在她却比那时候的他烟瘾还要大。

“这个航站楼好复杂，我在里面绕几个圈就晕了，真怕以后会找不到机组通道。”肖莱一边整理服装一边抱怨。

祁可缓缓地吐着烟圈，浑身透着一股妖冶的气息。有些人就是天生的一身媚骨，藏都藏不住。只见她摁灭手里的烟：“有什么可复杂的，二楼坐机，一楼接客。”

肖莱嘟着嘴这么一想，还真是这么回事儿。于是她看着祁可笑着说：“怪不得你能本硕连读，这么年轻就能当硕士，就是聪明，什么事情让你一说就好简单了。”

祁可斜眼看她，一瞬间又笑起来。她们新空姐的培训班有八十多个人，她谁都看不上，唯独就跟肖莱合得来。她看得出来，肖莱这个姑娘纯得很，纯得有些不适合来到这个行业。当别人都惦记着高薪，惦记着有机会找个有钱的男人或是飞行员的时候，她只会傻傻地望着蓝天，她向往的只是单纯的“飞”而已。

她总是抱怨自己笑得傻、笑得不好看，祁可总是不言语或者附和，可没有人知道她有多么羡慕肖莱的微笑。那种发自内心的感染力不是光美丽就能有的打动人心的力量，而她笑不出来，只是因为已经她没有快乐了。

“你说真的会让我们飞国际航线吗？”肖莱凑上去问。

祁可最喜欢她那种崇拜和信任的眼神，一撇嘴：“我看行，我们能飞的，要有信心，我们肯定能上A380。”

肖莱点点头，她很相信祁可，至少从她们认识开始，祁可说的话都实现了。

从法兰克福回A市的飞机还在欧洲的天空上，叶向云睡不着，可能是职业习惯，只要一坐在飞机上他就无法入眠。于是他拉开飞机舷窗的挡板，这样看星星别有一种味道，只是客舱里的视野还是远不如驾驶舱里好。

旷宇翔伸手打开头顶的阅读灯：“云哥，你说我们会先到还是A380先到？”他压低声音，机舱里静悄悄的，很多人都已经休息了，大多都是坐着在睡觉，这功夫旷宇翔也不会。

“应该是我们先到吧，我听宋机长说他们会在一点五十分的时候到栗渊机场，而我们九点就到了。”

“好想看看A380换上我们凌云涂装的样子啊。在机尾挂上云纹，啧啧，一定美死了。” 旷宇翔说完就自己陶醉起来。

叶向云笑了，也打开自己头顶的阅读灯，抽出《国际航空》杂志，一边翻一边低语：“我还以为你的脑子里就只有女人呢。”

“错！我的脑子里有飞机、有安全生产，然后才是女人。”说完他凑上来，“我还真在这架飞机上发现了一个极品美女。”

叶向云淡淡地笑，面上没有太大的波澜：“汉莎的空乘是不错。”

“不是！”旷宇翔回头向后看，“乘客，在后面看书的那个，穿白衣服，此刻正跟你一样在看《国际航空》。”

叶向云回头寻找，正好与猛然抬头的慕筱白的目光相撞。他从来没有见过那么有吸引力的眼神，空灵却透着一种可以洞察一切的敏锐。她也这么盯着自己，这就让叶向云有些尴尬了。他冲着慕筱白笑了一下，微微点头后转过身，长长地吐了一口气。

“怎么样，不错吧？素颜啊，不像公司里的那些乘务员一样。”

叶向云低头翻着杂志，却一个字也看不进去：“那你还跟她们一个个打得火热？”

“唉，我们都是整天把脑袋挂在裤腰带上工作的人，疲劳、高空辐射、生活不规律，所以我们要及时行乐，谁也不知道什么时候就落不了地了。”

“我看飞机的安全性比你的思想境界要靠谱多了。”虽然每个人都有自己的生活方式，他能接受，可是却没办法认同他这么荒唐的想法，“你还太年轻了，慢慢会明白的，玩也是会累的。”

旷宇翔最不喜欢的就是别人这样的说教，他撇撇嘴，索性不接话茬，关了阅读灯假寐起来。

飞机平稳地飞行着，时不时有三三两两的乘客起身去上厕所，在走廊上走动。突然只听嘀的一声响，安全带的警灯亮起来。几乎是在同时，飞机剧烈地颠簸起来，并迅速下降。一位正在走廊上的旅客被猝不及防地抛起来，重重地顶在旷宇翔旁边的座位靠背上，当即便躺在了走廊上，面色铁青。

客舱里一片惊呼之声，很快机舱里便传来了机长广播，说是飞机遇到乱流，所以出现了剧烈颠簸。这在叶向云和旷宇翔看来并不简单，机长让乘客坐在座位上系好安全带并不代表什么，可是现在连空乘都归位了，就说明了事情的严重性。

“是不是下降气流？”旷宇翔淡定地问。

叶向云点点头：“这么大的飞机都颠得这么厉害，真够小飞机喝一壶的了。”他看着走廊上倒下的人，“怕是会有伤亡，不知道能不能比A380早到。”

叶向云的话音刚落，就听见机舱里又是一阵慌乱。慕筱白解开安全带，冒着巨大的颠簸离开座位，舱中的空姐坐在自己的位子上大声制止，请她回去座位上。

飞机颠得太厉害，慕筱白有些站不稳。她放低了重心，艰难地扶着椅背走到伤者身边：“先生，能听到我说话吗？”她操着一口流利的英语，轻轻地拍着地上人的脸颊，可那人却有些神志不清。

飞机突然开始疾速下降，慕筱白只觉得像是要向前扑出去一样。她叫了一声，就被一只手拉住了胳膊，可腿还是重重地磕在了地上。

旷宇翔瞪大了眼睛，没想到叶向云的动作这么敏捷，居然能越过他在千钧一发的时刻搭救了这个莽撞的女人一命。他忙伸手扶住慕筱白的后背：“你是不是有病，这么颠簸你还敢离开座位，伤一个不算，你还来凑双数啊！”旷宇翔有些恼火，任何一个飞行员出于职业角度都最不能容忍不听话的乘客。

慕筱白的脸色有些惨白，这一下也把她给吓到了。她抬头看着身边的两个人：“这个人伤得很重，必须马上进行急救。”

“可你这样的行为可能会伤得比他还要严重。”叶向云的声音很低沉，不急不缓却有着不容置疑的力量。他说着把她拉到自己的座位前，“坐下！”

“我回自己的座位。”慕筱白整个脸都红了，这是让她坐在一个陌生男人的大腿上？

飞机又是一阵剧烈的颠簸，慕筱白没有站稳，直直地向后，坐在了叶向云的腿上。他闷哼了一声，两只手紧紧地把她抱住，就像是她的安全带一样。

“小姐，落地非得这么重吗？”他还出了一口冷气，因为真的是有些受不了。

慕筱白的脸红成一个煮熟的蟹壳的颜色，可剧烈的颠簸也让她无暇顾及太多。坐了这么多次飞机，她还是头一次遇到这样的情况。机舱里已经慢慢开始有些哭号的声音，叶向云也能感觉到怀里的人浑身紧绷到几乎要痉挛的程度。他在她耳边轻声安慰：“别担心，只是遇到严重的气流沉降，相信机长能处理好这样的情况的，不严重，没问题的。”

慕筱白深深地吸气，然后僵硬地点点头。尽管看惯了生死，可这个时候她还是不能淡定。

旷宇翔在旁边看着，手掩着嘴忍不住笑，被叶向云瞅了一眼，才生生地忍住了。

剧烈的颠簸持续了五分钟左右的时间，飞机才终于平稳下来，开始慢慢爬升高度。在安全带指示灯灭掉的那一刻，慕筱白猛地站起来，可是她发现自己的腿都软了。

叶向云也忍不住轻笑："害怕就不要逞强，救人也要先保证自己的安全。"

慕筱白不知道该说什么，赶紧离开座位，蹲下身解开那个人的衬衣，仔细地按压检查。空乘拿来了急救箱，可慕筱白的眉头却越皱越紧："可能剧烈的撞击已经造成内脏出血，血胸压迫心脏，很快就会没命了，必须马上去医院手术。"

这是在飞机上，要马上送去医院跟说童话是差不多的，单是直直地冲下去怕是也要十几分钟的时间。很快，机长广播就响起来，因为出现紧急病患，飞机半个小时后会在就近的机场迫降。

慕筱白一听便皱紧了眉头，半个小时？这人怕是早没命了。看着病人渐渐隆起的胸口，听着越来越微弱的心跳，她一咬牙，对旁边的空乘吩咐："给我一把刀，还有一根硬一点、细一点的吸管。"现在最重要的就是要把胸腔里的血给他放出来，不然他连五分钟都坚持不了。

空姐找来东西之后，只见她麻利地拆开一根输液管，然后接到吸管上，把另一头剪成一个斜尖的形状。慕筱白有些胆怯，毕竟已经很久没有给活人做过处理了。她深深地吸了一口气，手在他的胸口下侧找到一个位置，然后轻轻地用餐刀划开一个很短也不算深的小口，随即便拿着吸管的尖头猛地刺进去，血下一刻便喷了出来。

坐在旁边的旷宇翔被吓了一跳，他伸手抓住叶向云的胳膊，声音有些颤抖："太……太狠了，我有些晕。"

叶向云没有吭声，却专注地看着慕筱白在对伤口进行处理。他的心里生出些许敬佩，可想起她的鲁莽，又忍不住叹气。

飞机在莫斯科迫降，还在跑道上滑行的时候，就能看见远机位闪着救护车的灯。卸下了病人以后，飞机没有多做一刻的停留，办完手续就立刻起飞，可还是耽搁了不少时间。

进入巡航状态，叶向云回头看，就见慕筱白仰靠在座椅背上，眉头微微皱着，神情有些痛苦。他抬手按了呼叫铃，很快就有美丽的空乘过来。

“刚才那位乘客在给病人急救的时候腿似乎也受了伤，你们应该问问她是否需要帮助。”

空乘愣了一下，随即道了谢便走向慕筱白。叶向云回头就看见慕筱白正在看向他的方向，她的脸颊绯红，有些羞赧，浅笑着向他点头致谢。叶向云也只是微笑颔首后便回过头来。

旷宇翔有些坐不住了：“叶向云同志，没想到啊，看你平时一本正经的，还真是该出手时就出手，一点都不含糊啊。名字都不知道就坐了腿，手段也太高明了，小弟真是佩服，佩服。看来我不光要跟你好好学习飞行技术，还要全方位地向你学习。”

叶向云知道他讲话没个正经，哼笑了一声：“难道还有比我刚才更好的处理方案吗？”

“有啊！”旷宇翔一副不服气的样子，“完全可以让她坐到我的腿上嘛，我肯定比你抱得更紧。”

叶向云转头上下打量了旷宇翔一番，然后目光就集中在他的下半身。直到看得旷宇翔心里都发毛了，他才淡淡地冷哼：“那样，不知道会不会怀孕。”说完就转过脸笑去了。

旷宇翔的脸一下子就红了，他磨了一下牙，在心里低咒了一句后便也没再吭声。

飞机下午一点才在栗渊机场降落，旷宇翔有些急不可待：“快点，马上快落地了，慢了可就赶不上了。”说完，他从行李架上拿下自己的飞行箱就下了飞机。叶向云不着急，等着慕筱白从后面过来。

“还好吗？”他轻声问。

慕筱白点点头：“这次真的多亏了你，不然真不知道会怎么样。”她淡淡地微笑，一副波澜不惊的样子。

“飞机颠簸的时候一定不要离开座位，这是安全常识，下次不要再这样了，太危险。”

“谢谢你的忠告，我以后都不会了。”她轻笑，脑海里又想起当时她站起来路都不会走，自己也有些难堪。两个人就这么简单地告别，下了廊桥，慕筱白去取行李，叶向云则直接奔向机场的综合楼，两个人各自奔向不同的方向。

肖莱刚去查了航班时刻，知道从法兰克福来的 B747 已经落地了，可她马上要去迎接 A380，于是她边下楼边打电话：“表姐，我不能去接你了，我马上要去参加公司的一个典礼。在航站楼对面有家翔云楼，你先去吃点东西，我们差不多四十分钟就结束了，我……”

肖莱话还没有讲完，就觉得一股巨大的冲力快要把她给撞飞了。她往后一个趔趄，还是握着扶手坐在楼梯上。她抬头回看，就看见旷宇翔慌忙回头望着她：“你没事吧！”还没等肖莱回答，旷宇翔就转身要往上跑，可他却被祁可一把拉住。

“先生，你把那位小姐撞倒了。”她绷着脸，“起码你该道歉，然后再把她扶起来。”

旷宇翔愣了一下，有些不耐烦，冷脸看着肖莱：“对不起，我不是故意的，我赶时间，你自己起来吧。”说完就转身要走，可祁可还是不肯放手。

旷宇翔有些恼了：“你到底想怎么样？她都没说什么。”他看了一眼她们身上的制服和胸前的铭牌，知道是一个公司的实习空乘，于是怒目看着她，“你知不知道我是干什么的？你是不是不想正经干了。”

肖莱撑着地站起来：“祁可，我没事了，让他走吧，他赶时间呢。”

祁可根本没理会肖莱，而是正色看着旷宇翔：“能进这楼的也知道你是凌云的人，你就是会飞的那又怎么样？我提的是做人的基本要求，你不是吗？”说完她松开手，走到肖莱跟前，查看她的手有没有伤。

旷宇翔愣在原地，不知道该发火还是该自责。肖莱抬头看他愣愣的：“快走吧，别耽误了时间。我没事，你也别跟她计较了，她都是想帮我。”

旷宇翔看着她那副纯真的样子，不禁勾了勾嘴角，露出他招牌式的坏笑：“对不起，肖莱、祁可，我记住你们俩了。”说完便转身奔到楼上的更衣室。他在换衣服的时候，嘴角还有意味深长的笑。

“笑什么？”叶向云一进来就看见他一个人低着头一边擦皮鞋一边傻笑。

旷宇翔抬头应了一声：“没什么，就是刚才碰上了两个很有意思的空乘，是新来的。看来这次招的新人不错。”

叶向云没有吭声，很快便换好了制服，回头看见旷宇翔正在等着他：“走吧，一起。”

慕筱白把行李寄存好，立刻就折回了机场，跟肖莱才说了几句话电话就断了。她似乎听到了尖叫声，可是再打过去就无论如何都联系不上了。她跟没头苍蝇一样在机场里打着转，好不容易才看到凌云的问询台：“您好，你们凌云一会儿是不是有什么仪式要举行？”

季晓棠诧异地看着她，慕筱白赶忙解释清楚情况，季晓棠立刻露出微笑：“您放心，只要是在机场就不会出意外。我们凌云的第一架 A380 马上就到场了，仪式在外场，您肯定是进不去的，请您还是耐心地等等吧。”说话间她招呼来一个小伙子：“小顾，你是不是去外场？帮忙看看有没有一个叫肖莱的实习空乘，让她马上联系一下她表姐。”

顾念林是去综合楼取材料的，这会儿正着急着呢，草草地答应了就向着外场奔去。可慕筱白还是放心不下。

在栗渊机场的远机位已经聚集了不少人，顾念林不知道谁是肖莱，直接冲进人堆里：“谁是肖莱！”他高声喊了一嗓子，“肖莱！”

“到！”肖莱伸高手，跑到顾念林跟前，“我就是肖莱。”她满脸笑意，比这午后两点的太阳还要灿烂。

顾念林被晃了一下，愣了片刻才回神：“你表姐在外面，让你马上联系她。”

肖莱一时间恍然：“坏了，我怎么这么粗心？她肯定急坏了。”

她深深地朝顾念林鞠了一躬：“谢谢你，呃……”她吐了一下小舌头，“不知该怎么称呼你？”

“我叫顾念林，是 A380 的机务中队长。”顾念林大方地报上名号。

“那谢谢你了，顾队长。”肖莱说着就跑到一旁去打电话。顾念林站在原地看着她的背影，有些心动。每天在机场晃来晃去，保养过这么多的飞机、见过这么多的空乘，有这样单纯美好笑容的是真的不多见了。

“肖莱，肖莱！”他在心里默念着。

准点，远远地就看见一架庞然大物越来越近。

“放轮！五百米……三百米……二百米……一百米……”飞机平稳地

落地，彩带飘扬，慢慢滑行，三道水门礼在等着它。这不仅仅是来了一架飞机，更重要的是它也是凌云一个新的发展阶段的开始。

肖莱拼命地鼓掌，一脸兴奋，可旁边的祁可总是一副应付了事的样子，脸上冷漠得几乎没有表情。旷宇翔就站在她们对面，他好奇地看着两个人。她们俩的关系似乎不错，可是却有着截然不同的性格和处事方法，倒是都不失可爱和个性。

仪式结束以后，肖莱就一鼓作气地跑到翔云楼，一上去就看见慕筱白穿一身白衣服，正坐在那里喝茶。她跑过去坐在慕筱白对面，赶紧要了一杯冰水："这么热的天你还喝热茶，不怕热死啊！"

慕筱白看着她笑："这下好了，你如愿以偿了，终于当上空姐了。"说着，又从随身的包里拿出一个小包，"送你的礼物，看看喜不喜欢？"

肖莱打开，惊得半天合不拢嘴："表姐，你真是太厉害了，你是怎么弄到这么多家航空公司的纪念品的啊，还都有各种不同的 Logo ？"

慕筱白笑而不语，这还用说，肯定是花钱买的呗。她笑了笑："请我吃饭吧，算是感谢我。"

肖莱撇嘴："这里都是飞行员经常出没的地方，很贵的。你知道我现在是实习生，没有小时费的，一个月也就三千块，我可请不起。你是赚美元的，你来请。"

慕筱白看了她一眼："鬼丫头，就学会一毛不拔了。"说完她点了几个小菜，简单地吃了一点。

慕筱白还要赶去酒店，晚上就是研讨会的准备会，然后一天半的议程，结束了她就直接回 B 市，单位催她上班也有一段时日了。

从翔云楼下来，肖莱把她送到机场大巴的停车点。两个人正聊着，慕筱白无意中看见出口处的人正是在飞机上帮她的人。看着他们穿一身制服，她才恍然，怪不得教育起自己来有板有眼的，原来是飞行员。

肖莱看了一眼，唏嘘了一阵："果然是飞行的，还好只是小飞，不知道会不会找可可的麻烦。"她自言自语，回头看表姐，表姐还在专注地看着其中的一个人。

"表姐？"她轻轻地推了推慕筱白，然后顺着她的目光望过去，"是挺帅的，要不要我帮你问问看结婚了没有？算了，你还是看住永鑫哥好了。”

慕筱白只是笑笑，没接她的话茬：“你自己小心点，骗财倒是不怕，反正你也没有，可别被骗了色。”

“放心吧，表姐，我能照顾好自己的。要是有什么风吹草动，我第一个向你汇报，你就用你敏锐的洞察力来帮我把关，我相信你一定能把他解剖得一清二楚。”

叶向云皱紧眉头，远远地就看见景琳挽着一个穿着很时尚的男人的胳膊。两个人从国际到达的出口出来，然后上了一辆停在外面的X6。旷宇翔拍拍他的肩膀：“我就说吧，不要为了女人守身如玉，何况还不是老婆，看见没？人家先飞了。”看着叶向云一脸淡定的样子，他有些难以相信，“我说，你还是不是男人啊，怎么不去扇她一巴掌？”

叶向云惨淡地笑了一下：“她又不是我老婆，我们都是自由身，谁对谁都没有责任。”说完他没有再看那个方向，迈开步子就往翔云楼走去。飞机餐吃得早就腻了，能赶上吃一顿好的，可不能错过了。

旷宇翔真是佩服他的淡定：“这样就放弃了，那可是地产大亨的女儿，公司有多少人眼红你呢。云哥，你到底是个什么人物啊？公司很多人传你是空军叶副司令的儿子，到底是不是真的？”

“你觉得呢？就因为我姓叶？那怎么不说我是叶问的传人啊！”叶向云随便搪塞了一句，他不想在公司标上一个特殊的身份，他只是喜欢飞而已。

旷宇翔听了这话，也没多想：“你知道现在弄个空军的推荐函有多难吗？何况你这么年轻就能停飞转来民航上，那就更不简单了，肯定是有关系，也难怪大家会瞎猜了。”

“再啰唆我就不请你了。”说着他揽住旷宇翔的肩膀，“怎么跟女人一样八卦。”

这个时间，翔云楼里不是很忙，来这里吃饭的多半都是坐飞机跟坐汽车一样平常的飞友，再就是机场和航空公司的人，所以想不碰到熟人很难。现在A380来了，这个机组一直都吸引着栗渊机场和凌云的眼球，所以一路上碰到认识的人都在跟他们道贺。不管是真心还是假意，总之羡慕嫉妒恨到处都是，紧紧地跟着他们。

旷宇翔有些飘飘然，从学员开始他在技术上就是佼佼者，副驾驶就直接上 A333 飞了国际航班，这次又是唯一一位出国改驾的副驾驶。别说别人嫉妒他了，就是他自己都快不知道自己姓什么了。

菜还没点完呢，旷宇翔抬头就看见祁可跟在一个四十岁上下男人的身后上来。显然在两个人的目光相撞的那一刻，她也认出了旷宇翔，表情一瞬间就变得有些不自然。男人选在离旷宇翔和叶向云相邻的一张桌子旁边坐下来，祁可就站着。

“我们换个靠窗的位子好不好？”她冷着脸，眉头蹙着，可语气却是尽可能地想要柔和下来。

可那个男人似乎并不打算接受她的建议，他很暧昧地拉住她的手：“坐吧，我就是跟你吃个饭，看看有没有什么需要我帮忙的。”

祁可的脸色变得很难看：“我不需要。”说完抬手摸了一下眼睛。

旷宇翔看着，竟然有些心疼。叶向云在桌子下面踢了他一脚：“别那么看着人家，不礼貌。”

旷宇翔转过头来，一切又如往常一般，两个人说了些航线的事情。中间他转头再看的时候，那个位子上已经没有人了。他有些怅惘，看着叶向云：“那姑娘是我们公司的，我中午上楼的时候还跟她吵了一架。女人可真是多变，那会儿冲我不知道有多凶，唉。”

“个人选择的问题，你不是也一样？”

“我怎么跟她一样了？我是男人，再说我有强迫过谁吗？还不都是送上门的。”他伸了个懒腰，“怎么办？谁让我又帅又有钱途呢。”

“可你知道刚才那个男人是谁吗？”叶向云看着对面疑惑的人，“裕美航空的周总。”

“周建明？”旷宇翔瞪大眼睛，“乖乖，那就是周建明啊，确实是个有魅力的老男人，果然名不虚传。”他低头思索着：“可他干吗不把人招到自己的麾下？这里根本就不是裕美的地盘，裕美在这里一共就五架飞机驻场，还都是 B738。”

叶向云很认真地把松鼠鱼上最后的一点肉从鱼头上剔下来：“管好你自己的事情吧。”

慕筱白回到酒店就急着给林永鑫打电话报平安，可电话响了很久也没有人接听，想来他大概在手术台上还没有下来。可电话打到十点钟还是处于关机的状态，她就有些困惑了。两天的研讨会会议安排得很满，可慕筱白一刻也没有耽搁，还是定了下午的机票，打算第一时间赶回B市。随便算一下，她跟林永鑫大概也有半年没见面了。

中午会议结束得有点晚，慕筱白到机场的时候还有四十分钟飞机就要起飞了。

“FY4456，去B市的，我要一个靠走道的位子。”她掏出身份证递给值机人员。

“对不起，FY4456已经客满了。”

“怎么会这样？我昨天定的就是这一班飞机，怎么会客满呢？”慕筱白有些恼火，她已经通知林永鑫接机了。

“机票是会有超售的，对不起，我们可以帮您改签。”值机小姐很有耐心，可即便再美的微笑慕筱白现在看着也不舒心。没等多久她就得到了答复，被改签到凌云的LY6768上，也就是刚刚到的A380。

“慕小姐，很抱歉耽误了您的时间，不过A380今天是首航，听说只在国内飞一个月，也算是一种体验。”

慕筱白接过登机牌后只是笑了一下，她对坐飞机没有什么执念，她宁可早飞一个小时，也不愿意等着坐什么A380，所有的飞机于她而言都不过是一种交通工具而已。可是上了飞机以后，她突然改变了自己的想法。机舱里几乎可以用美轮美奂来形容，宽大的座椅、敞亮的空间，让你不觉得自己是在坐飞机，仿佛是移动的酒店一样。听说头等舱还有两个小酒吧，不知道是真还是假。

慕筱白还在跟刘姥姥逛大观园一样，就听见一声熟悉而甜美的问候。她抬头发现竟然是肖莱，才刚要说话，肖莱就开了口：“请给我看一下您的登机牌，我来帮您找座位。”

慕筱白会意地笑了一下：“我自己来就好了，你为其他人服务吧。”她心里也为肖莱感到高兴，每个人不管梦想有怎样的高度，只要能实现，都是一件值得骄傲的事情。

飞机上完客做好了客舱的准备工作后，乘务长报告机长一切准备就绪。

叶向云看了看时间："不知道今天能不能准点走，前面控得还挺厉害的。"

旷宇翔打开频道："LY6768，请求推出。"

"等一等吧！"

耳机里的声音传出来。旷宇翔听着就有些暴躁："怎么又要等？青天白日，不打雷又不下雨的，怎么总是要等来等去？我们这可是首飞。"他们还要执行一个夜间航班回到基地，这一等不一定又要到猴年马月才能回来。

"流控，没听说吗？才刚开飞机？"管制员的语气有些不善，因为航路拥堵，再加上华南地区雷雨，这两个小时时间里已经压了几十架飞机了。个个都在问为什么，管制员终于受不了了。

旷宇翔刚要发火，就被叶向云压住："我是机长，请问我们要等多久？"

"一个小时吧！"

旷宇翔握着拳头狠狠地捶了一下自己的大腿，烦躁地扯下自己的耳机："以前都是等十分钟，然后二十分钟、半个小时，现在可好，论小时等了。"

叶向云的眉头也皱着，对于流控他们已经都习惯了，飞十次有五次要被流控。他拿起话筒通知后舱乘务长，很快客舱里便响起乘务长广播："非常抱歉地通知大家，因为流控原因，飞机将推迟一小时起飞。"

慕筱白无奈地仰头叹息了一声，她看了看时间，已经两点了，三个小时的飞行时间，流控一小时，落地的时候就到六点了。本来她还打算跟林永鑫庆祝一下，经过这么一改签又一流控，这下什么都不用做了，因为晚上他还要值班。她拿出手机给林永鑫发了一条短信，干脆告诉他不用接机了，她自己打车回去。

慕筱白有些惋惜，不知道是怎么了，这一年多以来她似乎跟林永鑫总是差了那么一拍，凡事都不顺利。本来两个人是要一起毕业的，可他却提前一年回了国。她闭目养神，眉头却微微蹙着，有些忧心。

"这都半个小时过去了，还要等多久！"

慕筱白被吓了一跳，她前排座位上的一位乘客突然暴怒起来。

乘务长往客舱里看了一眼："三号，你去看看。"她吩咐了一句后就去头等舱给客人服务去了。但三号眉头皱了一下，这种刺头谁都不愿意碰，就往实习空乘那边看："肖莱，给你一个机会表现，去安抚一下那位客人。"

"嗯！"肖莱一脸兴奋地小跑过去："先生，飞机现在遇到流控，机长已经在尽力跟塔台管制员协调，请您少安毋躁，飞机很快就会起飞的。"她笑着，很耐心地跟客人解释，慕筱白在后面看着也露出了满意的微笑。

但这位客人却似乎并不打算罢休："飞机晚点知不知道给我造成多大的损失，我丢一单生意成百上千万，你们赔得起吗？我要求赔偿，还什么A380，连准点都保证不了，吹什么牛！"

"A380是凌云最好的飞机，有配备最好的设施和最优秀的机组。流控是因为空域的问题，不是我们机组能解决的，还请您见谅。"

"你这是在跟我呛声吗？"客人伸手就推了肖莱一把，她踉跄着退了两步，脚下没站稳，歪倒在了地上。

"还挺会装的，我记下你的号码和名字了。乘务长！乘务长，我要投诉她！"他大声地叫嚣着。

慕筱白站起来，什么都没说上前就把肖莱给扶了起来："有没有事？"

肖莱有些委屈，一双眼睛通红。她摇摇头，硬是憋着不让自己哭出来。慕筱白有些心疼，轻轻地笼着她的头发："哪里不舒服跟表姐说。"

肖莱紧咬着嘴唇，使劲摇头就是不说话。

"怎么回事？！"一个低沉的男中音在耳边响起，慕筱白抬头就看见了一张熟悉的面孔。

可能是看到场面有些失控，乘务长通知了机长，后面还跟着安全员，机舱里一下子安静了不少。

叶向云看了一眼肖莱的胸牌："肖莱，你先回你的位子。"他说完转过身看着那位闹事的乘客："先生，可能是我们的实习空乘没有解释清楚，我们现在是因为流控而延误，就是空管不允许飞机起飞。这就好比汽油涨价了，你打骂加油站的加油小妹有用吗？"

"你怎么说话的？你知不知道晚点给我带来多大的损失，你们能赔偿吗？"

叶向云本来就等得有些心烦，遇到这种无理取闹的就更让人烦躁，他微微蹙眉："那请你出示一下我们凌云航空的翔云卡或是联盟会员卡。"

“我没有！怎么了？你们延误了也不能一点歉意都没有吧。”

“可我明明记得刚才乘务长在广播里说了‘非常抱歉地通知大家’，另外飞机到达后我们也会再次表达歉意的。”

慕筱白没忍住，笑出了声，其他乘客也都跟着笑起来。那乘客有些恼羞成怒：“反正我就是要赔偿，延误了没那么容易了事的。”

叶向云无奈地眨了一下眼睛，回头冲着安全员说：“开舱门，请这位严重危害飞行安全的乘客下机，再通知地面把他的行李卸掉。”说完就转身往驾驶舱方向去了。慕筱白看着他的背影，一瞬间产生一种敬佩和仰慕的情绪。

回到驾驶舱，叶向云就立刻通知地面，很快就有机场警察协助空警和安全员把闹事的乘客给赶了下去。旷宇翔在旁边跷着腿笑：“赶下去了？”

“嗯！首飞赶个人，也挺有意义的。”他淡淡地一笑，“还有多久？”

“谁知道，我刚才眼睁睁看着一架排在我们后面的飞机先飞了。以后公司就该出台新办法，空乘凡是嫁管制员的小时费翻翻，凡是嫁飞行员的一律减半。”

“LY6768 可以推出，跑道 17L。”频道里终于传出了最好的消息，两个人调整好座位，“LY6768，推出，跑道 17L……”

一个庞然大物从停机位缓缓推出，慢慢地滑向跑道的一头：“风向一百四十五度，风速四米每秒……”

客舱的安全灯亮起，乘务员指导大家系好安全带，甜美的乘务长广播再次响起：“飞机马上就要起飞了，请关闭所有电子通信设备，系好安全带……”

分餐的时候，因为资历浅，肖莱和祁可都在经济舱服务。两个人送完饮料回来，就听见厨房里有人在议论：“那个祁可，听说来头不小，昨天有人看见她跟一个男人见面，举止暧昧。”

祁可的脸色骤然变得难看，肖莱机警，提高了音量：“小可，帮我把矿泉水递一下。”她这一出声，里面顿时没了声音。祁可冲着肖莱露出感激的笑容。

肖莱也不知道该怎么办，因为这个时候她也觉得挺尴尬的。

送餐服务还没完，二号乘务员就过来把祁可给替了下来："头等舱的乘务长让你过去帮一下忙。"祁可给面前的客人服务完，后面的活就交给了别人，转身回到厨房。

"乘务长。"

"你会日语是不是？头等舱有位挑剔的日本客人，不会讲中文也不会讲英文，你去服务一下，记得蹲式。"乘务长最后又嘱咐，"无论有多么不好，都不要把情绪带到工作中。"

祁可点了点头："我明白了。"

她到厨房里把所有的工具都装进自己的口袋里，然后便进了头等舱："先生，请问您有什么需要吗？"

"你们的这个机餐是怎么配的，我要的是三文鱼子寿司，你们给我的这是什么？还有这个芥末酱是什么味道，你们不是五星服务吗？这么差的料理是怎么做的？"

"先生，我想可能是沟通上出现了错误，我马上给您换。我们这里的所有日式餐食都是由顶级厨师亲自料理的，所有的原料都来自日本进口。如果您有什么特殊口味，可以给我们提意见，我们会尽量改进，希望您下次乘坐我们的航班能吃到满意的食物。"

"为什么他们都有刀叉，我的就给筷子？"

祁可愣了一下，难道有用刀叉吃日本料理的吗？但她依然微笑着，从口袋里拿出包装完好的西餐具，然后打开消毒包装放在他的面前："请问还需要什么吗？"

"勺子呢？我习惯用勺子。"

祁可从口袋里掏出一把勺子，摆在他的跟前。

"牙签，为什么没有我的牙签！"

于是祁可又掏出一条包装好的牙签，看着老人讶异的眼神，她依旧微笑："是不是觉得我的口袋像哆啦A梦的口袋？请问您还有什么需要吗？如果没有，我这就去给您换寿司。"

那老人盯着祁可看了一会儿："不用了，我就吃这份好了。"

祁可笑了笑："谢谢您的理解和支持。"说完她转身回到厨房，深深地吐了一口气，看着乘务长投来赞许的目光感到很高兴："乘务长，我觉得他不像日本人，发音很不纯，会不会是检查员？”

乘务长一脸恍然大悟的表情，随即又愤恨地手叉着腰：“我说呢，这么多年我还没在头等舱遇到过这么难伺候的客人。”说完她就拿起话筒通知各个位置和驾驶舱。

叶向云听完之后皱了一下眉头：“公司整天搞什么？”

“搞不好是总局的，看咱们风光了心里不舒服。”旷宇翔撇撇嘴，“希望这一路上不要遇到气流颠簸，不然那些什么都不懂的人又要说什么飞行员的技术差之类的。所以……”旷宇翔一副大义凛然的样子：“云哥记住，落地的时候要轻，格外轻哦。”

“你站门口送客的时候小心一点就没问题了。”

飞机一路飞行平稳，没有遇到什么气流，到场刚好有时间，不需要盘旋也不需要等待，这在 B 市机场也算是非常难得的了。

飞机落地很平稳，靠桥也很利索，航程结束前，叶向云也没忘记用机长广播对航班的延误向乘客表示歉意。客舱里响起一片掌声，不可否认，很多人并不是为了旅行，而单单只是为了来体验一下 A380。

慕筱白手支着头，听着广播里磁性的男中音，脑子里又闪出在回国的航班上，他伸手拉住自己，然后自己一屁股狠狠地坐在人家腿上，还有自己站起来连路都不会走的窘态。想着想着，她不禁羞红了脸，伸开手掌捂住自己的眼睛，脸上浮现笑容。

虽然慕筱白的位子靠走道，可下机的时候她却故意落在后面。到了舱门口，慕筱白还没有找到肖莱就被送客完毕打算回驾驶舱的旷宇翔给抓了一个正着：“嗨，美女，你也是来体验一下的？舒服吧？稳当吧？”他说着话，又上上下下地把眼前的人打量了一遍。此刻飞机上已经没有了乘客，清洁队的人也马上就会来清扫飞机。

“看见机长了吗？你的救命恩人呢，你还坐过……”

“小旷，你又说什么呢？”叶向云从驾驶舱出来，就看见慕筱白尴尬地站在那里。他瞪了旷宇翔一眼，“回去干你的活儿去，谁让你跟客人这么随便了？”

慕筱白站在机舱门口进退两难，她抬头看着叶向云：“我马上就下去，我只是想跟肖莱说两句话。”

送客的空乘此刻都站在门口，好奇地看着眼前的几个人。旷宇翔倒是答得爽利：“我帮你去叫，大概在厨房。肖莱，肖莱！”说完他便喊了起来。

肖莱正忙着整理饮料，匆匆出来就看见表姐正跟机长面对面站着。

“表姐！”她诧异地叫了一声。

叶向云有些吃惊，没想到两个人竟然是亲戚。慕筱白转过身，伸手就去掐肖莱的腰。

“啊！轻点，表姐。”她眉头皱得紧紧的，有些难为情地看着大家。

“受伤了还逞强，你就那么老实，等着他推你，你不会躲吗？跟人打架时候的本事都哪里去了？”她引导着肖莱做了几个简单的动作，确定肖莱真的只是拉伤后才松了一口气，“小莱，是我保你出来做空乘的，你可千万别出事，不然我没办法跟姨妈交代。”

肖莱噘着嘴，把慕筱白推下飞机：“表姐，你就放心吧，我自己心里有数。你快走吧，不然行李就被人拿走了。我们马上要重新配载，晚上还要飞回去。”

“那好，如果有在这边过夜的机会，就来家里吃饭。”慕筱白只是随口这么一说，可叶向云却记在了心里。所谓听者有心，他有些惋惜，原来她家在B市，更重要的是她似乎有家了。这种失落虽有些莫名其妙，却是真实存在的。

回程的时候，叶向云的心情显然不怎么好。因为有延误，所以落地的时候已经接近午夜，机组没有休息，叶向云非要坚持开完总结会。这么一闹腾，大家回家的时候就已经快一点了。

“别回去了，住我宿舍吧，两张床我一个人住。你这会儿回去，到家还没上床就得起来赶明天早上的航班了。”旷宇翔搂着他的脖子，“今晚我们俩睡好了。”

叶向云轻笑，也没有拒绝，这的确是个不错的主意：“我觉得公司应该给我批一间宿舍，我也是单身啊。”两个人从综合楼出来，就看见肖莱跟祁可在拉扯着，显然肖莱是在阻止祁可做什么。

“哟，好姐妹这就打起来了？”旷宇翔也不避讳，走到跟前就说了一句。

祁可本来已经被说服了，可一看见他气就又上来了。她甩开肖莱的手，摸了一下刘海：“你以为你会飞就了不起吗？有人给我交七十万的培训费我肯定比你飞得好。你了解情况吗就随便出来说三道四诋毁别人，很有意思是吗？我劝你还是回去好好修炼一下你的人品，不然你迟早被停飞！”她一鼓作气，丝毫不惧怕已经吹胡子瞪眼的旷宇翔。

肖莱有些害怕，过来拉住她：“你就别说了。”她又转向面前的两个人：“她心情不好，请机长和副驾不要跟她计较。”

旷宇翔歪着脑袋哼笑了一声：“心情不好就可以随便骂人吗？我看祁小姐也该回去修炼一下人品，不然迟早被人甩。”

“不是这样的！”这次还没等祁可发飙，肖莱就挡在了前面，“你们都错怪可可了，她不是那样的人。”

这话说出来祁可有些无地自容，她没说话，倒是拉着肖莱就走了。旷宇翔和叶向云站在原地，都忍不住笑出来。叶向云说：“肖莱真的是一个很单纯的女孩，这样的女孩可不多见，你倒是可以考虑一下，早早地定下来，看死了，别让她学坏了。然后你自己也该收收性子了。”

“哼！她那哪里是纯，简直就是蠢。”旷宇翔嗤之以鼻。

从基地机场到单位公寓有机组车，叶向云觉得既然住宿舍，开车反倒不方便，于是两个人就上了机组车。发现肖莱和祁可坐在后排时，旷宇翔一挑眉，放着大把的空位子不坐，偏偏跑到最后，坐到了肖莱的旁边。肖莱有些尴尬，祁可的脸色也格外难看，而旷宇翔却是一副唯恐天下不乱的样子。

叶向云没有跟着他一起胡闹，而是在前面找了个靠窗的位子坐下来。夜已经深了，机场周围本就没有什么建筑，车子行驶在机场高速上，四周黑漆漆的，偶尔有车辆驶过。他掏出手机，已经是凌晨一点，他拨了快捷键菜单，发现他跟景琳最后一次通话居然已经是十八天以前的事情了，甚至还不如他跟普通朋友的通话频繁。他握着手机，轻轻敲打着自己的脑袋，脸上露出自嘲的笑。在这个漆黑的夜晚，这笑显得有些惨淡。

回到宿舍，肖莱洗完澡出来准备好好休息，这一天可真是累了。可她却发现祁可坐在床边发呆，脸色很难看。她有些担心：“可可，你是不是病了？你看你脸都青了。”

祁可抬头看着她，心里有些不安，总觉得自己骗了肖莱实在是不应该："肖莱，为什么你这么相信我？或者我真的就像他们说的那样。"

肖莱抿着嘴笑："怎么会呢？如果你真的傍了大款你还会穿地摊货，背几十块钱的包包？可可，你比我还要节省呢。我看让那些人了解一下你是怎么花钱的他们就不会再说三道四了。"

祁可愣愣的，一句话都说不出来。

日子过得很快，LY6768 在国内已经飞了两个多月，跟总局申请的新的国际长程航线也都准备就绪了。凌云定的六架 A380 又陆续到位了三架，机少人多的舒服日子很快就结束了。

这天，宋国海早上很早就起来了，今天是他飞洛杉矶的首航。季晓棠大清早就起来给他熨衬衣和领带："首航又是你飞，看来领导还是很看重你的，我看这次的中队长应该就是你了。"

宋国海微微蹙了蹙眉头："只要让我飞就行了，什么领导、什么队长，我都不在乎。"他没让妻子帮忙打领带，"我自己来，你去看看岚岚，她好像醒了。"

季晓棠剜了他一眼："你就是这个样子，以你的技术和能力，只要你稍微积极一点，早就当了领导了。拿钱多，飞得少，这样你也能多点时间陪女儿。你真是个死心眼。"

宋国海没有说什么，对这种抱怨他早已经习惯了，所以到卧室给了睡梦中的女儿一个吻后就出了家门。到了机场，时间还早，他特意绕进机场溜了一圈，在凌云的柜台跟前转了很久却还是没有看见韩丽雯的影子。他有些失望，转身后看见那个女人正微笑地站在自己身后。

"不会是在找我吧？"她笑起来的时候眼睛是弯的，像一弯新月。宋国海一时有些难为情，低下头不敢看那有些耀眼的笑。自己都三十八岁了，眼见到了不惑的年纪，突然在一个女人面前有些害羞。

"哦，我今天飞洛杉矶，你有什么要买的吗？我帮你带回来。"他不知道该说点什么。

韩丽雯笑笑："宋机长，夹带可是违规的行为哦！我什么都不缺。一路平安，首飞愉快！"说话间，她的电话就响了。她接听后向宋国海示意，然后就匆匆回到柜台。宋国海的脸上也慢慢扬起笑，心中有了主意。

叶向云来得也很早，虽然他很想飞这次的首航，可因为他连续飞了一个月，如果再飞这个长程，那他这个月的飞行时间恐怕就要超了。但是因为A380的机队现在人手太缺，他还是被安排了备份。

他有些心不在焉，昨晚景琳约他见面，因为他在备飞不能离开机场，所以他们也就只能约在机场见面。挂电话的时候，他听见了电话那头一声非常不屑的讪笑，然后没好气地就这么答应了。要说他们两个人之间有多么深的感情，似乎没有，不过是门当户对的完美搭配。他自己也快而立之年，实在受不了家里二老的轰炸，既然对家里有好处，自己也不讨厌，便也就这么交往了。可是当这段感情即将走到尽头的时候，他还是有些许怅惘。

叶向云刚进综合楼就接到签派的电话，因为这次班机有两位机长，但其中一位早上在来机场的路上发生了事故，撞伤了一位路人，所以他被临时顶了上去。

听到这个消息，他的精神一下子好了很多，马不停蹄地到了签派那里。

“飞单程？”他接过派遣单。

“嗯，你的时间够了，回程正好是这个月的最后一天，你要是飞回来的话就超过一百小时了，给你一张候补票，你跟着班机飞回来就好了。”

“要是客满呢？”候补票这种事情最不靠谱，要知道现在可是旺季，想占公司的便宜绝对不是一件容易的事情。

“你不是有商照吗？在驾驶舱里挤挤吧！”瞧这玩笑开的，叶向云没脾气，急忙就赶上机组。

他一进驾驶舱，旷宇翔就吃了一惊：“云哥，把你派来飞？”

叶向云倒是不介意：“救场如救火，无所谓。”

宋国海也在一旁笑：“咱们俩有两年没在一起飞过了。”他说完看着旁边的小旷：“我们飞330的时候经常在一个机组。”

准备工作一切就绪，后面的客舱开始上客。叶向云拿出电话正要关机的时候才想起来今天还约了人，他本来想发短信，可想了想最后还是打了电话：“琳琳，我们今天不能见面了，我要飞洛杉矶，现在已经在飞机上，还有二十分钟就起飞了。”

景琳一听就恼了：“叶向云，你也太不像话了，你拿我当什么？你心里除了飞还有别的东西吗？你出国改装小半年你就给我打了三个电话，回国了你连约都不约我。我真是受够了，本来我还觉得有些对不起你，这下好了，我看我们也没有什么好说的了，我们分手吧。”

叶向云抿着嘴唇，一脸严肃。片刻后，他开口：“我同意！”说完便挂断电话，并果断地关了机。

前面的两个人同时转头，错愕地看着他。叶向云却一副若无其事的样子，耸耸肩，把手机装到口袋里：“迟早的事情，早就准备好了。”

“如果觉得对飞没有信心或者会受到影响，我们还可以再调整。”宋国海皱眉看着他。

叶向云轻笑道：“我们也算是老搭档了，你还不了解我？我出去抽支烟。”说完转身出了驾驶舱。

慕筱白一个人在洛杉矶街头的便利店里买面包和水，她这些天都是这么对付的，心力交瘁的她已经无心照顾自己。她这才刚回国一个多月，母亲就在美国遭遇车祸意外身亡，至此，她的至亲全都离开了她。处理好母亲的身后事后，她并没有急着回国，而是把在美国的房产拿到中介处挂牌，她想自己可能再不会来这个国家长住了。

走到饮用水的柜台，她随便伸手到货架上拿水，却不小心抓到一个人的手。她慌忙松开，抬头一看，却愣在了那里。

“怎么是你？”叶向云看见眼前人的那一刻有些兴奋，可一瞬间又变得很忧虑，“你怎么了？你的脸色很差，你怎么会在这里？”

在异国能够听到中文本就是一件让人感到安慰的事情，何况是现在孤立无助的慕筱白。她勉强笑笑，可嘴角勾起来的时候，眼泪却掉了下来。她慌乱地吸气，伸手用手背抹掉：“对不起。”说着就拎着购物筐去结账了。

叶向云紧紧地皱着眉头，可他们不熟，又不好追着人家问，于是他拿了一瓶水，跟在慕筱白的身后也去结账。他听见店员劝她要节哀，有些心惊，追出了便利店。

“很抱歉……”他有些不知道该怎么开口。

慕筱白笑得有些惨淡：“你抱歉什么？你又不是肇事者。”

“就你一个人过来处理这些事情吗？”叶向云有些好奇。

这个问题还是刺痛了慕筱白的心，她轻轻地点了点头，林永鑫此时正在竞聘外科副主任，所以不能陪她过来。“没关系，我自己能处理好的，谢谢你。”她说着话，不停地用手捋着被风吹起来的头发。这风也是越来越大了，他们一落地就听说这里可能要受到飓风的影响，看来是真的。

两个人就这么静默地对立，突然，叶向云的电话响了，他接起来后不禁皱起眉头：“我马上回去。”

慕筱白依旧淡淡地说：“有事就再见吧，谢谢你的关心。”她苍白的脸色和略带沙哑的声音还是让叶向云不忍心就这么把她一个人给抛下。

“飓风要是影响到这里，风力会很大，还会有暴雨，我得先回去，机组要研究飞机是不是要转场。”叶向云浑身上下摸了一下，因为换了一身衣服，身上纸和笔都没有，“你等我一下。”说着他折回便利店，出来的时候拿着一张便笺纸：“这是我的电话，在恶劣天气结束以前我都会在美国。如果我不在这边，我也有很多朋友在这边，你如果有解决不了的困难就给我打电话。”

慕筱白愣愣地看着他手里的便笺纸，心中百感交集。没想到在这个最困难的时刻，能够给自己帮助的人居然是一个她连名字都不知道的陌生人。

叶向云把便笺纸硬塞到她的手里：“我赶时间，有事情就打给我。”

叶向云回到机场的时候机组人员都已经到齐了：“对不起，我出去了。”

“那说说你的意见吧，我们是要求机场加固还是直接转场？”宋国海把天气报告递给他，“公司让我们根据这边的情况来决定。”

加固的话万一天气太过恶劣，飞机出了什么问题可不是闹着玩的。可转场到比较安全的机场，中间的这个费用也是非常昂贵的。叶向云从头到尾认真地读完报告，列了一大堆公式，又用笔戳着演算纸，然后说：“我看加固就可以了，这里受影响的程度不会很大，历史上本场最严重的飓风影响，应该也不足以威胁到我们的那个大家伙。”科学是一个方面，另外他也存有一点私心。

旷宇翔显得有些沮丧，宋国海则露出笑容：“我也觉得没必要转场，这样我们可以给公司省下一大笔费用。”

“省的是公司的钱，又不会装进我们的腰包，可万一要是飞机出了问题，那我们可就倒霉了，弄不好会让我们终身停飞的。”旷宇翔有些着急，“你没看人家新航、澳航，很多公司的飞机都已经飞走了，我们干吗要冒这种风险？”

“这个就是决断，你不是想赶紧当机长吗？那就要先锻炼一下自己的决断能力，有时候稳妥并不是解决问题的最好办法。”

宋国海也跟了一句：“我也同意不需要转场，所以乘务组可以回去休息了。天气不好，大家要注意自身安全，我们这就去跟机场协调一下。”

旷宇翔没说话，对于他们敢做出这样的决定，他心里有些佩服，但更多的是担心。别说什么大的损失，就是在那机身上划一下，他都会心疼得受不了。

被飓风尾扫到的那天夜里，机组的四个人都守在机场没敢回酒店睡觉。一夜风雨飘摇，把几个大老爷们儿的魂都快吹掉了。凌晨的时候，风力逐渐弱下来，就只剩下大雨，几个人都松了一口气。旷宇翔头上的汗都出来了：“真被吓死了，刚才那个风要是再持续两个小时，我的心脏就得跳翻了。”

叶向云淡淡地笑，把手伸进裤子口袋里摸手机。他有些后悔，那时候应该要她的手机号码的，现在很想知道她好不好。

“初始副驾驶飞程序，成熟副驾驶飞技术，机长飞决断，教员飞观念，检查员飞艺术。小旷，你还有很多路要走，跟着你叶师父好好学吧。”宋国海轻轻地拍了拍旷宇翔的肩膀，年轻人总是需要更多的历练

“哦，我叶师父在部队还是试飞员呢。试飞员飞什么啊？”旷宇翔学着样子拍了拍叶向云的肩膀，这才让那人回过神来。他愣了一下：“飞信仰吧？！”冒那么大的风险，除了信仰，还有什么能让人那么执着地向往呢？

“大家都回去休息吧，我在这里盯着就行了，估计后天我们就能飞回去。”宋国海转身看着后面的机组人员，脸上也现出些许疲惫。

“你回去吧，你是责任机长，休息不好还怎么飞？我留在这里，这边的机场我也熟。”叶向云心里有事，回去了也睡不着，还不如在这里看着飞机心里舒服。他坐在休息室里，抽着烟，心里有些惆怅。他也不知道自己是怎么了，为什么会对那个叫慕筱白的女人有着特殊的感情。他从来都不相信一见钟情，可这个时候他却觉得或许真的有。

叶向云吐着烟圈，脸上露出笑。再看外面，远处的天空已经泛白，天亮了。他摁灭手里的烟，伸了一个懒腰，明天就又一个月了，他也不用等候补票了。

慕筱白蜷曲在床上，一个狂风暴雨的夜晚，一个人住在这么大的别墅里，吓得她都快痉挛了，打了一晚上林永鑫的电话，始终是不方便接听。她拿着写有叶向云的电话号码的便笺纸，试了好几次都没有勇气拨打，三更半夜的，不合适。直到光重新照进了房间，她才昏昏沉沉地睡过去。

她再醒过来的时候是因为电话响了，她看了一眼来电显示，是林永鑫的。她微微蹙了一下眉头："喂！"

"慕慕，怎么了？我上午一直在开会，我竞选成功了。"听得出来，他很高兴。

慕筱白的眉头始终没有舒展开来，淡淡地回应："恭喜你，林主任。我昨晚一夜没睡，现在要休息，就不跟你说了。"说完她便挂断了电话，可是她却再也睡不着了。她看了一下时间，准备赶晚上的航班飞回B市。

刚进入机场的大门，她就看见一队机组人员从自己面前过去。慕筱白第一眼就认出了最前排的叶向云，穿着一身制服，英挺、专业，别有一番吸引力。叶向云并没有看见她，上了机以后，他边做准备工作，边看了一眼在旁边做临检的旷宇翔："把肖莱的电话给我。"

旷宇翔转头诧异地看着他："干吗？追人家表姐？"他不怀好意地笑了。

叶向云伸手就拍他的后脑勺："你有没有？"

"有，美女的电话我都有。"说着他就拿出手机给叶向云传了一条短信，"怪不得跟那个大小姐分手一点事都没有呢，原来是早有了新目标，求之不得吧。"

叶向云没有理会他的贫，就发了一条短信给肖莱："你好，我是叶向云，想问一下你表姐慕筱白的电话。"

此时肖莱刚起床，正在整理行装，今天她和祁可都飞新西兰。她看着手机有些纳闷，就问旁边的祁可："叶机长管我要表姐的电话，为什么啊？"她有些困惑。

祁可把包打好，再拉上拉链："男人要女人的电话还能干什么？想泡她呗。"她答得很快，几乎是脱口而出。

肖莱犹豫了："那我要不要告诉他呢？再说我表姐已经有男朋友了，并且她在B市。"

"这就要看你是跟你表姐亲还是跟叶机长亲了。有男朋友、在什么地方对于他们来说根本就不是障碍，他叶向云到B市过夜的机会多得是，别忘了我们现在还有一架A380在飞A到B。你以为他是要找老婆吗？不过就是看见自己动心的女人了，想收藏两年而已。"

肖莱惊奇地瞪大眼睛："不会吧，我看叶机长人很好的，不像是那种很滥情的人。"

祁可转身也惊奇地看着她："肖肖，你可要小心，你也太容易相信别人了。听说那个旷宇翔是全公司闻名的花花公子，他们两个人经常搭档，所谓近墨者黑，我也不用再多说了。你想想，他是怎么有你电话的？你没有收到一些人给你的骚扰短信？"

肖莱的脸一下子就红了，她还真的收到过，说话那么露骨，还真是把她给吓了一跳。她赶紧关掉电话："我就说手机没电，没收到信息好了。"然后她又转身收拾东西。

叶向云一直等到马上就要起飞了也没有等到肖莱的回复，他只得关掉手机。旷宇翔回头看着他笑："现在那边还很早，说不定在睡大觉呢。"

叶向云只是轻轻应了一声，心里却感到惋惜。有些时候缘分就是这样，错过了就再也找不到了。这或者就叫有缘无分，可他还是有些不甘心。

叶向云活了这么多年，还从来没有对哪个女人这么上心过。虽然他出身好，可父亲对孩子的要求都格外严格，从小在家都是受到军事化的管理，思想政治素质更是过硬。他父亲最看不上的就是大院里那些纨绔子弟整天跟一些女人混在一起，所以对自己家的两个儿子那都是严加管束，也直接导致叶向云这方面开窍比较晚。

青春期的时候他把大把的经历和热情都投在了军事和飞行上，直到家里人看他长得人模人样，可连个对象都没有才着急了。

旷宇翔看出了叶向云的心思没死，拍了拍他的肩膀："你打算怎么办？"

叶向云转头看着他："找个电话号码还不容易，她表妹在客舱部，她还定过我们公司的机票，客户系统里也应该会留下联系方式的。"

旷宇翔笑出声："机长果然是有决断力。我看不如我追她表妹吧？这样咱们俩也算是亲戚了，叶机长你可得提携着小弟一点。"

叶向云懒得搭理他。

第二章 喜欢是一件无法遮掩的事

也不知道那个女人给自己下了什么蛊，
没来由地心向往之。

肖莱的航班是早上飞，机务队在做飞机的维护，空乘在检查客舱的设备，发现有一排座位的呼叫铃不响，灯也不亮。机长很快通报了机务，没过一会，一个满身油污的大哥就登上了飞机。

肖莱从厨房出来，就看见一个人踩着凳子在做维修，脸庞上大颗的汗珠往下流。她转身回去倒了杯水，出来的时候那人已经下来了。她定睛一看觉得有些面熟，眼珠子一转想了起来：“顾队长？”

顾念林也认出了肖莱：“没想到你还记得我啊？”

肖莱笑着把水递过去：“当然记得，喝点水吧。”然后又递了一张纸巾给他。

顾念林呵呵一笑，说真的，做机务的在公司里说是很重要，可是真看得起他们的不多，工资更是没法跟飞行员和空乘比，再加上整天穿一身脏兮兮的工作服，跟这个光鲜亮丽的职业实在是有些不相称，自然也就更不招女人喜欢了。这样的礼遇对他来说还真的是第一次，他笑着接过纸巾：“谢谢你，能给我留个电话吗？”

肖莱愣了一下，脸上露出为难的神色。

顾念林也觉得自己有些冒昧：“我把我的电话留给你吧？以后车子啊、灯泡啊、马桶坏掉的时候可以给我打电话。”说着他从口袋里掏出纸和笔，写下自己的联络方式给她，“我下去给飞机放行，先走了。”

肖莱看着字条，字写得很好，潇洒有力，倒是跟人有些相像。

“肖莱，你别理他们。机务人傻、活儿累、四班倒、挣得还少。”一个看了热闹的姐姐好心过来提醒，只是肖莱根本没往那上面想，只是觉得这人还不错，至少看上去挺正经的。这让她又想起早上叶向云发的短信，有些为表姐担心。

从洛杉矶到B市要十二个小时，慕筱白没有买到商务舱的票，最后在经济舱里熬了一整夜。加上这一阵子没有休息好，下飞机时她都快要虚脱了。好不容易通关，从国际到达出口出来，就有人上来接了她的行李。她抬头，是林永鑫。

“累了吧？赶紧回去休息。”她挂了那通电话，这个男人就知道事情严重了。

慕筱白是个简单而精致的女人，看着温温婉婉的，性子却清冷得很。再加上经历了太多的家庭变故，她很少将情绪表露在外面，就像昨天那样，就是她很生气了。

“要不要先去吃点东西？”林永鑫一边开车，一边征求她的意见。慕筱白闭着眼睛，一只手支着车窗在养神，她真的是身心俱疲，快要支撑不住了。

“送我回家吧，我不想吃东西。”她有气无力地说，又睁眼看了他一眼，心里有些烦。她的母亲在美国去世了，可是下了飞机这么久，他甚至都没有问一句。至少也该象征性地表示一下伤心、安慰一下她的悲哀之情吧，可是没有，一点都没有。从他们这次再见面，她就发现他有些不一样了，不知道是不是因为在医院里太过风光的缘故，他不再像以前那么踏实，开始喜欢一些浮夸的东西。

她叹了一口气，尽量不让自己去想。到家楼下，她没让林永鑫上去，自己回了家关掉手机就睡得天昏地暗的，希望这一觉醒来，一切都能变得好一些。可是不知道过了多久，她醒过来，一睁开眼睛，眼泪就顺着眼眶流出来。在这个世界上，最爱她的人都不在了，她真的成了孤家寡人。她裹了裹身边的夏凉被，虽然是三十多摄氏度的高温，可她却觉得自己冷得发抖。

接下来的日子是肖莱回来，叶向云飞了；叶向云回国，肖莱又不知道飞到哪里去了。再见面的时候就是在公司安全生产监督检查大会上，肖莱远远地看见叶向云就想躲开，可还是被眼尖的人看到了。

“肖莱！”叶向云叫住她。

肖莱缩着脖子退回来：“叶机长，找我有事？”她笑起来，眼睛弯成月牙的形状，这个样子让你舍不得埋怨她或者冲她发火。

“我给你发短信你没收到？还有怎么老是不开机？”叶向云做事不会拐弯抹角，直接就这么说。礼堂里人来人往的，立刻就有目光被吸引了过来。

肖莱有些难为情，四下看了看，然后皮笑肉不笑地说：“我手机丢了，换号了，没收到。”这词她都想了好几天了。

“哦？”叶向云半信半疑，“那好，你现在把你表姐的电话给我好吗？我有事找她。”

“什么事情？”肖莱只问了一句，就看见叶向云瞪着眼睛看着她。她伸了一下小舌头，被叶向云身后不远处的旷宇翔看见了，他靠着桌子就这么看着两个人在那里斗智斗勇。

“我的手机丢了，号码什么的都不见了，我还没重新整理呢？”

叶向云看着她闪躲的眼神就知道她在撒谎，他伸出一根手指挠了挠眉毛：“也没什么事，就上次飞洛杉矶时碰到她了，她在那边处理母亲的后事遇到了一点麻烦，不知道解决没有。”

“啊？我姨妈去世了？那我表姐不是没亲人了？”肖莱立刻变了脸色，马上就拿出手机找到慕筱白的电话。正要拨的时候她才反应过来，自己中计了。她抬头，看着抿嘴笑的叶向云有些尴尬。

“我说的是真的，只不过你说谎了。”叶向云似乎并没打算要责备她。

旷宇翔在远处憋笑憋得肚子疼，他一转头就看见旁边的祁可冷着脸看着他：“这么耍一个单纯的小姑娘很有意思吗？整天不能想点干点对人民群众有意义的事情吗？”

说完她狠狠地剜了他一眼，正要走时却被旷宇翔抓住了手腕：“你跩什么跩啊？别把自己看得太高了。”

祁可本来没打算跟他再纠缠些什么，可这个旷宇翔总是能点起她的火。她毫不示弱地看着他：“那你又跩什么啊？装成这样有意思吗？”她一张脸冷冰冰的。

“你……”旷宇翔一张脸变成猪肝色，忽然压低声音，“别以为有周总给你撑腰，你就可以这么嚣张。”

祁可愣了一下，心被什么钝物狠狠地撞了一下。她总是小心翼翼地收藏着这根扎在胸口的针，可就是这个人，频频揭自己的伤疤。她深呼吸镇定下来，朝着旷宇翔走了一步，微扬下巴，带着一点点的高傲：“旷宇翔，我告诉你，我祁可嚣张从来不靠男人。”说完她就转身走了。

旷宇翔还真不敢轻举妄动了，站在原地有些发愣。她是发狠说出的那句话，眼圈瞬间通红，让他的心也跟着震动了一下。这个女人他看不懂，让他太好奇了。

叶向云走过来，神情有些沮丧，旷宇翔收回还放在祁可身上的眼神：“怎么样，电话号码拿到了？”

叶向云摇摇头，有些无奈：“人家都快结婚了，还要电话号码做什么。”他长长地出了一口气。

旷宇翔今天飞备份，休息的时候，一些小伙子就凑在一起讨论今年刚进公司的新空乘。祁可身上的话题最多，除了绯闻，还有她在航班上三不五时地显示出精通多国语言。肖莱本身就长得招人喜欢的样子，又在话题人物的身边，那肯定也是个话题人物。

江翔宇有些不屑：“什么才华、美貌的，那都是浮云，给哥们儿三个月，我就给你们把那两个姑娘都拿下。”

一伙人跟着起哄，最后居然还开了一个赌局。对于怎么追女人，这个对旷宇翔而言就是小菜一碟。但说肖莱，不用三个月，一个月就足够了，倒是那个祁可怕是还得费点工夫。

这天飞机从纽约飞回来，机组从通道里一出来，就看见肩扛着两道杠的学员抱着一束玫瑰花站在那里。大家正议论着，就见那人冲着肖莱就过来了：“你好，我是公司新来的飞行学员，我也姓萧，不过不是你那个‘肖’。我很想和你交个朋友，我是六中队，波音 B777 机队的。”说完就把花塞到了她的怀里。

肖莱有些尴尬，脸也红了：“我说萧……萧同志吧，我现在还不想谈男朋友，所以……”

“没关系，我们可以先做普通朋友。”

“不是的！”肖莱有些急，可是又不知道该怎么委婉地表达拒绝的意思。

正着急呢，她的肩膀忽然被一条胳膊揽了过去。她抬头，看见是旷宇翔。他一脸镇定，痞痞地看着肖莱怀里的花，然后不客气地拿过来又塞给了那个学员：“我说哥们儿，咱挖墙脚是不是也别当着男朋友的面，会不会太明目张胆了？”

肖莱惊了一下，可旷宇翔在她肩膀上的手使了一下力，肖莱了然，也便不吭声。那学员也有些惊讶，呆看了一会儿，道了歉后灰溜溜地走了。旷宇翔放下胳膊，看着肖莱羞红的脸颇有些恨铁不成钢：“你说你怎么这么胆小啊？你就不会跟他说，滚一边去，姐看不上你这样的，或者文明一点，你不是姐的那盘菜？”

肖莱总觉得让别人难堪不好，可还是点了点头：“谢谢副驾驶，我知道了，以后会利索点。”

旷宇翔哼了一声：“放心吧，估计在凌云想跟我比魅力、争女人的未婚男士实在是凤毛麟角，有那么一个半个的，还看上你表姐了，所以估计相当长一段时间都不会有人来骚扰你了。”他说完转身就走。

肖莱有些错愕：“你的意思是说大家都会当真？”她赶紧拖着箱子跟上去，“不会吧，那我岂不是很倒霉？”

旷宇翔一个急停转身，肖莱没注意到，生生跟他撞了个满怀，两个人无比实在地抱在了一起。旷宇翔呵呵一笑，轻轻地揉着自己的胸脯：“本来信的人还不多，这下可好了，大家都信了。”他嘴里说着话，满脸都是得意的笑。

肖莱揉着自己的脑袋，一脸沮丧和懊恼，这下大概真的是跳进黄河也洗不清了。

飞行总结会开得很匆忙，宋国海机长不停地看手表，似乎有很急的事情，乘务长见状也没有说太多，会议开得很简短。散会后，宋国海急急忙忙奔到凌云的柜台，还好韩丽雯刚换了班，还没有离开。两个人的目光相撞，似乎有着一种不说就相通的默契，一前一后在机场的安全出口会合。

宋国海轻轻地把韩丽雯拥在怀里，那种满足感充盈着自己的胸膛。他多么想光明正大地拥有她，而不是在这种见不得光的地方偷偷摸摸。可是他有家庭，还有一个可爱的女儿，他下不了决心。

男人总是这么自私，希望什么都能兼顾。自己喜欢的、想要的、不能不管的，都能掌握，却是不现实的，有时候走得越远，伤害就越深。宋国海不是不明白这个道理，只是深陷其中不能自拔。有时候他甚至希望韩丽雯能不懂事一点、坏一点，揭开这段地下情，把他给逼上梁山，可以帮他下这个决定。可是她从来不说什么，这让他感受到一种似乎更加紧的压迫感。

"国海，我报名了。"她轻轻地说。

宋国海不明所以："报什么名？"

"我想转空乘，我想去天上飞，看看你眼里的风景。"

宋国海的心动了一下，他捧着她的脸，轻轻地在她额头上烙下一个吻："我帮你。"

"千万别，公司现在已经有人在说我们的闲话了，我不想你跟着我受到负面的影响。你们中队的队长职位还闲着，你不是报名了吗，说不定就是个机会呢？"

说到这里宋国海就有些头疼，他这个人不喜欢操心，飞是他的梦想，也是他的乐趣。可做官他既没有那个觉悟，更没有那个悟性，是他老婆季晓棠背着他给他报了名参加竞选的。想到这里，他心里越发憋屈，在自己妻子的眼里，他永远都是个不上进的人。她宁可他休息的时候能去陪着领导们打打麻将，可他自己却希望能更多地为家里做点事情……

慕筱白这阵子刚去上班，有些清闲，看看报纸，给一些打架斗殴的小案子验验伤，比在美国悠闲了不知道多少倍。中午的时候，林永鑫打电话过来，说晚上想到她家里吃饭。那一刻，慕筱白忽然觉得有些烦，可她还是忍了，这么多年的感情总不能草率地说放就放下。下午她早早地去超市买了些食材，晚上打算做点他喜欢吃的菜。

林永鑫有些心虚，慕筱白这阵子的冷淡让他感到了一些危机。他很清楚，这个世界上的女人虽然多，可是能像慕筱白这样适合做老婆的资源却并不丰富。她家境富裕，没有照顾父母的负担，人长得漂亮，很安分，各种贤良淑德都不缺，只是性子冷了一些。但没有人能十全十美，能讨个这样的老婆他已经很满意了。

吃完晚饭他就一直待在慕筱白的家里不肯走，坐在沙发上拿着遥控器不停地换台。慕筱白被电视闪得有些眼晕："永鑫，时间不早了。"

"慕慕，我们结婚吧！"

慕筱白一下子愣住，呆呆地看着他说不出话来。林永鑫拉住她的手凑过来："我知道你最近的心情非常不好，因为之前我一直在忙竞聘的事情……"他继续说下去，"总之，我希望你可以有一个可以依靠的人，不是你的男朋友，而是你的丈夫。"

他目光灼灼地看着眼前的女人，那一刻慕筱白有些动情。女人总是感性的，不管她的外表看起来有多么冷傲，也都是个普通的女人。林永鑫不打算放过这个机会，他轻轻地啄着她的嘴唇，慕筱白并没有反抗，这让他更加大胆。他心里有打算，或者就这么把生米煮成熟饭，他也就可以安心一些了。

这个缠绵的深吻才刚开始，慕筱白的手机就突然发出了尖锐的鸣叫。这个铃声很刺耳，让人情绪上有些压抑，慕筱白猛地推开身上的人："对不起，这是局里的电话。"说完她站起来，拿起手机就接听。没有几句话的工夫，她就进房间换好衣服急匆匆地往外走，"你能不能送送我？我怕出门打不到车。城东发生命案，我得出任务。"

林永鑫的脸上满是沮丧和不满，这下子慕筱白倒是有些愧疚了，她上前轻轻地在他脸颊上烙下一个吻："明天晚上我给你做你最爱吃的红烧鱼，嗯？"

"嗯！"林永鑫无奈地答应了一声，随即好像又想起了什么，脸色也柔和下来，"我明天晚上好像要值班啊。"说完他就偏头不看她。

慕筱白心里着急，根本没有注意到这些："那后天吧，快点，来不及了。"

叶向云已经连续三天没飞了，他向公司请了一个星期的疗养假。一大早他就去了一趟大哥的公司，经营他完全不懂，每年的这个时候他不过是来领钱的，大哥和二姐在公司给他留了百分之五的股份。叶向云弹着手里的支票看着叶美云："真不赖啊，什么都不用做，拿的钱比我辛苦一年挣得都要多。"

"那是你自找的，怪不得别人。"叶美云停下手里的工作看着自己的弟弟，"听说你三天没飞了，怎么，飞不动了？"

叶向云懒洋洋地坐在对面，跷起二郎腿："我有疗养假的，最近心情不好，不想飞。"他振作了一下，"姐，我好像对人一见钟情了，可那个女人已经是别人的未婚妻了，这让我有些犹豫。"说着这话，他就有些神伤。那种心动的感觉真的很奇妙，他甚至坐在驾驶右位的时候都会想起她的脸。每次回神他都会冒冷汗，并且他自觉地私下判定为事故征候了，所以他觉得自己应该休息调整一下，毕竟安全生产可是容不得半点马虎的。

叶美云十分诧异地看着自己的弟弟："那你有没有想过你是别人的男朋友呢？爸爸知道了会整死你的。"

叶向云很淡定，他自顾自地沉浸在自己的情绪里，只是摇摇头，很平静地说了一句："已经分手了。"

"分手了？就为了一个貌似一见钟情的女人？还是别人的未婚妻？"

叶向云回神看着对面的人："是她跟我提分手的，跟一个时尚圈的设计师好上了。"他耸耸肩，一副无所谓的样子。没有投入多少感情，自然也不会觉得受伤，他起身挥了挥手里的支票就走了。

回到家没一会儿他就接到了公司的电话，让他晚上加班来飞一班包机。叶向云皱着眉头，想撒个谎就说自己在国外呢，可无奈自己嘚瑟，昨天还在公司里露了一面。下午的时候，他极不情愿地拖着箱子到了机场，领了任务书才知道是飞 B 市，临时加的包机。

旷宇翔跟在他身后："估计这一班飞机有一半是美女啊。"

叶向云好奇地看他一眼："这一趟是什么包机？"

"是医疗器械和药品交易会什么的，你知道，医药代表都是美女哦。"他笑得有些贱，叶向云也拿他没办法。

飞机正点起飞，到了 B 市的时候是晚上八点半。机组在飞机上简短地开了一个总结会："大家都早点回去休息吧，明天我们早班出港，注意遵守公司的过夜规章。"说完瞟了一眼旁边的旷宇翔。

回了锦悦饭店，叶向云洗了一个澡就赶紧睡下了。也不知道过了多长时间，他被吵闹和门铃的声音给叫了起来。一出门就看见斜对面的房间门口已经拉起了警戒线，他心里松了一口气，那不是机组成员的房间。警察过来做笔录的时候他才知道，原来那个房间里有个女人死了，是新入住的房客发现并报的案。

他觉得有些晦气，本来放假被叫来加班就很不爽了，竟然还碰上这样的事情。

“警察同志，如果可以，请麻烦先给我的机组成员录笔录，明天他们都要赶早班出港。”他说着瞟了一眼旁边，就看见了一个熟悉的身影。她依旧是一身白衣服，白色的休闲裤、白色的背心，外面套了一件短袖开衫。头发是披肩的长度，不一样的是今天她戴了一副无框眼镜，为整个人平添了几分知性。她手里拎着一个银白色的箱子，正在跟旁边的一名女助手交谈。

走过来的时候，他们的目光相撞，慕筱白有些吃惊，然后微微点头示意，便拉着警戒线从下面钻了进去。叶向云愣愣地站在那里，一时间有些失神。

“原来是法医啊。”旷宇翔来到他身边，拍拍他的肩膀。

叶向云还没来得及说话，就听到一声尖叫，然后看见那个小助理跑出来，对着旁边的垃圾箱就开始干呕。慕筱白皱了一下眉头，显然对这位新来的助手不怎么满意。她放下箱子，戴好手套，打开录音笔夹在领口上：“死者，女，年龄在二十岁到三十岁之间，肝温二十九度三，无尸僵、尸斑出现，初步推断死亡时间在四小时左右，无中毒迹象。头部有钝器击伤，疑似为撞击，致命伤是胸腹部刀伤，六处，双刃锐器所致，宽约三厘米……”她仔细查验着死者的表面状况，忽然就被外面的喧哗声夺走了注意力。

“警官同志，我跟我女朋友只是来这里约会，我们也是刚进这个房间，不信你们可以去查我们入住的时间。”

慕筱白起身，这个声音太熟悉了。她从卫生间出来，就看见林永鑫站在门口与警察理论。她身体猛地僵在原地，眼睛一眨不眨地盯着眼前的男人，还有他身后穿着单薄的女人。

“慕慕！”林永鑫有些错愕地看着眼前的女人。

她脸上的表情瞬间几变，茫然、震惊、错愕、难以置信，随即又是现在一副面无表情的样子。他有些紧张，冲进来：“慕慕，你听我解释……”话说出口，他又不知道该解释什么，嘴里支吾着，握着慕筱白的手腕，“听我解释，好不好……”

慕筱白紧紧地攥着拳头，她都不敢开口说话，怕一张口就会抑制不住哭出来，她用力保持自己呼吸的平顺，就这么看着他，看着他脸上明明白白写着的心虚和抱歉，她自己知道什么解释都不需要了。

慕筱白慢慢地挣脱开，看向林永鑫的身后：“张队长，这个案子我现在申请回避，本案重要的嫌疑人是我男朋友，我想我不适合再参与调查。小陈，你帮我把东西拿回去。”说着她摘下手套，拿起一个证物袋把它封存起来，再丢到证物堆里。她擦过林永鑫的肩膀从房间里出来，抬头正对上叶向云复杂的眼神。她有些难堪，低头就要走。

“慕慕！”林永鑫追出来，“你给我一个机会，我……”

慕筱白转身看着他：“你今晚不是值班吗？林永鑫，我有没有向你质询过你的任何一次绯闻？不知道有多少同学在我跟前说你有问题，可我从来都不相信。是我对你放纵得太厉害了，所以你没错，你也不需要解释。”

“不是的，慕慕，是我做错了。我心里一直都是爱你的，但我是个男人，我也有需要……”

“够了！”慕筱白的脸一刹那变得通红，面对众多的同事，她尴尬到了极点。她咬着嘴唇，浑身的肌肉仿佛僵得都疼了起来，她硬扛着，就是不让眼泪流出来。

叶向云站在她的对面不远处，紧锁着双眉看着她努力隐忍的样子。他想上前去带她走，可显然不合适，只觉心疼得厉害。这个女人坚强到让他心疼！

“林永鑫，谢谢你的诚实，也谢谢你说还爱我。”她讪笑，满脸羞愤，“可是我已经不需要了。”她冷冷地甩下一句，说完就挣开那个男人的手，转身的一刹那，眼泪便从眼眶里掉落下来。她没有回头，越走越快，急急忙忙按电梯，进去了也没转身。三年的感情，这个昨晚还信誓旦旦向自己求婚的男人今天就睡上了别的女人的床。她面向电梯墙，扶着栏杆失声痛哭，心彻底放空，她慕筱白现在是真的什么都没有了。

叶向云看着电梯门合上，回头对着旷宇翔说：“让大家赶快休息，有事情记得给我打电话，我出去一下。”说完他就快步跟了上去，可电梯已经开始运行。他赶紧按了旁边的电梯，下去时正看见慕筱白跑着出了酒店大堂。

叶向云跟出去，伸手招了一辆出租车：“师傅，跟上前面那辆车。”他趴在司机的椅背上，显得有些急切。

车子在市区兜了一个大圈子，最后停在了一家酒吧的门前。叶向云愣了一下，然后眉头就紧紧地皱了起来。三更半夜一个女孩到这种地方来这不是给自己找麻烦吗？他下了车，要进去时又想起什么来，于是退后一步把自己衣服的肩章和飞徽摘下来塞进口袋里。

进去找了一圈，叶向云才在角落的一个台子边找到正在狂饮酒的女人。他上前抓住她的杯子："别喝了，这种地方不是女孩该来的地方。"

慕筱白别开脸，抬手不停地在脸上抹。里面的灯光昏暗，可泪痕的反光却越发明显："这跟你没关系，不关你的事。"

叶向云一时无语，松开手，把杯子又还给她，看着她仰头把里面的液体喝了个干净，接着又倒满。他无可奈何，却又不知道该怎么安慰，也许他心里其实很高兴，只不过不愿意看到她自残而已。

叶向云在慕筱白的对面坐下来，只是要了两杯苏打水。明天一早就要飞，酒是不能喝的。他点了一支烟，隔着缭绕的烟雾看着对面的人。她脸上晶亮的泪珠折射着酒吧里光怪陆离的光，隔着琥珀色的液体可以看到她精致的下巴和微翘的嘴唇，那么妩媚动人，单是看就把他给看醉了。

"你知道吗？那个人昨天晚上还跟我求婚，说不希望我孤苦伶仃一个人，想我能依靠的人是丈夫而不是男朋友。我以为是真的，我信了，那一刻我觉得我的感情圆满了，我真是傻。"她像是自言自语，又像是在跟对面的人诉说，"这个世界上骗子太多了，傻子根本就不够用。还有我爸，他说会陪我妈到最后，他说会回来给我过二十二岁生日……"慕筱白哽咽出声，趴在桌子上哭起来。

叶向云把烟摁灭了，然后把瓶子里的酒又给她添到酒杯里："喝吧，醉了就回家睡一觉，明天就什么事情都没有了。"

慕筱白抬起头，脸上交错的泪痕让叶向云的眉头皱得更紧。她握着酒杯一饮而尽，然后把瓶子里剩下的酒也喝了个精光。叶向云也没有阻拦，他能做的只是陪着她，保证她的安全。

慕筱白倒光了瓶子里的最后一滴酒，摇摇晃晃地站起来："怎么还不醉啊？"说着就招呼酒保，她胳膊一抬就重心不稳地往前倒，叶向云眼明手快地扶住她："你醉了，别喝了，我送你回去。"

慕筱白瘫软在他怀里直摇头："没醉，真的没醉，我什么都记得，我男朋友跟别的女人开房，我妈妈出车祸死了，我爸爸自杀了！"说到这里，她的眼睛亮了一下，神经兮兮地冲他伸出手指，"嘘，其实他不是自杀的，他是被人害死的，他知道太多了……"

“你喝醉了！”叶向云没让她再说下去，扶着她就往外走。可刚走到门口就被拦住，还没有付钱。慕筱白有些逞强，腿都站不稳，踉跄地翻包，可就是找不到信用卡。

“怎么找不到了？怎么什么东西到了需要的时候都找不到了？都没有了。”她说着眼泪就大颗大颗地往下掉。

叶向云除了心疼还是心疼，弯腰捡起地上的卡塞到她的手里：“这不是在吗？收好了。”

慕筱白摇摇晃晃地接过卡死死地攥在手里：“找到了，找到了，不能再弄没了，真的什么都没了。”说完就把卡塞进包里。

叶向云无奈，女人真的不能喝多了酒，真的会不知道自己做了什么。他把慕筱白抱在怀里，用自己的卡付了账。已经是午夜，外面的气温已经降了下来，徐徐的风吹着，慕筱白醉得更厉害，只能靠在叶向云的身上勉强站着。

出租车来了，叶向云把她塞到后座，轻轻地拍着她的脸：“你家在哪里？”

慕筱白不吭声。

“慕筱白，慕筱白！”他轻声叫着她的名字，可那人也只是皱皱眉头，没有别的反应。

叶向云叹了一口气：“师傅，去锦悦饭店。”

到了酒店门口，叶向云好不容易才把她搬下车子，然后慕筱白就很不客气地吐了他一身，雪白的制服衬衣上满是污秽。慕筱白浑然不知，还要靠上去。叶向云忙扶住她：“哎哟，我的小姑奶奶，你这是打算怎么个折腾法啊。”看着她完全无意识的样子，叶向云也管不了那么多了，直接就将她打横抱起来。

“给我开一个房间。”他对前台说。

“对不起，酒店今天已经客满了。”

叶向云有些懊恼，低头想了一下，另外找酒店把她独自放在那里他会放心不下，抬头看时间也已经接近一点钟了。

“找两个女服务员到7738房间来。”今晚，不，应该是今早，也就只能这么凑合着了。

叶向云没让服务员给她洗澡，醉成那个样子他也不放心，只是给她换上自己的一件 T 恤，以便她能安稳地睡一觉。

“把这位小姐的衣服都送洗了，明天早上八点左右送过来。”送走了服务员，他才把自己身上的脏衣服脱下来，用鼻子闻了一下：“晚上这是吃的什么啊？”然后就丢进水盆里，他明天早上五点就要离开，已经来不及送洗了。

叶向云在浴室里洗着澡，突然门就被撞开，慕筱白迷迷糊糊地闯进来，扑在马桶上就狂吐不止。叶向云忙关掉花洒，紧紧地拉着门，虽然这个独立浴室是磨砂玻璃的，可被这样看见总归也是尴尬。不过呕吐声已经停了很久了，可人依旧还在那里，这让叶向云有些着急，拉开缝隙看了一眼，这才发现她居然趴在马桶边睡着了。

他无奈，匆匆冲掉身上的泡沫，只裹了一条浴巾就出来了。他看着跪在地上依旧不省人事的人，身上的白色 T 恤勉强盖住屁股，两条细白修长的腿就这么露在外面。他倒吸一口冷气，心里又疼又气。

“你说你怎么就喝成这样。”他把人抱起来，小心地放回床上，又给她盖好被单，“以后不准出去喝酒，除非有我陪着，听见没有！”他蹲在床边，看着床上的人，用毛巾帮她擦掉嘴边的污秽，嘴都笑开了。笑完他又收敛了表情，觉得人家刚失恋自己就这么开心不太合适，可他真的是心情愉快。

叶向云把衬衣洗好，然后生生地用酒店的吹风机给吹干了，出来看时间已经快凌晨三点了。虽然他精神上很兴奋，可终归还是要休息一下的。他看着沙发上的包，明知道不礼貌，可还是打开包找到了她的手机。他拨打了自己的号码，发现她竟然没有储存，这让他本来很好的情绪突然有些低落，然后也不管礼貌与否他就把号码给存了进去，然后把她的号码也保存了起来。

酒店外间的双人沙发并不大，叶向云的身材又修长，窝在上头实在是不怎么舒服。他也就只是眯了一会儿，时间就差不多了。他起身收拾好自己的行李，再整理好自己的飞行箱，穿好制服，然后留了一张字条在慕筱白的床头。

叶向云在外面房间打着转，想了想又把自己的手表摘下来放在茶几上，在心里打了个小算盘，脸上露出些许狡猾的笑。他拉着箱子出门时，看见机组成员也陆陆续续出来了。这家酒店外面就有机场大巴，这个时间正是早班发车的时间。坐上车以后，叶向云闭着眼睛，这会儿觉得有些困了，这一眯就睡了过去。

“哎，到了。”旷宇翔在旁边推他，他迷迷糊糊睁开眼，机场的航站楼就在外面。他揉了揉眼睛，第一次觉得机场离市区好近，他起身晃着自己僵硬的脖子：“走吧！”

旷宇翔笑得很奸诈：“昨晚挺累的吧？！”

“嗯！”叶向云捏着自己的后颈，感觉两个肩膀也僵得难受，“上半夜伺候人，下半夜睡沙发确实挺累的。”话是这么说，可是听得出来他的心情好得不得了。

“睡沙发？”旷宇翔惊了一下。

叶向云停下脚步，转身瞪着眼睛看他，随即朝他的后脑勺狠拍了一巴掌：“你个死兔崽子，脑子里想什么呢？你以为我跟你一样。”

“你自己说的。”旷宇翔不服，揉着脑袋看着他。

叶向云无奈地叹气：“她喝醉了，我把她搬了回来。因为昨晚酒店客房满了，于是就住了我的房间，然后我睡的沙发。明白了？”

“哦，这样啊，那没帮忙换换衣服什么的？”

“找服务员给换的。我说你脑子里能不能有点健康又积极向上的东西，一水的都是些黄赌毒的东西。”

“错！别给我乱扣帽子，首先我是不沾毒品的，其次我从来不赌博，打牌、打麻将从来找不到我，至于黄，我也算不上啊。你看我从不出入声色场所。倒是你啊，我看你不像是真喜欢人家，哪有喜欢还不想占有的，何况是这么好的机会。反正喝多了，生米煮成熟饭再说。”

叶向云心情好，就跟旷宇翔多说几句，拍着他的肩膀：“小伙子，那种叫强奸，我看你得小心一点了，赶明儿上报公司政工部门安排你上上课，你这个三观也太差了。”

“我说你怎么这么死心眼啊？她喝多了，能知道什么啊？你就说是她强上的你，让她对你负责！”说着两个人大笑着进了机场。

有些时候喜欢的东西不是不想占有，而是想要去尊重，要不然他也不会给慕筱白留字条告诉她，所有的贴身服务都是酒店的女服务员做的。坦白讲，他真怕给她留下一个色狼的印象。

慕筱白起来的时候有些难受，头疼，胃里有灼烧感，浑身没力气。抬眼发现自己处在一个陌生的环境里，显然是酒店，她的第一反应就是掀开身上的被单，发现只是穿了一件男人的T恤。她的脸瞬间通红，扯着领口看，里面的内衣也换掉了。她闭上眼睛努力地回想，在酒吧的情形还很清晰，似乎她半夜还起来去了一趟洗手间，这印象就很模糊了，模糊到不知道是不是真的发生过。

她双手捂着脸，觉得酒是个坏东西，以后还是不要沾为好。她下床后看见床头摆着一杯水，下面压着一张字条："别紧张，所有的服务都是酒店服务员做的。叶向云。"

慕筱白面无表情，心情却放松了很多。她看着杯子，最后还是没有喝里面的水，而是自己去倒了一杯。就在这时，门铃响了，慕筱白匆忙中却找不到自己的衣服，就到浴室披了一件浴袍。她开门一看是服务员，手里拿着的正是她的衣服。

"您好女士，这是您送洗的衣服，请您签收。"

慕筱白愣了愣，但还是接过来签了单子："请问一下，昨晚上是不是……"她低头看了看自己的衣服。

服务员立刻会意："是那位先生让我们为女士您换的衣服，另外还把换下来的衣服都送洗了，洗衣费那位先生走的时候也已经付过了。"

"多少钱？"她问。

"一共是一百八十块。"

"哦！"慕筱白松了一口气，"谢谢你。"

慕筱白捧着衣服坐在沙发上，脑子里清楚地浮现他的影子，想起他说的话："喝醉了，睡一觉，明天醒过来就什么都好了。"可是她觉得一点都不好，伤心依旧，身体也更加难受了。她从包里拿出自己的工作记事本，一翻开里面正夹着那张便笺纸，是叶向云在洛杉矶时留给她的电话号码。慕筱白捏在手里，突然就搓成团，丢进旁边的垃圾桶里。

"男人都是大骗子！"她说话间看见茶几上的手表，应该是叶向云落下的。慕筱白拿着手表看了看，讪笑了一下，对自己的结论更加笃定，"又是这种把戏。"

叶向云急着想早早地飞回去休息，可签派员总跟他们过不去。

“飞C市的A333趴窝了，你们要么也是空机回去，总部还得再调机，干脆你们就执行一班吧。正好飞机也大，飞扬那边有个A733到C市的航班取消了，一起签转过来。我们跟C市那边协调，你们到了那边再飞C到A就回家了。”说着就把任务书放到了叶向云的面前。

公司的安排，飞行员永远没脾气。

旷宇翔在后面笑，可怜眼前这个正在休疗养假的人。他倒是不介意，多飞飞国内，也可以帮他多积累几个起降，飞国际长程线的副驾驶升级太艰难了。

飞C市的航班起飞在九点钟，比他们之前安排的起飞时间晚了一个小时，叶向云坐在右座上闭目养神，手里不停地翻转着手机。旷宇翔做完点检上来，看了一眼就觉得怪怪的，开口问：“等电话呢？”

叶向云没回答，其实是的。他总觉得自己把东西落在了酒店里，那个女人是不是也该给自己打个电话说一声？

慕筱白到前台退房，服务员说那是凌云的订房，费用都已经交过了。慕筱白迟疑了一下：“凌云的机组是不是经常在这里过夜？”看着前台的那种眼光，慕筱白的脸略微一红，拿出手表，“昨天那位飞行员把东西落下了，你们是不是可以代为归还，或者让他的同事给捎回去？”

对于这种贵重物品的转交，服务员很抱歉地拒绝了。慕筱白想了一下，就叫了酒店的快递服务，把手表、T恤，还有两百块钱一起打包，邮寄到凌云A市总部飞行部叶向云，她还在里面夹了一张字条。快递员让她留电话，慕筱白有些懊恼，那张字条已经被丢掉了，于是便留了肖莱的。

叶向云还在呆呆地等着电话呢，乘务长通话就响了：“客舱设备全在待用状态，准备工作就绪，是否可以上客？”

叶向云拉着旷宇翔的手腕看了看时间，想着那块手表，长长地叹了一口气，说着就关掉了手机：“可以。”他看着旁边的人：“开始执行检查单。”

飞机准点起飞，到达C市的时候已经是中午一点钟了。旷宇翔和叶向云都没有吃饭，机餐吃腻了，就等着到地上吃点正经的东西。下午的航班安排得也很早，由不得他们乱逛，两个人便在机场附近的一家酒楼找了个位子。

旷宇翔去上厕所，在门口跟从女洗手间出来的祁可打了照面。

旷宇翔愣了一下，祁可则更显尴尬。她抬头看见周建明就站在旷宇翔的身后看着她，祁可真怕他口无遮拦地乱说话。周建明这个人还是很阴险的，至少她一直这么觉得，有手段也有办法，总之是个得罪不起的人。

“怎么飞这边了？”祁可赶紧抢白。

旷宇翔一挑眉，刚想说话，就听见身后传来一个声音：“你同事？”只见周建明信步迈出来，走到祁可的身边。

旷宇翔真惊出了一身冷汗，再晚一点他肯定是要刻薄祁可两句的，像什么来看你的周总这种话估计会脱口而出。于是他冲着周建明点了点头。

“认识，加过我在的机组。”他指了指身后，“我先进去了。”说完就赶紧转身进了洗手间。

菜上得很快，可祁可却一点食欲都没有，但是又不能不吃。周建明不停地往她的盘子里夹菜：“上午去看过你妈妈了？医生怎么说？”他低着头，没看旁边的人。

祁可松了一口气，脸上显出些许宽慰的表情：“医生说她的生命体征一切都很正常，并且脑电图的情况比以前好，说不定有苏醒的希望，他们还说现在的保守治疗效果还是非常明显的。”

“哦！那就接着治吧，说不定奇迹就出现了呢。”他的语气很平淡，但依旧低着头，似乎早就知道会是这样的结果，“马上就到六月底了，今年的赔偿款有了吗？”

祁可沉默地点点头：“已经跟他们商量了，缓两天，等七月初我发了工资就够了。”

周建明皱了一下眉头，很快又恢复到平常：“小可，那是你父亲的债务，他的财产都已经执行完毕了，你没有义务替他赔偿。”他忍不住了，一个刚毕业的姑娘，都家徒四壁了，还要清偿四十多万的债务，实在太辛苦了。

祁可吸了一下鼻子，硬是忍住眼泪：“我们家早就被爸爸给赌光了，根本就没有财产可以执行。人家毕竟死了两个人，不能就这么白白地被撞死了。他在监狱里待着，再浑蛋也是我爸爸，我不能看着他六十岁了从里面出来还要挣钱还债。”

“算了，你也别那么辛苦了，这次我帮你一次还清吧。”周建明把筷子拍在桌子上，一个新空乘，每个月也就那么两三千块钱，一年要还三万块，还能剩下什么钱生活？

“不用！”祁可想都没想就开口拒绝了。她抬头，看见周建明的脸色很难看。

祁可的饭没有吃好，旷宇翔的饭也没有吃好。叶向云敲着他的手腕：“吃饭你也走神？”没看见谁一口米饭放在嘴里半分钟都不嚼一下的。

旷宇翔有些想不通，他皱着眉头：“你说一个姑娘，要长相有长相，要学历有学历，要才华有才华，伶牙俐齿、聪慧可人的，怎么就做这种事？”

叶向云一时间被他说得有些蒙，愣愣地看着他。旷宇翔有些烦：“我刚才看见祁可了，跟周建明一起，这是不是也太明目张胆、太不要脸了？”他的表情有些夸张，一副深恶痛绝的样子，说完还狠狠地扒了两口菜吃。

叶向云嗤笑出声：“我说关你什么事啊，你是不是看上人家了？”

“我呸！”旷宇翔瞪大眼睛，“我脑子被驴踢了，去找她当媳妇儿？”

“那你这么激动干吗？你又不是没见过。”

“不一样！”

“怎么不一样？”叶向云反问。

旷宇翔嘴巴张了张，最后也没说出个所以然来：“总之，你不觉得她跟那些个庸脂俗粉不一样吗？我觉得她跟肖莱都应该是那种出淤泥而不染的高洁型……”他说不出来，总之越想越气。

两个人吃完饭出来，在门口碰上了正好祁可和周建明两个人。周建明看旷宇翔的样子明显有些排斥，但是却非常友善谦恭地跟叶向云点头。叶向云也应着，但两个人都没说话，这让旁边的旷宇翔非常纳闷。祁可跟在周建明的身后甚是窘迫，匆匆地跟两个人点头告别就跟了上去，周建明打开车门等着她。

旷宇翔盯着人家最后收进车里的小腿，惋惜地摇摇头：“多漂亮的一双腿啊，啧啧，真是可惜了。”

这句话一下子让叶向云想起了夜里跪在地上睡着的慕筱白，那两条修长性感的腿确实挺考验男人的定力。现在回想起来他都佩服自己，是不是该颁发一个当代柳下惠奖什么的自己。

旷宇翔狠狠地拍他：“你在想什么呢？我跟你说话呢。”

“你说什么？”叶向云看着他。

“你跟周建明认识？你不会是想跳槽吧？到时候你可记得带上我啊，我也去裕美。”

叶向云皱眉：“裕美的待遇不如凌云好，干吗跳槽去那里？”

旷宇翔一想也是，便跟上他的脚步。

叶向云手插在裤子口袋里，心里却想着慕筱白到现在也没给自己打电话，这个女人可真是能沉住气啊，他倒是有些不淡定了。军人出身的他什么事情都讲究个爽快，这么不温不火地耗着，实在不是他的风格，可他又想不出什么更好的办法。

叶向云有职业强迫症，不管是坐飞机还是开飞机，只要在飞机上他就精力十足，这一下了飞机，脚沾地就立刻困得要命。总结会开得有些敷衍，早早地就散了。旷宇翔换了衣服又磨蹭了一会儿，晚上还约了朋友一起去打球，他没有开车，就去外面等机组车。

等车的时候他就看见肖莱和祁可一起往这边走，肖莱拖着自己的箱子，还一瘸一拐，一副半死不活的样子，一看就知道是刚从国外飞回来。祁可只拎着一个小旅行包，也是一脸疲惫的样子。旷宇翔的脑子里冒出一个念头：她不会是坐自己的航班回来的吧？

肖莱有些苦恼，跺着脚：“怎么办啊，可可，我真的是不堪其扰，要不我也把手机号给换掉吧？好多苍蝇整天围着我乱飞，我都快烦死了。今天那个什么B777机队的萧什么又来找我了，还给我送了一块星光闪闪的表。”说着就从包里掏出来递给祁可，“你看，他塞我怀里就跑了。”

祁可打开看了一眼，是一块浪琴的满天星：“哼，还真挺舍得下本钱的，还给他！拿人家的手短，吃人家的嘴短，不知道是什么人，不想跟他有交往就不要有什么经济物质上的往来。”她说着就把盒子给递回去。

肖莱还没来得及接，就被旷宇翔给拿走了：“没想到你还这么懂道理啊！”他慢条斯理地打开盒子看了看，“啧啧，真是闪瞎我的狗眼了，看来那小子还是不死心啊，竟然公开跟我叫板。”

肖莱笑出声，她有些小委屈，看了他一眼：“还说呢，你看每天都有很多短信和电话，都是些肉麻兮兮的话，你不是说不会有人找麻烦了吗？真是自我感觉良好呢。”

“你……”旷宇翔被噎着了，可他还真说不出什么话来，“行，这次我就出义务工，帮你打发了那个姓萧的。”他说完把表装进自己的飞行箱里：“这件事就交给我好了。”

“那就谢谢你了，你还真是个好人呢！”肖莱笑起来眼睛弯成月牙的形状，格外惹人喜欢。

“傻样儿，谢什么，这是有人在挖我的墙脚。”

看着两个人那么清新干净的互动，祁可有些羡慕。她侧过身，不再看那两个人，只是轻轻地捋着自己披肩的长发，在夕阳下留下美丽的倩影，落在有心人的眼中。

叶向云累了，回到家里什么也没做，倒头就睡。这一觉也不知道睡了多久，对于他这种经常倒时差的人来说，睡不着或者醒不了都是常有的事情。也不知道过了多久，一阵急促的电话声把叶向云从梦中吵醒，他厌烦地翻了个身，突然想起什么似的，立刻爬起来，找出手机一看有些失望，是个陌生号码。

他胡乱地抓了抓头发，接通电话：“哪位？”

“叶机长，我是肖莱。”肖莱一手拿着手机，一手握着固定电话，“是快递公司送来的B市的快件，可能是表姐没有你的电话，所以写了我的，怎么办啊？”她不知道是不是该帮他签收，据说他正在休假，自己明天又要飞走了，不知道什么时候才能见面。

叶向云的脑子炸了一下，牙一下咬紧了，这个女人实在是太绝了。他深深地吸了两口气：“转送到下面这个地址，你记一下。”

肖莱也没记，直接把叶向云给的地址又传达给了快递员。挂断电话后，她松了一口气，不知道到底出了什么事情，表姐居然会给叶机长寄东西，她有些好奇。

肖莱放下电话，周围的几个空乘就开始过来八卦：“肖莱，你行啊，叶向云那可是咱公司众姐妹盯着的最有价值的一棵草啊，居然这么快就被你钓上了。”说话的口气明显有些不逊，各种羡慕嫉妒恨的白眼也跟着飘过来。

肖莱有些莫名其妙：“你们说什么呢，我跟他根本就不熟。”说着她就开始坐下来整理各种材料，新来的就是要辛苦一些，什么乱七八糟的事情、该你做的和不该你做的，统统都要你来做。

“你还藏什么啊，不熟会送快递都留你的电话吗？听说你跟姓旷的那个家伙也走得挺近的，那可是凌云的第一风流才子。”

肖莱有些听不下去，也懒得跟她们解释，这种事情都是越抹越花哨：“我去趟洗手间。”说着她放下手边的工作，拉下脸起身走了。

肖莱在综合楼里无聊地转着圈，也不能出去，绕到飞行部门口的时候就听见里面的嘈杂声。肖莱好奇，只探头看了一眼，就看见旷宇翔和另外一位萧同志正在对峙呢。她愣了一下，呆站在那里，不知道该怎么办。

“肖莱！”旷宇翔的余光看见她在那里杵着，正愁没有什么来反击，结果帮手就来了。他伸手把她招呼到自己身边，“过来，到这边来。”

肖莱一时间没了主意，可还是不自觉地被他召唤了过去。旷宇翔很自然地搂着她的腰：“小莱，他说你跟着我没前途，我这号飞欧美线的副驾驶四十岁也还是副驾驶，头发掉光了也还是副驾驶。到时候买不起名表、开不起名车、穿不起名牌，照样是个被甩的货。”

肖莱半张着嘴，有些难以置信，现在终于明白为什么刚才看见旷宇翔的时候他的脸会黑成那个样子。她往旷宇翔的身边靠了靠，然后一脸正经和无辜地看着对面的人：“萧同志，对不起，我是找男朋友的，不是别的公司来挖人的，所以不看职位和职称。再说你就是检查员我也不会喜欢你，你嘴巴太坏、人品太差，很容易被停飞，那还不如副驾驶呢。”

旷宇翔一时没忍住笑出声，侧身把肖莱整个抱在怀里，低头吻着她的头顶：“好了，宝贝儿，我们走。”说着还回头看了看脸都紫了的萧某人，满脸不屑的神情，“看见了没，这就叫爱情，懂吗？兄弟！”说完做了一个挑衅的表情，揽着肖莱就走了。

拐了一个弯，肖莱赶紧把他的胳膊从自己的肩膀上挪开，然后长长地叹了一口气：“这下完蛋了，全身都是嘴也说不清了。”她抬头看着旷宇翔，“早知道就不用你了，看你挺牛的，实际上也真是不行啊。”

旷宇翔也不恼，呵呵一笑：“干吗要说清楚？我未婚你未嫁，谈个朋友不是挺好的吗？不然多无聊啊。”

肖莱一听便向后跳出去老远：“免谈，我可不跟公司第一风流才子谈朋友，我操不了那么多的心。再说谈朋友是一件很认真的事情，可不是用来打发时间的。”

旷宇翔愣了一下，他现在已经是花名在外，不过这个第一风流才子的名号他还是挺喜欢的，跟唐伯虎有一拼啊。他坏坏地凑过来，肖莱继续后退就靠在了楼梯的栏杆上："你干吗？"

"你既然不想，干吗刚才还要帮我出气？"

肖莱还以为是什么呢，她瞥他一眼："怎么说你也是帮我的忙才被人家羞辱的，我要是不帮忙那我不是太不仗义了？做人要厚道，所以呢，你也别来缠着我了。"

旷宇翔歪着头看她，没想到这丫头也是个聪明人，完全不像看起来的那么傻："那朋友有没有做啊？"

"原来你还没拿我当朋友啊？"肖莱瞪大眼睛看他，一副夸张的诧异样。

旷宇翔无奈地仰着头笑，居然甘拜下风。他抿着唇看着她："我不是之前拿你当女朋友了嘛，其实我还真是挺喜欢你的，你可以考虑一下。你不觉得让浪子回头对你的人生而言会是一个很大的成就吗？"

"得了，我对我的人生没有什么太大的追求，找个爱我的男人好好过日子就行，像浪子回头这么有挑战性的事业我做不了。" 肖莱说完跟他摆摆手，就走了。

旷宇翔杵在原地，多少有那么一点挫败感。他自嘲地笑，他可是没有那么容易就认输的。

快到中午的时候，叶向云收到了快递公司送来的包裹，打开一看里面是手表，还有那件T恤，另外还有两百块钱。叶向云把东西直接丢在沙发上，有气也没地方撒，低头发现包裹里还有一张字条："谢谢叶机长，这里是你的手表和T恤，两百块钱是洗衣费，包括你支付给酒店的一百八十元，余下的二十元就当是T恤的洗衣费好了，我没时间帮你洗了。"

叶向云看了就觉得有些脑门充血，他想也没想，立刻就拿出手机给慕筱白打了过去。慕筱白此刻正在领导办公室里接受谈话，手机不停地振动，让她本来就很差的心情更加烦躁。从局长办公室出来，她掏出手机看了一眼，有些吃惊，上面居然显示着叶向云的名字。

"喂！"慕筱白极力克制着自己的情绪。

叶向云的火气在听到她疲惫又沙哑的声音时一下子就灭了，剩下的都是疼惜。也不知道那个女人给自己下了什么蛊，没来由地心向往之。

“东西我收到了，谢谢你。”一直都在等着那个人的感谢电话，可现在“谢谢”居然从他的嘴里说了出来。

慕筱白一时无语，过了很久，她默默地叹了口气：“叶机长，昨晚的事情我很抱歉，谢谢你的照顾，我想我暂时会把重心放在工作上。”

叶向云站在原地，有些傻了。大家都是聪明人，不会不明白这话是什么意思。她知道自己想干什么，现在又明确地表达了她的立场，谁都不说那件事。这种心照不宣的沉默，让叶向云觉得自己做的事情很没有价值。

慕筱白握着电话，这种无声无息似乎有着更大的压力，让她有些透不过气来，一时间眼睛就有些酸涩的感觉。她深深地吸气：“我还有事，没什么别的事，我就先挂了。”

“等等！”叶向云叫住她，却又不知道该说什么，仿佛有很多话要说，可越是这样就越是一个字都说不出来，“你自己要好好休息，身体是自己的，要保重。”

收了线，慕筱白直接靠在身后的墙上。她真的是累了，仿佛一夜之间就老了好几岁。今天一大早来单位，大家都在议论她的事情，说什么的都有，这让她感到空前的压力。

叶向云坐在沙发上，盯着茶几上的字条。她的字很清秀，有时候你中意了某个人，那么这个人就会怎么看怎么好。他在考虑是不是要放弃，可似乎不到半分钟他就有了决定。因为心里根本就放不下，不尝试去努力争取，他会觉得遗憾。

他翻着电话簿，找到旷宇翔的电话就打了过去：“在干吗？”

“在单位，我今天备份，有事吗？”

叶向云有些茫然，不知道自己该做些什么：“有点事情想跟你请教一下。”

旷宇翔的身子一下就坐直了，有些诧异：“跟我请教？”他眼珠子转了一下，“不会是怎么追人吧？”

叶向云握着电话笑，对自己的认识还是很准确的：“我没什么经验，想跟你学习学习。”

旷宇翔看了一下表，一副为难的样子：“哎呀，我不能离开机场啊，现在大中午的，饥肠辘辘，太阳又大……”

“你去翔云楼定个位子，然后我过去。”说完他放下电话，收拾了一下就开车去了机场。

旷宇翔没想到他人来得这么快，自己这菜单还没看完呢，可见这件事情急切而重大，所以这顿饭也必然要宰得酣畅淋漓些。

叶向云抽着烟，听着对面的人点单，眉头就皱了起来：“你这是几辈子没吃饭了吗？还是打算吃完这顿就去死？”

“唉，我今天受伤了，你就可怜可怜我需要抚慰的受伤心灵吧。”旷宇翔把上午的事情说了一遍，一脸沮丧，“我是职场失意，情场也失意，所以你就让我吃你一顿吧。”说完他又点了一个龙虾，然后把菜单递回去。

“说吧！”旷宇翔身子往后一靠，胳膊一伸展，拉出一副大爷的架势，“什么情况？”

“她说目前要以事业为重。”叶向云的表情有些黯淡，“她现在刚失恋，我这么做是不是不太好？”他疑惑地看着旷宇翔。

“你做什么了？听她倾诉，陪她喝酒，保证她的安全，照顾她，你做得太好了。我跟你说脆弱中的女人是最容易沦陷的，不要给她压力，也别逼得太紧。你就对她好，往死里对她好，女人很敏感，要从细节入手，一点一点地打动她。每个人都有需要，缺钱就砸钱，缺爱就给爱。这个世界没有追不上的女人，只有不肯花心思动脑子的男人。”最后一句，旷宇翔说得有些狠，他就不信搞不定肖莱那个丫头。

今年的天气有些反常，台风来得有些早，B 市一向受台风影响严重。叶向云心里有些不踏实，晚上他犹豫再三，还是给她转发了一条台风的短消息。

慕筱白洗完澡出来，看着手机上的短信，有一种说不出的情绪，心中有小小的温暖却又莫名排斥。她编辑了“谢谢”两个字，可是要发送的时候又放弃了。她找到了叶向云存的号码，选择了“删除”，可最后确认的时候，她又放弃了。这显然就是她的矛盾，接受不来，似乎又有些舍不得。

慕筱白这几天睡得很不好，头疼，工作压力很大，突然一下了人际关系也恶化了，本来刚回国还在适应阶段的她现在觉得生活异常艰难。

第二天上班的时候，风雨交加，慕筱白没有车，在马路边站了半个小时，人被淋得透透的，都快被风刮跑了也没有见到出租车的影子。她突然心生悲凉，在这座城市她没有亲人、没有朋友，她选择在这里工作仅仅是因为那个男人在这里。此刻她萌生了强烈的愿望，就是想从这里逃出去。

孤孤单单一个人，让慕筱白觉得什么都是冷的。

A市的天气晴好，叶向云的疗养假也休完了，第一天回去上班也是备份。这份工作虽然无聊，但也算是轻松，赶上没有事，也就是在办公室里坐一天。

旷宇翔飞纽约刚回来，看见他还不忘八卦一下。叶向云有些失望地说："我几乎每天都给她发短消息，可她一条都没有回复我。"

旷宇翔颇为无奈地摇摇头："师父，你算是碰上硬茬儿了。不过别灰心，坚持，别看她现在不搭理你，让她形成心理上的依赖，那么你就成功了，到时候甩都甩不掉。记住，习惯是比爱情更可怕而牢固的东西。我看好你哦！"说着他做了一个很俏皮的动作。

叶向云半信半疑地看着眼前的人，旷宇翔被看得心里发毛，下一秒板正起来："哥们儿我开飞机之前是学心理学的，我是在行为心理学硕士和飞行学员中选了飞行。"

叶向云泄气地低下头："看来你的意见没什么参考价值了，看你的选择就知道你有多么不靠谱。"说着起身就走了。

接下来的日子，叶向云飞了一趟法兰克福，回来的时候被安排飞了一次国内，又是到B市。虽然是加班，还要过夜，但他却答应得无比爽快。开准备会的时候居然看见肖莱也在机组，散会的时候他留住了她："肖莱，你稍等一下。大家都该做什么做什么吧。"

这句话一出口，诧异的目光又齐齐地投向了肖莱。可她依旧一脸无辜的样子，木讷地答应了一声。

等人都走光了，叶向云抬头看了一眼眼前十分不安的小姑娘，笑道："怎么吓成这个样子？"

"一般被机长留下来谈话都不是什么好事情，我还在试用期，当然害怕了。"

叶向云提了一口气上来，他像是那种喜欢刁难乘务员的机长吗？

"你表姐最近还好吗？"他一边收拾着手里的任务书和这次航程的所有文件，貌似漫不经心地问了一句。

肖莱耸了一下肩膀："应该不错吧，我们已经好久没联系了。"肖莱有些犹豫，知道机长不是她这种新空乘能得罪得起的，可这话憋在心里又难受。

叶向云似乎看出了一些端倪：“有话说？没关系，我们现在是说私事，我这个人公私分明，你不用担心我会公报私仇。”

他说话带着笑，整洁的制服，笔挺的身姿，英俊的长相，肖莱看着他总觉得他人不错。可祁可的话也不是没有道理，知人知面不知心，这个圈子她虽然进来的时间短，可一些不好的事情却见识了一些。

“叶机长，我说话你可别不高兴，我表姐她不是那种乱七八糟的女人。她都有男朋友了，两个人的感情也很好。你的条件是不差，收入高，长得也帅。可我表姐本来就不差钱，也不是以貌取人的那种。她的男朋友是胸外科专家，专门在人心脏上动手脚的那种，这个你懂的……他也不差钱，长相虽然比不上你，却也不至于磕碜。所以我觉得你还是不要费心思了，你是插不进去的。你条件这么好，公司很多姐妹都把你当最有价值的一棵草看待呢……”肖莱越说声音越小，看着叶向云的眉头越皱越紧。

“你表姐跟她那个医生男朋友分手了你不知道？”看着肖莱一脸震惊的样子，他无奈地摇摇头，“你是怎么做表妹的？”说着就抱着资料出去了。

肖莱呆呆地站在那里，好一会才反应过来，赶紧拿出手机给慕筱白打电话。

慕筱白这个时候的心情真的是差到了极点，刚刚她从解剖室出来，还没拐过弯来就听见电梯间里几个阿姨辈的女人在议论：“这样的事情传了出来，还怎么在这里混啊？现在的男人谁会娶个冷淡的老婆回去。”

“整天看她清清冷冷的，原来真的是冷淡。”

“我听小刘说，那男的还说是爱她的，但因为生理需要不得不出来找别的女人。你说是不是冷淡？要不就是干脆有病。”

慕筱白的脸色惨白，她紧紧地咬着嘴唇，转身回去走了楼梯。她一口气下了八楼，实在有些喘不过气了，她才停下来，手紧紧地抓着楼梯栏杆，力气大得骨节都凸出来了。自从发生了那天晚上的事情，围绕在她身边的流言就越来越多，这让本来就敏感的慕筱白的心理压力不是一般的大。

慕筱白有些懊悔，就因为林永鑫的一句话，她放弃了美国的工作回到B市，考了个基层的公安局待着，只为了能跟他离得近一些。母亲去世后，她连美国的房子都卖掉了，她也从来没有做过其他的准备，只是一心想这么跟着他过一辈子。她是法医啊，如果辞了工作，不做这个又还能做什么？她这么辛苦地转方向，为的就是能真正为死者说出真相，可现在看起来理想变得越发虚无缥缈了。

原来这个世界上你唯一能信任的也只有你自己。她找了个安静的地方，一个人坐着平静了好久。时间过得很快，她起身回了办公室若无其事地整理好东西，然后去机场接肖莱。

“B 市进近，呼号凌云航空，航班号 118，码编 7748，请求降落。”

“LY7748，虹苑机场，跑道 16R，风速三米每秒，风向一百四十度……”

叶向云松了一口气，最近 B 市的天气始终不好，真怕管制员再来一个流控，盘旋等待一小时，或者干脆建议备降。飞机很平稳地落了地，下完客，肖莱就很着急地打开手机，果然有慕筱白给她留下的信息，说是来机场接她。

开完总结会，肖莱就跑到乘务长的身后，摆出一副可怜兮兮的样子：“乘务长，我想请个假，我表姐在 B 市，晚上我到她那里住可不可以？我一定不会耽误明天早上的班机的。”

乘务长诧异地看着她：“肖莱，你来公司也不是一天两天了，公司基本的制度你都不清楚吗？你当是儿戏啊。”

“可是乘务长，我表姐都已经到机场接我来了，如果十点就必须回来的话，我们就连个说话的时间都没有了，我就是想跟表姐待会儿而已。”

“这个主我可做不了，你去问机长吧。”乘务长看了一眼前面的叶向云，一副惊喜又为难的样子。只见他拍打着手里的文件夹，片刻后抬头看着肖莱：“下不为例！”

肖莱一时忘形，笑得一脸烂漫，向他九十度鞠躬：“谢谢叶机长。”她的声音脆甜脆甜的，引得在场所有的空乘都不可思议地侧目看着两个人。

机组一行出了机场，隔得远远的，肖莱就看见了正出口处等着的慕筱白。显然她还在发呆，没有看见正朝着自己扑过来的人。

“表姐！”直到肖莱拍了她的肩膀，慕筱白才恍然抬头看见肖莱的一张笑脸，又越过她的肩膀看见叶向云在向自己微笑着点头。她莫名地感到难为情，勉强笑了一下，笑容僵硬得要命，只一瞬间就消失不见。

叶向云的心里有些急，两个星期没见，她似乎瘦了很多。可考虑再三他还是没有上前，或许她现在需要的是空间。

回去的路上，肖莱不停地抱怨："上次姨妈去世你不说，这次出了这么大的事情你也不说，表姐，你是不是都没把我们当亲人啊？"肖莱嘟着嘴，"要不是叶机长让我来看看你，你还不知道要一个人扛多久。"

"他跟你说的？"慕筱白转头看着她，眼睛里有疑问。

肖莱也有些好奇："是啊，他好像真的很关心你，本来我们晚上是不准外宿的，还是他给我了假，这样我晚上才能陪你，不然十点钟是必须归队的。你没看见那些乘务员的眼神，简直羡慕死了。表姐，你跟叶向云之间是不是有什么事情啊？"

慕筱白心下叹了一口气，心中有感动。这些日子他发的每一条短信她都保存着，那仿佛是人生汪洋大海中唯一飘着的一块浮木，虽不能带她摆脱危机，却生生让她觉得有希望。

"我们在外面吃一点东西吧？找个离你们驻地近的地方，十点钟你好赶回去。他给你破了一次例，以后的工作就不好做了。"

"表姐，你们之间一定有事情，你们现在都已经开始互相为对方着想了。"她挑着眉，一副笃定的语气，"你先别太急，我先回去给你打听打听他这个人怎么样。唉，我们公司好多男人真的都不靠谱。"

慕筱白没有说话，她现在最清楚的就是什么都要靠自己。男人，靠不靠谱都无所谓了。其实她也没有什么太多的想法，只是别人对她好，她也不能无动于衷，仅此而已。

肖莱回到驻地的时候还不到十点钟，在路过叶向云房间的时候，看见门口"请勿打扰"的灯还没亮，她犹豫了一下，还是按响了门铃。

叶向云出去见了几个朋友，也是刚回来，他开门看见肖莱的时候显得有些诧异。

肖莱一脸笑容地鞠躬："叶机长，我是来销假的，我归队了。"

叶向云闪开让出门口："进来坐坐吧。"他看了看手表，"还有一点时间，我们聊聊。"

肖莱有些犹豫，但看着叶向云衣装整齐，也就走了进去："叶机长，有什么话你就赶快问好了，时间也不早了……"后面的话她没说出来，大家心里都明白，这样很容易闹绯闻的。

叶向云给她倒了杯水："不是给你假了吗？怎么又回来了？"他很好奇。

"表姐说了，制度就是制度，坏了规矩以后你的工作就不好做了。我看我也帮不上她什么忙，表姐那个人心思很重，有什么事情也不喜欢跟别人说，自从我姨夫去世以后，她整个人都变了。现在她孤孤单单一个人在这边，单位里还传些风言风语，我真怕她会抑郁。"肖莱说着说着就有些神伤。

叶向云的面色深沉，思考了片刻便开口："她有没有想过到 A 市跟你做个伴？"

肖莱立刻露出一副不可思议的表情："有没有搞错，从这里调到 A 市，那可是跨省啊！说得容易，你以为买张机票就过去了。"

"呵呵！"叶向云被她给逗笑，"这也说不定，不试又怎么知道。试试呗，到时候你们在同一个城市，也可以互相照顾。"

"也对！"肖莱点点头，"明天我跟她说说这件事。"

肖莱很快就走了，叶向云却把这件事记在了心上。他直接给他二姐打电话，因为他就是个熟练的技术工，这些事情他解决不了。

叶美云有些好奇："怎么想起给别人办这种事情了？你可从来都不会给我和你大哥找麻烦的。"

"不是别人啊，很可能是你未来的弟媳妇。"叶向云一边打电话，一边解衣服，"她可是一个有真才实学的留学回来的专家，不管到哪个单位，绝对都是业务骨干。"

"臭小子，办事就想起找家里人了。"叶向云一听这话就严肃起来，怎么就变成他大哥了呢？他不出声，听电话那边的人继续训斥，"这个月底之前你找一天回家吃饭，不然的话你想都别想，我把人给你调到老少边穷的地方去。"说完就挂断电话。

叶向云呆呆地站了一会儿，然后傻笑起来。这笔买卖不算亏啊，只是老爷子比较难应付一些。

第二天起床，外面天阴得厉害，并且还在下雨。叶向云心下叫苦，这种天气，恐怕机场又悲剧了。雨不是问题，只是云高这么低肯定是飞不了的，大面积延误在所难免。

机组一行到了机场就一直在休息室休息，肖莱就拿着电话打啊打，不停地游说慕筱白。叶向云很安静地站在肖莱身后，时不时地在本子上写点东西提示肖莱。两个人眉来眼去颇为默契，身后一屋子的人就看着两个人的背影窃窃私语。

“表姐，你就把你的个人简历给我一份，我帮你投啊。不麻烦，一点都不麻烦，你要相信自己是从美国回来的博士，是刑事鉴定专家，这种人才他们打着灯笼都难找。越是发达的地区就越重视人才，A 市简直太适合你了。你把简历传给我一份，马上啊。”说着就把叶向云写好的传真号码给了她。

挂断电话，肖莱好奇地看着他：“传真是谁的啊？”

“这你就别管了。”他掏出自己的电话，然后一边拨号一边凑到肖莱的耳边，“这是我们两个人之间的秘密，千万别让你表姐知道。”两个人的样子煞是亲密。

说完叶向云转身就出了休息室：“二姐，材料很快就给你发过去，你给我当一件事给办了。”

飞机延误了三个小时才起飞，到了 A 市又在天上等了半个小时才落地。

开完总结会，肖莱刚出来就被商务舱的乘务刘岚给叫住了。

“肖莱！”她挽住肖莱的胳膊，“姐姐的朋友晚上在凯悦酒店办酒会，需要几个漂亮的迎宾小姐撑场面，薪水丰厚。我知道你跟祁可明天和后天都休息，来帮个忙吧？”

肖莱这个人就是不会拒绝人，再加上刘岚也算是公司的老人了，她不敢得罪，就稀里糊涂地答应了。

回到宿舍，肖莱看见祁可安静地躺在床上看书，她凑近一看是汪国真的诗集，然后就把这件事说出来。

祁可一副很厌烦的样子说：“不去，跟她又不熟。”

肖莱有些为难：“可可，去吧，我都当面答应她了。我可不想一个人去，你就当是陪我好了，反正还有外快赚啊。”她一副委屈的样子。

祁可拉着脸看她，然后又笑出声：“你这个小可怜的样子还真是让人疼。好吧，这次是我陪你，明天晚上我飞洛杉矶，你在家帮我把送洗的床单、被罩取回来。”其实让祁可真正动心的还是酬劳，她确实太需要钱了。

肖莱的脸上立刻就笑开了花。

两个人到了约好的饭店，服务员带着她们去换礼服，两个人都挑了相对比较保守的款式。可进了酒店宴会厅她们才发现，其实也不是什么需要迎宾服务的场合。祁可察觉到其中的诡异，拉着肖莱就要走。

“哎哟，你们俩怎么来得这么晚？大家都在等你们呢。”刘岚赶紧过来，拉着两个人给很多人介绍。

肖莱对这种阵势也有些吃不消，下意识地就抓住祁可的手，转头看着她，连大气都不敢出。祁可心里也有些不踏实，只勉强笑了笑。

刘岚给了两个人一人一杯酒，就带着她们认识到场的人。祁可抽空在肖莱耳边叮嘱了一句：“什么都别吃，也别乱喝东西，找到机会我们就走。”

肖莱顿时紧张起来，她环视了一圈，倒是有很多年轻姑娘，个个都打扮得花枝招展的，她一下子就紧张了起来。然后她就凑到祁可身边：“怎么办？”

祁可不动声色，突然脚下一滑，杯子里的红酒就洒了一身。

“哎呀，对不起！”祁可转身看着刘岚，“岚姐，抱歉，让肖莱陪我去整理一下。”

祁可也不等刘岚回应，拉着肖莱就往外走。两个人去休息室拿了自己的包，连衣服都来不及换就打算跑，可还是被人给堵在了里面。

门刚被拉开，两个人还没有迈出步来，肖莱就被人拉住了胳膊。祁可眼明手快，抢过了从门口路过的上菜的侍应生手里的盘子，转身就甩到了那人身上，再把肖莱给拉出来：“快跑啊！”她一边喊着，一边用盘子抽打着那个男人，满屋子的人居然都站着看热闹。

看到肖莱跑了出去，祁可丢下盘子也要跑，却被另一个人给堵在了门里。

肖莱跑到电梯口，回头却没有发现祁可，她心里害怕极了，看着电梯还在四十七楼，等不及电梯便从楼梯飞也似的往下跑。她一步没踩稳，直接摔了下去，胳膊磕出了血、腿摔疼了也顾不上，立刻爬起来就继续跑。

“可可、可可，我去找人救你。”她一边哭一边跑。

肖莱跌跌撞撞地跑到一楼大堂前台：“快，叫保安，有人在三楼望海厅做坏事，他们欺负我朋友。”她急不可待，可前台似乎还没有搞清楚到底是什么情况，“你们快去啊，快啊，来不及了。”她几乎是声嘶力竭地大喊。

旷宇翔从酒店的健身房出来就看见了在大厅里像疯了一样的肖莱，他眉头皱起来，快步跑过去：“你这是怎么了？得了疯牛病了？”

肖莱哭得上气不接下气，抓着旷宇翔的胳膊像是抓住了最后的救命稻草：“救可可啊，副驾，他们欺负可可……”

旷宇翔愣住，拧紧眉头：“你慢慢说，到底怎么了？”

“三楼，有几个男人要欺负我们，可可帮我跑出来了，她又被抓了回去。”

旷宇翔的脸一下子黑了，猛地推开肖莱就冲进了安全出口，三步并作两步就冲上楼。到了电梯口，就见里面只有刘岚和那位机长，两个人收拾了东西正打算离开。

“祁可呢？”旷宇翔没有多废话，有些气势汹汹。

但里面的两个人并没有要搭理他的意思，这让旷宇翔有些恼火：“刘岚，我告诉你，祁可今天没事算是你的运气，不然我让你吃不了兜着走。”

刘岚讪笑：“就凭你旷宇翔？别以为你会飞就了不起，等当了机长再说吧。”她说着就要走，却被旷宇翔拉住。

“我不是跟你开玩笑，祁可的后台可不是你我招惹得起的，你要是还想在公司做，你就马上告诉我他们把她带到哪里去了。我负责任地告诉你，我不是在吓唬你，包括你陈兴泉在内！我你们不放在眼里，那老总行吗？总局领导行吗？”

旷宇翔把能想到的靠谱的大帽子都搬了出来，刘岚和那位叫陈兴泉的机长也有些犹豫了。他们互相对望了一下，陈机长淡淡地开口：“他们的房间都开在十七楼，具体哪间我们就不清楚了。”

旷宇翔已经没时间跟他们理论，他冲出门来到电梯口就看见上面的数字正停在十七楼，似乎人也是刚上去的：“祁可，你千万争气一点，千万别有事。”他急得嘴里不停地念叨，心急如焚大概就是他此刻的心情了。

到了十七楼，旷宇翔就感觉有些晕，这里恐怕至少有五十个房间，他毫无目的地在走廊里跑着：“祁可，祁可！”他一边喊一边敲每一扇门，拐过角来，他发现地上躺着一只平底鞋。他心里有一种不好的预感，于是拼命地砸着面前的房门，可是没有人回应。

就在这时，似乎就是从附近传出隐约的呼救声。旷宇翔安静下来，循着声音走到一扇门前。他趴在门上面听着里面近乎绝望的哭喊，心陡然揪紧了。他奋力地拍打着门：“祁可，你在里面对不对？祁可、祁可……”

旷宇翔砸着门，可里面的两个男人似乎根本没打算放弃。他们一个坐在祁可的腿上解着她的裤子，另一个撕扯着她的上衣："你不是仗义吗？放走一个，你就辛苦一点吧。"

祁可的嗓子都喊哑了，眼泪流到床单上湿了一片："救我，救命！救命啊，救救我！！"

旷宇翔在门外听得心都酸了，于是后退了两步，用身体猛烈地撞门，一次、两次……酒店的保安上来，远远地就冲着旷宇翔喊。他一急，退后一步，抬脚一用力，门被重重地踢开了。

旷宇翔一冲进去，就看见两个男人都跨坐在祁可的身上，她的上衣已经被扒掉了，紧身牛仔裤也被褪到膝盖上。

他一时怒火攻心，抓起手边的电热壶直接就拍在一个男人的头上，然后又一拳打在另一个男人的脸上，把人打翻在地。他转头看着床上被折腾得气若游丝的女人，她的脸色是死一样的惨白，似乎只有眼角不停流淌下来的眼泪能说明她是活着的。

旷宇翔掀起床单把她给裹了起来，上前抚摸着她略微红肿的脸："没事了，什么事情都没发生。祁可，真的没事了。"他思忖了一下，"我们要不要报警？"他小声地询问着，他不能替她做主，这毕竟算是强奸，即使是未遂，说出去也难听。

祁可慢慢地闭上眼睛，眼中的泪水全都涌出来。她咬着嘴唇轻轻地摇头，渐渐呜咽出声。旷宇翔真的是觉得心都在颤抖，他大口大口地喘气，平复着自己的心绪，两只手将她抱起来就往外走。

"先生，你破坏了……"

"去找那两个浑蛋结账！"还没等两个保安把话说完，旷宇翔就给吼了回去。

肖莱在大厅里一边等一边哭，直到看着旷宇翔抱着人从电梯里出来，再看着裹在祁可身上的床单，她的心陡然一沉，冲过去就抱住祁可。

"可可，对不起。"她呜咽着，话都说不利索了，"都是我的错，是我的错，对不起，可可，对不起，我不该拉着你来的，被欺负的应该是我……"她哭到说不出话来。

旷宇翔皱着眉头，也被她们这么真挚的情感所打动："肖莱，别哭了，不怪你，你太小了，不知道深浅。"

“怪我，怪我啊。可可本来不来的，是我偏让她陪着我来。”

旷宇翔轻声叹气：“帮我把她送回去。”说着他小心地抱着怀里的人，感觉她浑身都在瑟瑟发抖，觉得自己的心也跟着在颤抖。旷宇翔开车，肖莱在后面坐着紧紧地搂着祁可，祁可浑身冰凉。她有些害怕：“我们去医院吧，她浑身都是冷的。”她的声音有些颤抖，小心地询问着前面开车的人。

旷宇翔抬头从后视镜里看着后面的人：“好！”他沉着声音，打开导航。他的身体健康，还真的没怎么去过医院，顶多就是找家药店买点感冒药。

“不要，我不要去医院！我要回家，我想回家。”祁可出声，声音细弱而哀戚，那种强烈的排斥和淡淡的哀求让人忍不住蹙眉怜惜。肖莱的心里内疚，抱着她又哭起来。

旷宇翔想，祁可应该是受到了惊吓，没什么大事，毕竟经历了那种异常可怕的事情，四肢麻木冰凉都该是正常的吧。他叹了口气，现在想想都有些后怕：“你家住哪里？我送你回去。”他淡淡地开口问，却听见祁可越发戚戚然的抽泣声。

“不在本市吗？”他问了一句。

肖莱紧紧地抱着祁可：“别问了，求你了，可可没有家。”

旷宇翔的心像被猛地撞了一下，握着方向盘的手好像都使不上力气。他深深地吸了两口气：“我们回去吧，回驻地。”

把祁可抱回宿舍后，旷宇翔没说什么就匆匆走了，没过多久又折返回来，手里多了一个冰袋。他递给肖莱：“给她敷敷脸。”这帮人下手也太狠了，想起来他就恨，应该狠狠地揍那两个浑蛋的。

肖莱怯怯的，她把旷宇翔推到门外，有些难以启齿的样子：“他们有没有对可可怎么样？”她瞪大眼睛，焦虑地看着面前的男人，仿佛又要哭出来。

旷宇翔看着她那个有趣的样子，这么着急伤心还拼命想忍住，他的心情稍微好了一些，伸手揉着她的脑袋：“没事的，在千钧一发之际，我这个黑骑士降临了，公主被解救了，别担心了！”

肖莱最后还是呜咽出声：“我怎么会不担心，可可的衣服都没有了，都是我害的。我该怎么办？我对不起可可，本来他们抓住的人是我，可可是可以跑掉的……”说着说着她就哭得上气不接下气。

旷宇翔看着眼前真心忏悔、满是内疚的善良的小姑娘，心里软软的，他上前抱住她拥到怀里："傻妞，这些都不怪你，祁可也不会怪你的。她愿意这么帮你，一定是感情好到极点了，她又怎么会怪你呢？听话，坚强一点，祁可还需要你照顾呢。"

肖莱就这么缩在他的怀里，在这么无助的时候有个人开导你，让你宽心、让你依靠是一件多么舒心的事情，她不自觉地伸手抱着旷宇翔的腰："你是个好人，谢谢你。可可她吓到了，我替她先谢谢你。"

旷宇翔走了，肖莱回到宿舍发现床上没有人了，她的心惊了一下，随后浴室里响起了水声。她想进去看看祁可好不好，可门却上了锁，里面哗哗的水声里夹杂着哭泣声，她的心里满是内疚。她就这么一直呆呆地站在门口，过了好一阵子，祁可裹着一条浴巾出来，俨然一副若无其事的样子。这反倒让肖莱更加紧张："可可，对不起，你要是难过你就哭吧，别憋着，会憋坏的。"

祁可轻笑着拍拍她的脑门："你是被吓傻了吧？我没事，不就是被摸了两把吗？在飞机上也不是没被下流的色鬼摸过。你就安心睡觉吧！"说着她就上了床，拉起夏凉被转过身睡去了。

肖莱愣愣地站在那里，过了好久才上床睡去。半夜的时候，肖莱不知怎么的就被呛醒了。她睁开眼，屋子里一片漆黑，只窗前有个人影。祁可站在那里抽烟，肖莱知道只有情绪特别不好的时候她才会这么凶地抽烟，其实她的心里并不像她表现的那么无所谓。

"可可。"

祁可猛然回神，赶紧摁灭了手里的烟："对不起，把你呛醒了。"

"没关系！"肖莱起身看着她，却不知道该说什么。

祁可转身倚着窗台："肖肖，其实传言都是真的。"她的脸映着银白色的月光，娇俏的五官显得更加精致而迷人，"传说中的那个男人是周建明，我们曾经在一起过。"

肖莱不可思议地看着窗前的人，一句话也说不出来。然后就听见祁可自嘲地笑了笑："没关系，你可以看不起我。"

"那你爱他吗？听说裕美的周总是一个非常有魅力的男人。"肖莱小心翼翼地轻声问道。

祁可哼笑了一声，不自觉地又点了一支烟："他用钱赶走了我的男朋友，因为钱我委身于他，你说我会不会爱上他？看人不能光看外表，有时候你光看他的行为也不能对这个人做出正确的判断。他还是一位慈善家呢。”

肖莱有些震惊，似乎可以明白祁可刚才那种脸色的原因，就像是噩梦重演！

祁可没有看她，依旧侧脸向着窗外：“我就是想告诉你，这条路无论如何都不要走，往后可不是你想抽身就可以的。因为正经人一辈子都不会拿正眼看你，所以晚上的事情你不用感到内疚。至于周建明，他对我有恩，另外……”她皱了一下眉头，心如针刺般疼，仰起头看月亮，淡淡地开口，“我需要……钱！”尽管她在极力隐忍，可眼泪还是顺着眼角滑落下来。

肖莱困惑了，她认识的祁可从来都不乱花钱，也从来不买奢侈品，从来都不铺张浪费，她浑身上下唯一算是贵重首饰的也就是耳朵上一对小小的纯银耳钉了。

“可可，你有很多办法可以挣钱的。你眼光那么准，你让我买的股票都很赚钱啊。”

“投资不需要本钱吗？”她淡淡地笑，多么羡慕肖莱衣食无忧，可以那么简单、单纯地活着。

“你那么有钱，有很多赚钱多的工作都可以……”

祁可灭掉烟头：“快休息吧，明天你要备份，我还要飞呢。”房间里重新又安静下来，过了好久，祁可转过身来，“肖肖，我们还能做朋友吗？”

肖莱也没有睡着：“嗯，可可，你一定有你的难处，我知道你不是那种坏女人，咱们永远是好姐妹。”

因为是下午的航班，中午的时候旷宇翔才拖着箱子出现在公寓门口等机组车。他刚站定一会儿，祁可就拖着箱子出现在他的视线里。此时的她已经换上了一身制服，站在路边确实有些鹤立鸡群。

两个人的目光相撞，祁可脸红了，有些尴尬，可还是朝他点了点头。她犹豫了片刻后，走过来：“昨天晚上真的要谢谢你，不然还不知道会发生什么事情。”

旷宇翔不自觉地上下打量着眼前的人，脑子里全是昨晚她几乎赤裸的身体，心中真是无限惋惜。

“你不用休息一下吗？飞哪里？”旷宇翔低头看她的脸，已经看不出红肿了，只是眼睛还跟两个桃子似的，看来是哭到很晚。看着她这样，他的心里又有些难过。

“不用了，只不过被吓了一下，请假也不好说理由，去西雅图散散心也不错。”她抬头微微一笑，显得有些勉强。

旷宇翔笑了：“LY7468 吧，我们一个机组，我也飞那里。全商务舱，然后会在新加坡过夜，酒店定得也不错，在海边上，确实是一次不错的散心之旅。当然，如果飞机没有延误的话。”说话间机组车就到了，两个人上车后各自找了位子坐下来。

叶向云来到机场的时间比较早，去签派那里领了任务书，出来的时候正跟宋国海打了个照面。

“有时间吗？给我五分钟。”

叶向云看了一下时间：“你可以占用三十分钟。找我有事？如果你是想说关于中队长竞聘的事情，你就放心吧，我挺你啊，我很早就劝你可以争一下了。”他笑着拍了拍宋国海的肩膀。

“不是！”宋国海低着头，似乎并不是那么容易开口，犹豫了一会儿才说，“柜台值班主任，就是小韩，她想转空乘。我不太方便出面，你想想办法，有什么需要你也别客气，直接跟我说。”

叶向云这下倒是有些为难了，稍微皱了一下眉头。他刚进凌云的时候，宋国海的老婆季晓棠还是凌云的王牌乘务长，曾经给了还是新人的他不少帮助：“你知道嫂子当年很照顾我的，这件事情我很难做的。”

宋国海笑道：“你这是帮着你嫂子看着我呢？”他收敛了表情，“你不用担心你会助纣为虐，我们之间很清白。我也不想让她飞国际，飞国内会轻松一些，也不用倒时差那么辛苦，她说她想看看我眼中的风景。”

叶向云的心被震动了一下，多么简单而真挚的愿望，只是想看看你眼中的风景。他有些犹豫：“你是怎么打算的？”

“我就是没有打算才只能找你帮忙，我要是能当机立断还找你干什么？我会扶不上去一个空乘？”他有些怅然，“向云，你可能还不能体会想要满足一个人愿望的那种迫切心情，能做到的总是想帮她实现，即使做不到的也想要去试试。”

这句话倒是说到了叶向云的心坎上：“我来想办法。”

飞机临检，叶向云启发时便觉得有些不对劲。旷宇翔在旁边瞪大眼睛：“这声音有些不对劲啊。我说这个 A380 的发动机出事也不是一次两次了，澳航居然在天上爆了一个。”

“新机型要成熟起来总是需要一些时间的，把念林叫上来，别整那些二把刀的在那里瞎鼓捣。”叶向云皱着眉头，发动机故障可不是小事情。

旷宇翔笑道：“我说你不能老这么依赖顾念林，那小子在公司待不长的。听说他申请了美国某著名高等学府的博士，出国深造指日可待，他的心思都在造中国自己的大飞机上。C919 他是赶不上了，可说不定 C929 他就是骨干了。到时候我看你怎么办，还去商飞把他揪回来给你检查发动机？”牢骚归牢骚，机长的话还是得听，他乖乖地出去，没一会儿就把顾念林给叫了上来。

顾念林上来鼓捣了一阵子，很快就发现了问题：“我下去看看。”他随即指了指耳机，“保持联系！”说着就转头出了驾驶舱。

叶向云有些感慨：“念林在公司做个机务真是可惜了，能去商飞做工程师也是个不错的选择。倒是公司里那些人，整天东挑西拣的，真正的好男人都没人要。念林多好，踏实又有学识。”

旷宇翔鄙视地看了他一眼：“你知道什么啊，顾念林其实很受欢迎的。”然后他七七八八说了一大堆人的名字。

叶向云蹙眉：“你怎么知道得这么详细？我可提醒你，不要跟着一些不好的圈子混，人最重要的还是洁身自好。”

旷翔宇收敛了脸上的痞气，很认真地看着叶向云：“你说咱们俩要是同时身处险境，你会奋不顾身地把我救出去吗？”

“如果我们这个小驾驶舱出了险情，你以为我能帮你脱险？你凑合着陪我一起应付吧。”叶向云瞥了他一眼，“你真是想得美。”

“我的意思是，不是职务行为，仅仅因为我们是很好的朋友。比如遇到追杀，你会不会帮我挡刀？”

叶向云无比诧异地看着他，然后笑出来：“怎么问这么个问题，那你肯为我挡刀吗？”

“不肯！”旷宇翔一本正经地回答。

“那我为什么要帮你挡刀？”

“我不是觉得你比较高尚吗？我这种人渣只顾着自己是正常的，而你这种品格高尚的人，是不是应该有些跟我这种人渣不一样的地方？”

叶向云笑着拍他的后脑勺：“什么时候有自知之明了？其实人在危险的时候保护自己是一种本能，能够做到舍己为人那就需要克服本能，需要很大的勇气和力量。至于怎样能做到，我想可能是因为有爱和正义感，或者说他就是个大好人。”

旷宇翔似懂非懂。这句话其实并不难理解，只是放在祁可这样一个人的身上就有些让人费解了。

两个人都没出声，就听见耳机里传来顾念林的声音：“叶机长，已经处理过了，你再试一下。”

叶向云应了一声，重新启发，果然一切都恢复了正常。他赞许地点点头，然后对旁边的人说：“你继续，我下去签单。”

一切准备就绪，顾念林签了放行单，机舱也已经准备就绪开始上客。祁可站在门口，旷宇翔就站在她对面。令他无比诧异的是，她遇到这种事情后竟然这么快就可以笑得那么灿烂，真的让人有种宾至如归的感觉。这时候他心里想：作为一个实习新空乘能上全商务舱的A380，或者不全是因为有关系和背景的缘故。

此刻从廊桥上来一位旅客，一身商务打扮，手里只拎了一个公文包，走到门口就愣在那里，两只眼睛直直地盯着祁可，一脸讶异的表情。祁可脸上的笑容一瞬间僵住，片刻后又恢复了职业的笑容。旷宇翔觉得奇怪，走上前：“先生，请往里面走，你妨碍到后面的旅客登机了。”

那人往旁边靠了靠，径直走到祁可面前：“小可，你怎么在做这个？”他皱着眉头，一副惋惜的模样。

祁可没来由地心生厌恶，旁边的乘务听到这话也多出一些不爽的心情。乘务长叫了旁边的一位乘务员：“去帮这位先生找一下座位。”

旷宇翔看着祁可，她依旧一副若无其事的样子，双手交叉放在身前倾身向前，笑容可掬，这样的镇定和从容在旷宇翔的心里画上无数个问号。

飞机正点起飞，还没有爬到巡航高度，叶向云就把飞机交给了旷宇翔。

他自己则从飞行包里取出他宝贝的单反相机，看着仪表觉得差不多了就对准外面的天空。

旷宇翔看了一眼仪表上的高度，忍不住笑出声："你不会是等着拍那个金色天堂吧？"

"你不觉得非常美吗？"叶向云一边调焦一边说。

旷宇翔不以为意："再美的东西经常看也不觉得美了，甚至就烦了。"

"但并不是每个人都能看到。"

飞机穿过厚厚的云层，看得见太阳的光为云海镀上一层金边，光芒万丈，灿烂耀眼。叶向云端着相机猛按快门，将这美丽的金色天堂，还有那神奇的佛光和天边的七彩光晕都收进镜头里。飞机进入巡航状态，叶向云拿出自己的电脑，很快就把几张图片做成了一张漂亮的明信片。

飞机顺利地在机场降落，下客的时候祁可跟乘务长申请，没有在门口送客。果然那位客人落在最后，他走到门口没有看见祁可显得很失望，于是走向乘务长："我想找一下乘务组的祁可小姐。"

祁可本来以为客下完了，可她刚从厨房出来一听见声音立刻又退了回去。这个小动作正落在旷宇翔的眼里，他走上前道："先生，乘务员祁可现在正在履行她的工作职务，恐怕不太方便。如果你们认识的话，可以在她休息的时候跟她联系。"

"你们凌云的五星级航空公司就是这样的服务吗？那好，我是这架班机的乘客，现在我要乘务员祁可为我服务，否则我就到你们公司去投诉。"

"罗晨先生，您找我到底需要什么服务？"祁可从厨房的帘子后面出来，只见她眉头紧锁，脸上没有了笑容。

"小可！"这位被称为罗晨的人转身惊喜地看着祁可。

"别这么叫我，我是空中乘务员祁可，请问您专门找我是想要我提供什么服务呢？"

"小可，我们找个地方好好谈谈。"他说着就拉起祁可的手，却被祁可甩开。

祁可说："对不起，我们只在飞机上为乘客提供必要的服务，不接受私下的任何服务要求。"她不卑不亢地拒绝了他的要求。

罗晨的面子有些挂不住："祁可，你非要这样自暴自弃吗？你是咱们学院里唯一一个保送硕博连读的，也是第一个在研究生第一年就在国际期刊上发表论文的。你一篇文章就帮裕美航空避免了十几亿的航油套保浮亏，你到凌云航空做财务总监我都不会意外，可你居然是来当服务员的。”

“您真是高看我了，我觉得我现在的工作很好，我很喜欢。”

罗晨掏出自己的名片：“这个你留着，我现在在高盛做投资顾问，在国内有几个大 case，我可以给你介绍一份薪资优厚的职位，你别做这些端茶倒水的下等工作了。”

“罗先生，请您说话注意分寸。工作只有分工不同，我并不觉得自己的工作有多卑贱，也不觉得您的工作有多高尚……”

“好了！”叶向云从驾驶舱出来，制止了祁可的话：“这位先生，您现在的要求已经超出了我们正常的服务范围，您的语言也对我们的乘务人员缺乏基本的尊重。如果您依旧不放弃对乘务员的骚扰，作为机长我有权利禁止您登机进行下一段航程。”

罗晨无话可说，转身要走却又被祁可叫住。她双手把名片递回去：“还给您，我不需要。”

罗晨没接，愣愣地看着她：“小可，难道分手了就连朋友都不能做了吗？”

祁可的眼中一刹那盈满泪水，却倔强地没有流下来。她摇摇头：“对不起，只能是陌生人了。”说完她把名片放在旁边的座位扶手上，转身便回了厨房。

罗晨依旧站在原地，旷宇翔的嘴角扯出一丝不屑的笑：“真爱过才不能做朋友的，你庆幸吧。还有你要是再不走，万一赶不上去酒店的大巴车，你因为自己的问题耽误了，投诉可是无效的。”说完他也回了驾驶舱，只是在心里暗自嘀咕，真不知道祁可这个女人身上到底有多少故事。

第三章 想带你看我眼中的风景

想带你看看我眼中的风景。叶向云六月二十六日晚八点于新加坡樟宜机场。

叶向云下了飞机就直接到机场的商务中心把图片给制作了出来，他斟酌着，最后在图片背面写下一句话：“想带你看看我眼中的风景。叶向云六月二十六日晚八点于新加坡樟宜机场。”

慕筱白洗完澡出来的第一件事情就是查看手机，已经有两天没人给她发短信了。今天中午手机响了一下，她忙拿出来看，却是银行发的信用卡账单，她有些沮丧。这些日子她的生活突然完全放空了，没有了感情生活，工作上遭受重大的打击，每天无所事事，等一条无关紧要的短信几乎成了她生活的全部。尽管那一条短信没有什么实际的内容，也可能是一条天气预报，可能是一个小笑话，甚至只是一个表情，却是她每天会心一笑的时间。

她突然发现了被人乘虚而入的可怕，发现了习惯的可怕，而这一切可怕的根源不过是那可怕的寂寞。她裹紧了自己的浴袍，把自己蜷起来窝在沙发上。屋子里很安静，静得让她的心里充满了忐忑。她手里握着电话，紧紧地抿着嘴唇，她不知道自己在干什么。

手机的短信提示音突然响了起来，她眼里有了神采，可是却没有打开手机看。她攥着手机的手握得更紧，过了一会儿才小心翼翼地打开信箱：生活有时候需要一些惊喜，我希望明天你能收到。叶向云。

慕筱白抿着嘴笑，心里更是好奇。她长长地吐了一口气，看了一眼墙上的挂钟，已经十点钟了。然后她放下手机，站起来进房间去睡觉了。

叶向云放下手机，其实他现在已经不奢望会收到回复了。他从开始的焦虑等待，到现在淡定地安心做别的事情，不是没有热情了，而是已经习惯了，习惯了把关心和问候送到而不求有所回应。

旷宇翔躺在床上翻来覆去睡不着，脑子里反反复复都是白天那个男人恼人的模样，还有那个女人的裸体。他猛地坐起来，他承认自己是个好色之徒，不是什么好人，但绝对不是那种浑球。他感觉有些烦躁，掀开被单翻身下床，草草地套上裤子，再披上衬衣，从口袋里掏出烟就上了阳台。他低头点烟，一歪头却愣住了。

祁可两腿向外坐在一尺宽的隔壁阳台的围栏上，她没穿鞋，光着脚，细细的脚踝连着修长匀称的白嫩小腿，身上只穿着一 件鸭蛋皮颜色的真丝吊带睡衣。深 V 的领口，薄得可以隐约看得出凸点，裙子有些短，一坐下也就勉强能遮住屁股。她一只手撑着阳台，一只手夹着一支烟擎在耳际，夜间的海风吹着她披肩的头发，凌乱的几根贴在脸上。在月光皎洁的深夜，和着海水拍打沙滩的声音，落寞被演绎得淋漓尽致。

旷宇翔看得有些痴，手里的打火机还冒着火苗，祁可突然笑了一下，转头看他：“烧到手了。”

“嘶……”旷宇翔只觉得一阵灼痛，赶紧灭了火机，有些尴尬地转过头去不看她，脸竟然微微有些发烧的感觉。

祁可两根修长的手指夹着香烟,朱唇轻启,吞云吐雾的样子极具诱惑力。旷宇翔咽了口口水，身体竟然有些反应。他换了个姿势，俯身趴在阳台上看着远处的大海，以避免尴尬。

过了一会儿，他平静下来，转过头，两个手肘撑着阳台，露出结实的胸膛和漂亮的六块腹肌：“怎么，睡不着？那也不用这么勾引人吧。”他朝着她的方向吐着烟，带着些挑逗的意味。

“哼！”祁可不屑地冷笑，“如果不是你半夜出来，我就是掉下去恐怕都要明天早上才会有人发现。”说完她撑着阳台向前欠身，仿佛要往下跳的样子。

“你干吗！”旷宇翔被吓出一身冷汗，惊叫了一声，身子陡然直起来，就看见祁可冲着他淡淡一笑，笑意却未达眼底：“别害怕，这里是三楼，跳下去也死不了，跳得没意思。”她收敛了笑容，换上一副落寞的表情。

旷宇翔的脑子里好像有一根弦绷断了，她言语中的寂寞和绝望让他有种想给她抚慰的冲动。他看了看隔壁房间，灯是黑着的：“你跟谁住一起？”

“不知道！”她不咸不淡地说了一句。

旷宇翔愣了一下，然后暧昧地笑出来：“唉，也不知道住到哪个房间去了。”长程都是双机组，他看了另一边的一排房间，然后回头看着祁可，“不如你也过来吧，你就从阳台上跨过来，我接着你。”他挑眉：“长夜漫漫，既然都睡不着，不如我们找点事情做做。”

祁可直愣愣地看着旷宇翔，眼里看不出什么明显的情绪。这么赤裸裸的邀请对她而言已经没有什么可好奇和震惊的了，她甩了一下头发，露出这一侧的脖颈。在月光下的映照，那皮肤仿佛可以发光一样，洁白耀眼：“那好啊，我们就先聊聊吧。”她一副很无所谓的样子。

旷宇翔歪着头笑：“祁小姐，你以为这是在谈恋爱？！”

“那你又招惹周建明的女人？你的胆子也太大了，你就不怕他给你停了？还真是色胆包天。”

旷宇翔笑着看她：“你承认了？”

祁可脸上的表情一下子僵住，她伸手摸身边的烟盒，可里面已经空了。她转过头，小脸有些惨白：“给我一支烟。”

“我这里没有女士香烟。”

“我也不抽女士香烟！”她答得很干脆。

旷宇翔无奈，伸手把烟递了过去。祁可抽出一支，自己点上，很优雅地吐着烟圈：“承不承认又有什么关系，反正你都已经这么认为了。”她侧目看着隔壁的人，目光流转中满是风情，却一脸的冷漠。她这风情是发自骨子里的，都不需要卖弄，“哼，旷宇翔，你别说，你还真是知道的，看到的太多了。”

“嗯。”旷宇翔一脸回味的表情，“看到的是不少，连人都看光了。”

祁可脸红了，却极力掩饰着这一刻的羞怯，转过头一副很无所谓的样子：“怎么样，给个评价吧？”

旷宇翔愣了一下，随即伸出大拇指，做了一个很牛的手势：“很棒！”

祁可一脸不屑地讪笑，微仰着下巴吐着烟圈：“那是必须的，没有一副销魂的身体又怎么支撑一个龌龊的灵魂呢。”

旷宇翔的眉头陡然皱紧，脸上的神色也阴沉下来，没来由地感到愤怒："那今天那个高盛的呢，祁可你到底有多少男人？"

祁可拧眉，转头看着莫名发怒的人。她的眼底泛着晶莹，狠狠地吸了一口烟："高盛？果然，出国了就是不一样。我当初那么求他，就差给他跪下了，可周建明拿着斯坦福的通知书和美国签证一招手，他连看我一眼都懒得看。"

旷宇翔跟着心紧了一下，就看见祁可转身从阳台围栏上下来，穿了拖鞋就要进去。他开口叫住她："喂！我说你也不用这么无视我的魅力吧。"

祁可转身一手拉着阳台的门，抬头看着他时，已经是一副楚楚可怜的娇弱模样："男人的魅力永远不在他的轻浮、财富、长相、事业这些东西上，而在于他是不是有责任感。旷宇翔，你不是个会负责的人，所以，你在我这里没有魅力。"

旷宇翔愣在那里，一时间严肃起来，直直地盯着她："祁可，你到底是个什么样的人？"

"普通女人。"她低眉，声音很轻。

尽管一夜好眠，慕筱白第二天上班时还是有些魂不守舍。办公室每次只要有人进出她都会忍不住抬头张望，不知道什么时间会有什么样的惊喜。她一只手支着脑袋，手里拿着笔胡乱地在面前的报纸上画着。她不停地在出版日期上画着圈，六月二十七日，今天是她的生日，昨天她翻着日历还在感怀这是一个没有人陪伴的生日，但那种悲凉似乎因为这一个惊喜的预期而变得无影无踪了。

因为下午刚上班，慕筱白的电话就响了，说是送快递的，国际定时到达。慕筱白到达收发室，就看见快递员拿着一个信封："慕筱白小姐是吗？这是新加坡定时到达快件，请您签收。"

收发室的大姐们都聚拢过来，她们还没有见过国际定时到达的快件："筱白，是什么？还是国际定时达到，很贵吧？"

慕筱白僵硬地笑了笑，难以掩饰心中的失望。每一个女孩都会有一个被宠爱的梦想，也都会有被羡慕的情结，她总幻想着是不是会有大束的鲜花、漂亮的生日蛋糕，却没有想到只是一封信。

她慢慢地撕开偌大的信封，里面只有一张明信片大小的卡片。

“哇！好漂亮，这是哪里啊？怎么感觉像仙境啊，这是在哪里？”

“这是在天上吧，这不都是云彩吗？”身旁的人七嘴八舌地凑上来，都对图片上的美景赞叹不已。

慕筱白勉强笑笑：“应该是在飞机上拍的吧！”她翻看卡片的背面，上面是两行清隽的小楷，很漂亮：“想带你看看我眼中的风景。叶向云六月二十六日晚八点于新加坡樟宜机场。”

慕筱白紧抿着嘴，想笑，可眼泪却先流了出来：“谢谢，谢谢你！”她自言自语，心中翻涌的都是暖流。

不知道是谁的一只手伸过来捏着卡片：“筱白，给我看看，我怎么坐飞机没看到过这么漂亮的风景啊？这是在哪个位子坐拍到的？一点遮挡都没有，我拍的都有小窗户。”

慕筱白也没客气，死死地攥着就是不撒手，一个闪身就夺下来：“这是在驾驶舱拍的。”说完她很宝贝地拿着卡片出去了，像是怕谁会抢走似的。

她再回到办公室时就看见局长办的秘书正等在那里，她愣了一下：“找我有事吗？”似乎整个办公室的人都用异样的眼光在看着她，她突然有些忐忑不安。

慕筱白到了局长办公室，就见他老人家一脸不高兴地看着她。慕筱白有些不明所以，最近她没有做任何工作，每天就在办公室坐着，打打水、扫扫地，老实本分，也没做什么出格的事情，实在是不至于又招惹了领导。

“慕筱白，你确实不简单啊。”局长说着拿出一个信封，“这是 A 市公安厅的商调函，你在 A 市有关系？”

慕筱白两只手紧紧地攥在一起，满脸错愕的表情，恍然想起她往 A 市肖莱那里发过一份传真。她霍然笑了出来，看得出来那是一种发自内心的释然微笑：“我没有关系，我只是给他们发了我的简历，仅此而已。”

可局长看她一副得意的样子就更加不爽了，把商调函又放回抽屉里：“慕筱白，商调是需要单位同意的，没有我的许可，这边的组织部是不会同意放人的。年轻人要踏踏实实地做好工作。”说完瞟了她一眼，“回你的岗位去吧。”

慕筱白傻了，呆呆地站在那里。

“你还有事情？”局长抬头很冷漠地看着她。

慕筱白深深地吸了一口气，心情急转直下：“陈局长，我这个机会来得不容易，每个人都希望自己能有一个更好的事业发展平台，A 市省厅有全国最先进的技术手段，我会有更好的发挥空间……”说到这里她忍不住哽住，仍在努力平复，“陈局长，你现在挡的是我一辈子的前途和幸福。”她别开脸，她咬着嘴唇，“幸福”两个字脱口而出，可她却不知道自己的幸福在哪里。

局长大人看着她：“这件事情再议吧，好好工作。”

慕筱白愠怒地看着他，最后转身走出了办公室。心情大起大落，让慕筱白一时间找不到情绪的平衡点，她跌跌撞撞地回到办公室，就看见一大堆人围在一起看那张明信片。她一时火大，都是些无明火，于是三步并作两步地冲上去，一把就扯了过来。只听见嘶的一声，好好的一张明信片成了两半。

“谁让你们动我的东西了？在背后搞小动作有意思吗？”她都不知道自己在说什么，只想借着火气把心里的委屈都发泄出来，说完扭头就出了办公室。

慕筱白哪里也没去，直接坐电梯到了负一层的解剖室。里面没有人，仿佛只有这里才有属于她一个人的安宁。她坐在解剖台旁边，拿着探针一点点地抚平撕裂处的纸屑毛躁，小心翼翼地抹上胶水重新粘起来。

虽然她进行了修复处理，可有些东西不管多么努力，只要出现过裂痕就很难再抚平了。就好像她的心有了伤口就真的很难愈合，对于叶向云递过来的玫瑰，虽然她那么喜欢，可她却不敢接，因为怕刺。

慕筱白出了一口气，收起明信片走到冷柜前。她数点着，最后拉开一个抽屉。这是一个倒毙街头的流浪汉，因为无人认领，至今也没有人为其做解剖确定死因出报告。慕筱白突然有了一些可怕的想法，她把尸体推上解剖台，自己穿上解剖服，打开录音笔夹在衣领上。她回头看墙上的时钟：“现在是六月二十七日下午两点四十分，解剖室对七号尸体进行解剖。”她戴上橡胶手套，手握柳叶刀，很精准地在肚子上开出 Y 字，然后取出内脏，称重、切片、照相，然后再一一放回原位缝合。最后，她拿着相机拍了一张工具的照片，然后回头看时间，已经是晚上六点了。

“现在是下午六点，解剖结束，结论是自然死亡。”

她没有停下来，直接把报告给赶了出来，最后把拍下来的照片进行剪接，提起笔想了一阵后也落下一行小字：“我眼中已然没有美景，你可看得惯我眼中的风景。慕筱白六月二十七日晚七点于B市公安局解剖室。”

慕筱白关掉台灯，走出解剖室，到了门口却对这里的一切有些恋恋不舍，因为以后她很可能都没有机会能再进这里。替死去的人说出最后的真相，不知道是不是真的只能是她的一个梦想。

出了地下室，慕筱白的手机就不停地响。她打开看，里面全是肖莱的电话。慕筱白皱紧眉头，直接拨了回去，可过了很久才有人接听。并且接电话不是肖莱，是个男人，她的心猛地揪紧了。

“你怎么会用肖莱的电话？”她的语气有些不善。

“我们这里是公安局，你是肖莱的亲属吗？她涉嫌买凶伤人和抢劫，我们现在就是正式通知家属对她进行拘留，你来签个字吧。”

慕筱白有些懵：“等等，你说什么，肖莱买凶伤人？”她有些不敢相信，“会不会弄错了？她只是个小姑娘。”

“不会错的，被害人已经指认了。”

慕筱白抿着嘴唇，看了一眼时间：“我现在在B市，我马上就坐飞机赶过去。”

电话那头的声音显得很不耐烦：“B市？算了，你明天再来办吧。”说着就挂断电话。

慕筱白有些着急，她出了市局的大门就准备打车去机场，边走边打电话订票。只有凌云的航班还有一张商务舱的票，这个时间她也顾不上价格了，立马就订了一张。

肖莱一个人坐在办公室里，眼睛哭得跟桃子似的。她也不知道怎么了，下午就被警察从宿舍直接带到这里来了。被稀里糊涂地审了一下午她才知道，那天晚上的那两个浑蛋中一个头被打出血了、一个鼻梁被打歪了，所以就去到公安局报案，说她和祁可、旷宇翔串通一气，以色相诱骗，然后行凶抢走了他们身上的贵重物品和现金，总价值有十万余元。

肖莱一想起来眼泪就直往下掉，突然门被推开，她回头看见顾念林诧异地看着她："肖莱，你怎么跑这里来了？"

肖莱的委屈一下子全冒出了来，她哭出了声："是他们欺负我们的，我们根本就没有串通抢东西。我不想去看守所，怎么办啊？"

顾念林皱着眉头走到她跟前，蹲下身仰头看着她，轻轻地用手给她擦掉眼泪："别担心，没做过就不用害怕。"他说着看向门口的警察："可以取保候审吗？"

"不行，因为还有嫌疑人未到案，所以为了避免串供，她暂时不能取保候审。"

顾念林走过去："我给她保出去不行吗？这是我同事。"他跟那人小声说，"大家都是同学，你帮帮忙。"

"这可不是小事情，得按程序办。"

顾念林看行不通，又说："我陪她一会行不行？小姑娘，看给人家吓的。"

小警察看着他："你没听明白我说的话是吧？怕串供才不让取保候审，你还进去陪她，谁敢让你进去啊，除非你现在把我打残了，你们俩就一起进看守所了。不过我告诉你，里面男女是分开关的，你还是别管闲事了，一起喝酒去。"

顾念林紧紧地皱着眉头，哪里还有心情跟他调侃："真没别的办法？你帮帮忙吧。"他回头透过玻璃窗看着在里面无助哭泣的人，满心都是不忍。

"放肯定是不行的，不过你放心，现在办案都很规范，不会为难她的。"

顾念林于是跟着老同学去找办案人，硬是千恩万谢才把事情搞定。之后他没有走，就这么站在窗户外面陪着她。肖莱根本不知道该怎么办，她看着窗外的人，不停地抽泣，可心里却少许安稳了一些。她被带走的时候还不住地回头看顾念林："顾队长，你告诉我表姐，让她快点来救我。我真的什么都没干，是那些人要欺负我们的。"

顾念林看着她那委屈害怕的样子就心疼，快跑了两步上去："放心，肖莱，勇敢一点，你一定会没事的。听话，别哭，坚强一点。没做就不要乱说话，我会想办法的。"

肖莱止住哭声，用力地点头，可眼泪还是不停地流。一个刚离开校园的小姑娘，没有一个亲人在身边，现在突然横遭嫁祸，哪会受得了。

肖莱被带走了，顾念林赶紧从警方手里弄到了慕筱白的电话，可电话却关机了。他本来是过来约同学吃饭的，这下饭也吃不下了，马不停蹄地赶回机场，从票务系统里查到慕筱白果然买了晚上的机票飞过来。

慕筱白从国内到达出口出来，就看见一个年轻小伙子举着自己的姓名牌。她皱了一下眉头，走过去："我就是慕筱白，请问……"

"你好，我是肖莱的同事，我刚才在公安局看见她了，她让我找你……"

"她现在怎么样了？她有没有事？"慕筱白一时间惊慌失措，她从来没有遇到过这样的事情，也没有一个人能给她指导和帮助。她深深地感受到无助，那种叫天天不应、叫地地不灵的无力感，真的让人崩溃。她用力地抿着嘴唇，不想让眼泪流下来，又大口喘气，那种压抑让人无法正常呼吸。

"小莱从小没受过苦，怎么能受得了那种地方？她到底做什么了？买凶伤人，抢劫？她根本就没那个胆子，也没那个脑子……"慕筱白已经不知道还能说点什么了。

"我先带你找个地方安顿下来，明天我再陪你去公安局办手续，顺便看看能不能见见肖莱。不过因为同案犯还没归案，所以可能性恐怕不大。"顾念林皱了一下眉头，"你也不知道到底发生什么事情了？"

慕筱白摇摇头："她根本就没有跟我说过。"她有些后悔了，当初就应该让肖莱跟着姨妈一家移民澳洲的，现在她自己都是泥菩萨过江自身难保，更是对肖莱一点忙都帮不上。

肖莱独自待在小黑屋里一宿没睡，哭了一晚上，第二天身体都有些虚脱了。早饭送过来时，肖莱一看就犯恶心，根本就难以下咽。

慕筱白要求见肖莱也被拒绝了，她对 A 市根本不熟，在这里唯一的熟人在等着自己去搭救。她站在公安局门口急得直掉眼泪，突然觉得自己念了那么多年书，有些时候真的一丁点用处都没有。

慕筱白颓然地倚着背后的墙，她努力地想，突然看着顾念林，眼睛里仿佛生出希望的光："能不能帮我找公司一位机长？他叫叶向云。"

顾念林抬头看着她："他现在在洛杉矶呢，人前天下午走的。今晚往回飞，要明天中午才能回来。再说他们飞行员圈子也都很小，在公司里他们是大爷，出来了恐怕也帮不上什么忙。"

慕筱白心里最后的一丝希望也破灭了。

叶向云在摆弄电脑，旷宇翔探过头："别忙了，赶紧睡一会儿吧，天亮咱们就换班了，要降落啊。A市天气不好，弄不好会要备降。"

"不就是有雾吗？做二类盲降就是了。"他很认真地做着图片，"感觉天上看的星星就是跟在地上看感觉不一样。"

旷宇翔翻了个身："差三万尺呢，能一样吗？"他打了个哈欠，"快睡吧，情圣。"

叶向云笑笑，合上电脑也躺下来眯一会儿。虽然在飞机上睡不好，但打个盹精神也会好一些。A市的天气状况比预计的要好，到中午的时候，雾已经散得差不多了，飞机稳稳地落了地。

下完客，大家都是一身疲惫。祁可整理好厨房，拖着箱子出来时正和旷宇翔打了个照面。旷宇翔看见她说："脸色不太好啊，注意点，别听那些乘务忽悠，做好自己的工作就行了。"

祁可下意识地摸了一下脸："谢谢你的关心。"她辛苦一点都无所谓，她要尽量争取早日转正，这样她的工资就高了，就可以拿到小时费了。

机组从通道出来，立刻就有警察围上来："哪位是旷宇翔和祁可？"

大家都诧异地愣在那里，两个人似乎有着不同寻常的默契，同时上前一步："我是！"

正说着，从后面上来两个人，随即亮出明晃晃的手铐："现在怀疑你们涉嫌一起酒店抢劫案，要正式逮捕你们。"

两个人还没来得及反应，就被这么拖拽着走了，周围的人一时间便议论开来。叶向云皱起眉头，也感觉事情有些蹊跷。

两个人被押上了车，面对面地坐着，什么都没说，可心里都明白是怎么回事。祁可的心里有些内疚，毕竟事情是因她而起，对旷宇翔而言这简直就是一场无妄之灾。

"我能打个电话吗？我得通知一下我的家人。"坐在审讯室里后，祁可先开口。

"你有这个权利，应该通知家属。"说着就把手机递到祁可的手里。她想了想，最后也只能打给那个人，不为自己，总不能让无辜的人受连累，于是她拨通了周建明的电话。

周建明此时就在凌云的总部，因为裕美和凌云两家公司交叉持股，联系紧密也是在所难免。听着会计师事务所的年报情况汇报，他就已经有些不耐烦了，正好电话响，他看了一眼，愣了一下。祁可几乎从来没有主动给他打过电话。

“喂，在哪里？”他起身走出会议室。

祁可叹了口气，他每次都是这种口气，虽然她听了不舒服，可也只能忍着：“在公安局呢，我被逮捕了。说要通知家属，我没人通知，也就只能通知你了。”

周建明的脸色立刻就变了：“出什么事了？”

祁可都不知道这种事情要怎么启齿，自己差点被人强奸，现在却坐在这里受审，居然还涉嫌抢劫：“总之一言难尽，说不清楚。”她的口气有些凄然，“只是真的不关我们的事。”

周建明有些无奈，那种焦急让他没办法再跟她兜圈子：“我现在就在A市，你什么都不要说了，给我半个小时的时间。”说着就挂断电话。

果然，祁可还没有等上半个小时，她就恢复自由了。

她接过取保候审押金的单子，看到周建明居然交了十万块，她讪笑，没想到自己现在这么值钱了。她接过自己的手机，看着办案民警：“我的两个同事呢？”

那人瞥了她一眼：“先管好你自己吧，你们这属于恶性案件，平时根本就办不了取保候审。”

祁可愣在那里，片刻后她的脸沉下来，咬着嘴唇说：“那我也不要什么取保候审了，你们应该清楚我离境是很方便的。”说完就又回到座位上坐下。

警察错愕地愣在那里，不知道该怎么办，一会儿就出去了。没过多久，祁可的手机就响了，她看了一眼后接起来。

“祁可，你发什么神经，你还嫌麻烦不够大是不是！”周建明有些恼火，上来就是一顿训斥。

祁可的眼睛里充满泪水：“对啊，我就是发神经！要是没有肖莱和旷宇翔，我就被那两个浑蛋给轮奸了，现在是死是活都不知道。你是让我不管他们自己一个人出去是吗？那好，你信不信我出了这个审讯室就去报案。”她迎着周建明的训斥，一点都不肯让步。

周建明此刻就在公安局外面的车里等着，可迟迟没见祁可出来，却接到别人打来的电话，说祁可拒绝取保候审。

但听完祁可说的一番话后，周建明握着电话说不出话来。轮奸？他只觉得自己的脑子轰隆作响，深深地吐了一口气说："你先出来，我就在公安局门口等着，你起码得跟我把事情给说清楚了。"他握着电话，隐约听到那头隐忍的哭声，心跟着一阵揪紧，不敢想象曾经发生了什么可怕的事情，"小可，听话，你得先让我了解清楚情况。"他放缓了语气，低声安慰着。

祁可也没有再闹，她是个懂分寸的女人。其实她没有什么立场再找周建明做任何事情，他们现在已经没有关系了。她曾经发誓再也不要跟他有任何交集，可是她却破例了，为了肖莱，又或者是为了旷宇翔，她自己都说不清楚。她起身拉开门，也没管要进来的警察，就这么抬着下巴走出去。她没有罪，不需要向任何人低头。

祁可出来的路上正路过肖莱的审讯室，窗户是玻璃的，外面罩着防盗网，这么看里面的人就显得分外凄惨。祁可停下脚步，肖莱似乎能感觉到，她艰难地抬头望向窗外。祁可被吓了一跳，肖莱整张脸都是青灰色的，黑眼圈大得吓人，她已经连续三四十个小时没有合过眼了。祁可手抓着铁窗，没出声，只做着口型。

肖莱看懂了，眼泪一下子又涌上来。

"坚持住，我救你。"她低下头，忽然觉得轻松了。只要可可出去了，她就一定会有办法的。

外面的太阳很大，祁可身上还穿着凌云的空乘制服，周建明一眼就看到了。他按响喇叭，祁可会意地拉开车门上了车。还没等她开口说话，周建明就探过身子抱住她："吓到你了吧？没事的，我不会让你有事的。"

祁可的身体一下子僵在那里，片刻后很无奈地抱住周建明："我没害怕，我知道你一定会有办法的。"这是实话，在她祁可的眼里，就没有周建明办不到的事情，至少她还没有发现。

周建明松开她，捧着她的脸甚是怜惜："跟我说说到底发生了什么事。"

祁可低头，那件事情她本来再也不打算提起的，可这时候已经由不得她怎么想，因为这已经不是她一个人的事情了。她开口简单地把事情经过叙述了一遍，再抬起头的时候，周建明的脸色已经非常难看了。

祁可有些害怕，不禁打了个冷战：“所以，是肖莱和旷宇翔救了我。旷宇翔冲进来的时候确实打了那两个人，可是……”

“你别说了。”周建明打断她的话，心情有些复杂，愤怒、庆幸，还有嫉妒交缠在一起。他愤怒那些伤害祁可的人，庆幸她没事情，嫉妒为什么那个人是旷宇翔。

“建明，肖莱快挺不住了，我刚才隔着窗户看见她，她一定是被疲劳轰炸了，整个人已经不成样子了。”她两只手纠结在一起，说着就哽咽起来。

周建明轻轻地拍着祁可的后背：“别着急，我来想办法。”他说话声音很轻，眼睛注视着眼前的人，“小可，你知道我看到你主动找我有多么高兴吗？”

祁可沉默了，长久的沉默。周建明从她的脸上看到了痛苦的纠结和绝望，心中那一点高兴一下子就消失得无影无踪。

他翻着电话簿，找到叶向云的电话：“是我！”

“我知道是你，周总，怎么突然间想起找我了？” 叶向云说着一步跨进机场商务中心的门，然后把U盘递给营业员，“帮我把图片制作出来。”

“跟你打听一件事，你哥哥的私募基金是不是为金泉的几个项目在融资？”他握住祁可的手，不停地摩挲着。

叶向云拿着电话，看着店员把图片输出出来，微微一笑，提笔写下一行字：“爱情里也会有黑夜，当夜幕降临的时候阳光不再，但请别忘记抬头还有一片星光，无限美丽。叶向云六月三十日十一时于A市栗渊机场。”

“私募在为谁融资你该找叶向云同志打听，找我可真是找错人了。你要是问飞机在天上失控怎么改平我还可以给你一点意见。”说着话，他把明信片打包寄到了慕筱白的单位。

周建明叹了口气：“你哥我不是得去求他吗？你勉强也算我的半个员工，找你不是更方便吗？就是旷宇翔的那件事，他们被人设计了，都是年轻人不懂分寸，把金泉的少爷们给得罪了。”周建明故意把旷宇翔拿出来说，他知道旷宇翔一直跟着叶向云，两个人的关系很好，旷宇翔更是直接对外称呼叶向云为师父。

叶向云愣了一下，眉头微微一皱：“你可真会办事，你是担心自己的人吧。”他笑，“那我帮领导把这件事给办了，以后领导可得多照顾着一点。”他转头看着远处在柜台间忙碌的韩丽雯，突然脑子动了一下：“不如这次地转飞，你帮我把地服的韩丽雯主任给弄上去吧。”

周建明笑道：“你真把我当凌云的老总啊，我的摊子在C市，你来裕美吧，什么事情都方便。”

“谦虚，瞎谦虚！”把事情办好以后，叶向云走出商务中心，“我这件事对你来说太简单了，谁上都是上；你那件事情我还得去求我大哥，你也知道他不好求。”他讲着电话，抬头就看见顾念林朝着自己跑过来，好像很着急的样子。

“我先不跟你说了。”叶向云挂断电话，看着气喘吁吁的顾念林：“怎么了？”

“叶机长，你是不是认识肖莱的表姐？叫慕筱白的。”

叶向云诧异地看着他：“认识啊，怎么了？”

顾念林一脸焦急又无奈的表情：“那你赶紧去劝劝她吧，肖莱被公安局的人带走了，她来了之后举目无亲根本就没有办法。再加上肖莱已经被带进去审讯将近三四十个小时还没出来，我看那个女人快疯了，现在正在公安局的纪检组闹呢。这样下去也不是办法，只会对肖莱更不利的……”

顾念林的话还没说完呢，就看见叶向云一句话也没说，提着自己的箱子就朝着出口飞奔而去。

祁可看着周建明挂断电话，有些好奇：“是谁？好像是公司的人。”

她还是有些紧张，那惊魂未定的样子让他心里泛起疼惜的涟漪。他揽过她的肩膀，亲着她的脸颊和耳朵：“你不需要知道。”

叶向云连制服都没来得及换，到了公安局以后就看见慕筱白坐在办公室里，一句话也不说。一位老同志坐在她旁边，面色有些严厉：“你这样是在妨碍公务，要不是看你是个年轻姑娘，就给你抓起来了。”

慕筱白抬头：“那你赶快把我抓起来吧，我好去跟我表妹做个伴。”

叶向云听了不知道该哭还是该笑，无奈地摇头，然后敲了敲开着的办公室门：“你好，我是她的朋友。”他很有礼貌。

慕筱白抬起头，脸突然就红了，随即又低下来，并且越低越深。居然被他看到这样一个无赖又狼狈的自己，她心里有些难为情，又有些懊恼。可这也是没有办法的办法了，在局里的时候她也见到过，很多解决不了的事情闹着闹着就解决了。虽然她并不赞同这种做法，可是被逼上了绝路，什么都要试一试。

“赶快把她带走，不然真对她不客气了。”警察气势汹汹。

叶向云也不恼，脸上带着笑，抓着慕筱白的胳膊就把她给拖了出来：“你到底要干什么？你以为这样有用吗？”他微皱着眉头，语气很轻，可还是有些责备在里面。

慕筱白抬不起头来，作为一个高级知识分子，做这种泼妇无赖的事情她也不情愿：“可肖莱已经被他们审了一天一夜了，她怎么受得了？我真的没有别的办法了。”她有些委屈，声音里带着哽咽，却拼命忍着不让自己哭出来。

叶向云又气又怜，低头扶着她的双肩：“你就不能找我吗？给我打个电话真的有那么难吗？宁可这么死撑着，放下自己的身段去耍赖皮也不能来找找我？非要我从别人嘴里知道你有事再这么急急忙忙地来帮你？”叶向云说着这话，心里全是无奈。知道他是谁的人都上赶着来求他办事情，可她倒好，还要自己倒贴着求她给她办事情。

慕筱白一时间没忍住，呜咽出声：“想了，可你不是飞到洛杉矶去了吗？”

“真的想了？”叶向云的情绪一下子高涨了，眼睛亮起来，脸上露出些许惊喜的笑，像个大孩子一样，“你真的想过找我？”

慕筱白又急又气，推开身前的人：“你这人怎么找不到重点啊？在肖莱出事的这个时候你还讲这些。”

叶向云也不恼，真想就这么抱着她，却又怕把她惹恼了，还是抿着嘴唇笑：“现在知道着急了？早给我打电话不就不用这么急了？”

“你真的有办法？”慕筱白抬头看着她，目光灼灼，仿佛看到了希望。她上前抓住叶向云的胳膊，“那你赶紧的啊，三四十多个小时不吃、不喝、不睡觉真的会死人的。”

叶向云心里美，脸上却收敛了笑容，反手握住她的双手：“我只是个开飞机的，我能有什么办法？不过里面有个人，她挺有后台的，现在肯定比我们着急，办什么事情都得有个时间。”他抬手看了一下时间，“我们先一起去吃个饭，估计下午上班的时候就会有结果了。”

慕筱白一下子泄了气，甩开叶向云的手：“这都什么时候了，你还有心思吃饭？当然了，肖莱不是你的亲人，不需要你照顾，你自然一点都不着急。你不着急你可不可以不要在我眼前晃，你还把我拖出来说风凉话，你成心的是吧？”

叶向云见过的慕筱白都是沉着冷静、不苟言笑的样子，却不想她居然还这么有脾气。他有些惊喜，仿佛一个单薄的印象一下子就立体起来。他目光炯炯地看着她：“既然你知道有人需要你照顾，那么你首先要照顾好你自己。”说着，他不由分说地牵着她的手出了大楼。

祁可坚持要在外面等消息，周建明也没有反对，就这么陪着她坐在车子里。车厢里很安静，两个人都没有说话，可周建明的心里却并不安宁。他有些后悔自己当初的安排，他很清楚自己跟祁可之间的隔阂并不在于距离，可这不算近的距离却让他们越来越远。此刻他内心的忐忑莫名地与一个叫旷宇翔的副驾驶联系了起来。

祁可没有感觉到周建明的不同，她就这么盯着窗外。看着叶向云跟一个女人一起走出来，她有些惊讶：“叶机长怎么会在这儿？”

周建明皱眉，心中有些纳闷，他觉得叶向云应该是不会出面的。他探头看了一眼：“那个女人是谁？”

“好像是肖莱的表姐，我们在飞机上见过一次。肖莱全家都移民澳洲了，国内就她跟表姐两个人。”她有些内疚，似乎牵扯的人越来越多了。

周建明的嘴角微微勾了一下，又坐正身子，心里却有些后悔。早知道就不打那个电话了，这样白白欠了叶向云一个人情，还是个大人情。

叶向云带着慕筱白到了一家粥铺，估计给她点什么山珍海味她也吃不下，倒不如清淡一些好。慕筱白心不在焉，总有些恍恍惚惚的。

“你真的不用太担心，他们一定会没事的。”叶向云一边安慰，一边给她盛粥，“不信我们打赌，你把这一罐瘦肉粥给喝光，他们就出来了。”

慕筱白抬头看着叶向云一脸温和无害的笑容就有一种很想抽他的冲动，她狠狠地吸气，把眼泪给憋了回去：“你能不能不要这么一副淡定又无所谓的样子，你知道不知道我有多着急？”

“你着急有用吗？你着急了这么多个小时，有进展吗？”叶向云把粥放在她面前，又往她的盘子里夹了些小菜，“慕小姐，遇事镇定一些没有坏处，如果着急有用的话，那这个世界就没有办不成的事了，是人都会着急。”

慕筱白呆呆地看着他。叶向云看着她一双疲惫却依然清澈的眼睛就心情大好，他抬抬下巴：“信我呢，就赶紧把粥喝。我保证，你喝光这一罐粥了，他们肯定能出来。”

叶向云笑着掏出烟，想了想又收起来。再抬头就看见慕筱白把罐子捧起来，直接就喝起来。她喝完罐子里的，还不忘面前的碗里的，也就是三五分钟的光景，她就把任务全给完成了。

叶向云呆呆地看着她，满脸都是惊讶，随即又别开脸笑出声来。

慕筱白看着他，一脸严肃：“你笑什么？”

叶向云止住笑声，脸上却依然挂着浓浓的笑。他凝视着眼前的人，片刻后站起身，顺了顺她的头发：“筱白，你真可爱。”

慕筱白瞪大眼睛不可思议地看着他，叶向云耸了一下肩膀：“你等我会儿，我去一趟洗手间。”说着他抓起桌上的手机就离开了包间。

慕筱白一个人呆呆地坐在那里，有些回不过神来。

叶向云出去没多久就回来了，慕筱白红着脸，还没等她开口说话，他便抢了话头：“粥喝完了那我们就回去，估计时间也差不多了。”

“叶向云，你到底在干什么？你耍我是吧？”说完她抓起自己的包转身就走，“我不用你在这里带着我兜圈子，我自己去解决。”

叶向云伸手抓住她：“你怎么解决？继续去闹？等着把你抓进去跟肖莱做伴？你也是在公安局工作的，你应该知道看守所和拘留所不一样，即使进去了你们也关不到一起。”他瞪大眼睛有些恼了。

慕筱白转身看着他：“你以为我不知道吗？你以为我就想去跟她一起住牢房吗？可是我能怎么办呢？姨妈当初那么反对她做空乘，是我拍着胸脯打包票在国内会把她照顾好。抢劫啊，这不是个小罪名……”她说着眼睛就红了，眼泪也不断地往下落，“你说我能怎么办？我又该怎么做？”

叶向云皱眉，上前轻轻把她搂进怀里：“你如果相信我就什么都不要做，肖莱不会有事的，我跟你打包票。”

慕筱白慌乱的心仿佛突然有了靠山，她两只手揪着他的衬衣，竟在他的怀里哭出声来，直把叶向云哭得心肝疼。他拍着她的后背："我们回去，别等她出来了找不到亲人。"

慕筱白抬头吸着鼻子："真的有救吗？"

叶向云握着她的肩膀，很严肃地看着她："因为她没有犯罪，所以就一定不会有事。"

旷宇翔在里面有些坐不住，他没见过这么颠倒黑白、指鹿为马的事情。本来他是属于见义勇为的，现在居然成了抢劫犯，他真的是百口莫辩。不过他相信祁可，作为受害人，她应该是最有立场的；他也相信肖莱，绝对不会罔顾事实。

正在僵持的时候，审讯室的门打开了，一个警察走进来在审讯人的耳边嘀咕了一阵子。那人有些惊异，随即露出一副无奈的表情，抬头看着旷宇翔说："你可以走了。"说着旁边的人就上前给他解开了手铐。

旷宇翔瞪大眼睛，有些不可思议："这又没事了？"

"报案的人已经销案了。"

旷宇翔不明白原因，可没事总比有事要好。他活动着手腕，走出审讯室的时候就看见叶向云正站在旁边的一个房间门口抽烟，眼睛一直盯着里面。他好奇，还没走到跟前就看见慕筱白搀扶着肖莱从里面走出来。那姑娘仿佛整个身体都僵了一样，脸色青灰，眼圈乌黑，他心下一惊，快步上前搀扶住肖莱："你这是怎么了？"

肖莱一见旷宇翔，就放声哭出来，仿佛所有的委屈都找到了出口："那个流氓报案说咱们三个人是一伙的，是设计好了要去抢东西的……"这话还没说完，肖莱就支持不住晕了过去。

"肖莱！"旷宇翔蹲下身扶住不省人事的姑娘，"你醒醒，肖莱！你别吓唬我，肖莱。"

"快，拿水来。"慕筱白握着她的手腕探了一下脉搏，心跳虽然弱了一些，但没有太大的问题。一阵手忙脚乱后，肖莱虽然没有醒，可各项生命体征都还算平稳，慕筱白松了一口气，"大概她是睡着了，还是去医院做个全面检查吧。"

"嗯！"叶向云应了一声，"我们送她去吧，别等救护车了。"说着就把肖莱给抱了起来。

旷宇翔跟在后面，走到警察面前时不禁停下脚步上前询问："跟我一起进来的那个女的呢？"

"你说那个叫祁可的？"警察看了他一眼，"人家早就出去了，待了不到半个小时就走了。"

旷宇翔愣愣地站在那里，心中自是百转千回，说不出是一种什么滋味，有些酸，又有些恨。最后他愤恨地说了一句"真不仗义"，便跟着出去了。

祁可其实一直在公安局门口的车里等着，直到看见救护车停在门口，看着几个人把肖莱抬上救护车，她的心才稍稍宽了一些。周建明在一旁看着，心揪得紧："要跟着去医院吗？"

"算了！"祁可深深地吸了一口气，"我去了也多余。"

祁可作势要开门下车，却被周建明拦住："想去哪儿？我送你。"

祁可断然拒绝，头也没回就下了车。走了两步她又折回来，俯身看着车窗里的人："这次算我欠你一个人情，我……"

"小可，我欠你的还不完，你不用放在心上。"

祁可愣了一下，没说什么，转身走了。

慕筱白等在急救室的外面，脸上的表情就一直没有好过。叶向云倒也没有劝，估计说了也是白说。旷宇翔在旁边也跟热锅上的蚂蚁似的，他转身看着慕筱白："你不是医生吗？她到底有没有事？"

慕筱白有些焦虑，看着旷宇翔，不知道该怎么回答他的问题。

"小旷，你瞎打听什么？等医生出来不就知道了？"叶向云制止了他，不想他再去烦慕筱白。

旷宇翔毛毛躁躁地过来在他身边坐下："祁可也真够自私的，她怎么好意思自己走了就没事了？亏肖莱还当她是好姐妹，在里面受这种苦她没有责任吗？"这件事让旷宇翔有些不能释怀，本来对她建立的一些好印象突然模糊起来。他说完突然回过神，"这件事是谁摆平的？"

叶向云看着他，片刻后躲开他的直视："我想应该是公司吧，要知道受了刑事处罚，哪怕是缓刑也不能再飞了，白白损失了一个优秀的副驾驶。"

旷宇翔一听有些得意："我还这么受公司重视呢？"他的语气带了些

调侃。

叶向云一巴掌拍在他的头上："别自我感觉良好了，关键是公司丢不起这个人，你就等着回去受处分吧。"说着他站起身，走到慕筱白旁边。

急救室的帘子拉开，医生走出来："没什么事，休息几天就没事了，刚才只是睡着了。"

慕筱白垂目，松了一口气，感觉仿佛一下失了重心。这几天她几乎没有休息，立刻就有些支撑不住的感觉。

叶向云伸手环住她，让她靠在自己身上："没事了，我送你回酒店。你看看你的脸色，不好好休息，肖莱还没出院呢，你就得住进来了。"

"我不能留小莱一个人在医院里。"

"我在这里陪着她。"旷宇翔站起来，"怎么说这件事我也有份，我留在这里陪她。"

慕筱白有些不放心，抬头看着叶向云。只见他点点头："你先回去休息一下，吃晚饭时我去接你，然后你要是愿意就再来看她。"

叶向云把慕筱白送回酒店就很自觉地离开了，他懂得分寸，现在他还是缓慢推进比较靠谱。就在慕筱白要关上门的时候，他伸手撑住门框："等等。"

慕筱白抬头看着他，眼中是困惑的光。叶向云叹了一口气："下午好好休息，晚上我过来接你吃晚饭，然后再去医院看肖莱。"

"叶机长……"

"别拒绝我的帮助，我知道你在这里没什么亲人，出门就是要靠朋友。我没想从你身上得到什么，也不会要求你立刻表明态度，你就当我热心肠好了。"他顿了一下，"或者你是不是该请我吃个饭？你中午喝了粥，可我从洛杉矶飞回来，可到现在没吃没喝也没休息。"

说到这里，慕筱白看着他的脸，似乎这才明明白白地看到那些倦怠的神色。她心中生出很多内疚和感激："真对不起，我太着急，忽略了你的感受，我真的很抱歉。晚上六点好吗？可是我对这边不熟，不知道有哪些可以吃饭的地方。"

叶向云神采飞扬地笑了。他放开手，立正，两只手插在裤子口袋里："那你就任我宰一顿好了，晚上我来接你。"说完，他笑着跟她道了别就离开了酒店。

慕筱白回到房里有些心绪不宁，坐在床边后第一次有了不知进退的感觉。她从包里拿出那张明信片，来回地看。

“只想带你看看我眼中的风景。”她默念着，身子向后一倒仰躺在床上，“叶向云，我该拿你怎么办啊？”她问自己，却没有得到答案。

叶向云一回到家，整个人就被饥饿和困顿给打倒了。他坐在沙发上就想睡过去，偏偏肚子饿得厉害又让他睡不着。他起身去厨房看了一圈，最后也只找到两包方便面和一盒午餐肉。狼吞虎咽地吃了一顿后，他连澡都没洗，脱了衣服就窝在床上睡着了。

也不知过了多久，定的闹钟还没响，他就醒了过来。他胃疼得厉害，整个胸口都像被堵住了，嘴里还不停地泛酸水。他皱着眉头，有些懊恼，自己的这个胃就是喜欢在关键时刻掉链子。他勉强起了床，然后从冰箱里拿出水瓶，倒了一杯凉的苏打水喝下。他强忍着不适洗了个澡，看时间差不多了就穿戴整齐地出了门。

慕筱白特意早起了一阵子，洗了个澡还简单地化了个妆。因为来得匆忙，她连换洗的衣服都没带一件。身上这件衣服也穿了好几天了，这大夏天的，自己低头都觉得能闻见一股汗味。想起这一天她扑在人家怀里，靠在人家身上，脸就红了起来。她还在思考着怎么办，拿着这身衣服不知道要不要再这么穿上，门铃就响了。慕筱白惊了一下，看看时间才五点多一点，自己的头发都还没吹干呢。于是她匆匆套上浴袍，打开门就看见叶向云一只手捂着肚子，一只手撑着门框，脸色蜡黄蜡黄的，额头上都渗出了汗珠。

“你这是怎么了？”慕筱白赶忙把他扶进房间，让他在椅子上坐下，然后转身倒了一杯冰水。还没端过来就听见他很虚弱地说了一句：“胃疼。”

慕筱白立刻放下杯子，转身把电水壶给插上：“你坚持一下，我烧一点热水。”

看着她忙碌的身影，叶向云有些抱歉：“对不起，本来没有这么严重的，不知道为什么，开车过来后突然就疼得受不了了。”

“胃病也要注意卧床休息，不舒服还出来？”她回头瞥了他一眼，“身体好就可以这么折腾吗？”

叶向云笑道："难得能约你吃顿饭，我得珍惜啊。"

慕筱白看着他那个样子就有些焦心，过来扶他："还是躺下吧，应该能稍微缓解一下疼痛。怎么突然就胃疼了？"她边说边扶他躺下，手在他的腹部按压了几下，"疼不疼？"

叶向云摇头。

"有没有感觉后背、肩膀闷闷地疼？"

叶向云还是摇头："没关系的，别太担心了。我回去吃了包方便面，起床后就不舒服，然后又喝了一大杯冰水。"

慕筱白直起身，面上一副无奈的表情："不好好吃饭，胃难受喝冰水，疼起来不休息还到处跑，你这就是自己找罪受，活该疼死你。"她转身从自己包里拿出一个小药盒，从里面拿出两片药，端着一杯已经兑好冷热的温水走到床头边，"先把药吃了，一会儿就不疼了。"

叶向云目光灼灼地看着她："你也有胃病？"

"在美国的时候学习压力太大，在实验室工作也没个准点，偶尔也会疼一下，不过我不会疼起来喝冰水。"说着她剜了他一眼，"方便面这种东西很伤胃的，就不能自己煮点白面条吗？味道虽然差那么一点，不管怎么说都不伤身体。"

叶向云没说话，只是淡淡地笑，眼睛一眨不眨地看着眼前的人。她现在的样子跟之前看见的完全不一样，淡淡的妆容令她整个人都更加有神采，比之前的几次素颜要漂亮很多，不过她不施粉黛的清新干净也颇得他的青睐。

"是因为要跟我一起吃饭才特意打扮漂亮的吗？"他在慕筱白转身的一刹那抓住她的手腕，轻声问了一句。

慕筱白的脸一瞬间就红透了，她没敢转身："你想说明什么？"

"'女为己悦者容'，可以吗？"

慕筱白有种被说中心事的慌乱，脸开始有些发烫。她转身有些懊恼地说："没见过你这么臭美的，没听说是'女为悦己者容吗'？"她急着撇清。

叶向云还是笑，所谓欲盖弥彰大概就是这样了。他抿着嘴思考："也可以，至少说明你知道我喜欢你。"看着慕筱白呆在那里的样子，他笑出了声。女人有时候真的不能只看外表，看着一副冷若冰霜的样子，三下五除二也就被他套出话来了，“晚上想吃什么？”虽然她面色很难看，可那么温和的笑挂在上面还是让人觉得心里暖暖的。

慕筱白甩开他的手，瞪大眼睛：“吃麻辣火锅行吗？”

叶向云皱眉，听到“麻辣”这两个字只觉得胃疼得更厉害。他勉强笑了笑：“你打算这一次就给我打发回老家去啊？”他半撑起身，“那好，我也就舍命相陪好了。”

慕筱白被吓了一跳，赶紧上前制止：“你真的不要命了，今晚我看你喝点粥就行了，别吃难消化的东西，不然疼得更厉害。”她拉起夏凉被给他盖上，“你先休息一下吧，我出去给你带点吃的。”

叶向云觉得很窝心，抓住她的手不想松开：“有医生能总在身边照顾真的是一件很幸福的事情。”

慕筱白迟疑了一下，眼睛直视他，表情有些黯然：“你别想多了，其实我主要是照顾死人的，活人的事我很少管。”说着就想挣脱开他的手，可叶向云并没打算就这么放过她。他正要开口说话，就被慕筱白的一句话给堵了回去，“叶机长，请不要让我觉得你是一个轻浮的人。”

叶向云猛地松开手，惊诧地看着慕筱白。他以为自己已经往前走了一大步，可其实依然在原点。他刚想开口解释，就见慕筱白拿起自己的衣服：“你在这里先休息，我出去一下，很快就回来。”说完她便进了洗手间，换好衣服就直接出去了。

叶向云有些沮丧，再加上身体上的不适，心情一下子跌落到低谷。他懊恼地捶着枕头，一瞥却发现枕头下面有东西。他抽出来看，竟然是他寄给她的明信片。叶向云心中一阵狂喜，可仔细一看却发现了上面的痕迹，显然是被撕坏了又粘起来的。他叹了一口气，不知道该怎么理解她进一步退两步的行为：“慕筱白，你心里到底在纠结什么？还是我根本就理解错了？”

慕筱白出门就上了一辆出租车，她对A市不熟，还是坐出租车比较方便，她先去商场简单地买了两件换洗的衣服。肖莱不知道什么时候能恢复过来，她恐怕还要在这边住些日子，想起调动工作的事情她不禁又皱起了眉头。现在的生活杂乱无章，一片狼藉，让她想要重拾振作都不知该从何处下手。

从商场里出来，她又坐出租到了中午吃饭的那家粥铺给叶向云打包了两份外卖。等候的时候，她接到了美国房产中介打来的电话，说是那边的房产已经找到了买主，就等着她过去办手续，另外就是需要处理契税的问题。

回来的路上，慕筱白就一直思量着是委托律师还是自己亲自过去一趟。想想那栋住了很久的房子，她还有些舍不得，另外她想把母亲的骨灰也带回国，这样她在心里也算是有个寄托。回到酒店，她放下外卖，朝房间里说："起来喝点粥吧，一会儿我再送你回家。"没有得到回应，她回头看，就见叶向云蜷在床上已经睡着了。

慕筱白没有打扰叶向云，她换了一件墨绿色的吊带连衣裙，照着镜子看着有些露，于是在外面又加了一件小坎肩。她把粥留下一份，拎着另一份去了医院。

站在病房门口，她看见肖莱安静地睡着，旁边的旷宇翔也趴着睡得很香。她无奈地摇头，上前轻轻把他拍醒："回去吧，这么睡对身体不好，有我在这里就行了。"

旷宇翔迷迷糊糊起来，看见慕筱白有些不好意思，赶紧回头看叶向云有没有跟过来："不好意思，我刚睡着，真是刚睡着，看着肖莱拔了针才睡的。我连飞了十三个小时，真的太累了。"他摸着自己的脑袋笑了笑，"你别介意啊，也别告诉我师父。"看着慕筱白疑惑的样子，他又补充了一句："就是叶向云。"

慕筱白莞尔一笑，轻轻地点头："他也正睡着呢，你快回去休息吧。"看肖莱还没醒，她把带来的粥递给旷宇翔，"这个你吃了吧，估计下了飞机也没吃饭的。"

旷宇翔吸了一口气，仔细打量眼前的女人。她的皮肤很白，很衬这种墨绿色。她的身材很棒，肩平腰细，腿也修长匀称，就是胸部稍微小了一点。不过难得现在的女孩还能这样贤良淑德，那这一点缺点也就可以忽略不计。

慕筱白被他看得有些不自在："你还要不要？"

"要！"旷宇翔回过神，赶紧接过来，"谢谢，干脆我在这里吃完再走好了。"说着他又坐下来，打开包装狼吞虎咽起来。

慕筱白一时间有些心疼。

"你们是不是工作很辛苦？"她试探地问。

“怎么说呢？我们就是穿着制服的农民工，每天都是天不亮出门然后天不亮回家，起得比鸡早，老鼠都打洞了，我们还没落地呢，整天两脚不着地，爹妈、老婆和孩子每时每刻都不知道你身在何方……”他吃着粥，突然觉得有些不对劲，抬头就看见慕筱白黯然神伤的表情。他打了个激灵，“当然了，收入是非常可观的，尤其是教员和机长。你看我师父他的收入是我的两倍多，一年百十多万那都是小意思。关键是他这人还挺靠谱，我们乘务队里很多小姑娘整天跟着他。虽然他非常受欢迎，可他都不为所动。男人是用来靠的，当然可靠最重要了。”

慕筱白听着他说就忍不住笑：“你不用解释了，我不会告诉他的。”

“别啊，那我后面这些好话不是白说了？”旷宇翔瞪大眼睛刚要说话，就听见旁边床上的肖莱哼哼了两声。

两个人都紧张地站起来，旷宇翔扑到肖莱面前：“肖莱，你是不是醒了？”他捋着她额前的头发，眼神中满是关切，“醒了就睁开眼睛看看我们，肖莱。”

肖莱迷迷糊糊睁开眼，就看见旷宇翔在眼前越来越清晰。她的脑子慢慢清醒过来，一时间恐惧和委屈都冒了出来，哇的一声就哭了。她伸手抱住旷宇翔的脖子：“我们没做坏事啊，我不想去坐牢，那个小黑屋很吓人，里面都没有窗子，夜里还有奇怪的叫声，我不要再进去了。”

旷宇翔听着就心酸，顺势抱着她坐起来，轻轻地拍着她的后背：“好了，不哭了，这不是已经没事了吗？我们都没事了，你也不会再进小黑屋了。不哭了，傻妞，听话。”

“真的没事了吗？”肖莱抬头看着旷宇翔，“可可呢？她是不是也没事了？”说着她还不停地抽泣。

一说到祁可，旷宇翔就莫名地焦躁：“亏你还拿她当朋友，她早就出去了，都不管我们。她那样的人，你可别被她骗了，整天帮人家出头说话，可人家只当你是傻子呢。”

肖莱猛地推开他：“不许你这么说可可，她一定是有苦衷的。她出去的时候跟我说了，她会救我，让我坚持住。”她低头，神情有些黯然。对于祁可的事情她只有惋惜，她清楚祁可不是那种自甘堕落的人，却又没有办法解释祁可的行为。但她能确定的是，可可从来就没有害过她，甚至不惜牺牲自己救她，还有什么比这更重要。

慕筱白有些摸不着头脑：“谁能告诉我发生什么事情了？”

肖莱抬头看慕筱白，脸上立刻显出些许羞赧的神色。她推开旷宇翔：“表姐，我不想住医院，你知道我最讨厌住医院了，我回宿舍可以休息得更好。”

慕筱白拗不过她，在征得了医生的同意后，旷宇翔叫了一辆出租车把姐妹两个人送回了凌云的空勤公寓。打开门后看到的是非常整洁的双人间，祁可不在。慕筱白很紧张肖莱，可那个丫头却有些劫后余生的兴奋感。

旷宇翔不吭声，就倚靠着桌子看着姐妹俩，平时看着乖乖的肖莱一点都不让人省心。他抿着嘴笑，随便从书架上抽出一本书，竟然是汪国真的诗集。他两根手指点着那一排的书，从里面抽出一个很田园风的碎花封面本子，翻开，只见扉页上写着几句诗：“让女人念念不忘的是感情，让男人念念不忘的是感觉。感情随着时间沉淀，感觉随着时间消失。终其是不同的物种，所以，谁又能明白谁的深爱，谁又能理解谁的离开。”

旷宇翔的心情突然因为这句话而有些怅惘，他正打算翻下一页的时候，被肖莱一把夺了下来：“这是可可的记事本，偷看可是不好的行为哦。”说着她就给放回了原处。

旷宇翔举着那本诗集：“这是你的？”

肖莱有些难为情地撇撇嘴：“我可没有那个细胞。诗啊、词啊什么的，真的很烦人，在学校的时候我就很讨厌学文科，那些书都是可可的。”然后她指着窗台上的那一排，“那些是我的。”

旷宇翔一看，都是些爱情小说，还有就是诸如概率论、数理逻辑之类的枯燥的东西。肖莱傻傻一笑：“我是学逻辑学的，诗那种东西……唉，完全不符合正常的逻辑思维。”

“那是文学！”旷宇翔忍不住笑，伸手揉她的头发，“真是个傻妞，可爱死了。”

“诗人都是逻辑上的疯子。”肖莱退后一步站到慕筱白的旁边。

旷宇翔看着慕筱白，困惑的目光立刻收敛了，很谦恭地向她致意：“我也住这楼上，有事情可以去找我。”

“谢谢你！”肖莱很爽快地应了一声，随即拿起电话打给祁可。

祁可从公安局离开后就一直在大街上漫无目的地打转，接到肖莱的电话时精神振奋了一下："肖肖，你怎么样了？"

"我没事，你现在在哪儿？"肖莱边说边看着慕筱白。

旷宇翔本来都要走到门口了，又突然折回来。他一把夺过肖莱的电话，放到耳边就听见祁可略微有些沙哑疲惫的声音："我一会儿就回去了。"

"肖莱刚出院，她表姐过来了，晚上想在这里照顾她。你若是不回来，她就住这里了。"

"你干吗？"肖莱瞥了他一眼，又把电话给抢过来："可可，你别听他瞎说，我表姐就住咱们公司的酒店，反正也不远。"

祁可长长地叹了一口气："我晚上正好有事，就不回去了。"祁可放下电话后有些迷惘，不回去她还能去哪里呢？

这一夜，除了祁可，大家都是一夜好眠。慕筱白起得很早，肖莱还睡得很沉，她穿好衣服就起来出去买早点。在快餐店排队的时候，慕筱白犹豫再三，还是给叶向云发了一条短消息。

叶向云迷迷糊糊睁开眼，看到陌生的环境一下就坐起来。他看了一眼时间，已经是早上六点半了。他低咒了一声，翻身下床："这到底是给的胃药还是安眠药啊？"他自言自语，打开手机看到她的短消息，知道她昨晚睡在肖莱的宿舍了。

他抹了一把脸就赶紧启程往凌云的空勤公寓赶，好在这家酒店离公寓不远。叶向云把车开到公寓门口，就看见慕筱白在前面走，手上拎着粥和小笼包。他把车停在她身边："我送你过去吧，这公寓大，你还要走很远。"

慕筱白没有推辞，叶向云感觉有些难为情。他开着车，心里有些纠结："昨天真是不好意思，害你没有地方休息。"

"没关系，反正我是要陪着肖莱的，那个丫头没分寸，我得看着她，不然就嘚瑟起来了，身子那么虚。"她抬头看身边的人，"总之你不用自责，反正你就是没睡那里，我也会陪着肖莱的。"

车子很快就到了楼下，慕筱白下了车，转身发现叶向云也跟着下来了。她愣在那里，就见叶向云耸了一下肩膀："肖莱也是我的同事，我去看看她不算过分吧。"他上前帮慕筱白拎着一袋小笼包，"走吧！"

电梯到了十一层，门才刚打开就听见一片嘈杂之声。慕筱白有些好奇，转过角就看见一个挺着大肚子的漂亮孕妇声泪俱下地控诉着：“你敢让我进门吗？里面没有人，你为什么不敢让我进去？我辛辛苦苦为你生孩子，你却在外面鬼混。就这么几天你都不能忍吗？”

“你别胡思乱想，跑到公司的公寓里来闹像什么样子！”

“我胡思乱想？你有种让我进去啊。”女人有些声嘶力竭。

就在这时，门突然被打开，一个年轻漂亮的姑娘站出来：“怎么了，你老公就是看不上你了。你自己掂量掂量那张大饼脸，再看看你那大象腿、水桶腰，你有什么资格在这里闹？你自己看不住自己的男人，在这里闹什么闹！”

慕筱白整个人僵在那里，女人总是很傻，去做捉奸这种事。捉不到弄个捕风捉影的罪名，捉到了呢，最受伤的还是自己。叶向云站在她身后，似乎能感觉到她的身体在微微颤抖。坦白讲，这种场面他是见怪不怪了。可这一切对于慕筱白而言，却像是一堂生动的实践课。她突然想到旷宇翔说过的一句话：我师父非常受欢迎！

肖莱生生被这尖锐的争吵声给吵醒了，开门出来一边揉着眼睛一边看热闹。在看见表姐和叶机长也在时有些诧异，她小跑过来：“叶机长也来了。”脸色依旧是她标志性的灿烂笑容。

叶向云笑着点头：“我们进去吧，一会儿早饭该凉了。”说完他就拥着慕筱白往前走，想尽快离开这个是非之地。

回到房间，肖莱和叶向云没事人似的准备着早饭，两个人还谈笑风生，这让慕筱白有些诧异。肖莱抬头看她：“表姐，没什么可大惊小怪的，我们都见过。”

慕筱白有些错愕，叶向云的脸色也不好看，冲着肖莱狂使眼色，可那个丫头愣是没明白：“跟你说吧，凌云的A380机队，那都是飞行部的精英。要技术有技术，要长相有长相，人人都飞国际，一出去就是四五天，长夜漫漫，无心睡眠……唉，所以长得太帅、太优秀的男人最好还是不要嫁，带得出去，就怕带不回来。”她抬头看着叶向云，“叶机长最知道了，我没说谎吧。”

叶向云的脸一阵红一阵白，他清了清嗓子：“我看我跟公司打个报告，我回A320飞国内好了。”

肖莱这才意识到自己说错话了，她的脸一阵青白，接着傻笑起来：“叶机长，我没说您，您可不要多心。”

叶向云憋气，他倒是不会多心，怕的是有人会多心。他转头看慕筱白，只见慕筱白一脸木然地警告肖莱：“肖莱，我可警告你，你不准做这种事情！天下两条腿的男人有的是，要是让我知道你做人家的第三者，我立刻打断你的腿，再把你送回澳洲去。”

“是！”肖莱立正，嬉皮笑脸。可慕筱白没笑，叶向云更是笑不出来。

上午，当事的三个人被公司叫去调查情况，叶向云则送慕筱白回了酒店。时间还早，叶向云踟蹰着不知道该做些什么：“筱白……”

“胃还疼吗？”她回身冲着他莞尔一笑，穿着裙子更显得整个人清新婉约，没有了冷清，也没有了职业女性的强势，更平易近人一些。

叶向云恍了一下神：“好多了，昨晚的事情想起来就怪难为情的，不知道这顿饭是不是还有得请呢？”

慕筱白看着他，脸上满是抱歉的神情，这让叶向云生出些许不好的预感。

“叶机长，其实你并不了解我，我真的是一个非常无趣的人。我的生活里除了工作没有其他任何让我感兴趣的东西，我甚至不喜欢跟人多交流。其实我之前有过三个男朋友，他们都非常热情地追求过我。我和第一个男朋友交往了十个月，分手的时候他跟我说其实他只是为了方便抄我的作业、让我帮他做课题，因为没有别的办法能跟我更好地沟通；我和第二个男朋友交往了半年，然后一个女人大着肚子来求我放手成全他们，我怒气冲冲地去找他理论，他很不以为意，说这是我第一次主动上门找他，还说跟我在一起就像跟一个麻木不仁的僵尸没什么区别，毫无情趣；至于第三个，你也看见了，我们交往了很久，可最后……”她低低地叹了一口气，“每次受到伤害我都想从下一段感情中获得弥补，可每次都是新伤加旧伤。我不知道自己是不是那种会给人第一眼留下深刻印象的人，但是我很清楚，我不会谈恋爱，我在感情里总是很被动，我不是一个能抓住男人心的女人，却是一个很容易受伤害而无法自拔的人。”

“所以呢？”叶向云皱着眉头看着她。

“心不动，则不痛。”慕筱白拿起那张明信片，双手递到他的面前，“我非常荣幸能够得到叶机长这么优秀的男人的青睐，我也知道你非常受欢迎，我想你一定会找到一个真心爱你的女孩。对不起，我不想伤害你。”

叶向云的脸色此时很难看：“慕筱白，你还真不是个一般的女人，也真会说话，敢情拒绝我还是为我着想了。你说你不想伤害我？可你已经伤害我了。你以为我追求你，背地里为你忙前忙后，拿热脸贴你的冷屁股就是因为青睐你，你以为我是拿你寻开心呢？我叶向云的趣味没这么低级，也不是讨不到老婆，只是因为看见你的第一眼，我就以为自己遇到了所谓的爱情。”说完，他夺过那张明信片，带着满腔怒火撕成四块丢进了旁边的垃圾桶里，随即转身就摔门走了。

听着那一声闷响，慕筱白浑身一抖，仿佛整颗心一下子就放空了。她站在那里有些失重的眩晕感，鼻子一酸，眼圈就红了。她拼命地大口呼吸，生生把眼泪给忍了回去。

第四章 别让感情随着时间沉淀

从现在开始，我认真你随意，我给你半年的时间来认识我。

从公司的小会议室出来，旷宇翔看着祁可，心中有些不忍。她的气色看起来比肖莱还要差，可是想起她把自己和肖莱丢在里面不管他就气不打一处来：“我说你这提早回去休息的，怎么看起来比被严刑逼供的样子还要差啊？”他凑近了，“你这个女人到底是怎么做人的，你朋友在里面扛了两天一夜都没有吃喝和睡觉，你怎么好意思就这么走了？”

祁可一句话也说不出来，嘴唇翕动，欲言又止，脸色惨白。她抬头目不转睛地看着眼前一脸愤恨的人，最后还是低下头：“对不起，我没有办法。”她随即转身，看来谁都不能理解她的处境和苦衷。

“可可！”

肖莱要上前，却被旷宇翔拉住：“别理她，让她反省反省，我送你回去。”说着就生拉硬拽地把她给拖了出去。

肖莱有些不乐意了：“你干吗总是针对可可啊？平时看你挺宽容的，怎么总是对可可那么苛刻，你跟她有仇吗？”

旷宇翔一时间答不上来，他确实不是个刻薄的人，平时有很多事情他吃点亏也就吃了，很少跟人计较。也正是因为这样，他才在公司落得了个好人缘。可是对于祁可，他不知道为什么，越是了解多一点，他就越是忍不住针对她。而她越沉默，他就越欲罢不能，他想知道这个女人身上到底有多少秘密。

“我难道就不能有几个看不顺眼的人吗？”旷宇翔睨着她。

肖莱上前一步，一副天不怕地不怕的样子，伸出手指指着他："那你不准看可可不顺眼。"

"为什么？"旷宇翔笑着握住她的手指。

肖莱略作思考："因为……因为她是我最好的朋友。"

旷宇翔仰着头笑："她是你最好的朋友我就不能看她不顺眼？嗯？"他也略作思考状，"不如你做我女朋友吧，这样她也就勉强算是我的朋友了，我就不会再为难她。"

肖莱的脸一瞬间就红透了，她立刻转身背对着他："我才不要呢，傻子才跟花心大萝卜交朋友呢。"肖莱嘴里咕哝着，可脸上却有些少女春心荡漾的小羞涩。

旷宇翔是花丛老手，这种不要就是要的小矫情，他当然深知其中的奥秘。他从身后抱住她的肩膀，下巴落在她的肩头："你晕倒的时候，我突然很害怕、很担心、很焦虑，我从来没有那么害怕、担心和焦虑过，我也不知道是为什么。"他的声音很轻，带着些无奈和惆怅，轻轻地吻着肖莱的头顶。

那一刻，肖莱的心仿佛都融化了。她僵在那里，听见那人在自己的耳旁悄声说着情话："肖莱，我喜欢上你了。"

肖莱嘟着嘴，心里却甜得开了花："那你能不花心吗？能对可可好一点吗？别老是刻薄她，其实可可很可怜的。"肖莱不知道祁可哪里可怜，可是每次看着她发呆，对影自怜的时候，那种心疼就会泛滥。

旷宇翔的身体僵了一下，这话像是一根针扎在他的心上。与其说他总是刻薄她，倒不如说他是有些恨，恨她不争气，恨她的自甘堕落。他强压下来那种情绪，让肖莱转过身子跟自己面对面："傻妞，要对自己有信心，让浪子回头去吧。"

肖莱傻傻地笑出声，她抱住旷宇翔的腰，把脸贴在他的胸前："浪子，要回头哦，不然姐姐我甩你没商量哦。"

祁可在候机楼，她趴在大落地的玻璃上，看着外面一架架的飞机起落。远处的二跑马上就要投入使用了，这么多飞机，为什么就没有一架可以把她从这深渊里带出来？每次飞机飞起来，在万米高空仿佛可以有片刻逃离的安宁，可终究还是要落在这里。祁可眼睛一眨，眼泪就顺着脸颊落下来。

她把脸贴在玻璃上，谁也看不到她的表情。

旷宇翔把肖莱送回公寓就急忙带着自己的装备去酒店的游泳池找叶向云，他心里纳闷，因为叶向云很少找自己一起游泳的。这里是全市最高级的酒店，所以游泳馆里人不多，他一进来就看见那个在水里游得飞快的人。他蹲在泳池边："哎，云哥，怎么了，美女到手至于这么兴奋吗？"正说着话呢，就看见水里的人没了，他诧异地弓着身子找，却突然从水里伸出一只手，抓着他的脚踝就给他拖下了水。

旷宇翔挣扎着从水里探出头："干吗？我要钱没钱、要权没权，你想害我命啊。"

叶向云有些郁闷："我完蛋了。"他愤恨地拍着水，"我被拒绝了，关键是我还冲人家发火了。"

"真的假的？"旷宇翔忽然笑起来，"温文尔雅的叶机长居然对一个女人发火了？看来真是情毒攻心啊。话说我上次看你发火还是两年前巡航的时候我打瞌睡，自动驾驶掉了都不知道。"他瞥了叶向云一眼："真没看出来你的脾气居然这么暴躁。被拒绝不是什么大不了的事，关键是你怎么能对人家发火呢？真是自作孽，不可活。"

"我当然压不住火了，她以前碰到的是人渣，我就自动被归到人渣的行列，敢情我是为那些人渣的后遗症埋单的。我为她做的事情她都当成是驴肝肺了。"叶向云有些生气，原原本本地把慕筱白的话给旷宇翔说了一遍。

"呵呵，居然还骂脏话了。"旷宇翔笑，"你真是太不专业了。很明显这个女人就是低情商的感情弱智，你想你要是喜欢哪个女人，你会跟个僵尸一样，半年都不找人家一次？你要是真喜欢一个女人，你会连人家是拿你当男友还是合作伙伴都感觉不出来？那次在酒店，她说她男朋友的绯闻她从来就没有质疑过，真爱会是这样？信任？狗屁！那是她根本就没有把人家放在心上。麻木不仁是为什么？是因为没有热情。为什么没有热情？是因为不喜欢那些男人，没有爱情，懂吗！我敢跟你打赌，慕筱白这种女人你给她爱情，把她点着了，她黏死你，恨不得死给你看。心不动，则不痛？心动不动是自己能说了算的？怕痛是真的，所以才躲着你。结论你该知道了吧？"旷宇翔斜眼看他，一副很鄙视的样子。

叶向云一脸茫然地看着他。

旷宇翔看着他的样子，十分无奈："你们俩还真是很般配，凑一起正好五百。怕心痛不敢动心，所以必须躲得你远远的。为什么？怕靠近了会受伤。可为什么会受伤呢？"

"动心了？"叶向云有些不可思议地自言自语，诧异地看着旷宇翔，"是这样吗？"

"你真是笨死了。叶向云，你真的是双学士吗？你是办的假证吧！亏得我还给你说了那么多的好话，简直就是浪费。"

叶向云皱眉："你说什么好话了？"他很严肃。

"都说了，技术好、挣钱多、人可靠，虽然有很多小姑娘跟在屁股后面跑，这么受欢迎依旧保持着纯洁的本色，简直就是老公的不二人选。"

他说得扬扬得意，叶向云却恨得牙痒痒："你是说我在公司很受欢迎？"

"啊，本来就是嘛，咱们公司现在已婚和未婚的都算上，你最受欢迎，然后才是我，我这不是想给她点压力吗？"

"我给你点压力！" 叶向云说着就把他的脑袋摁到水里，"都是你给我搞砸了。"

栗渊机场的二跑即将投入运营，这是这几天A市报纸的头条新闻。叶向云被安排了本场练习，其实就是为新跑道试飞的。执行检查完毕，旷宇翔还是有些紧张："行不行啊？拿着A380试飞，听说之前双向校飞也是你飞的。"

叶向云没说话，他也有点紧张。因为刚才公司领导跟他交代了，落地之后要接受记者的采访，他不太喜欢这种场面："一会儿下了飞机，那个采访要不你去？"

旷宇翔瞥了他一眼，点了点他肩膀上扛着的四道杠杠："这是你的本职工作，叶机长。我去？我去了人家也不搭理我啊。"

"真是烦啊！"叶向云叹了一口气，最近的事情似乎都不怎么顺利。跟慕筱白再也没有联系，只知道她依旧还在A市没有回去，具体为什么他也不大清楚。

"打算这么放弃了？"旷宇翔试探着问。

"看缘分吧，死缠烂打总不是办法，何况我现在也没脸去见人家。"他闭着眼睛一脸懊恼，"你说你这种浑蛋都能表白成功，我怎么就这么背呢？”

旷宇翔笑道：“所以我才说平时要多积累、多练习吧，你这样的就是容易在关键时刻掉链子。”

叶向云嗤之以鼻，没说话，就看着机务已经挥旗放行，耳机里收到空管的指示，可以推出。两个人收敛了神情，进入工作状态。飞机经过三次复飞过场，最后平稳地降落在二跑道上，滑回停机坪依旧是水门礼。旷宇翔到底是年轻人，兴奋得很，他还从来没有过这种经历。虽然他嘴上全是牢骚，对工作多么多么不满意，可是他心里清楚他有多么喜欢飞行。读书的时候他也是高才生，只是面对蓝天的召唤，他义无反顾。

下了飞机，叶向云立刻就被记者围了起来。他强打精神保持着微笑：“今天的天气条件很不错，给我的课题是对新跑道道面情况、盲降进近程序、联络道、飞行区标识、通信设备及飞行保障各类设施的运行情况等进行综合测试。我个人感觉新跑道对于飞行本身来说，与旧跑道并没有什么区别。起降的感觉很完美，跑道的设备也很完善，在这个过程中我们建立了盲降，试验也很成功。即使不看跑道也能依靠仪表降落，说明各类导航的设备都已经正常，并且很先进，非常期待能在正式的商业飞行中在栗渊的二跑降落。”他冲着镜头伸出大拇指，慢慢地转身，呈现一个坚毅的背影，慢慢地消失在镜头里。

慕筱白伸手捂住自己的脸，仰躺在床上，不知道怎样才能把这个人从自己的思想里拿出去。哪怕就是看个本地新闻，都能看到他的身影。她又从枕头底下摸出那张被重新粘贴好的明信片，捏在手里感觉莫名烦躁。自己学的这些刑事鉴定技术到了国内什么案子都没办，全拿来贴明信片了。她起身就把那张明信片又丢进了垃圾桶里，只觉房间里闷得要命。她想出去透透气，于是简单地收拾了一下，临走前关掉了电源板上的开关，却无意中碰了打扫的灯。

慕筱白在公交车站点随便找了一辆环线车就上去了，一块钱可以带着你在这座城市转一圈，还能再把你送回原地。A市的夜景很漂亮，只是过于炫目的城市霓虹让它显得过分张扬，她不喜欢，因为这种几近跋扈的无声喧嚣让她越发觉得自己的孤单和渺小。

这是一条不短的线路，等慕筱白再下车的时候已经是晚上九点钟了。她回到酒店，推门进去后发现里面整洁如新。她脑袋嗡了一声，拖出垃圾桶，发现里面已经换了新的垃圾袋。她扭头出去："服务员，谁让你们打扫我的房间了？"她的态度变得有点差。

"小姐，是您开了打扫提示我们才为您打扫的。"

慕筱白还有些恼，回头一看，自己房间门口真的亮着打扫的灯。她说不出话来，深深地吸了一口气又勉强摆出笑脸："对不起，是我的问题。请问打扫的垃圾都放到哪里去了？我有很重要的东西被扔掉了，我想我得找回来。"

服务员把慕筱白领到垃圾站，好在要求晚上做打扫的客人并不是很多，她蹲下身一袋一袋地找，终于翻出了那张"伤痕累累"的明信片。她松了一口气，可是又立刻生起气来，不是气别人，而是气自己。

她又把明信片丢进了垃圾堆，可转身没走两步又去捡了回来。这一晚上，慕筱白什么都没做，就坐在自己床边，脚边放着一个垃圾桶，把明信片丢进去又捡出来，然后再丢进去再捡出来。就这么无聊地丢了捡到最后，慕筱白突然明白过来，其实这张明信片丢不丢都无所谓，关键是那个人已经不在了。

慕筱白深深地吸了一口冷气，一阵沮丧袭来，让她猝不及防受到了重创，眼泪如决堤的海水一般涌了出来。她深深地觉得自己回来真的不是一个明智的选择，于是拿出手机打电话给美国的房产中介："对不起，房子我不卖了……我这边是明天下午的航班，关于违约的问题我会亲自过去处理。"

放下电话后，慕筱白还是从垃圾桶里把明信片给捡了出来，夹在自己随身的记事本中。她翻到最后一页，拿出自己制作的那一张，可惜已经没人可以送了。

第二天，慕筱白的精神显得很差。中午出门的时候还好好的，打了个车到机场，下车的时候就被出租车司机给数落了，额外多给了五十块的洗衣费，只因为她把车里的坐垫给染红了。她拎着包遮住屁股后面匆匆进了机场，在超市里买了卫生棉就跑到洗手间里去换衣服。等托运、安检都弄完了，她背着随身的一个包进了凌云的休息室，因为她家在银行的一笔可观的存款让她还可以在这里享受一下这种待遇。

她一向有痛经的毛病，再加上最近诸事不顺，身体更是感觉不舒服。她找了一个靠角落的位子蜷在座椅上，以此来抵挡一阵阵的绞痛，又不停地喝热水来缓解浑身的冰凉和僵硬。

叶向云坐在右座上很是悠闲，拿着手机收邮件，一切都准备就绪了，就等着客舱准备完毕就关门走人。旷宇翔翻着手里的报纸，看着昨天试飞的新闻："哎，你别说，你还真的挺上镜的，很有范儿啊。你有没有发现今天我们一出现，招惹的眼球更多了？你红了。"

叶向云没说话，只剜了他一眼，看了看手表："时间马上就到了，后面怎么还没好。"

就这会儿乘务长来报告，说是经济舱有一位乘客还没有登机，但行李已经上来了，向机长请示是等人还是减掉。

叶向云无奈地叹气，看了看时间："通知地面广播找人，让货仓把行李拣出来，再等五分钟，不来就减掉。"五分钟后，乘务长拿着单子找叶向云签字减员。叶机长接过来一看名字，立刻傻了眼。他忍下一口气，又递回给乘务长："等等她！"

旷宇翔一愣，伸手把单子抢过去，只看了一眼就笑出声："缘分来了真的是挡都挡不住，你可要把握机会哦。"

叶向云皱眉，拿出手机重新开机，直接就拨打了慕筱白的电话。急促的电话铃声把还处在迷糊状态的人叫醒了，她从包里摸出手机接通，连看一眼的力气都没有："喂？"

叶向云的眉头立刻皱了起来，她的声音有些虚弱，只是时间紧，他也顾不了那么多："你在干什么？还走不走？你要是不走我就先走了。"

慕筱白猛地回过神，竖起耳朵听见机场的广播正在念着自己的名字。

"我马上就来！"挂断电话，她就强打起精神冲向廊桥。她前脚刚进机舱，就听见身后空乘关上了舱门。她有些难为情，赶紧找到自己的位子坐下来。

飞机很快就起飞了，傍晚送餐的时候，空乘走到慕筱白的跟前便发现了她的异常。因为她的脸色蜡黄，额头上都是汗珠。

"小姐，你是不是哪里不舒服？" 空乘问。

慕筱白看着空乘，很小声地问了一句：“你们有没有止疼药？”看着空乘诧异的眼光，她又补充了一句，“没关系，只是痛经。”

“你稍等！”空乘很快就回到厨房向乘务长做了汇报，然后拿了止疼药给慕筱白。

可是正常的剂量根本就没有办法止痛，乘务长有些焦心：“不能超剂量给她，万一出了事情怎么办？我去向机长报告。”

叶向云不在座位上，正躲在头等舱的厨房里烤面包片。听完汇报他有些困惑，看着乘务长：“痛经会有生命危险吗？”

乘务长脸红了：“没听说过痛经能死人的，不过严重的据说真的是生不如死。”

“哦！”他放心地应了一声，又说，“广播一下，看看机上有没有医生，询问一下有没有什么方法，或是大剂量给药安不安全。”说完他忽然想起了什么，转身看着乘务长：“今天我们等的那一位就是医生，你去找她问问。”

“疼的人就是她。”

叶向云愣在那里，眉头一下子就拧紧了：“走，去看看。”说着就大步流星地进了客舱。

慕筱白没有想到叶向云会这么出现在自己面前：“你怎么出来了？”她的样子显得异常虚弱。

“双机组，没关系。”他蹲下身，握住她冰凉的手，脸上满是担心的神情，“你怎么样？难受为什么还要坚持走，改签不行吗？”

“我真的没关系，让她们再给我两片止疼药就没事了。”

“可是她已经吃了四片了。”乘务长有些担心地在旁边提示叶向云，这是药不是饭，这么长的飞行时间着实让人担心。

“躺着是不是会好一些？”叶向云的面色凝重，回头看着乘务长，“给她升舱，你去跟头等舱乘务长沟通一下，商务舱已经满了，她那里还有两个位子。”说完他直接就把慕筱白给抱了起来。

头等舱里，叶向云蹲在她身边，一只手举着水杯，一只手拿着药，一脸关切地问：“你确定吃这么多止疼药不会有事吗？”

慕筱白凝望着眼前的人，心里一酸，眼泪很快就涌了上来。她握住叶向云的手，眼泪流下来却说不出话来。

叶向云放下手中的水杯，反握住她的手："筱白，生活是要向前看的，总是活在以前的伤痛中不会让伤害你的人难过，只会让自己更加可怜。我知道你在担心什么，我也知道我说什么都没有用，那从现在开始，我认真你随意，我给你半年的时间来认识我。如果我并不像你所担心的那样，如果你觉得我这人还行，那么你就要把你的一切都给我。"

"我怕还不用半年时间你就会先离开我了。"慕筱白有些委屈，对自己没有信心。

叶向云笑了，轻轻地抚着她额前的头发："怎么会呢？只要我们在一个城市的时候每天都见一面，不在一个城市的时候每天打一个电话，不在一个国度的时候每天发一条短信，我们就不会分开。筱白，只要你别让我看不到希望，那样我就不会离开你。"他复又端起水杯，"来，先把药吃了，然后好好地睡一觉，明天醒过来我们就落地了。"

慕筱白就这么一直被他握着手，不知道什么时候安静地睡了过去。再醒来的时候就听到机舱里播报的落地前的广播，她拉开窗帘，外面似乎雾蒙蒙的，完全看不到地面。她皱眉，有点担心。

叶向云在驾驶舱里从容且镇定："LA进近，呼号中国凌云航空，航班号889，重型，高度六千尺，码编6678，请求盲降。"他操一口流利的英文，旷宇翔在旁边建立盲降，接收机场盲降信号。

"云高太低，之前已经有六架大型客机盲降失败已经转场备降，是否还尝试？"

"我们可以尝试一下。"

"中国凌云航空889，跑道34L，风速7M/S，注意复飞！"

"五百米、四百米、三百米、两百米、一百米、五十米、Land（降落）！"飞机轻巧地落在跑道上，滑行靠桥一气呵成。发动机关车，叶向云长长地出了一口气，他拿起话筒："可以开舱门了，让头等舱的那位慕小姐稍微等一下。"

他刚放下手里的话筒，就听见旷宇翔在旁边笑："我说你可不可以不要这么没有原则，虽然你是机长，在飞机上你说了算，可是这也太过分了吧。免费升头等舱，在经济舱对女客人搂搂抱抱，在头等舱的包间里跟女客人孤男寡女待到半夜，这会儿又要求女客人单独留下来。"

叶向云填好日志，合上本子："好啊，回去就去投诉我吧，现在先把飞机整理好。"说着丢了一个白眼给他，然后离开了座位。

打开舱门，叶向云就看见慕筱白站在门口，气色虽然不太好，但比起昨晚已经强了很多。

"好些了吗？"叶向云关切地问。

慕筱白的脸微红，带着些羞赧的神情。她点点头，两只手有些无措地抱着自己的胳膊："你说得对！"

叶向云反应片刻，脸上立刻有了笑容："我说的什么对？"他微微探身，低头在她耳边问。

周围还有空乘在忙，抬头就看见旷宇翔倚着舱门抿着嘴笑得很坏。慕筱白羞得厉害，忙后退了一步："嗯，你不是说醒了就落地了吗？"

"哈哈！"旷宇翔没忍住，直接大笑出声，"慕表姐，你是叶向云的克星吗？"

慕筱白抬头看他："谁是你表姐？"她有点排斥。

旷宇翔一副沉思的样子："我们家傻妞没跟你说吗？"他信步走到慕筱白跟前，右手放在左胸口，很恭敬地鞠躬，"慕小姐，请允许我正式地做一下自我介绍。旷宇翔，今年二十六岁，是肖莱的男朋友，所以我叫你表姐应该没什么问题吧！"

慕筱白有些震惊，她转头看着叶向云，似乎是在向他求证。虽然这只是一个很小的动作，可叶向云却很高兴。他一摊手："对不起，我也是听他这么说的。至于肖莱的态度，我对别人的私生活一向都不怎么感兴趣，所以我不清楚。"

慕筱白心下叹气，虽然她并不觉得旷宇翔适合肖莱，可这种事情总是要自己拿主意的。她是做表姐，不是做父母，即使是做父母的也只能给出意见，来不得半点强迫。

"能不能求你一件事？"慕筱白眼巴巴地看着眼前的男人，声音很低，"能不能给我两片止疼药以备不时之需？你知道这种药在美国需要处方的，很麻烦。"

叶向云皱着眉头，真不知道该怎么说她。他有些无奈："慕筱白，你真的让我很没有面子，你身后站着的都是我的同事，你让凌云最受欢迎的机长情何以堪啊。”

慕筱白没绷住，笑出声来。她紧抿着嘴唇，突然上前一步搂住他的腰，把脸深深地埋在他的胸前，不想让人看见她此刻的羞怯和依旧隐约可见的不自信。

叶向云被这突然的一抱弄得有些蒙，不知道是不是自己被追的次数太多没有这样的体会，还是因为自己追得太辛苦，总之幸福像潮水一样涌来，让他有些无力招架。他有些不敢相信，可那个人就那么真实地在自己的怀里。他一下子收紧自己的双臂，紧紧地箍住那个人。

“筱白！”他轻轻地唤她的名字。

“嗯！”慕筱白轻声应着，很乖，在他的怀里一动不动，心却跳快得不成样子，是从来没有过的章法大乱。他说得对，人总是要向前看的，停留在过去的痛苦中只会让自己更可怜。而让她此刻感觉最幸福的，莫过于当自己抱着喜欢的人的时候，他把自己抱得更紧。慕筱白的眼泪涌出眼眶，那一刻仿佛也体会了遇到爱情的感觉。

“咯咯！”旷宇翔清了清嗓子，然后走到后面看热闹的空乘跟前，“看见没，从此刻开始，叶向云机长已经名草有主了，以后就不要再给他塞巧克力，也不要再帮他带饭了。还有喜欢接他的航班的，也都消停一点吧。自己知道了呢，也别忘了回去多宣传宣传。哦，还有，她的表妹肖莱是我女朋友，你们……”他指着男空乘：“以后不要对肖莱有什么想法，不然我让叶机长收拾你们。”

“你管住自己就行了。”也不知是哪位受了伤的姑娘在后面狠狠地捅了他一刀。旷宇翔的脸上一阵发烫，回头看，人家两位还在那里抱得难舍难分呢。

叶向云给慕筱白包了六片止疼药，飞机上的医疗箱储备有限，不然真的想把一瓶都给她。他皱着眉头一个劲儿地询问：“真的够了吗？”

“嗯！你放心，我自己心里有数，这些也只是为了以防万一。”平时她也就是第一天比较遭罪而已。

叶向云并不确定她这是说真的还是只想让他安心，他把药塞进她的包里：“回去了我就陪你去看医生。还有我的酒店地址已经放在包里了，安顿下来后我把房间的电话发到你的手机上，自己搞不定或者有什么困难一定要给我打电话，别一个人跟没头苍蝇似的到处乱撞。”

慕筱白点点头，却有些不服气：“洛杉矶是我的家，我又怎么会像没头苍蝇一样？你还是好好回去休息吧，你看你的黑眼圈多大，都快成国宝了。”说着她便笑了起来，似乎已经不记得上次自己发自真心的笑是什么时候，好像已经隔了很长时间了。

“还不是因为你，本来该我休息的时间我都拿来陪你了。”

“哟！”慕筱白挑眉看他，“叶机长，这算不算事故征候？”

叶向云愣了一下，胡乱地揉她的头发：“别说，你知道的还真挺多的。这个不算，因为我在座的时候没有打瞌睡出问题。”叶向云又把她搂到怀里，轻轻地吻着她的额头，“怎么办啊，还没分开就已经开始想你了。”

慕筱白不说话，就这么静静地待在他的怀里。她虽然嘴上不说，可心里也一样，还没有分开就已经开始想念。在她最想要的时候，给她最需要的东西，爱有多难，也不过这么简单。

慕筱白走的是国际到达，叶向云走的是机组通道。他从通道出来的时候，看到一大群人都在等他。旷宇翔睨他：“还以为你跟她回家了呢，大家都在等你。”

“对不起，让大家久等了。”他心情好，连道歉都笑得很开心。跟着机组车回到酒店后，他做的第一件事就是把房间的电话号码发到了慕筱白的手机上，等到了她的回复才安心地上床休息。

慕筱白回家整理了行李，便马上约见了律师和中介。她不想耽搁太久，想跟着他的航班再一起回去。因为生活有了新的转机，所以她决定还是把房子给卖掉。这样一来事情也简单了很多，一上午的时间她就签好了合同，约定了三天的交房时间。

叶向云飞惯了国际航线，倒时差对他来说并不是什么很困难的事情。他一觉睡到中午，起床后看了看手机，没有电话也没有短信。因为怕她还在休息，他也不敢贸然打电话去打扰她，思前想后不死心，于是给她发了一条短消息：“我下午会去洛杉矶的中央图书馆，有事打我手机，别打酒店的电话。”

他怕她辛苦，可是又忍不住想约她。

慕筱白看着手机，脸上有些埋怨的神色：“这算什么，约会吗？”她抱着手机想了一会儿，给他回复：“别太累了，好好休息。”

叶向云一看，立刻沮丧起来，回了一个“嗯”字，外加一张沮丧的脸。

慕筱白躺在沙发上，立刻笑起来。她看了看时间，跑到卧室选了一件T恤和一条牛仔裤，这时手机上突然又来了短消息。

慕筱白有些急不可耐，可信息居然是肖莱发的：“听说你这次真的堕入爱河了？”

慕筱白的心弦猛地被拨动了一下，真的堕入爱河？她的心跳骤然加快，回想起在他怀里的时刻，那种仿佛已经不是自己的心跳已然出卖了她的淡定，原来不是你想心如止水就可以波澜不惊的。

她还没回过神来，又有一条短消息进来，还是肖莱发的：“是不是被表白的时候很惊喜、好意外？是不是很想跟着他到处招摇，然后跟大家炫耀他是你的男朋友？是不是很想告诉别人他有多么优秀？是不是十分享受那些羡慕嫉妒恨的眼光啊？ ”

慕筱白忍不住笑出来，回复：“你说得好像是我当年在星光大道跟汤姆·汉克斯合影的心情。”

肖莱看着短信有些郁闷，她看着躺在床上静静看书的祁可：“难道被表白不应该是这样的心情吗？”说着她还眨了眨眼睛。

祁可很不喜欢这个话题，她觉得她很讨厌那个人。骄傲自负，缺乏同情心，总是高高在上，鄙视着她的寡廉鲜耻。当听说他要为一个女人而浪子回头的时候，她竟然有些慌乱。她想她可能是在为肖莱担心，她完全不相信旷宇翔是一个有自我约束力的人。

“可可，你说话啊！”

祁可放下书本看着她：“每个人对爱情可能都有不同的感受吧，你表姐毕竟比你经历丰富，可能对叶向云也没有那种崇拜式的狂热。”她不想打击肖莱，毕竟初恋的甜蜜是人生最美好的东西。她叹了一口气，幽幽地开口，“那个浪子啊，你可要给他盯紧点，我看你可以让你表姐叮嘱一下叶向云，让他也随时看着点。”

“不好吧？”肖莱犹豫地看着祁可，“还是不要了。我信他，应该没问题的。我可是警告过他了，如果让我知道他做了对不起我的事情，我甩他没商量。”说完就拿起桌上的苹果大口大口地吃起来。

祁可无奈，也就放弃了。有时候人总是要经历些什么才能长大，当年她的导师提醒她不要跟周建明走得太近，她也是这样不相信：“不会吧，他是谦谦君子！”

有时候，盲目的信任来自于你对那个人的极度缺乏了解。

叶向云下午还是去了图书馆，每次飞洛杉矶，他都雷打不动要来这里坐一坐。他很喜欢这里的氛围，只要坐在这里心就能沉下来。他抽出那本上次没有读完的《美国航空史》，找了一个位子坐下来。还没看几页书，就有一个人拉开了他对面的椅子。他抬头，有一瞬间的失神。那安静恬淡的微笑，仿佛惊艳了这一刻的时光。

慕筱白穿着一件白色T恤和一条浅色牛仔裤，松松垮垮地编了两条辫子在耳边，就像是一个大学生一样。叶向云慢慢地笑开，笔在纸上划拉着，然后推到她跟前。

慕筱白看了一眼，上面写着：“同学，你是哪所学校的？我想跟你交个朋友。”

她笑了笑，指了指自己身上的T恤，胸口写着四个字母“UCLA”，然后她合上手里的《解剖学》，在纸上写下什么，推给了叶向云。

“你这样搭讪肯定是要遭白眼的，太业余。”

叶向云笑了，他慢慢起身，尽量不发出声响，绕过桌子来到慕筱白的旁边坐下。他把书摆在她的面前，转头对着她的耳朵，压低了声音：“同学，我英文不好，看不懂，你帮我翻译一下。”

慕筱白笑笑，其实她都在他身后看了他好一阵子了，怎么会看不出其实他的阅读很流畅？他专注的样子很吸引人，背脊直直的，即使坐着也很挺拔。

她转过头，不经意间嘴唇轻轻地擦过他的脸颊和嘴唇，一时间僵在那里。两个人面对面，四目相接，她的眼神依旧空灵而富有吸引力。就像他第一次看见她的样子，仿佛真的会勾魂一样。此刻她小脸绯红，那抹小小的惊慌更是让他心动。

叶向云刚要说话，慕筱白伸出手指抵在他的嘴唇上，压低了声音：“这里是图书馆，我们看书！”

叶向云点点头，却又抓住她的手，两个人在桌子下面十指相扣。这一个下午，他就盯着眼前的这一页书，仿佛真的看不懂了。慕筱白望着面前的一张心脏剖面图，也是一个下午。

一直到从图书馆出来，两个人就没有放开过手："我们去哪里吃饭？"叶向云轻轻地吻着她的手背，眼睛没有离开过她的脸庞。

慕筱白想了一下，轻轻地摇头："不想吃了，没什么胃口。"

"那怎么行，你本来身体就不好。不行，必须吃，忍着也得吃一点。"他说着就硬要拉着她走。

"真的不吃！"慕筱白干脆耍赖皮地蹲下来，仰着脖子看那个人，"我真的不想吃，其实我不是很舒服。你让我早点回家，等我休息好了，明天带你去一处名胜地看看。"

叶向云皱紧眉头，也蹲下来："不舒服干吗还要来？我又没说非要你出来。"他有些心疼，"明天也别去什么名胜地了，洛杉矶我都来过几十遍了，什么星光大道、市政厅、美术馆、贝弗利山庄，我都去看过了。你身体不舒服就要好好卧床休息！"

慕筱白抿着嘴安静地点头："明天这处名胜地你肯定没去过，而且是一处即将消失的名胜地，不去可就没有机会了。也不会很累，应该挺舒服的，关键是我很想带你去看看，这是最后的机会了。"她没有强迫他，只是目光灼灼地看着眼前的人。

叶向云最终还是没有抵挡住诱惑，他把她拉起来："那好，我先送你回去。"

"不用，我送你回去，我开车来了。"

叶向云有些诧异，慕筱白笑笑："我说了这里是我的家。"

"你身体不舒服开车很危险的，还是我开车送你回去吧！"

"那你有美国驾照吗？"慕筱白歪着脑袋看着他，叶向云最后也只能叹了口气。把他送回酒店，慕筱白探出头："明天早上我过来接你，你别起太晚了。"说完她升起车窗就走了。

叶向云一直看着车尾灯消失在滚滚车流中才进了酒店大门。出了电梯，他远远地就看见旷宇翔挡在房间门口，胳膊高高地撑着门框跟美丽的空姐对峙着。叶向云走过他们身边，就听到旷宇翔慵懒的声音："真的很累了，还是回去好好休息吧。”

他笑是因为很少听到旷宇翔拒绝这种邀请，他没停留，打开自己的房间门就进去了。他也有些累，不过心里装着的都是满足。

空姐回头看着叶向云进门，脸上露出些许不屑。她拉着旷宇翔的领口：“不用这么怕他吧？在飞机上他说了算，下了飞机你还听他的？还是你怕他告诉肖莱的表姐？你就那么喜欢那个傻丫头？”她的手向下很灵巧地挑开他胸前的扣子，手指就在他的胸膛上撩拨着，媚眼横生，“难道她的功夫比我的还厉害？”她凑过去，对着他耳语，嘴唇衔着他的耳垂不放。

旷宇翔很不屑地笑笑，最后还是放手让她进了房间。

第二天叶向云起得很早，但还没来得及吃早饭，慕筱白的电话就打了过来，她已经到楼下了。她今天的打扮很随意，一身宽松的线衫和休闲裤，头发胡乱地绾在脑后，有些居家的温婉。

“农夫市场去过吗？”她笑得很灿烂。

叶向云摇头。

“那我们就先去那里好了。”说完她就发动了车子。

一路上叶向云就这么看着她，突然有些弄不明白：“筱白，你让我看不懂，到底哪一个才是真正的你？”

慕筱白忽然笑出来，她静了一下说：“如果说我愿意从现在开始尝试做改变，重新回归快乐的自己，你觉得怎么样？”她突然收敛了脸上的笑，其实她也不太记得她是从什么时候开始变得那么沉默寡言，那么刻板且不易亲近。

农夫市场其实不过是一个有鲜货卖的市场，也算是有特色的一条街。慕筱白买了很多水果和蔬菜，让叶向云的心里全是问号，像是要野炊，似乎又没有那么夸张。车子转了好几个弯后来到一个比较高级的街区，停在一栋小别墅跟前。她停好车，转头看着身边的人：“到了。明天就交房了，今天带你来家里坐坐！”

这是一座很别致的庭院，在美国洛杉矶这个地方能有这么一处房产，她的家庭水平显然比中产阶级还要高一些。院子的设计还是能看出房主是中国人的影子，主人似乎更钟情于那种中国南方小桥流水的别致。

“你在这里坐一会儿？”慕筱白歪着头看他，“我先进去做早餐。”

叶向云回过神来：“我陪你。”说着就接过她手里的东西，揽着她的肩膀进了屋子。家里已经不能用整洁来形容，家具都用床单给罩了起来，地上散乱地放着几个纸箱子，里面杂乱地堆着一些旧货。

慕筱白把沙发上的床单掀起来：“凑合一下吧，时间实在是太紧，也来不及打扫了。你可以看电视，闭路电视还没有过期。”说完她就进了厨房。

“我可以自己随便看看吗？”他询问。

“当然，中介都不知道带着多少人来看过了，你当然可以随便看看。”慕筱白穿上围裙，从冰箱里取出鸡蛋，“喜欢加火腿吗？”

“随便！”说着他就自己上了楼，这房子很大，卧室大概就有七八间，他一眼就看见一个房间的门上挂着花环，想必应该是小姑娘的闺房了。推门进去，他就确定了，淡淡的鹅黄色装修，到处都是毛绒玩具的小摆件，床边放着一个打开的旅行包，床头上还放着电脑，她昨夜应该就睡在这个房间里吧。

他看了一眼她收拾的包，里面很空，只有两个相框、一本相册和几张光盘。他太好奇了，便拿出那两个相框，两张都是全家福。

他透过窗户望出去，其中一张应该就是在外面的庭院照的。她伸着小舌头，闭着一只眼睛趴在父亲的肩膀上，俏皮极了。另外一张是她拿着毕业证书，穿着学士服的照片，一家人就站在UCLA（加利福尼亚大学洛杉矶分校）的校门口，笑得那么灿烂。

他又拿起里面的相册，一张一张都是她成长的经历。从一个黄毛丫头开始，直到亭亭玉立的少女，再到职业干练的女法医，但这些似乎都已经是很遥远的影像了，跟现在的慕筱白简直判若两人。那个时候她的脸上洋溢的都是快乐和自信，没有丝毫的自怨自艾，他隐隐有些心疼。

“别看了，下去吃饭吧！”慕筱白在下面叫了几声，见没人应声便上来看看。

叶向云有些慌张，赶忙把东西放好：“我就是随便看看。”

慕筱白没有介意：“还有好多，还有视频呢，我们一起下去吃早饭，然后你要帮我干活，做得好的话就奖励给你看。”说完她就拉着他的胳膊往楼下拖。

叶向云笑了："我说呢，怎么一大清早的连早饭都管，原来是拿我当苦力啊。"

"这些难道不是男朋友应该做的吗？"

来到餐厅就看见桌子上已经摆好了餐食，有煎鸡蛋和吐司，还有鲜奶和水果。叶向云伸手搂着她的腰，在她的脸颊上亲了一下："女朋友这么贤良淑德，看来我今天可要好好表现一下。"

吃过早饭，慕筱白继续收拾家里的私人物品，叶向云则要负责搬运垃圾去外面的垃圾箱。几大箱子的东西不容易搬出去，叶向云搬得满头大汗，慕筱白看着他的那个样子就笑。

"你笑什么？"叶向云被她笑得有些莫名其妙，不停地用手背擦脸，"我脸上有东西吗？"

"没有，挺帅的。开心所以就笑呗。"说着她就进厨房帮他倒了一杯刚刚榨的果汁，出来后就看见叶向云抱着茶几上的一个小纸箱就要往外走。

慕筱白的脸一下子沉了："等等！"她喝止住他，上前就夺了过来，"这个不能扔。"

叶向云愣了一下，不知道她突然为什么这么大的反应："里面我看都是些图纸和工程技术材料，你还用这个？"他有些诧异。

慕筱白把纸盒放在茶几上，立刻拿起旁边的打包带就把整个纸盒给封装了起来："这是我爸爸做的最后一个工程，后来出现了垮塌事故……"她哽住，深深地吸了一口气，抬头看着眼前的男人，"这个绝对不能丢掉，那不是我爸爸的错，我要给他平反。"

叶向云皱着眉头愣在那里。慕筱白有些抱歉，怯怯地看了他一眼："对不起，我不该对你发脾气。"她心里感到憋屈，眼泪在眼眶里打转。上百条人命的惨案，生生地压在心头，让她没办法释怀。她心里是有恨的，父亲不明不白地自杀了，虽然最后没有认定，但所有人都认为他是畏罪自杀的。五年时间里，她不知道写了多少材料，要求对路桥设计进行论证，可最终都无疾而终。

叶向云的心紧紧地揪着，他搂着她的头按在自己的胸前："没关系，有我陪着你，我们慢慢来，总会知道真相的。"

慕筱白抬头看着他，眼神中都是期待："你真的愿意跟我一起扛这样的事情吗？真的有可能一辈子都不会有结果。”

叶向云轻轻地捋着她的头发：“虽然我不知道事情究竟是什么样子的，可如果你坚持，那么我会给你精神上的支持。但是我不希望你因为坚持而变得偏执，有些事情不是别人给你什么样的结论，要自己心里放得下才是最重要的。”

这话慕筱白从来没有听别人对她说过，她似懂非懂，却又觉得很幸运，不管怎么样，有一个人在给自己的人生做指导。

中午慕筱白给叶向云做了一顿中餐，吃过饭把这些锅碗瓢盆都打包丢掉，他们的工作就正式完成了。看着她一副依依不舍的怅惘样子，叶向云有些不解：“舍不得为什么还要卖掉？放着以后再过来的时候还有地方落脚。”

“这边的物业税很贵，时间长了，房屋的价值都被税给埋了。估计以后也不会来长住了，处理了心里也就少了一份牵挂。”

这是一个宁谧的下午，两个人就这么窝在沙发的角落里。叶向云抱着蜷曲的人，心里越来越怜惜：“筱白，回去以后打算怎么办？”

慕筱白的眉头一下子皱了起来，像猫一样在他的怀里蹭着：“你就不能说点让我不闹心的吗？肖莱帮我在A市的公安厅递了简历，人家喜欢我的教育和工作背景，商调函都过来了，可我们局长就是不肯放人。我也没办法，于是就不正经上班、消极抵抗，正好肖莱出事了，我干脆请了两个星期的长假。”

叶向云愣了一下，一方面是没想到自家亲人办事效率这么高，另一方面也没想到还会有这样的障碍。看着怀里满面愁容的女人，他有些哭笑不得，轻轻地用手指刮她的鼻子：“这样怎么行，太任性了。”话是这么说，可是那语气却宠得要命，根本没有半点责备的意思。

慕筱白堵着气：“大不了我辞职，我不干了。”

“好啊，到A市来吧，先去我家做钟点工加厨娘，你手艺挺好的。”叶向云笑着咬她的耳朵，低声说，“我养你！”

慕筱白笑得欢快，她侧过身跟他面对面：“不要给我上眼药了，这点常识我还是有的。女人不自立，早晚要吃亏，下场都很惨的。”

叶向云无奈，紧紧地抱着怀里的人：“反正我现在在你的心里就是个坏人，预先设定就是个始乱终弃的渣男。那好，回去的时候，我陪着你再去找找你们领导。”

慕筱白闭着眼睛点头，她只是这么应着，根本没往心里去。在飞机上升舱这种事情他能办，像调动这种事情遇到姓陈的那种无良领导，真的是完全没有办法。只是她懒得跟他理论，此刻她只想享受这种窝在他怀里的安稳感觉。

晚上吃过饭，依旧还是慕筱白把他送回酒店。刚下了车，就看见一辆机场大巴停在那里，下来的还有凌云的机组，叶向云远远地看见了宋国海。

两个人打了招呼：“你怎么这个时间落地？”叶向云有些纳闷，他看了看时间，比正常时间晚了六个小时。

宋国海有些疲惫：“在A市流控了一个小时，然后太平洋上空雷暴，又绕飞了一大圈，然后又落地加油。”听他的口气里全是无奈。

“倒霉事都让你赶上了。”说着叶向云把慕筱白拉到身前，“给你介绍一下，我女朋友，慕筱白。”他本来脸上挂着笑，可突然间就僵住了。越过宋国海的肩膀，他看见韩丽雯拉着箱子从车上下来，穿着一身空乘的制服。

慕筱白似乎也注意到了叶向云的不同，她抬头看着韩丽雯，那是一个很漂亮的女人，一身优雅的制服包裹着凹凸有致的身材。她忽然有些自卑，被叶向云拉着的手因为肌肉的僵硬而握得更紧。

叶向云回过神，有些尴尬地看着筱白，似乎是有些不好言说的苦衷。宋国海也是苦笑：“第一次飞就加了我的机组了。”他其实也想问，这是不是就是缘分？可是他不敢想，更不敢给自己暗示，他怕会刹不住车。

一个年近不惑的男人，事业、家庭、孩子什么都有了，这个时候突然出现爱情，这不是命运的奇迹，而是一场劫难。

“女朋友很漂亮，好好珍惜。”他拍了拍叶向云的肩膀，“我先上去了，折腾了二十个小时，真受不了。”说着他向慕筱白点头致意，然后进入酒店。

叶向云转头看着旁边有些茫然的女人，紧紧握着她的手：“你别多心，只是我给别人办事情办砸了。”

说起这件事他就有些懊恼，当初跟周建明说的时候应该多说一句让韩丽雯飞国内的。这下可好，他的内心有些小纠结，觉得有些对不起老乘务长季晓棠。

慕筱白尽力地让自己不去太在意，可还是忍不住皱眉。她走上前抱住叶向云：“我之所以犹豫不决，就是怕你们的这些纷繁复杂。”

“一点都不复杂，对我有点信心好吗？”叶向云抱着心爱的人有些难分难舍，可手机却突然响起来。他厌烦地看了一眼，竟然是旷宇翔打来的。他没有接，可那人马上就又打了过来，想必是有什么急事。他刚接通，就听见里面传来着急的声音：“叶机长，我跟后面机组的小刘换班，我必须跟今晚的班机回去。”

叶向云有些不明所以：“怎么了？”

“肖莱出事了！”

叶向云下意识地看眼前的慕筱白，然后不动声色：“我就在酒店楼下，我马上上去。”说完他挂断电话，笑着看眼前的人：“我得马上上去，晚上的航班要跟我的机组调换一下人员。”

慕筱白点点头：“那你赶紧上去吧。”

“嗯！”叶向云看着她，“晚上回去别忘了在网上值机，要是有位子的话，明天就升舱吧，经济舱飞十几个小时太辛苦了。回去好好休息，有事就给我打电话。”说完他便催着慕筱白走，看着车子消失了就赶紧上楼。

“怎么了？”叶向云直接去了旷宇翔的房间，就见他一脸焦急的样子，指着桌上的笔记本电脑，“你看看！整个凌云的论坛上都是中伤傻妞的帖子，也不知道是得罪谁了。”

“联系肖莱了吗？”叶向云看着他，皱着眉。

“电话没有人听，所以我才着急呢。”旷宇翔已经把自己的东西都整理好了，“我算过了，今晚的航班，我也够休息的时间了，刚才我跟小刘沟通，他没有意见，孙机长也没有意见，现在就差你签字了。”

叶向云也没含糊：“那你赶紧准备一下吧，时间不多了。这种事情已经发生了也没办法，回去好好陪着肖莱，不要把事情扩大了，有什么问题等我回去解决。”

“嗯。”旷宇翔点点头，“那我马上就出发了。”

顾念林刚从德国培训回来，第一天上班进了机库就看见大家都围着笔记本电脑在那里议论。他凑上去："看什么呢？"只一眼他就瞟到了帖子的标题，立刻皱起眉头，直接把笔记本电脑夺过来，"这是怎么回事？"

"不知道呢，听说乘务队的门口被人贴了大字报，那个叫肖莱的，大清早上班就被人甩了一个嘴巴子。"

"听说是A767机队的萧承逸把女朋友给甩了，理由是喜欢肖莱那种了，于是就闹了这么一出。"

"听说那个肖莱跟旷宇翔在一起了，于是美女们的心碎了一地，这不都跟帖骂呢。"

顾念林心急如焚，放下电脑就给肖莱打电话，可电话已经关机了。他抿着嘴皱眉想了一下，又把电话打到了祁可那儿。祁可这个时候也没有了办法，大字报可以撕了，打架她可以帮忙，可网络上的传播真的没有办法。就一点小事，你一言我一语，再加上别有用心的人起哄，真的要怎么难听就怎么难听。看着肖莱趴在桌子上大哭，她一点办法也没有。

顾念林打来电话，本来她是不想接的，但上次的事情虽然他没解决问题，可毕竟也帮了肖莱挺大的忙，至少不用让她在看守所里让人欺负。想来这人不坏，也就接了起来。

"祁可，你跟肖莱在一起吗？"他的语气显得很着急。

祁可看了一眼还在哭的肖莱，走到门口："我们俩在一起呢，她挺伤心的，网上那些帖子她都看了，现在也没有办法。"

顾念林想了想："那你就好好看着她，别让她想不开，网上的事情就别管了，我来想办法搞定。"

听着他这么大的口气，祁可有些担心，真怕他在网上跟那些人对骂，到时候不知又会生出些什么是非："你可别胡来，现在牵扯在里面的男人已经不少了，你别跟着添把火。"

顾念林没有说话，沉默了片刻就说了一句："放心吧！"然后就挂断了电话。顾念林转身就把刚才的那部笔记本电脑给拿走了，也不管是谁的。像内部网和资源网这种网站黑进去对于顾念林来说简直就是小菜一碟，不到一刻钟的时间，凌云内网上的所有帖子都被删除得一干二净。更绝的是他还直接把"肖莱"两个字，还有那些不堪入目的垃圾词汇都设置为敏感词，想发也发不出来。

半个小时的工夫，整个内网和资源网上的信息就被他扫荡完毕。他给祁可打电话，让她告诉肖莱，要坚强一些，坚持自己就不会被流言中伤。

那一刻祁可忽然很感动，她握着电话看着肖莱，替她感到幸福。好姑娘总是会有好男人照顾着，这是上天的眷顾，也是对她坚守的报答。这些对于祁可而言都只有羡慕的份儿，她已然不配得到这些。

肖莱仍不停地哭，祁可怎么劝都没办法。

"网上没有了又能怎么样，大家反正都知道了，领导也知道了。那个谁说了，就是要让我没办法转正，让我在凌云待不下去，这也太丢人了……"

祁可叹了一口气："清者自清，顾念林说得对啊，坚持自己就不会受伤。至于转正，这个你不用担心，你一定能转正的，这个我敢保证。"

"你怎么保证啊？"她一边抹泪一边哭着说。

祁可是怕她真把自己给哭坏了，面上有些戚戚然："肖肖，我是有资源的，我跟周总提这么个小要求，他一定会帮忙的。裕美航空怎么说也是凌云的二股东，给一个小乘务员转正，对他来说真的不算什么事情。"

肖莱的哭声戛然而止，她瞪大眼睛看着祁可："可可，你不是说不喜欢他吗？那你就不要去求他办事，这样你就永远也逃不出他的手掌心了。"

祁可笑了，但这笑里满满的都是苦涩。连肖莱这么单纯的姑娘都明白这个道理，她又岂会不懂。她拉着肖莱的手："反正便宜他都占了，总不能白占吧。"她一副很轻松又不在乎的口气，不想让肖莱觉得欠了自己什么，她真的都是自愿的。她之所以那么喜欢肖莱，是因为从她们第一次见面，她就仿佛看到了二十二岁时的自己，一样单纯，一样有梦想，一样青春洋溢，一样纯洁……

"可可，这次的事情如果真的闹大了，即使我不能转正你也不要去求周总，那样我们就没法做朋友了，我不能害你！"肖莱说着又忍不住哭出来。

祁可的眼泪一不小心也掉了出来，她深深地吸了一口气："其实也不用找周总那么麻烦，找叶机长啊，我看他好像很有能力。他这么年轻就能弄到空军的转业函，肯定也是有背景的，想追你表姐，还不得把表妹的事情给解决了？别担心了，咱有人罩着呢。那个疯女人算个什么东西，那个刘岚还不照样做地勤了。"祁可有些生气，据说刘岚也有些背景，没有把她赶出凌云，都有些不解恨。

“嗯！”肖莱应了一声，然后就打开手机，“我得跟顾队长说一声，谢谢他的帮忙。”她一脸懊恼，有些担心，“上次都没谢谢人家，怎么办，他会不会对我印象不好啊？”

祁可一眯眼：“你很在乎这个？”

“那当然！”她的脸微微泛红，“我们是朋友。”

“那你对他印象怎么样？”

“很好啊，有文化，人很热情，平易近人，很有爱心，人品很正。不像那些飞的，看人都不拿正眼看，一副很了不起的样子，却一点都不正经。”

祁可有些犹豫，最后还是问出口：“那旷宇翔呢？”

“臭翔啊？”她撇撇嘴，“人很坏，总是捉弄我。不过他很有正义感，你没见他抱着你从电梯出来的时候，真的很像超人，帅帅的，并且他飞行技术很好。我听叶机长说，在这群副驾驶里，包括有些机长的技术都不及臭翔。不过很可惜，他这个资历飞国际航线，很难出头了。”

听到这些赞扬，祁可有些不自然：“是吗！”她只是敷衍了一句。

肖莱没有注意到祁可的失落，她直接就拨打了顾念林的电话，好一顿感谢。只是她一口一个“顾队长”让顾念林心里有些不舒服：“肖莱，咱们在非工作时间，你可不可以不要叫我顾队长，这样很别扭。”他笑着，低低的磁性的声音很好听，肖莱没来由地脸色微红。

“那我要叫什么？”她低声问。

“念林？”他仿佛自言自语，可肖莱却羞红了脸，“那我以后叫你顾大哥好了，谢谢你帮我。上次我都没好好谢谢你，不如改天我请你吃饭吧。”

两个人就这么说定了，等肖莱有时间就给他打电话，两个人再约着见面。

肖莱挂断电话，手机里进来好几条短信，都是旷宇翔发的，除了安慰就是那条很有震撼力的：“我提前一班回去了。”

肖莱的眼泪一下子就涌了上来：“可可，臭翔说他提前一班回来。”说着又破涕为笑。

祁可瞪大眼睛不可思议地看着她，片刻后她抿紧嘴唇勉强笑了笑，然后别过脸，脸上有些戚戚然，胸口仿佛压了一块大石头，闷得喘不过气来。

晚上肖莱在机场一直等到十点多，就等着接旷宇翔的航班。在机组通道口站着的时候正看见了上晚班的顾念林，她一怔，不知该怎么办才好。

她有些扭捏：“顾大哥，这么晚还在加班啊？”

顾念林笑笑：“我这是刚来上班好不好？”他站定了看着肖莱，“我看你状态不错，应该没什么问题。”

“我听你的话，坚持做自己，没做过的事情就不怕别人说。不过我没想到你这么厉害，你是怎么做的啊，那么快就黑进去了，原来你是黑客啊。”

“嘘！”顾念林做了一个手势，“别被人听见了，我是红客。”

肖莱一缩脖子，也立刻不吭声了，还做了一个鬼脸。顾念林笑了笑，伸手揉她的头发，这让她僵了一下，抬头看着顾念林，显得有些羞怯。

“你叫我顾大哥，你说我该叫你什么？”他皱着眉头思索。

“你叫我莱丫头好了，我们家人也这么叫我。”肖莱笑，“以后私下我就叫你顾大哥，你可以叫我莱丫头。”

顾念林点头，笑着笑着突然严肃起来：“莱丫头，你觉得我这个人怎么样？”

“很好啊！人好、技术好，而且还是红客哦，超帅的。简直就是女孩选男朋友的不二人选呢。”她一脸天真。

顾念林心里忽然放松了很多，刚想要接着问就听见有人叫她的名字。

“肖莱！”

顾念林抬头看见旷宇翔，他皱着眉头奔过来。肖莱噘着嘴，一脸委屈的样子。旷宇翔站在她跟前，放下手里的飞行箱，一把抱住她：“傻妞，我这不是回来了？没事了，有我陪着你。”

“臭翔，有人欺负我。” 肖莱说着说着就委屈得要哭出来。

旷宇翔一阵心疼，把她抱得更紧了：“没事，谁欺负你，我就帮你去欺负他。”

顾念林呆立在原地，像是被定住了一样，脸上露出失望的神色，原来这不是谣传，是真的。

肖莱拉着旷宇翔的手走到顾念林跟前：“这次多亏了顾大哥，上次在看守所也是顾大哥找人关照的我。”她说着还在旷宇翔胸前捶了一拳，“每次你都不知道在哪里。我不管，我得请顾大哥吃饭谢谢他。”

旷宇翔一手揽着肖莱的肩，看着顾念林，神色有些戒备：“好啊，不如明天晚上吧，我做东。”

“不要！”肖莱制止，“是我请，不关你的事，不过你倒是可以来作陪。”

旷宇翔不跟她计较，胡乱地揉着她的头发：“行，听我家傻妞的，定下了时间、地点以后给我打电话。”说完他看着顾念林：“谢谢你的帮助，我会照顾好她的。”

顾念林看着他，丝毫不输气势，只是淡淡地回应：“但愿如此！”

电光石火之间，两个男人之间似乎已经有了某种戒备和敌视，旷宇翔笑道：“一定会的。”

肖莱也不知道两个人到底在较什么劲，依旧傻傻地笑：“顾大哥，那明天中午以后我给你发短信。”

旷宇翔看着两个人亲昵的样子，心里有些不爽：“你叫他什么呢，人家可是顾队长，不准没大没小。”

肖莱回头不服气地看着他：“我叫什么你也管得着？再说我叫他顾大哥怎么就没大没小了？他大我小。”说完她又冲着顾念林摆手：“我们先走了。”说完挽着旷宇翔就走了。

顾念林站在原地看着两个人的背影，心中有些失落，更为肖莱感到担心。因为在他的心里，旷宇翔并不是肖莱的良人。

叶向云的航班已经准备好了，客人开始陆续登机，他坐在右位有些不放心，拿出手机给慕筱白打电话：“在哪儿呢？”

慕筱白有些无奈：“叶机长，我现在所在的位置大概距离你不到十米，在商务舱里，国际长途很贵的。”

“我是怕你又误机了。”叶向云轻轻一笑，旁边的副驾驶小刘看得一愣一愣的，不知道怎么一回事。

叶向云笑着挂断电话，看着小刘：“你干吗用那种眼神看着我？”

“叶机长，你真的跟乘客勾搭上了？”他瞪大眼睛，“空乘才干这种事情呢。听说那个女人还很丑，是不是真的啊。”

“你听谁说的？”叶向云诧异地看着他，慕筱白要是算长得丑，那么凌云就真的没几个女人能看了。

小刘觉得自己好像说错话了，目光有些躲闪：“那些空乘都这么说，我没看见，不是我说的。”

叶向云无奈一笑，嫉妒真的是个可怕的东西。他点点头："也就比她们稍微强一点吧。"他心想，一定要把这件事告诉慕筱白，只是想象不出她会有什么反应。

飞机是正点起飞，慕筱白躺在商务舱里睁着眼睛，不知道那个人会不会再出现。送餐的时候，空乘给她送了一张字条。慕筱白打开一看，立刻就羞红了脸，仿佛真的被看透了一样。

"认真吃饭，好好睡觉，别老想着让我去看你。"

慕筱白在心中暗自咒骂，脸却红得不成样子。过了一阵子，分餐完毕，又有空乘来到她的面前，问她是不是需要什么别的服务。她愣了一下，突然就明白过来，冲着空乘微笑："谢谢你，我没有什么其他需要。"

叶向云有些纳闷了，本来还以为她会长篇大论地来教训自己，或者跟自己羞怯地矫情一下，可是没想到她居然用的是无招胜有招。

飞机落地以后，慕筱白没有等他，倒是给了空乘一张字条，让她帮忙转交给叶机长，说完就拿着自己的行李下了飞机。叶向云出来的时候没见到慕筱白，心里有些空荡荡的。空乘把字条递给他，叶向云皱着眉，打开只看了一眼就有些恼火，随即又笑了起来："一肚子坏心眼儿，原来是跟我装楚楚可怜的样子呢。"

说完他又打开字条看了一遍："好好总结，然后回家认真休息，不要老想着给我打电话。"

下了飞机，叶向云开机后第一时间就给慕筱白打电话。慕筱白此时正在国际到达的出口处，坐在行李箱上的她等得也有些不耐烦了。

"你在哪儿？"

"在国际到达出口等你。"

叶向云一听就乐了，拿着手机笑得合不拢嘴，完全不顾及别人的眼光："我马上过去。"

叶向云的这个"马上"的时间似乎长了一些，慕筱白等得有些着急，正拿出手机要找人的时候，跟前猛地停了一辆车。慕筱白吓了一跳，再看时叶向云已经从车上下来，接过她的行李就放进了后备厢。慕筱白欣然接受这一切，然后很自然地拉开车门坐到副驾驶的座位上。

叶向云开着车在城市的车流中穿行，慕筱白皱着眉头看他："你打算把我带去哪里？”

“我家啊！”叶向云一副理所当然的语气，“你在A市有男朋友了，难道还要住酒店不成？”他转头看着慕筱白一脸诧异的表情，又不禁露出一个笑：“放心，我家房间很多，我们不需要挤在一起。”

慕筱白闭上眼睛，有种上当受骗的感觉，没想到他竟然是这么贫的一个人。或者每个人都有很多不同的面，就好像自己，对工作和对生活完全不一样，对陌生人和对熟悉的人又完全不一样。而对旁边的这个人，她自己都有些不敢相信。她抿着嘴笑，住就住吧，也省得孤单。

慕筱白没有想到叶向云的家会有这么大，楼中楼，两层怕是有将近三百平方米。

“看来机长真的是挣很多钱，居然能住这样的房子。听说美华开发的房子都贵得离谱。”慕筱白有些唏嘘，国内的房价实在是高得令人咋舌，她在美国的那套房子卖了恐怕都买不到这么一套。

“是吗？”叶向云就随便应着，美华是他二姐的，这套房子也不过是他成功升机长时送的礼物，至于多少钱，他还真是不清楚。

“你这是要还多少年的房贷啊？”她回头看着叶向云，总觉得即使收入高也没有必要买这么豪华的房子。

叶向云皱了一下眉头，这个问题回答起来有些难，说实话真的怕又把这个胆小鬼给吓跑了。于是他给她递了一杯温开水：“十年，我首期已经付了一半了。”看着她一脸平静的样子，他笑了笑，“楼上不算我的卧室，还有四间客房，你可以随便挑，里面的东西都很全。”

慕筱白有些诧异，一个单身男人的家竟然会这样让她吃惊。她低头看了看自己脚上的女式拖鞋，心里有些不舒服，却又觉得贸然提问有些不礼貌，毕竟他们之间还没到可以这么无所顾忌的程度。

可叶向云显然看出了一些端倪：“我二姐跟二姐夫吵架了，有时候会过来住一住。平时我这里没有别的女访客，你是第一个。”

慕筱白表面虽然不动声色，一副无所谓的样子，可心还是安了不少。叶向云给自己倒了一杯冰水然后就坐在慕筱白的身边：“我有三天的休息时间，不如我们明天回一趟B市，我帮你把工作的事情搞定了，然后你也好安心地将母亲在A市安葬了，好吗？”

慕筱白侧头看着他，听着他说的话，望着他手里的冰水和自己手里的温水，心中有融融暖意。叶向云看着她，等着她的回应。可慕筱白顿了一下，在他的脸颊上烙下一个轻吻。

叶向云愣了一下，不自觉地伸手摸了一下自己的脸庞，感觉有些不可思议。慕筱白看着他的样子笑笑，又凑上去亲了一下。

叶向云的笑容慢慢地在脸上漾开，他把身边人搂进自己怀里："筱白，赶紧到这边来吧，你知道我本来在国内的时间就不多，就不要再浪费在两地分离上了。"他用力地亲着她的额头，他其实很想做多一点事情，又怕把她吓着，或是再留下什么坏印象。他只能如此小心翼翼。

慕筱白把头靠在他的胸前："嗯，我尽快回去处理，如果他还是不肯放我走，那么我就辞职过来这边。大不了我找家医院先做做病理之类的工作，应该也能养活自己。"话虽是这么说，可她心里还是有些疙瘩。真要是走到那一步，她念了这么多年的书，学的本事就全废了。

"别担心了，我马上订票，这件事情不难的。"说着，叶向云立刻掏出手机，"我们明天坐早班过去好不好？尽快办好，尽快回来。"

慕筱白不知道要怎样才能跟他讲明白，那些人真的非常不可理喻，并不是你去了就能解决的。既然说不明白，她索性也就不说了，让他去了解一下他就会知难而退了。何况在这个做决定的当口，他能在身边陪着，对慕筱白而言也是一种莫大的支持。

慕筱白趁着叶向云洗澡的时候给肖莱打了一个电话，那丫头刚跟顾念林一起吃过饭，这会儿正坐在旷宇翔的车上一起回公寓。

"谁的？"旷宇翔有些不高兴，刚才肖莱去结账的时候，顾念林挑明了跟他说自己喜欢肖莱，让他小心点。这还了得？没想到自己家傻妞居然抢手成这个样子。那个姓萧的贼心不死，这边顾念林又跟着插上一脚。坦白说，萧承逸他是完全不担心，他的人品还不如自己呢。可顾念林绝对是连男人都会觉得他是好男人的人，他打心眼儿里有危机感，这个人真的不能不防啊。

肖莱皱了一下眉头："我表姐，你说我要不要跟她说呢？"

"说什么？"旷宇翔松了一口气，笑着看她。

"不是给我列了很多狐狸精罪状吗？说我过夜的时候敲叶机长的门，

还说他给了我特权。表姐知道了也不知道会怎么想？”肖莱有些犹豫，最后还是接听了。

慕筱白其实也没什么要紧的事情，就是问候她一下，也有些担心她的身体，却不想她跟自己爆料了这么大的一件事情。她倒是不相信叶向云跟肖莱之间会有什么，可是她却有些生气。

叶向云洗完澡出来，就看见慕筱白抱着胳膊坐在沙发上，显然是不高兴了。

“怎么了？就这么一会儿，谁又惹到我的筱白了？”他穿着一身浴袍，跟这个季节有些不符，可是也不好围条浴巾出来，尤显对人不够尊重。

慕筱白站起来：“肖莱的事情你怎么不跟我说？”

叶向云愣了一下，然后恢复一贯的淡然：“我告诉你也是让你干着急，不如我让最该回来的人尽快回来有用。显然在我知道消息的时候，你要改签也已经来不及了。”

“那回来了你怎么也不跟我说？”

“首先，事情已经解决了。另外，我们才回来多长时间，你总得给我说这个的机会啊。”叶向云一点也不恼，反倒让慕筱白无话可说。他走到跟前握住她的双肩，“公司里的关系复杂，肖莱又单纯，刚入职难免会遇到些麻烦，以你的社会阅历根本帮不了她，还很有可能会给她造成困扰。筱白，我不是对你有所指摘，只是有时候你自己都难以招架。其实说到底，我没告诉你不过是不想你徒增烦恼。”

“可是……”慕筱白被说得哑口无言，眨着大眼睛还不想认输的样子。

叶向云笑了：“你刚才跟肖莱联系，她的状况不好吗？”

慕筱白迟疑了一下：“好像没有，她只是跟我澄清一下她敲你房门的事情。”

叶向云倒是愣了一下：“这件事情也被拿来做文章了？”他皱着眉头有些无奈，“你看，很多事情其实都是捕风捉影，肖莱你信得过，可能某一天女主角换成别人，你也千万要淡定。”他抿着嘴笑。

慕筱白脸上的表情也有些松动：“你这是在给我打预防针吗？一旦发生这种事情，如果你对我有所隐瞒，那我肯定会不淡定。”说完她挣脱他，还狠狠地剜了他一眼，“我去洗个澡休息了。”

叶向云看着她的背影，嘴角慢慢勾起来，说真的，他还真怕她听到这种消息会很淡定。他认真了，又怎么能让那个女人随意呢？

第二天，祁可是上午的航班飞伦敦。她到机场的时间比较早，乘务组还没有集合，她就在休息室里等，看见几个乘务员围在一起嘻嘻哈哈的。她本不喜欢跟那些人待在一起，却在旁边无意中听到了一些不该听的东西。

祁可皱着眉头走到那堆人跟前："说什么？旷宇翔在洛杉矶的艳照？我看看呗！"她脸色铁青，说话的口气也有些不善。

那群人安静下来，心里都清楚祁可和肖莱的关系不一般，现在旷宇翔和肖莱在交往的事在公司里也不算是什么秘密了，至少这个传闻大家都知道。

"拿来啊。"祁可伸出手，冲着拿着手机炫耀的人，"哪个刘姐发给你的？我看看不行吗？"

那个人的脸色有些红，但还不忘端着架子："祁可，你一个实习空乘，别太嚣张了，我们的事情你少管！别以为你背后有人我们就怕你。"

"哼！"祁可讪笑，双手抱住自己的肩膀，别过脸，片刻后再回头的时候，脸上已经有些厉色，"你嚣张什么？你信不信我让你卷铺盖回家！"她的语气越来越严厉，竟然让那帮人一时间没了气场。

祁可毫不客气地从那个人手里夺下手机，直接把里面的照片发送到自己的手机上，然后又把照片删除了，再丢回她的手里："不该说的事情就该装不知道，长舌妇都没有什么好下场。做人应该有点素质，实在没有那种东西也得有点脑子。"说完她转身走出休息室，立刻就给旷宇翔打电话。

旷宇翔正在送肖莱去机场的路上，她中午飞奥克兰的航班。他看了一眼手机，没有想到是祁可，但还是马上接了起来："喂！"

祁可听到电话接通了毫不客气就斥责起来："旷宇翔，你还是不是人？你这边勾引着肖莱，然后又在美国风流快活。你要是觉得肖莱不值得你一心一意相待，你马上跟她说清楚，要不然你就把这件事给摆平了，老老实实做她的男朋友。如果再让我发现你在外面不正经，我立刻揭穿你！我告诉你，我不是在跟你开玩笑！"说完她就直接挂断电话，还马上传了一张照片给他。

旷宇翔看了随后的微信，脸色青得厉害，立马就删除了，但心中的愤恨却无法平息。他放下手中的电话，心里感觉有些不踏实。

肖莱不知道发生了什么事情，歪着头看他：“谁的电话啊？你怎么一句话都没说就挂了？”她有点好奇。

旷宇翔一时间不知道该怎么回答她，轻轻地咳了两声：“就是那种信息台，又来对我进行腐蚀拉拢。”他摆出一副嬉皮笑脸的样子。

肖莱也没怎么在意，笑眯眯地点点头。

旷宇翔笑了两声，也不想再在这个问题上过多地纠结，怕说得越多错得就越多，早晚会穿帮。

车子停在公司的停车场，后脚跟上来的就是叶向云的车。肖莱有些意外，直接就奔过去：“表姐，你这刚回来又要奔哪里去啊？”

慕筱白笑着捏她的脸：“我得回去一趟，把那边的事情处理一下，然后就过来跟你做伴。你怎么样啊，出了事情也不跟表姐说？”她皱着眉头，有些埋怨。

肖莱咧着嘴笑：“本来是很难过的，不过有可可一直陪着我，有宇翔提早一班飞回来，还有顾大哥帮我摆平麻烦，然后我就觉得自己有朋友、有爱人很幸福，一点也不难过了。反正我都没做过，干吗要为那些事生气？我才不要呢。表姐，你要是再能到这边来，我们姐妹俩待在一个城市啊，我就更高兴了。”说着她转头看向旁边的叶向云，“不过我好像连累到叶机长了。”

旷宇翔在旁边说：“没事，本来敲叶机长的门的人就很多，也不差你这一个。哈哈哈……”他才笑了两声就僵住了，看着对面叶向云的脸色有些严厉，再看看慕筱白，立刻知道自己又说错话了。他清了清嗓子，“当然了，敲也是白敲，咱叶机长还是很有原则的。”

慕筱白没忍住，低头偷偷地笑了。叶向云有些尴尬：“你小子给我等着，我有的是办法收拾你。”

四个人分开，叶向云去换登机牌，慕筱白就在大厅里等着。远远地看见陈局长揽着一个漂亮女人的肩膀往值机柜台走去，她皱着眉头，感觉心里有气不打一处来。

“你在看什么呢？”叶向云顺着她的眼神看过去，“你喜欢大腹便便的大爷型的啊？”他笑着调侃她，“我可以努把力，争取三十年以后达到你的目标。”

慕筱白又摆出那副冷冰冰的脸：“他就是我们陈局长。”

“旁边的人是他太太？”叶向云脑子一转，确认地问了一句。

慕筱白的脸上又显出些许厌恶之色：“你看像吗？”说着又白了一眼，转过头来不看那两个人。

叶向云笑着看她：“我看也不像。既然碰见领导了，那你还不得上前去问候一句？”

“我不去！”慕筱白不可思议地看着他，“他总找我麻烦，我为什么要去理睬他？马上就再也不见了，我才不去跟他说话呢。”

叶向云扶着她的胳膊看着她：“那你是想辞职，还是调到这边的省厅？你自己选。”

“当然是调动了。”慕筱白不明白他是什么意思，只是诧异地看着他，一头雾水。

叶向云拉着她的手，不由分说地就往值机柜台走去：“既然你想调动，那么成败就在此一举了。别摆出一张苦瓜脸，看他要像看见我一样，笑得甜美一点。”

“我不行！”慕筱白不想过去，“我见了他笑不出来。”

“那就当是为了我好吧。”叶向云停下脚步，“为了我们都能来到这座城市，为了你的理想啊。这种现行很难抓到的，快走吧。”说着，他还是不由分说地把她拖走了。

他们刚走到柜台前面，就听见了争吵的声音。好像是局长想要拿普通经济舱的票坐高端经济舱的位子，可是地勤似乎没有办法安排。叶向云把慕筱白推到前面，在她身后掐了她一下：“说话！”

慕筱白的脸有点红：“陈局长！”她说完咧着嘴笑了笑，样子比哭还难看。

陈局长有些意外，赶紧松开旁边的女人，也有些尴尬：“是慕筱白啊！”他一脸严肃的样子，显然还端着架子呢。

叶向云一看他的表现，心中又多了一成把握。他站到慕筱白身边，手搂着她的腰：“这么巧，您就是陈局长啊，真是幸会幸会！”说着就伸出手来。

陈局长眼睛盯着眼前的年轻人，只是看气质和长相觉得不好太怠慢，犹豫着伸出手来。

“我是筱白的男朋友，筱白经常跟我提起您，说您特别器重她，对她也挺关照的。”他说着看向旁边的女士：“局长夫人吧？您好！”

见对面的两个人都有些尴尬，叶向云审时度势，没有再纠结这个问题，而是看着柜台的人：“有什么问题吗？”

“叶机长，是这样的，两位客人想选高端经济舱，但他们的票是普通经济舱的。”

陈局长干咳了一声：“我们本来都是坐公务舱的，只可惜都没有位子了。”

叶向云看着值机柜台的同仁：“还有什么位子？你就给我选这两个好了。”说着显得很亲近地拉着陈局长从队伍里走出来：“您别跟小姑娘计较，公司的规定就这样，她也没办法。”说着他拿出自己的两张登机牌，“我们的是F舱，等上了飞机我们换一下就是了。”

陈局长的脸色立刻就好了：“这怎么好意思呢？”

“没关系，经济舱有经济舱的好处，挨着近啊。”说着两个人就笑了起来。慕筱白打了个招呼后一句话没说，就看着叶向云三下五除二跟陈局长笼络熟了，竟然还约了晚上一起吃饭，这让她不禁有些佩服。

上了飞机，叶向云觉得有点可惜：“难得有特价头等舱，本来我还以为我人品爆发了，原来却是给人家做了嫁衣裳。”

“你还真是见人说人话、见鬼说鬼话，还器重我，这种话你也好意思说出来。”慕筱白有些气愤，想想心里就不舒服。

叶向云握着她的手笑：“说好话、拍马屁又不会少了什么，我们现在的问题就是赶紧让他放行。晚上吃饭的时候你老老实实吃就行了，其他的你都不要管。”

旷宇翔把肖莱送到机场，看着她跟机组成员会合就立刻折返到空勤公寓，直接敲开了那个女人的门。小姑娘没有想到旷宇翔会在这个时间找上门来，没有准备，也没有化妆。旷宇翔看了她一眼，一脸嫌弃的样子，不过他什么也没说，自己推开门就进去了。

“这么快就主动找上门了？”小姑娘还有些不知深浅。

旷宇翔靠着桌子，拿起上面的手机，打开里面的文件夹：“听说你给我留了一点纪念品，我这不是得拿回来吗？”说着他就找到了那几张照片，“拍得不怎么样啊，我的优点一点也没显出来。”然后他就把整个文件夹给删除了，还直接给手机恢复了出厂设置。

旷宇翔回头，看见那小姑娘一张脸涨得通红，笑道：“害什么臊啊，你都敢把这种照片到处传，还装什么娇羞？”

“我没到处传，我就只传给了露露一个人。”

旷宇翔表面上不动声色，但心里还是松了一口气，这件事真得感谢祁可。他两根手指在笔记本电脑的键盘上胡乱戳着：“存在电脑的什么地方了？”

小姑娘挑眉：“我没存电脑里，不信你自己找啊。”

旷宇翔笑道：“你这个女人本来我还觉得挺有意思的，可是你不懂规矩，我最讨厌这样的人了。你以为我没有办法吗？不如我给你全盘格式化，重新做个系统吧，我看你这电脑速度也挺慢的。”

那小姑娘慌忙上前拉住他的手，心有不甘，可是又没有别的办法，只得打开D盘，找出一个隐藏的文件夹，然后把它给删除了。旷宇翔很不屑地笑笑：“你说你玩这些干吗？想给自己找麻烦是吗？现在空乘真是不缺，大街上漂亮的小姑娘想干这行的一抓一大把，别太自不量力了。这照片如果出了事，知道怎么说吗？”他低头看着面前有些紧张的小姑娘，声音虽然平和，可脸色却让人有些害怕。

“我……我就说是很早以前的。”

旷宇翔显然对这个答案还算是满意，他直起身：“脑子还算够用，好了，你自己玩吧。”说着就很随意地迈着两条大长腿走了。出了门以后，旷宇翔长长地舒了一口气，在心中默默祈祷，千万别出什么岔子。

叶向云还是有些累，飞机关了舱门后他就靠着椅背睡着了。这个时候慕筱白似乎才明白为什么就两个小时的行程他还要那么费心地去买特价头等舱，大概也就是图个可以平躺。

她有些心疼，心里满满的都是感动。她轻轻地把他的脑袋扳过来，让他可以靠着自己的肩膀，这样会更舒服一些。

很快有空乘送了一条毛毯过来，慕筱白有些诧异，因为从来没有经济舱主动提供毛毯的。只见空乘微笑着道："空调有点凉，给叶机长搭一下吧。"

慕筱白微笑着点头，这才明白，原来是这位叶机长的面子大而已。

因为飞机没有正点起飞，在机舱里被流控了将近一个小时，等到达B市的时候已经是中午了。飞机落地的时候震得有些厉害，叶向云猛地惊醒了："怎么回事？"

慕筱白看了他一眼，他自嘲地一笑："对不起，我睡迷糊了，吓我一跳。"

"没想到你这么技术高超的机长也会害怕？"

叶向云瞥了她一眼，看了看外面的情景，风有些大，似是侧风："这种情况落地的时候心都是吊着的。你以为我们工作很轻松吗？突然掉个一千米的高度，心都到嗓子眼儿了。随便找几个飞行员问问，谁一辈子没那么几次头皮发麻的时候。"他抓住慕筱白的手，"满载的时候我要负责五百多个人的生命和家庭幸福，你能懂吗？"他轻轻地吻着她的手背，抬头凝望着有些茫然的人。

慕筱白心里有些纠结，真的想说"你别飞了，我会很担心"，可是又觉得有些过分，于是摇摇头："不太懂，可是我以后会乖一点，尽量不给你添麻烦，让你在天上飞的时候能安心，不用为地上的事情头皮发麻。"她声音柔柔的，听得叶向云的心痒痒的。他也顾不上什么场合，将慕筱白搂在怀里，亲吻她的额头。

此时飞机舱门已开，旁边走道上都是下机的乘客。慕筱白的脸红得像熟透的虾子，她用力推拒着紧紧搂着自己的人："让人看见了。"

"看见就看见呗，反正都是陌生人。"叶向云还是不肯松手。

慕筱白干脆把脸贴在他的胸前，这样就全挡住了，不会那么难为情："很多你的同事都看着呢。"

"那你就更要大方一点了，这可是你很难得的宣示主权的机会。"

慕筱白心里有些恨，不明白自己为什么就会笨到这种程度，在两个人的较量中一丁点便宜都占不着。等大家都走光了，叶向云才拥着慕筱白走出来。刚走到门口就有同事过来调侃："叶机长，这是新女朋友？怎么都不说一声啊，这么不声不响地就把自己给解决了，你可让姐妹们的心都碎了。"

叶向云知道这些都是玩笑话，也就没有在意，随便应付了几句就下了飞机。慕筱白一张脸通红，还是有些不太适应这种被群众围观的感觉。

“她们干吗都那么好奇地看我？”坐上出租车后，她还是有些不解。

“想看看眼睛长在头顶上，从来不把空乘的投怀送抱放在眼里的叶向云机长到底找到了一位什么样的天仙。你别看她们笑得那么灿烂，那都是咬筷子练出来的，心里其实都等着看笑话呢。”说完他揽着旁边女人的肩膀，“在美国的时候她们都说你长得奇丑无比。”说完他闭着眼睛笑出声来。

慕筱白憋得脸通红，伸出拳头捶了他的肚子一下：“那你是怎么说的？”

叶向云抓住她的手，依旧没睁眼睛，轻声叹了一口气，说话是一本正经的语气：“其实我一直都没跟她们说，我就是喜欢丑的，所以才看不上她们的。”

慕筱白愣在那里，瞪了一会儿眼睛，终于忍不住了。可是她的手被他牢牢地抓住了，脚在出租车里又施展不开，于是有些恼：“叶向云，我真是看错你了，原来你就是个油嘴滑舌的家伙。”她愤恨地看着他，转头冲着司机说：“司机，随便找家小旅馆停一下，这位先生要住店。”

叶向云睁开眼睛，也不恼，两只手掐着她的纤腰就把她抱到自己的腿上：“是谁在三个小时之前还说会乖，做个懂事的好媳妇儿的？”

“我有说做你的媳妇儿了吗？你少臭美了，我还有半年的随意期呢。到时候再说吧，说不定你就下岗了呢。”

叶向云的心里是有一点憋得慌，感觉对自己太不公平了。不过这都是缓兵之计，吃点亏也是不可避免的。他用鼻子顶着她的脸颊：“我的工作是很严谨、很沉闷的，我不想让那样的情绪感染我的生活。难道你希望你老公每天都闷得像个葫芦似的？”叶向云抬头看着她，“再说你跟我刚认识的时候也不一样啊。”

说到这里，他突然又想起了他们俩第一次见面，她那么冲动地去救人，险些把自己给搭上，自己抱着她的时候，她那个娇情的样子还真是跟现在一模一样。其实也就是貌似很沉着、冷静罢了，骨子里其实是个冒失鬼，外冷内热的女人。

出租车把两个人送到慕筱白家的楼底下，叶向云很无赖地坚持，既然在A市住男朋友家里，没道理到了慕筱白的地盘他却要住酒店。慕筱白虽然矫情了一阵，但最后还是同意了。她本来也并不排斥，至少她觉得叶向云这人还算是个君子。

慕筱白的家很干净，装修非常简单。进了门，慕筱白换了鞋站在那里有些尴尬，之前林永鑫留下的和用过的东西她一气之下全丢掉了，现在看着叶向云光着脚站在地上，她只好从鞋柜里拿出一双自己冬天穿的棉拖鞋，然后把自己脚上的鞋子脱给了他："你先穿这个吧，进去洗澡方便。"

叶向云笑，这个状况让他感觉很高兴："我饿了，不知道出来后能不能有东西吃。"

慕筱白笑，很安静地点了点头："看你够累了，快去洗吧，吃过午饭就赶紧休息一下，晚上还得陪着陈局长吃饭。"说到这里，她不禁皱起眉头，厌恶之情溢于言表。

叶向云突然发现这个女人真的太简单了，所有的情绪几乎毫不掩饰。这个时候他开始猜测，她总喜欢对人摆出一张冷脸，一副拒人于千里之外的样子，应该也是一种对自己的保护吧。想到这里他不禁又心疼，不知道是受过多少伤害，才会用这么笨拙的方式来保护自己。

慕筱白到厨房拉开冰箱看了看，因为离家也快两周了，里面也没有什么东西，只剩下几个鸡蛋和一盒虾仁还有火腿。她又从抽屉里取出一包挂面，目前就只能这么将就了。

慕筱白把面条做好后端到桌子上，等了一阵叶向云还是没有出来。她皱起眉头，心里有些担心，于是轻轻地敲了敲门："向云，你在里面吗？"

叶向云探出头来："我忘记带衣服进来了，我可不可以围着浴巾出去？"他的脸色有些尴尬。慕筱白看了忍不住笑："我要是不来敲门你打算在里面一直待着吗？"

叶向云看她这样子，也就不再那么拘谨，打开门，踩着小了好几个号的拖鞋出来："本来我是打算趁你做饭的时候偷偷跑出来换的，可没想到你那么快。"

慕筱白的脸通红，作为一个医生，男人的身体她不知见过多少，作为一个法医，人体的每一个器官她都悉心剖解过。

可是此刻看着眼前的一副好身材，尤其是漂亮的腹肌，她的心还是忍不住跳快。看着此刻叶向云颇为玩味地看她的眼神，她有些心慌，可是又立刻镇定下来。

她假装很淡定的样子，伸出一根手指从他两边腋下的位置开始在胸前画了一个Y字，然后抬头看着叶向云：“但凡看见这么裸着的，我就有拿着柳叶刀这么给它划开看看里面什么样的冲动！”说完瞟了他一眼，转身赶紧跑回了厨房。

叶向云先是愣了一下，随即便明白过来。他笑出声：“筱白，你别这么吓我，这样我会不敢跟你结婚的。”

慕筱白站在厨房里背对着他，脸上火辣辣的，可还是不禁勾起嘴角。她把切好的火腿端出来，发现叶向云已经换好衣服坐了下来。他穿着一身亚麻的家居服，扣子就扣了胸前的两颗，衣服就这么松松垮垮地挂在身上，却格外好看，一点也不输给那身制服。

“家里没什么东西吃了，暂时只能将就着吃点白面条，明天我好好准备一下，中午做饭给你吃，下午送你上飞机。”她在他的对面坐下，低着头不看他。

作为一个优秀的法医，应该说对于人的身体也没有什么好奇可言了，可她还是略有些不自在，这种不自在来自于她不同于寻常的对这个人的身体有兴趣。想到这里，她的脸更红了，赶紧抓起筷子就吃起来。

叶向云倒是没有注意到她的反常：“筱白，你下午就去单位把东西整理一下吧，不管能不能成，你反正是不会在这里做了。傍晚我会过去接你，然后顺便拜访一下你们局长。”

“那你下午干吗？”慕筱白抬头看着他。

叶向云笑道：“昨晚没睡好，下午我想休息一下。”早上起床他就有些勉强，却也硬是坚持着。做他这种职业的人，不是困到极致，是不会在飞机上睡着的。

他说这话的时候，慕筱白才发觉他很重的黑眼圈和强力掩饰的疲惫感，她心疼得紧：“非要这么拼命地飞吗？其实也不用赚那么多钱，少飞几个小时多休息一下不好吗？”

“资本家要是都能跟你这么好心就好了。我们机队本身机长就不够用，不让你超时飞已经算是仁慈了。”叶向云有些无奈，他是喜欢飞，可这么高强度地飞下来也觉得有些吃不消，但让他不干了他又放不下。

慕筱白没再说话，放下手里的碗筷就去给他整理客房。她家不像叶向云的大房子，什么都有，很多东西都要现张罗。

叶向云也没有制止她，吃着面条，非常享受这一份惬意。做“飞嫂”是一件很辛苦的事情，需要承担更多家庭的责任，也需要忍受更多的寂寞。如果她承受不了，那么他也不想勉强她跟着自己受苦。

下午慕筱白就去了单位，一进办公室就看见了办公桌上的快件。她看了看寄件人的名字，嘴角勾起来，打开来里面还是一张明信片。夜空深邃，星光璀璨，更沁入人心的是那浪漫的题记，她的眼泪在眼眶里打转。

“筱白，是谁总给你寄这么漂亮的明信片啊？”同事上来问。

慕白倒是也不掩饰：“是我男朋友。”这会她的心情明显愉快多了。

快下班的时候，慕筱白还在整理自己的杂物，就接到电话说门口有人找。她心中自然知道是谁，脸上立刻就露出笑来，很轻快地就跑了出去。办公室的同事们脸上都是惊奇的表情。

她下了楼，就看见一个颀长的背影立在大厅里。大概是因为当过兵的缘故吧，慕筱白觉得他不管坐立在身姿上都显得特别挺拔：“向云！”

叶向云转身就看见慕筱白穿着一身警察制服出现在他面前，他上下打量了一番：“慕警官，你穿着制服挺帅的嘛。”

慕筱白这个时候哪里还顾得上这些，她攥紧叶向云的手，小声地问：“这就要去见我们局长吗？”

叶向云笑着反握住她的手：“我是来帮你搬东西的，别的事情你不用管，我都已经办好了。”

这倒真的是让慕筱白有些震惊，他竟然无声无息地就把事情给办好了。她还想再多问点细节，可那个人根本就不理她。

第五章 请你相信我的吻

叶机长，我现在正式通知你，以后飞机一落地你就必须给我打平安电话或是发短信。

宋国海跟韩丽雯吃完饭没有坐车回去，两个人并排在路边走着，风有些凉，韩丽雯穿得有些单薄，两只手无意识地抱着自己的肩膀。

“是不是有点凉？要不我们打车回去吧。”宋国海看着她，小心地呵护着。一路上他们都没说几句话，但她就这么在自己身边走着，宋国海都觉得很窝心。

韩丽雯摇头，转身看着前面的店铺：“那边有家咖啡馆，不如我们进去坐一会儿，然后再打车回去。”

身在异国，宋国海的心里轻松不少。他看着对面认真搅着咖啡的女人有些出神，突然被勺子落在杯盘上的脆响声给打断了。

韩丽雯说：“那天在飞机上也是，我刚抓起饮料瓶，一下子就脱了手。还好没有洒出来，不然弄到客人身上就不好了，第一次服务真的有些紧张！”她看着自己的手，轻轻地握了几下，没有什么异常。最近也不知道是怎么了，她总是拿不住东西，眼皮还总是跳。

“没什么好紧张的，送餐只是很简单的工作，端茶送水永远都不是空乘工作的重点，要有服务的意识和应对危机的胆识。你把自己放在这样一个位置上，以后服务的时候就不会那么紧张和有负担了。”

韩丽雯点了点头：“不过我没想到你会直接把我安排到国际线上来。”她淡淡地笑，有些小甜蜜，却不张扬。

宋国海欲言又止，其实他并不想这样，可是到了这个时候却又不忍心打击她的好心情。

宋国海是一个不善表达的人，更多时候他给大家的印象都是沉默的。对于季晓棠的积极进取，他有些时候真的是无力招架。可能他真的是属于那种不思进取型的男人，搞投机、炒股票他从来不参与，钱对他而言够用就行了。何况他一个月小十万的收入足够满足家庭的任何不过分的消费开支。对于当官他更是没有丝毫兴趣，也不喜欢跟人打交道，在飞行队里，他交流最多的也就那么几个人，做领导他自己都觉得不能胜任。

可现在宋国海心里堵得厉害，他觉得自己对不起韩丽雯，也对不起自己的家庭。

“如果在十年前，我说请你等我，你会不会不结婚？”

宋国海抬头看着她，脸上有些讶异的神情。片刻后他苦笑：“丽雯，我们第一次见面那天，在我去见你之前就跟季晓棠去民政局领了证。”

韩丽雯抬头，一脸错愕。原来即使时间再早十年，也依旧是晚了。

第二天，叶向云起床依旧很晚，慕筱白知道他辛苦，也就没叫他，一个人去超市买东西。她站在冷柜跟前有些拿不定主意，自己会做的东西太多了，不知道该做点什么好。正挑着呢，手机就响了，她看了一眼，是单位政治部的号码。她心里有些忐忑，毕竟今天没去上班也没请假。但想来自己马上就是自由人了，也就不管那么多了。

电话是政治部人事科主任打来的：“慕筱白，经党组晨会研究，决定放你走了。”

慕筱白有些受宠若惊，平时都是一些高高在上的人，突然这么热情还真的是让她有些不习惯。买好了东西以后，慕筱白就匆匆回家了。

一进门就听见浴室里传来水声，她脸上挂着笑，心情好得不得了：“还真把这里当成自己家了。”说完还使坏般地重重地在门上敲了两下。

中午吃过饭，叶向云赖在这里不肯走，本来是下午两点的机票，硬是改签到了五点。两个人就着“到底要不要买吃过晚饭再走”这个问题研究了一个下午。

慕筱白把叶向云送进安检口后，她叹了一口气，一直觉得两个人在一起的时候很难找到共同的事情来打发时间，现在她突然发现其实只要是和喜欢的人在一起，甚至不需要有一件事情，因为连无聊都会变得很有趣。

她转身又看了一眼安检通道，突然有些想念他。

叶向云一落地就直奔他大哥那里，一是送东西，另外也要去表示一下感谢，这么不声不响，以后老大是肯定会要收拾他的。

叶薄云似乎对他的突然造访一点也不感到意外：“人给你调过来了，你就没事了是不是？让你回家吃饭，你都当耳旁风。”

叶向云不以为意：“你看我有几天是在国内的啊，你得给我时间啊。”

“你有时间去B市，没有时间回家，你还有脸说？”说完他的脸色就变得有些深沉，“那个慕筱白，她父亲是不是叫慕振山？”

叶向云愣了一下：“我还真不知道她爸爸是谁，不过听说是个挺有名的工程师，但是自杀了，可能与什么工程事故有关。”

“那就是他了。”叶薄云看了自己弟弟一眼，“当年塔山崖隧道坍塌的时候，我们曾经想借机挤垮启天建设的。当时我们找到了慕振山，希望他能站出来证明启天在工程建设过程中偷工减料。后来我们发现其实整个隧道的建设过程中最初的设计图纸被改动了，慕振山是知情的，却不知道他为什么没有阻止。本来这点改动也没什么，但是又出了材料质量问题。两者合一，就出事了。”

叶向云有些震惊，没想到自己家也会跟这件事情牵扯上关系。他握紧拳头，心里竟然有些忐忑：“那她父亲是怎么自杀的？”他小心翼翼地问出这个问题。

叶薄云站起来：“为了让他站出来，我们给过他钱，但是他没要。后来我们了解这个设计上的变动的时候也去跟他探讨过，当时我们没有得到答案，本来以为这件事能成，可是后来他自杀了。”

“探讨？”叶向云走过去皱着眉头看着叶薄云，“还是威胁？是不是不帮着你出来作证，你就要揭发人家的事情？”

“你吼什么？”叶薄云也有些恼，“是，这在当时是我们最有利的筹码，但那也是他自己作的孽。因为启天答应帮他的设计中标天河大桥，他就隐瞒了施工缺陷，任由设计图纸被篡改，这可不是我逼着他干的。何况这件事情背后的利益关系错综复杂，你以为我想说就敢说出来吗？何况如果材料合格，这个事故未必就会这么严重，他也没必要这么脆弱去自杀了。你以为最后他一死了之，抓了几个包工头，就这么推出几个替死鬼顶罪是我想看到的吗？我平白无故损失上亿。一个工程师稀里糊涂死了，这么大的问题就推到一个莫须有的设计缺陷上，哼……”他点了一支烟：“你应该知道是谁在受益，而不是冲着我发脾气。”

叶向云深深地吸了一口气：“那他们有没有对他做过什么？真相到底是怎样的？”

“我要是知道我会这么老老实实地待着？真相恐怕只有他自己知道了。”他无奈地叹了口气，转身看着他，“你还要跟她继续吗？”

叶向云顿了片刻：“不是没有真相吗？谁也不知道他为什么自杀了。他已经不明不白地死了，那就让他一直都不明不白吧。这样对大家都好，筱白也不需要知道真相。”说完他抬头看着面前的人，“这件事不要再提了，我不想听。”他顿时满身疲惫，声音很低，说完便转身离开了。

坐在出租车上，叶向云头靠着玻璃窗。外面霓虹闪烁，可在他眼中却没有丝毫颜色。他想对自己说这与自己完全没有关系，却没有办法让自己信服。他脑子里全是第一眼看见她时的样子，四目相对，只是一眼，仿佛灵魂被吸走一样，是那般不可思议。他用力地撮捂着脸：“我是来还债的是吗？！”

叶向云回到家，才刚进门座机电话就响了，是慕筱白打的，问他为什么不回短信。到这时他才发现自己的手机还没开机。

他强装镇静：“就想试试看你什么时候才会给我打电话，就想看看你着急担心我的样子。”

慕筱白真是恨得牙痒痒：“叶向云，我不是吓唬你，我现在正式通知你，以后飞机一落地你就必须给我打平安电话或是发短信，不要等着我找你，不然我就延长随意期……”

叶向云心里舒服了很多，他握着电话，听着她唠叨了很久，突然心里有些酸：“筱白，手续办好了就赶紧过来吧，让我照顾你。”

慕筱白话才说了一半生生就被插进来这么一句，她沉默了好久，最后笑出来：“好！”

两个人又聊了好久，放下电话慕筱白就立刻上网找房子。她不想跟他离得太远，可头脑里还留存理智告诉他们还需要了解，不能太快了。

接下来的日子，慕筱白抓紧一切时间整理在B市的一切，叶向云飞了一趟悉尼，回来休息了两天后又飞去了奥兰多。

慕筱白在A市租了一套小公寓，六十平方米，是精装修的，直接就可以入住。虽然房子不算大，可一个人住也足够了。肖莱很积极地帮她搞定了房子的事情，还把钥匙给她快递过来，似乎已经等不及她马上就搬过去。

叶向云不在国内，又舍不得慕筱白一个人搬家辛苦，最后掂量了一圈，能帮上忙的就只有旷宇翔了。

慕筱白带着自己的东西来到A市落地的时候，叶向云还在太平洋的上空。她刚下了廊桥，就看见旷宇翔穿着一身制服等在那里接她。

"表姐！"他笑嘻嘻地迎上来，"叶机长要晚上才能落地，肖莱现在在法兰克福呢，我受命来迎接你。表姐一路辛苦了，欢迎您来到A市。行李多吗？"最后他还是说了一句有用的话。

慕筱白忍不住笑，伸出一只手："一共五件行李，三个箱子、两个旅行包。"

旷宇翔挑了一下眉："还好我有准备啊，今天借了一辆商务车来，再有五件行李也能拉得过来。"他陪着慕筱白把行李挑出来，连背带拖地解决了四个，慕筱白就拖着一个小行李箱就出了机场。经过慕筱白的指路，旷宇翔很快就把车子停到了公寓的楼底下。慕筱白租的房子在十六楼，出了电梯一拐就是。她还没找出钥匙来，旁边的门就打开了，旷宇翔只是下意识地回头，就看见周建明拥着祁可从里面走出来。

祁可的脸一瞬间变得惨白，身体仿佛被定在那里。她直直地望着旷宇翔，他的眉头微微皱着，脸上带着些许鄙夷，似乎还有那么一点痛心的表情。就是这种痛心让祁可更加无地自容，她可以很理直气壮地跟那些空乘叫板，告诉她们自己背后有人，可她却很不情愿让旷宇翔看见此时此刻这一幕。

慕筱白回头看了一眼，也有些意外："可可！"她叫出声，虽然她们没什么深交，可祁可是肖莱最好的朋友，再加上又那么勇敢地救了肖莱，她对这个姑娘的印象很好。只是她也听肖莱说过一些祁可的事情，颇有些惋惜。她抬头看着祁可身边的男人，心中了然。只可惜这个男人已有了家室，不然无论是长相、风度和社会地位，都会是不错的选择。

祁可更加难为情："筱白姐！"她的声音有些低，"你怎么在这里？"

"哦，我搬过来了，向云总是两边跑。"说着她脸有些绯红，"暂时我就先住在这里。"

周建明听到了叶向云的名字，皱了皱眉，拉了拉祁可："你怎么不介绍一下？"

祁可抬头看着他，面露难色。慕筱白好介绍，可让她怎么来介绍周建明呢？

旷宇翔看出了她的尴尬，抢先了一步："这位是裕美航空的周总，这位是肖莱的表姐，也是叶机长的女朋友慕筱白。"

这下周建明就对上号了，他笑着看着慕筱白："怪不得叶向云总是单着，原来是眼光太高了。很高兴认识慕小姐，我跟叶向云也是朋友。"

慕筱白被他逗笑："周总真幽默。"她看着旁边的祁可，脸色却越发难看，再看旷宇翔，那眼中像是要喷出火来一样。慕筱白十分纳闷，却不想多事，忙打开门："周总，就不耽误你们了。"说着就叫了旷宇翔一声："帮我把东西搬进去。"

"那我们先走了。"祁可赶忙跟慕筱白道别，也没管周建明，自己先疾步往电梯间去了。

旷宇翔回头看，却正对上周建明的眼睛。那里面的内容他解读不出来，似乎有些警告的味道。他也没想太多，搬着行李就进了屋。

把大件都收拾好了，一些衣服和小玩意就堆在那里，慕筱白自己收拾。她给旷宇翔倒了一杯水，从厨房出来的时候就看见他坐在沙发上咬着大拇指发呆，一脸沮丧的神情。

"怎么了？"慕筱白把水递给他。

"谢谢你。"旷宇翔缓过神来，自己都有些懊恼，不知道为什么会为那么一个不堪的女人担忧、神伤和愤怒。他一口气把杯子里的水喝了个精光，并在心里发誓再不管那个女人的事情。

慕筱白似是看出了点端倪："你好像对可可不太友好。"

旷宇翔抬头看了看慕筱白，很不耐地冷哼一声："那个女人真是没法说了，自己又不是没本事，年纪轻轻就为钱傍上大款。上次我们进公安局的时候，她有周建明撑腰，早早地就出来了，完全不管我和肖莱。"他又抓起杯子，烦躁得就想喝水，可里面已经没水了，他无奈地又放了回去，“想起那件事情我就很恼火！”

其实慕筱白也想起那件事了，只是这次见了周建明，她似乎更加确定。她拍了拍旷宇翔的肩膀：“事情有时候不能只看表面，说不定就是周建明把你们给弄出来的。”

“他？”旷宇翔一副很不屑的表情，“一个冷血的大资本家，他才不会那么好心呢。”

慕筱白有些后悔却又充满感激：“向云那会儿跟我说让我别着急，里面有人的后台特别大，一定会解决这件事情，我想应该就是周建明吧。”当时她还怪叶向云光会说风凉话，想必他也是去找过周建明的，不然怎么会了解得这么清楚，果然吃过午饭就没事了。慕筱白的内心有些歉疚，这次回来她该跟人道歉的。

旷宇翔愣愣地看着慕筱白，有些不敢相信。他冷不丁想起来，在公司小会议室外面，他责问祁可的时候，她那副泫然欲泣、欲言又止的表情。

旷宇翔陡然间被自己吓了一跳，他的记性什么时候变得这么好了，居然记得她每一个瞬间的表情？

“想什么呢？”慕筱白看着旷宇翔发呆的样子，眉头微皱，因为他的脸上是特别纠结的表情。

他回过神来看着慕筱白，有些心虚地看了一眼时间：“我们家傻妞该落地了，我打个电话问问法兰克福的天气怎么样。”说着他笑起来，起身离慕筱白远了一些。他觉得是时候想想自己的女朋友，而不是为一些不相干的人伤神。

肖莱已经躺下来了，这一趟又是满载，经济舱里有三百多号人要服务。下了飞机她觉得自己的腰都快要断了，洗了一个澡就立刻躺下来。尖锐的电话铃声把她吓了一跳，看了一眼竟然是旷宇翔。她有些恼了，接起来放在耳边：“臭翔，我好不容易才睡着，倒时差很辛苦的，你居然打电话来，国际长途很贵的，你居然还用手机。好了，挂了，你等我电话好了，我打比较便宜。再见！”说着就挂了线。

旷宇翔一脸惊奇，他还一个字都没讲呢。他看着电话，然后回头看看一脸好奇的慕筱白，只好傻傻一笑：“傻妞真是会过日子，不过她现在挺好的，骂人中气十足，应该没什么问题。”

慕筱白温和地笑了笑：“她还是个孩子，之前也没正经谈过恋爱，所以你要多包容她，还有就是要约束好你自己。”看旷宇翔愣了一下，慕筱白也觉得有些不妥当，“我不是针对你，你们这种工作总是有很多是非，看你就知道你肯定很受欢迎，我不希望肖莱受到伤害。”

旷宇翔松了一口气，敢情不但没有什么把柄被抓住，还受到了表扬。心中高兴得紧，他两只手插在裤口袋里：“我们云哥绝对是凌云最受欢迎的单身机长。”他脸上挂着坏坏的笑，“你可要看紧了哦。”

慕筱白依旧一副淡然的样子：“我不怕，他说了这段时间是他认真，我随意。如果他心里有我，那么自己就会约束自己；如果他管不住自己，那么我也不会强留他。总之，他想在我这里我真心待他，他想走我也不会留。”

旷宇翔愣在那里，浑身一哆嗦，出了一身冷汗，心想这话他得跟师父去讲，碰上这种冷静得几乎冷血的女人，当真是天下男人最大的悲剧了。帮慕筱白收拾好了大件，他又坐了一会就离开了公寓。一路上他还在纠结那个问题，到底是不是周建明把他给捞出来的。坦白来讲他并没有因此而要对祁可的误会感到愧疚，而是对自己是这么得到自由的感到不舒服。他希望是公司或者其他任何人，唯独不希望是周建明，说不清楚什么理由。

旷宇翔的心里装不下事情，他必须要把这件事搞清楚。他挂着耳机，不停地敲着方向盘。他心里也很矛盾，知道了能怎么样，如果真的是周建明帮了忙又能怎么样，可他还是忍不住给祁可打电话。

祁可最后还是没有接电话，旷宇翔有些急躁，很暴力地把耳机扯下来丢在一旁：“我还不信，有种你明天别上我的飞机。”说着他加了一脚油就回了空勤公寓。

晚上旷宇翔要躺下的时候，肖莱打了电话过来。他胡乱地关心了一下，讲了一些肉麻的情话，之后就直奔主题：“傻妞，我们那次关进去的时候，到底是谁帮我们解决的问题，你知不知道？”

肖莱愣了一下，有些诧异：“怎么突然又想起问这件事了？”她对那次的事情始终心有余悸。

旷宇翔不知道该怎么说，沉默了片刻，他轻轻吐出一口气：“今天帮你表姐搬家，她租的那套公寓居然在祁可的公寓隔壁，我看见周建明和祁可从公寓里出来。你表姐说那次的事情很有可能是周建明出面解决的，我就想问问你，你跟祁可关系好，她有没有跟你提过这事？”

肖莱不说话了，紧咬着嘴唇。她也不是真傻，只是有时候不愿意承认，她可以体会让可可去求那个人的时候的窘迫和伤害，她们是好朋友、好姐妹啊，她也无法坦然地接受。但是她没有办法，所以对她来说回避就是最好的办法。

旷宇翔觉得有些对不起肖莱，那种愧疚不知从何处而来，似乎他背着她乱搞的时候也没有如此自责：“算了，算我没问。吃饭去吧，然后回来继续睡大觉。我们一起睡，哈哈哈——”他笑。

可肖莱却忍不住呜咽出声：“臭翔，我觉得好对不起可可。是我硬把她拉去的，还差点让她被坏人侮辱了，结果还要她放下身段去求周建明……”

旷宇翔脸上的笑容没有了，就觉得整个身体都从里往外一紧。他小心翼翼地问：“她跟你说的？”他连声音仿佛都没有办法不颤抖。

“她不承认，可是……”肖莱说不下去了。

旷宇翔长这么大，这一夜第一次失眠了。

慕筱白躺在床上，虽然这一天很累，可是依旧很难入睡，不停地用手机在网上刷着航班状态，看着上面闪着的“延误”两个字就焦急。还不到一个月的时间，她就快要被无时无刻不在的延误、流控给搞疯了。每次没有收到短信发送报告她都没办法安心地做事情，更别提睡觉了。终于刷出到达的提示后，手机里很快就收到了他落地的短信，她的睡意很快就上来了。

叶向云的飞机因为绕飞大雷雨而晚点，落地的时候已是十点了。本来他打算到空勤公寓先凑合一宿的，可他忍不住想见慕筱白，于是硬忍着疲累还是开车进了市区。他摁了两下门铃，慕筱白本来就浅眠，看了一下时间立刻跳下床，打开门就看见了自己心心念念的人：“向云！”

叶向云一步跨进门，丢下手里的箱子，转身就把那个女人压在门上，一句话都没说就吻住她，似乎不给她哪怕一秒思考的时间，就卷走了她的所有思想。口舌缱绻间，慕筱白一瞬间的顾虑很快就被这悱恻的缠绵给冲没了，伸手圈住他的脖子，热情地回应着。虽然这不是初吻，却让她的心跳得格外快。

下飞机的时候，叶向云觉得自己已经累得连头都抬不起来了。可是当把这个人抱在怀里，那纤细柔软的身体挂在自己身上的时候，仿佛有能量注入，他一下就来了精神。

“别这样！”慕筱白抓住他的两只手，“太快了！”慕筱白的呼吸有些急促，脸上一片绯红，嘴唇微微有些肿，晶亮的，分外性感。

叶向云知道进退，既然蒙混过关不行，那么他就慢慢等着水到渠成。他松开抓着她底裤的手，圈住她的纤腰，两个人紧紧地贴在一起。

“筱白，我们有多久没见面了，快两个星期了，我太想你了，巡航的时候都在想。怎么办，你要是再不过来，我就得自己把自己停掉了，因为连起飞降落都会想你。”他把额头抵在慕筱白的额头上，声音有些低哑，却显得更性感。

慕筱白两只手揪着他的制服衣领，看着他，抿着嘴唇笑。叶向云也跟着笑：“你笑什么，就那么开心？”

慕筱白没理他的话：“叶向云，我发现你真的好狡猾，你今晚就是想来出其不意，然后迷迷糊糊就把我给推倒是吧？那次在酒店，你是不是故意把手表留下来的？”她的手猛然用力，把他的头拉低，“跟我玩小聪明？还说自己落地如何辛苦……”她抬腿轻轻顶在他的两腿之间：“我看也是说的假话，你根本就很有精力。”

叶向云淡淡笑出声来，他抱着她，把胳膊收紧：“慕医生，你是专业人士，这么美丽的女人穿成这样在眼前，还是自己爱的人，如果一点反应也没有，你说会是什么问题？”

慕筱白这才恍然自己从床上爬起来就跑了出来，完全没有顾及自己的样子。她松开手，显得有些难为情：“赶快去洗澡吧，好好休息，你的脸色不好看。”

“不要，再抱一会儿。”他说着又把她抱进怀里，闭着眼睛，把头靠在她的肩膀上，“筱白，你太聪明了，什么你都看得明白，可咱们俩这是谈恋爱呢，得冲动冲动。”

慕筱白抱住他的腰，把脸埋在他的胸前：“已经很冲动了，在以前没有三个月连手都拉不到。”

“哈哈！”叶向云开怀大笑起来，他放开慕筱白，弯腰摆好自己的箱子放到墙边，“筱白，给我做碗白面条吧，我饿了。”

慕筱白的脸上露出难色，她今天才刚搬进来，家里一点存粮都没有，下午整理房间一直到晚上也累得一点吃东西的欲望都没有，这可真的让她有些为难了。叶向云似乎也看出了点眉目：“算了，睡着了就不饿了。”

“别！你本来胃就不好，可不能这么折腾。你还能不能坚持？”

叶向云好奇地瞪着她，没明白她的意思。

“我去换衣服，你开车送我去便利店。要不你把车钥匙给我也成，我自己去。”

“我送你去！”叶向云打起精神，“换衣服去吧。”

慕筱白的动作很快，只是套一条连衣裙，随便把头发绾了一下就出来了。便利店离公寓很近，只是里面能买的东西很少。慕筱白拿了一包挂面，然后又拿了一包榨菜丝和一包烤肉：“就先这些吧，半夜三更的也只能将就一下了。”她说着回头，看见叶向云一脸疲惫地站在那里。

慕筱白心疼极了，走上前去摸了摸他的脸：“看把你给累的，我们回去吧，我来开车。”

“你不熟悉路况，又是晚上，还是别冒险了。又不远，只五分钟的路程而已。”说着就抓住她的手，“好了，我们走吧。”

A 市的夜晚华灯璀璨，慕筱白趴在车窗上，脸上始终挂着笑：“这里的夜景比 B 市漂亮，我喜欢。”

“会不会是因为有我所以才觉得比较美丽？”

慕筱白回头看他，脸上一副矫情的表情：“你会不会有些自作多情呢，叶机长？”

“难道不是？”叶向云抿着嘴笑，转头看着她。

慕筱白有些难为情：“你要是觉得这么想会比较愉快，那么就当是的好了。”说着她又转过头看外面的风景，听见叶向云爽朗的笑声。

叶向云洗完澡出来，面已经摆在桌子上了。慕筱白又热了一袋牛奶给他倒到杯子里：“睡前把牛奶喝了，养胃，吃完面不要马上就躺下，对身体不好。反正明天也不上班，稍微睡晚一会儿也无妨。”

“嗯！有个医生在身边真是好。”他吃了一大口面，抬头看着慕筱白，

“明天上午我睡觉，下午陪你去超市买点东西，尤其是冰箱里要塞满，省得三更半夜要出去买东西。”

“你不会是打算在我这里长住吧？！”慕筱白有些不可思议。

叶向云一副理所当然的样子：“我倒是想长住啊，但是我得上班，一出去就是四五天。”

“可是我这里好挤，你睡书房的小床也不舒服啊。”

叶向云一副完全不在意的样子：“没关系，飞机上的床更小，我也睡得很好。不然我把钥匙给你，你要是心疼我，去我那里也行啊。房间又多，都是大床。”

慕筱白隐隐约约觉得自己仿佛是又着了道，白了他一眼，便没再说什么。吃完夜宵，两个人窝在沙发上看了一会儿电视。快十二点了，慕筱白从他怀里挣脱出来：“休息吧！”

叶向云又把她搂进怀里，一副很委屈的样子：“筱白，我不想睡小床，不舒服。”

“那我睡小床，你睡卧室好了。”其实本来慕筱白也没打算让这个大个子去睡小床。

叶向云还是不罢休：“我一个人睡大床，让你睡小床，我更不舒服了。让我抱着你睡吧，就只是睡觉。”他低头看怀里的人，她此刻正用凌厉的眼光看着他，里面满是怀疑。

叶向云一副很冤枉的表情：“我要真是大色狼的话，那次在酒店，你半裸着趴在马桶上的时候我就已经下手了，哪还用等到今天。”

慕筱白的脸一瞬间变得通红，她隐约记得那晚似乎去洗手间吐过。她愤恨地说：“那你怎么不动手呢？”

“因为喜欢你，所以得尊重你呗！”叶向云宠溺地一笑，摸着她的脸爱不释手。

慕筱白的脸更红了，可依旧嘴硬：“算你聪明，你要是真动手了，你就完蛋了。”说完又缩进他怀里。

叶向云是个聪明人，抱着她就往卧室走：“其实我知道你是法医还是物证专家，我怕现场打扫得不干净，让你找到证据，还得蹲大狱。”

“嗯，你不但聪明，还很识相！今晚也一样，你要是敢越矩，格杀勿论，这是对你的考验。”慕筱白的心里其实很矛盾，她也想黏着这个男人，可是她又有些害怕。

第二天，旷宇翔是上午的航班飞悉尼。机组人员集合的时候，他就看见了有些疲态的祁可，心中顿时生出几分怜惜来。登机的时候他故意落后了一些，在后面拉住她：“祁可，到那边找个时间，我想跟你谈谈。”

飞澳洲最大的好处就是不需要倒时差，落地之后正好赶上吃晚饭。旷宇翔站在祁可的房门外有些犹豫，伸手正要敲门的时候，正好房门开了，可出来的人不是祁可，而是跟她同住的同事。

“祁可在里面吗？”旷宇翔问了一句。

同事好奇地看着他，那眼神让旷宇翔觉得很讨厌。他刚要开口教训人，祁可就走了出来：“找我有事吗？”她依旧是一副清清冷冷的样子。

旷宇翔抿了一下嘴，脑子一转就胡编了一个理由：“我想跟你谈谈肖莱的事情。”公司里谁都知道她们两个人关系亲密，这理由显然编得很靠谱。

祁可当然知道这只是个托词，却也不好说什么，便点了点头：“你稍等，我拿一下东西。”

两个人在酒店附近找了一家餐厅坐下，祁可有些不自在：“你找我有什么事情？”

旷宇翔也没想跟她绕什么圈子：“祁可，我们那次进去的事情是不是周建明出面解决的？”

祁可诧异地抬头看他，片刻后又低下头，假装没有关系的样子：“不是说公司给解决的吗？这件事情我不清楚，我也不想再提这件事。”

祁可低头吃着盘子里的食物，味同嚼蜡。她不清楚为什么旷宇翔会突然问她这个问题。

旷宇翔就这么直直地盯着祁可，他内心不相信她说的话，可不知道为什么，他却希望她这么说，心里很矛盾。过了好一会，旷宇翔拿起手边的刀叉，一边切着牛排，一边淡淡地说了一句：“可可，离开他吧。”

祁可突兀地抬头看着她，眼神中有惊诧，还有几分难以捕捉的感动和无奈。

“你是一个很有才情的女子，完全可以靠自己的努力过得更好，这个世界上有很多东西比钱要重要。”旷宇翔看着她的眼睛，心跟着紧了一下，那眼眶里强忍着不流下来的眼泪，让他的心都揪了起来，“可可，你可以的。”

祁可的心中百转千回，她何尝不知道很多东西比金钱要重要，比如尊严，比如纯洁。可还有比这些更重要的，比如生命和亲情！

当年法官说，如果能退赃，就可以酌情从轻处罚，可家里已经父亲被输得一无所有了。母亲躺在医院里生死未卜，周建明是她生命中最后的一棵救命稻草。她说她以后会拼命工作，一定会把钱还给他，那时候他只是淡淡地笑：“不着急，慢慢来。”

可男人都是天生的骗子，直到他压在她身上，告诉她：“我想要的是你，不想要钱。”祁可才明白什么才叫人心险恶。

祁可慢慢放下自己手里的刀叉，深深地吸了一口气：“旷宇翔，人有时候并不是想怎么做就能怎么做的，有些事情是没有办法选择，有些时候是没有力量反抗。好日子就要好好过，别做让自己后悔莫及的事情。”说着她站起来，转身就走了。她一刻也不能再坐在这里了，她怕自己会忍不住跟这个男人倒心里的苦水。直到今天，他是第一个跟自己说这样的话的人，希望她离开那个男人重新开始，他是第一个劝她这么做的人。

旷宇翔就这么看着她的背影，心情一下子变得很糟糕。他极其不耐地把叉子丢在盘子里：“到底要怎么样！”他有些咬牙切齿，不知道祁可想怎么样，其实他也不知道到底自己想要怎样。

他们住的酒店靠近海边，旷宇翔从餐厅出来就沿着海边散步。他远远地看见祁可趴在栏杆上，头发被海风吹起来，灯光映着她的脸，一道晶亮的泪痕清晰可见。旷宇翔的心情变得更差了，他没有走上前，而是绕开那里，加快脚步回了酒店。

旷宇翔洗完澡出来就听见有人敲门，他心情不好，打开门就嚷嚷：“哥们儿我心情不好，别来烦我……”定睛一看是酒店的服务员。服务员依旧面带微笑，伸手递过来一张明信片：“这是一位小姐让我给您的。”

旷宇翔有些困惑，接过明信片，翻过来就看见一行漂亮的英文：“Thank you. Coco.”

旷宇翔捏着手里的明信片笑出声来：“真矫情！”说完他就转身进了房间。

祁可听到门响，从房间里偷偷出来。她小心翼翼地探着身子，咬着嘴唇，明知道他进去了，可还是忍不住出来瞧瞧。

叶向云一觉睡到大中午，如果不是饥肠辘辘，恐怕还要再睡上一阵子。他睁开眼睛的时候，房间里还是暗的。慕筱白怕他睡不好，一起床就把遮光帘也拉上了。叶向云迷迷糊糊翻了个身，感觉臂弯里空空如也，他拿起床头的手表看了一眼："中午了？"他一下子清醒过来，起身套上家居服便下了床。他拉开窗帘，外面的阳光照进来，他下意识地用手挡了一下。

"就这么拉开窗帘，不懂常识吗？"慕筱白本来只是想进来看看他，却没想到正看见他在做蠢事，"叶机长，问你一个问题，为什么飞机降落的时候需要乘客打开遮光板？"

叶向云转过身背对着阳光慢慢地睁开眼睛，耸了一下肩膀后回答："其中的一个原因呢，就是希望乘客适应自然光源，以免下机时出现视觉上的不适。"他走到慕筱白跟前，姿态慵懒地抱住她，"好了，慕医生，我知道错了，谢谢你的指教。"

"嗯！"慕筱白搂着他的腰，轻轻地哼了一声，"睡饱了吗？你可真能睡，我的入职报告都打好了。"

"哦？还有入职报告啊，真是高级的工作。"叶向云调侃她，"什么时候去上班？"

"不知道，手续已经送到组织部去了，说是让我在家里等通知。"她对此似乎很不满意，"这样就把我死死地定在这里了，什么都不能做，就干等消息，也不知道要等多久。"

"很好，这样你就可以老老实实待着陪我，我这次可以在国内待十二天呢，休息两天，然后接着飞几天的国内，可以天天晚上吃你……做的饭！"他双手捧着她的头，似乎真的是一碰到就不想撒手。

"天天？"慕筱白斜眼睨他，"你先祈祷别延误到后半夜吧。"她说着从他怀里挣脱出来："赶快洗漱，然后一起出去吃饭，按照你昨晚的安排来。"

叶向云笑着看着慕筱白跑出房间，脸上的笑也慢慢隐没。有些东西不知道最好，卡在心里总是会难受。想了这么多天，他还是决定瞒着她。或许老天让他们遇见，就是让他代替她的家人照顾她的。

叶向云进了洗手间，发现居然只有一套洗漱用具，于是他毫不客气地拿起慕筱白的牙刷就用起来。慕筱白进来看见了，佯怒道：“你怎么用我的牙刷？多不卫生。”

叶向云含着一口泡沫：“这里只有一把牙刷，怕什么，亲都亲过了。”

看慕筱白的脸红了，叶向云笑得越发厉害，更是伸手就卡着她的脖子揽到自己身边：“陪我洗漱。”

“叶向云，你是不是变态啊？”她想挣开，可是他的力气大得惊人，一只胳膊捆着她，另一只手还照样刷牙。慕筱白没了脾气，最后也只能乖乖站在他身边看着他刷牙，然后洗脸、刮胡子，最后抹上须后水。慕筱白突然明白过来，他箱子里明明什么都有。

叶向云回过头来诧异地看着她：“你怎么还在这里啊，我限制你的自由了？”

慕筱白一口气提上来，有些抓狂：“你……”她转念一想，“算了，跟你没话说。”然后她转身走出洗手间，叶向云反倒是觉得没意思了。

叶向云不会做饭又讨厌吃机组餐，所以这座城市有好吃的食物的地方他基本都吃过了，算一个名副其实的吃家。车子在旧城区的胡同里七拐八绕，最后停在一个很不起眼的小门面前。

“中午带你吃一点很有特色的东西，我每次都是自己偷偷来，没告诉过别人哦。”说完便拉着她进了门。

这个世界总是不缺给人别有洞天感觉的地方，虽然外面有些破旧，可里面却很豪华。叶向云一眼就看见了正陪着客人上楼的叶薄云，他大哥亲自出来陪吃想必对方非富即贵，并且还是大富大贵的人。叶向云冲着哥哥撇了一下嘴，手抓住旁边的女人跟她十指相扣。叶薄云看到这种情形也没跟他打招呼，微微皱了一下眉也就上去了。

他们两个人在大厅里找了个靠窗的位子。这里环境很好，有人造的园林景观、怪石流水，颇有些意境。慕筱白还没有到过这么有特点的餐厅，自然感觉新鲜：“国内现在好的地方越来越多了，我第一次飞美国的时候就是从栗渊走的，那时的T1航站楼真的是又破又烂，现在的T4真是美死了，我就没见过比它漂亮的。”

叶向云有些心不在焉，远远地看见叶薄云又下来了，他冲着慕筱白笑笑：“你先喝茶，我去趟洗手间。”说着就离开了座位。

叶向云进洗手间后，看见叶薄云在洗手，于是他也打开旁边的水龙头洗手：“这么巧，大哥也来吃饭？”

“你真的考虑好了？”叶薄云不跟他废话。

“这有什么可考虑的？我就是喜欢她、想跟她在一起，人不是活一辈子想知道什么就能知道的，这样不是挺好的吗？”叶向云也收起了调侃的语气。

“就这么瞒着？打算骗她多久？”

“一辈子可以吗？我是很认真的。”

叶薄云直愣愣地看着自己的弟弟，在他的心目中，家里三个孩子中最没出息的就是他了。经商没有经济头脑，铺好的仕途道路偏偏不走，人生就做飞行员这么点理想，现在似乎又觉得他活得才是最快意的。他突然笑起来，拍了拍叶向云的肩膀：“好小子，没看出来啊，够狠！”他抽出纸巾擦了擦手，“既然这么巧，你把大哥的账一起结了吧。”

“我没听错吧，你是上市公司的董事会主席，还有这个那个的好多经济实体，你忍心让我一个民工给你埋单？”

“慕筱白是我给你调过来的，上次公安局的事情也是我给你解决的，这么大的事情你甩句‘谢谢’就想了事？想得美！”他说着把纸丢进纸篓就走了。

叶向云出来的时候菜已经上了桌，慕筱白有些抱怨：“去个洗手间也要这么久。”

“嗯，我们快点吃，然后赶紧去买东西。”叶向云打着自己的小算盘，他们肯定吃得快，脚底抹油溜了就万事大吉了。

吃完饭，叶向云把钥匙给了慕筱白：“你去开车，我去结账，这样节省时间。”慕筱白也没在意，就按照他说的先去停车场开车。

叶向云走到前台：“7 号，结账。”

前台小姐敲了几下键盘：“先生，因为楼上的海云厅把账挂到了您的名下，一共是九万八千三百零七块，请问您付现金还是刷卡？”

“他们是在吃恐龙肉吗？”这不明摆着宰人嘛！

“楼上的叶先生叫了一箱法国红酒。”

叶向云极不情愿地掏出信用卡，心都在流血：“筱白啊筱白，这可都是被你害的。”他自言自语着走出门口，车子正好开了过来。

慕筱白下了车就见他脸色不太好：“怎么了，很贵吗？心疼到脸都煞白了？”

叶向云惊诧地看着慕筱白，她居然这都看得出来，他笑笑，半真半假的语气说：“真是太贵了，你这辈子打死都不会花这么多钱来吃佛跳墙的，我敢保证。”

慕筱白一看他不正经的样子就更加不当真了：“一个月白飞了？”她一脸幸灾乐祸的笑。

叶向云挑挑眉，没有说话，心里却在叫苦。两个月白飞了，还得是飞国际。

在法兰克福飞回A市的航班上，又是满载，经济舱的乘务组又是最辛苦的。肖莱就差手脚并用了，前辈们还在一个劲地给她派任务。

“肖莱，帮我把顶上柜子的餐具拿给我。”

“嗯！”肖莱赶紧停下手里的活，转身去拿餐具。可柜子有些高，肖莱踮起脚也还是有些吃力。这时，身后的人伸手帮她取了下来。肖莱回头就看见顾念林笑着看着她：“我帮你！”

肖莱的脸立刻红了，腼腆地低下头：“谢谢顾队长。”

顾念林也不回应，就是笑，然后又动手帮她往餐车里装餐。

顾念林这一路上就像是肖莱的助理一样，引得其他乘务员都好羡慕，也有犯红眼病的忍不住在旁边说酸话。顾念林这人低调得很，任人说什么他都是一副很谦恭的微笑的表情。肖莱在旁边忍不住好奇，趁着收拾垃圾的时候凑上前去：“他们说你你都不生气吗？”

顾念林耸了一下肩膀：“她以为她是谁啊？我为什么要生气？”他对那些嘲讽有些不屑一顾，转头看着肖莱，“但你如果说我，我就会很认真。”

肖莱的手顿住，突兀地转头看着他。片刻后她直起身子，脸红扑扑的：“顾……顾大哥……”

顾念林也不想为难她，只是笑了笑：“莱丫头，你人很好，就是太单纯了，这样很容易受伤。”

“啊？”肖莱被他这么突然的一句话给弄得有些傻，“我不明白。”她瞪大眼睛懵懵懂懂的样子让顾念林看了更是可心。

“没关系！”他低下头，继续收拾那些废弃的餐盒，在心中默默地念着：莱丫头，我会在旁边保护你的。

虽然肖莱现在是旷宇翔的女朋友，可顾念林却没有什么压力，他总觉得这两个人是不合适的，最终也走不到一起。或许她只是太小，对很多感情的事还不明白。

落地的时候已经是下午三点多了，开完总结会出来，肖莱看见顾念林还在门口等机场巴士：“怎么没赶上刚才的一班？”肖莱好奇地问，“恐怕下一趟还要等一阵子呢。”

看肖莱换了一身便装，也没有上机组车，顾念林也有些好奇：“你怎么不跟大家一起走？”

“哦，我表姐搬过来了，今晚我去她那里吃饭，她说她来接我。”她说话时脸上都是笑，特别有感染力，让人看了会不自觉地跟着快乐起来，“要不你跟我们一起吧，等进了城打车也便宜，还有公交车坐。”

正说着话呢，一辆黑色沃尔沃就停在他们面前。车窗降下来，就看见慕筱白和叶向云坐在里面。肖莱有些兴奋，直接把头探进去，在表姐的脸上亲了一下：“终于有亲人在身边了。”说着她抬头看着叶向云：“谢谢叶机长，开一下后备厢呗，我把箱子放进去。”说着还俏皮地吐吐小舌头。

肖莱把头移开，里面的人才看见顾念林。慕筱白惊了一下：“顾队长！”她忙下了车，“上次的事情真的要好好谢谢你。后来我回了B市，一直也没有当面道谢，还请你不要介意。”

“对啊，对啊！”肖莱在旁边把头点得跟招财猫似的，“顾大哥刚好没车回去，不如我们捎带送他进城吧！”她探着身子看向里面的叶向云：“叶机长，成不？”

“不成！”叶向云虎着脸，“我当司机，让你这个丫头送人情了。”

叶向云下了车，隔着车子看着顾念林：“晚上有事吗？”

“没事，回公司宿舍休息一下，明天上夜班。”

“哦！”叶向云应了一声，“那晚上一起吃饭吧，筱白一直跟我说要请你吃饭，当面谢谢你。择日不如撞日，就今天吧，让她亲自下厨招待一下你。”叶向云看着旁边的慕筱白，想来她是不会有什么反对意见的。

慕筱白笑道：“嗯，顾队长既然没有事，那就一起吃顿便饭吧？”

“你有口福喽！”肖莱在旁边笑得眼睛都眯起来，“我表姐可是大厨水平，想尝她的手艺可不容易，我刚才看到后面有很多新鲜的食材。”

顾念林有些不好意思，有点犹豫，叶向云皱了一下眉头：“是爷们儿就别在那里磨叽了，请你吃饭又不是让你上刀山！”说着他就上了车。

顾念林笑笑：“那我就不客气了，谢谢慕小姐！”

“怎么回事？”叶向云探出头，“谢谢她就完了，那你坐机场巴士去吧。”

“你怎么这副德行啊！”慕筱白回头瞥他一眼，“我谢谢你行了吧！”

叶向云坐正了，戴上太阳眼镜：“那成，我记住了，但口头表达无效，我得想想要点什么！”

顾念林低着头笑：“没想到叶机长这么幽默，平时都板着脸，大家都怕他。”

“不是什么正经人！”慕筱白无奈地笑，“大家都上车吧！”

车子从发动开始，肖莱就一直说个不停。慕筱白都觉得有些聒噪了，可顾念林听得津津有味，时不时还提出问题。叶向云抿着嘴笑，握住筱白的手：“晚上人多，去我那里吧，总不能让客人都坐小板凳、趴在茶几上吃饭吧？”

慕筱白想想也是，就轻轻地点了点头。肖莱和顾念林都是第一次来叶向云的家，被震惊了一下。肖莱偷偷进了厨房，走到慕筱白的背后蹭了蹭她：“表姐，你可有福气了，要抓住哦。我看好你，加油！”

慕筱白蔑了她一眼：“我看你还是管好你自己吧，桃花这么盛，别挑花眼了。”

肖莱一怔，立刻嘟起嘴：“你别让臭翔听见，他会骂死我的。”

“说什么呢？”叶向云也跟了进来，“需要我帮忙吗？”

慕筱白看着他：“你照顾好客人就行了，有小莱帮我。”

叶向云完全不避讳眼前有人，上前就搂着她的腰：“这么给面子，我老婆真是贤良淑德啊。我捡到宝了。”说完就在她的脸颊上亲了一下。

“谁是你老婆！”慕筱白虽有些不满，却也没有反抗，肖莱在旁边看得眼珠子都快飞出来了。看着叶向云走出去，肖莱凑上来：“你们已经那样了？”

慕筱白难以置信地看着她：“你在瞎说些什么啊？脑子里都是些不健康的想法。我告诉你，你可不准跟那个旷宇翔随便上床。”她一下子严肃起来。

肖莱一撇嘴：“你放心好了，臭翔以前有劣迹，我可得好好修理他一番，不过叶机长挺不错的，在公司口碑也超好。男人其实持久性都比较差，主动久了会很累，在乎久了会崩溃，所以认准了就上，上了就想办法结婚，别再磨叽个没完了。”

慕筱白没客气，把肖莱狠批了一顿，可心里还是有些信服的。男人到底能对一个女人维持多久的热情，如果坚持不了很久，那这份感情又算什么？

因为顾念林的到来，筱白很用心地做了六菜一汤，荤素搭配让大家都吃得赞不绝口。吃过饭，大家聊了一阵子，大多是叶向云和顾念林在研究新到的 A380 的发动机的改进情况，两个女人也听不明白，倒是安静地坐了一会。

九点钟的光景，顾念林觉得时间不早了，起身要走。叶向云没有留他，倒是很有表姐夫的样子：“念林，你顺路把肖莱送回去吧，反正你们都住空勤公寓。”

“啊？”肖莱惊了一下，本来说好她晚上跟表姐住的。可她转头看了一眼叶向云的眼神，完全不友好，完全是叶机长的眼神，完全没有了表姐夫的亲切感。

“我跟肖莱回去，就不麻烦顾队长了。”慕筱白当然知道叶向云打的什么算盘，腻在一起两天了，他倒是没有什么太过分的举动，可老是这样，她怕自己会抵挡不了诱惑。

肖莱拿起自己的包：“表姐，今晚还是不要了，我突然想起来，可可还让我晚上回去帮她做些功课呢，我今晚就回公寓好了。反正你都在 A 市常驻了，还怕咱姐妹没机会，我肯定一有空就来蹭饭。”说着她转头冲着顾念林：“顾大哥，你送我回去吧。”

慕筱白觉得有些莫名其妙，本来说好的事情，突然就变了卦。她侧目，正好看到叶向云向肖莱悄悄举大拇指表示赞赏，立刻就恼了："肖莱，你到底跟谁亲啊？"

"跟你亲才不想耽误你嘛！"肖莱嬉皮笑脸的，说着便转身推着顾念林向门外走去："顾大哥，不早了，我们快走吧！表姐、叶机长，再见了！"顾念林还想跟两位打个招呼，可是就这么被肖莱三下五除二给推了出来。

慕筱白看着叶向云得意的样子心里就恨："别以为我不知道你在想什么，和平演变没那么容易得逞。你自己说过我不愿意就不碰我的，我倒也不怕跟你腻着，看是谁遭罪。"

叶向云爽朗地笑起来，一伸手把女人搂进怀里："那就看看谁最后主动投怀送抱吧。"

两个人正闹着，门铃响了。慕筱白赶紧从他怀中挣脱出来："这么晚了，是谁啊？"

叶向云也很疑惑，他这里真的很少有人造访，这个时候就更是让人猜不透。他打开门，就看见季晓棠一脸焦急地站在外面："向云，老宋有没有来找过你？你知不知道他去哪里了？我打他的手机关机，你的也关机了……"正说着话呢，她的眼泪就掉了下来。

叶向云皱起眉头，赶紧把季晓棠让进屋子里来："我今天没开手机。季姐，你别着急，到底出什么事了？"

季晓棠抽泣着："我知道是老宋把韩丽雯给弄上去的，听说他们在洛杉矶浪漫得要命，回来后我也什么都没说。本来我就压着火呢，我是不想让这个家散了，岚岚那么小，还没上初中呢，我不想让她变成单亲家庭的孩子。我忍了这么长时间，那么多闲话我都只当没听见。可昨天他们在机场大厅里眉来眼去的，我真的是忍不住了。"

叶向云的眉头锁得更紧了："你干什么了？"

"我就上去扇了她一巴掌，我是用力了，可是我不知道会那么严重。她直接就晕倒了，过了好一阵子才缓过来，整个身体都麻木了一样。我不知道她是真的还是装的，老宋回来就跟我翻脸了，说我无理取闹，说要跟我离婚。然后他就走了，我就再联系不上他了。"说着她就又哭出来，"老宋热伤风，飞奥克兰的时候就是发烧坚持飞的，我不放心。"

叶向云看了一下时间："季姐，我先把你送回去，岚岚不能没有人照顾。

然后我就去找他，你放心，我一定能找到他的。”说着他站起身，走到慕筱白跟前：“你自己在家待着，没事的，这里治安很好，把门窗关好就没问题。”

“我跟你一起去吧，太晚了，你一个人我也不放心。”

叶向云想了一下，点了点头。

“我先去换件衣服，我们一起走。”

把季晓棠送回家后，车子里的气氛变得有些冷，叶向云满脑子都在想事情，也没有顾及慕筱白。他拿出手机，也不知道给谁打了电话，说是要找韩丽雯的手机号码，没过多久手机就收到了短消息。

慕筱白看着他坚毅的侧脸，线条很柔和，并不像很多男人那么硬朗。可她从他的眼神中还读到了别的东西，比如果断，比如睿智，再比如不平凡。

叶向云很轻松地就找到了韩丽雯，这时才知道宋国海联系不上是因为突发性阑尾炎而住院了。他立刻调转车头就奔向人民医院：“我们去医院，宋机长阑尾炎住院了。”

慕筱白没有吭声，车子在平稳地行驶，路边的店铺有的还没有关门，这个城市的夜生活还没有开始，闪烁的霓虹晃得人睁不开眼。她的心突然就飘了起来。慕筱白执着的时候是个藏不住话的人，她转过头看着叶向云：“这位宋机长和韩丽雯，是不是我们在洛杉矶见到的那两人。”

叶向云的心紧了一下：“哪两个人？”他装糊涂，慕筱白没有吭声。片刻后，叶向云叹了一口气，“筱白，你太聪明了，什么都瞒不过你。坦白讲，韩丽雯是我弄上去的，老宋找我，说她想地转飞，希望我能给弄到国内线上。是我没弄好，结果阴差阳错地给他们弄到一起去了。”

慕筱白把脸别开，看着窗外，心里被一股闷气给堵得死死的。

叶向云沉着脸，抿着嘴唇，不知道该怎么说。车子停在医院的停车场，叶向云下车，可慕筱白却在车上坐着没动。叶向云转过去给她打开车门：“怎么不下车？”

慕筱白心情不好，却也识大体，知道不该在这个时候添乱。她抬头：“我就是不放心你一个人大晚上出来瞎撞，我就不上去了，上去了也不认识。”

叶向云微微一笑：“筱白，把你一个人留在车里我能放心吗？”他牵起她的手，“我们一起上去，事情其实并不是你想的那个样子。”说着就把她牵下车，再锁了车。

慕筱白一路上都没有说话，他们上到四楼，来到一间病房前。透过门上的玻璃能看见一个女人娇弱的侧影，她坐在床边，身子伏在男人身上，一边抚摸着他的额头，一边眼泪一直往下滴。男人却只是握着她的手，微微蹙着眉头，一句话也不说。她愣愣地站在那里，一时间没了立场，不知道到底要怎样理解这样的感情。

叶向云轻轻地敲了敲门，便推开门进去。韩丽雯转头看到两个人，立马就弹了起来，赶紧擦掉脸上的泪痕："叶机长……"她看着旁边的慕筱白，不知道该怎么称呼。

叶向云松开慕筱白的手，转身看着她："筱白，你跟韩小姐先出去一下，我跟老宋说说话。"慕筱白点点头，转身看着韩丽雯，可韩丽雯却专注地看着床上虚弱的人。只见宋国海轻轻地点了点头，她才跟着慕筱白出了病房。

两个人不认识，就这么站在走廊上有些尴尬。过了一阵子，韩丽雯先开口："你跟我想象的很不一样。"

慕筱白愣了一下："你知道我？"

"公司现在都知道叶机长有新女朋友了，上次我们见的时候我就觉得你是。因为他身边极少会带着女人，之前那位景小姐倒是见过几次。可后来听同事说他的女朋友又丑又矮又胖，还黑黑的，一副村姑的样子，我就对不上号了。"韩丽雯的笑容有些惨淡和勉强，"看来是那些姑娘嫉妒你了。"

慕筱白的脸有些红，本来以为是叶向云跟她开玩笑，没想到竟然确有其事。把她说得那么难看，这得有多恨啊。她捋了捋头发："韩小姐真的很漂亮，一看就是知书达理的样子，其实你可以有更好的选择。"她一向不会表面一套背后一套，要么就是直说，要么就是沉默，显然韩丽雯给她的印象并不坏。

韩丽雯的眼泪一瞬间就涌出眼眶，她用力地呼吸，极力想要克制，可眼泪还是流了下来。她转身不看慕筱白，自己也觉得难堪。宋国海已经提出了离婚，这一下子让她陷入了极尴尬的境地。她爱这个人，可她却不愿意去做一个破坏别人家庭的第三者。她自己都觉得很矛盾，一边自责一边又跟宋国海暧昧。每次想要离他远一些，哪怕只是后退一步，她都无法克制心痛，结果却是往前走了两步。

“我想跟他在一起，我也不想再这么两两相望地守着。只要他不怕，那么我就什么都不怕。”韩丽雯抽泣出声，双手撑在窗台上，脸上的表情不是幸福，全是痛苦。慕筱白不知道该说什么，也不知道是该夸她勇敢，还是该说她蠢。她转过头，透过门上的玻璃窗，看着里面的两个男人。她不关心宋国海会做出什么样的决定，这个世界上始乱终弃的事情太多，她已经关心不了了，她在意的是叶向云会做出什么样的决定。

“晓棠去找你了？”宋国海的脸色发青，还是有些虚弱，下午一直疼得厉害，医生建议开刀，可他还是坚持保守治疗，他的工作性质决定了能不留疤还是不要留为好。

叶向云想抽烟，把手放进口袋里又拿出来，记起这里是医院。他拖了一把椅子坐下来：“其实做个阑尾手术没什么大不了的，让医生注意下刀的时候顺着皮肤纹理来就是了。”

宋国海笑笑：“总还是不刀的好，医生说可以保守治疗观察一阵子。”他盯着叶向云的脸，“我跟晓棠提了离婚的事情……”

“季姐跟我说了。”叶向云也不知道该说些什么，嘴唇翕动了几下，最后还是没有说出来。

“我可以承受更多的痛苦和非议，可是我不能再看着她一个人偷偷地伤心流泪，然后又在我面前强颜欢笑。这么多年是她给了我最多的精神慰藉，从二十岁的幼稚单纯的想法，到后来慢慢地有她的思想和见地……我想我不该把她弄到凌云来上班，或者就这么联系着，不见面、不接触，我们会是一辈子的知己……”他像是自言自语，有时候有些词不达意。

叶向云就在他身边静静地听着，说：“可是季姐也会伤心流泪，还有岚岚……季姐来找我的时候说了，她不想这个家散了。”其实叶向云对他们夫妻俩的了解很少，只是他来到凌云的时候，季晓棠还在飞。她也是凌云的一个传奇，是最年轻的乘务长，曾经凭着自己的冷静和智慧在飞机上制服过因间歇性精神病发作而行凶的乘客。

他们结婚的时候让很多人都跌破了眼镜，宋国海当年是很年轻的副驾驶，性格内向，木讷得很，虽然人长得很帅，却不怎么讨小姑娘喜欢。那年是凌云给已婚飞行员分房子的最后一年，这几乎在公司掀起了一个结婚潮。很多人都觉得宋国海和季晓棠结婚也是为了房子，实际上真的是这样。要知道现在即使是空勤这样的高薪行业，要在这座城市买房子也不是一件轻松的事情。十年过去，当年在结婚潮时步入殿堂的人现在几乎都散了，他们不能说是硕果仅存，却也是所剩无几的其中之一。

“晓棠为我也牺牲了很多，我知道她是为了我的工作才从天上下来的。我很感激她，可是我们之间从来都没有爱情。”

“可是你们结婚都十年了，是公司里的模范夫妻。”

宋国海不说话了，如果韩丽雯不走进他的生活，他们可能就这么波澜不惊地模范一辈子。

“婚姻不是儿戏，千万不要冲动地走进去，一定要找到你的那个人。”

叶向云沉默了，过了一会，他慢慢地站起来：“离婚也不是儿戏，千万不要因为冲动而犯第二个错误。季姐很担心你，上来的时候我给她打了电话，我想她很快就会过来。”

“谢谢你！”

叶向云笑道：“你也算是我师父了，还跟我这么客气干什么。我先走了，有什么事就给我打电话，我一定会尽力帮忙。”说着他就退出了房间。

他出了门就看见两个女人在那里不尴不尬地站着，韩丽雯的眼神中带着些惊惧。其实她还是很在意别人的眼光的，可能也就因为这样，才会等到今天才出事。慕筱白的心里很矛盾，男人是最经不起撩拨的动物，如果韩丽雯再主动一些，宋国海可能现在早就抛弃妻子投奔新欢了。

“我已经打电话给他老婆了，韩小姐，我不希望在他躺在病床上的时候，你们之间起什么冲突。”

韩丽雯呆呆地看着叶向云，那表情让慕筱白看了都有些心疼。片刻后，韩丽雯低下头：“我去跟他道个别，等她来了我就走。叶机长放心，我不会让她看见我的。”

慕筱白的眉头皱了起来，这不是个不懂事的女人，可她怎么就把自己搞成了这个样子，为了一份不被接受的爱，让自己低到没有了自尊。

一路上气氛都有些沉闷，叶向云看着她：“你们说什么了？”

“一个很被动的女人，她准备好了，如果宋机长离了婚她会欣然接受。”慕筱白叹了一口气，“一个男人想要控制一个女人真的太容易了，只要让她死心塌地地爱上就可以了。你说这是不是很悲哀？”慕筱白转头看他：“你给他鼓励了？”

叶向云皱了一下眉头：“你怎么总是把我想得那么不堪？我只是希望他考虑清楚。老宋其实也挺可怜的，当年为了分到福利房两个人一拍即合就结了婚，十年过去了，爱情出现了。”他的笑里有些无奈，“他跟我说让我走进婚姻的时候别冲动，一定要找到自己的那个人再结婚。”

车子里一时陷入了沉默，一路上的景色也再让慕筱白提不起兴趣。直到叶向云把车停到车位上，他转过头，很认真地看着旁边的女人：“筱白，我们结婚吧！”

慕筱白有些惊愕，她转头看着叶向云，眉头紧皱，完全没有被求婚该有的反应。叶向云打开车里的灯，转过身看着她：“我是认真的。刚才在医院听老宋说那些事情，我突然觉得自己很幸运，在遇到你的时候，我还是自由的。”

慕筱白有些无措，她别开脸不看他，随即又低下头，两只手在互相交缠，不知该如何安放：“向云，我们才认识两个月而已，你会不会太冲动了？”

“我没冲动，筱白，我现在可以确定我想要的人就是你，所以我才想要跟你结婚，从来没有这么强烈地想要有一个自己的家庭……”叶向云的话说到一半，电话突然就响了起来。他脸上显出非常不耐烦的厌恶的表情，可在看清来电显示之后，神情立刻就变了。他接通电话，不知道对方说了些什么，就见他的眉头越皱越紧，一脸焦虑：“小景，你别太担心，一定不会有事的，我马上就过去。”

他说话的声音很温柔，那种带着浓浓的感情的安慰能够让人感觉到力量。慕筱白从来没有看见过他这么跟谁说话，哪怕是安慰季晓棠也跟这次完全的不一样，这让她忽然想到了刚才韩丽雯提起的景小姐。

慕筱白刚要开口，叶向云就发动车子，把车开到楼门口，并打开旁边的车门锁。他看着她：“我去给朋友帮个忙，你先自己回去，别等我了，我还不知道什么时候能回来呢，你自己好好休息。”

慕筱白愣愣地看着他，不知道应不应该再问一句什么。叶向云探身过来抱住她，在她的额头上吻了一下："抱歉，我真的赶时间，晚上不能陪你了。"

慕筱白突然有种想哭的冲动，只是一分钟，这个男人在自己面前判若两人，他甚至都不想跟自己解释一下是什么事情。她别开脸，深深地吸了一口气，便开了车门下车去。车门才刚关上，叶向云就急急地倒车，飞快地把车开走了。

慕筱白呆呆地站在原地，有些戚戚然。她转过身，突然发现自己两手空空。她是跟着叶向云出来的，手机、钱包什么都没带，因为觉得不需要，更要命的是她根本就没有他家的钥匙。

慕筱白的心一下子冰凉冰凉的，她为自己刚才某一刻有想要答应他的冲动感到害怕。她踩着高跟鞋走了十五分钟才走到一家便利店："请问，这里有没有公用电话？"

收银的小姑娘看着她，一下子就认了出来："你上次是不是跟一个很帅的飞行员来过啊？"她笑嘻嘻的，"我们这里没有公共电话，不过我可以把手机借你用用，你男朋友真的好帅啊！"她最后还不忘花痴一句。

慕筱白拿着电话，突然不知道该拨什么号码。因为能背的号码似乎就只有叶向云的，连肖莱的她都记不全。

她皱着眉头，突然觉得自己有些过分了。于是她把手机还给收银员："谢谢你，我还是不打了。"

第六章 谢谢你曾经给予我的帮助

每个人都有不想被人知道的秘密，
可此刻他更怕失去这个人。

慕筱白出门后打了一辆出租车去凌云的空勤公寓，这个世界上不用预付费的就只有出租车了，毕竟住酒店也是要交押金的。可等出租车到了公寓大门口，就被门卫给拦了下来，这里过了十一点就不允许没有登记的车辆入内了。

慕筱白这下真的有些抓瞎，她既没有钱付车费，身上也连个证件都没有。出租车司机有些较真儿，慕筱白说之后会亲自给他把车费送到出租车公司去，可他还是不依不饶地要将她送去派出所。双方正僵持着，一辆凌云的机组车就停在了门口，慕筱白一眼就看见了从上面下来的旷宇翔，后面还跟着祁可。

“慕表姐？”旷宇翔有些纳闷，祁可也跟了过来。

慕筱白有些尴尬，可还是把没钱付车费的事情说了。旷宇翔回头狠狠地瞪了出租车司机一眼，然后从口袋里掏出钱来：“不就五十块钱嘛，至于非拉着这么漂亮的姑娘去派出所吗？”他还是那么一副玩世不恭的样子。

祁可看着慕筱白：“你是来找肖莱的吧，我们一起进去吧。”

慕筱白突然犹豫了，本来知道祁可不在，她是想来蹭一宿的，可现在人家也回来了。慕筱白改了主意：“可可，你给肖莱打个电话好不好？我什么都没带。”

祁可看着她，觉得有些不对劲：“筱白姐，是不是出了什么事情？”她虽然表面上一切都好，可这种处境在她看来完全可以用狼狈来形容。

慕筱白勉强笑了笑："没有啊，我就是不小心把自己锁在外面了。"她抬头看祁可，可说话却没有底气。毕竟她们住同样的公寓，那门很难把自己锁到外面，她深深地吸了一口气，"算了，还是别打扰肖莱了，她也累了，今天刚回来。你能不能借我点钱，我找家酒店对付一晚上。"

祁可面有难色，立刻掏出自己的钱包，钱包有些破烂，边缘的皮质都磨花了，她打开后把里面所有的整钱都拿出来，也就两百七十块。她有些尴尬："我就这么多了，很少随身带很多钱。"

慕筱白和身后的旷宇翔都有些诧异，一个飞国际线的空姐，随身带的现金不到三百块，钱包里也没有一张外币。

旷宇翔过来把祁可的钱给挡回去："祁可，你这是故意给我表现机会是吧？赶明儿去我家傻妞那里邀功。"他说着就从钱包里掏出一千块递给慕筱白："一晚上差不多了。"

"用不了这么多，给我五百就够了。"慕筱白推拒。

"拿着吧，多带点钱有什么需要的时候也方便。"说着就把钱塞到她手里，然后伸手拦了一辆出租车。

"你送筱白姐过去吧，现在太晚了。"祁可在后面说了一句，"我帮你把箱子拖回去。"

旷宇翔回头看了她一眼，然后点了点头。慕筱白本想拒绝，可旷宇翔已经坐了上来。慕筱白对这边的情况不是很了解，就让司机找了一家锦江之星住了进去。

一切都安顿好后，旷宇翔看着慕筱白："怎么不去找我师父？他最近一直飞国内。"

慕筱白顿了一下："哦，在外地过夜呢。"

旷宇翔也这么应着，却不怎么相信。A380 太大，能接待的机场很少，费用也很高，公司一向的政策就是能不在外过夜就不过夜。

旷宇翔要走的时候，慕筱白突然叫住他："你师父以前有没有女朋友？"

这个问题可把旷宇翔给难住了，说有怕师父抽他，说没有就是撒谎；说穿了的时候更得抽他，说不知道这根本就是欲盖弥彰。于是他笑笑："慕表姐，他都快三十了，我觉得他是纯情老少年的可能性不大。"

“你帮他打掩护！”慕筱白看着她，目光异常坚毅，似乎更加确信了什么，“景小姐总该是有的吧！”

旷宇翔支吾了一阵子，然后很无奈地笑道：“慕表姐，你就放过我吧，让云哥自己跟你说好了。不过他跟什么景小姐真的没什么，并且人家早已经跟他分手了。”

出了酒店，旷宇翔就给叶向云打了电话。

夜晚手术室的走廊上格外安静，这一阵一阵的电话铃声便格外刺耳。

叶向云见是旷宇翔打的就没接，他看着坐立不安的女人，心中有些愧疚：“小景，医生已经说了，只是急性盲肠炎，手术很简单，没事的。”

“叶大哥，是不是真的没事啊？要是飞飞有什么事情，我真的对不起陈凯，我好害怕……”林景说着就靠着叶向云哭出声来。

“放心，我保证，一定不会有事的，相信我。”叶向云轻轻地拍着她的肩膀，心里酸酸的。在他心里始终无法弥补这个损失，最好的战友的离开在他心里留下了一辈子都无法抹去的阴影。他想尝试着去正确看待这件事情，却始终没有办法说服自己。即使他离开了部队，也无法摆脱自责。

手术的时间并不长，大概两个小时就结束了。孩子安然无恙，这让大人们都松了一口气。送进病房后，医生检查完毕，所有的一切都结束时，已经是凌晨四点钟。

“谢谢叶大哥，耽误了你休息，我在这里陪着他就好了，你快回去吧。”林景有些抱歉，抬头看着疲惫的人，“这些年给你添了不少麻烦，真要好好谢谢你。”

叶向云笑笑：“陈凯不在了，飞飞就是我儿子，你们的事情就是我的事情，别老是跟我这么见外。”叶向云回头看看床上的小孩，“我先回去，明天我过来接你回家收拾一下东西，飞飞可能要在医院住一阵子。”他的心里有些急，看了旷宇翔给他发的短信，他恨不得把自己的脑袋给拧下来。他居然就这么把慕筱白放在了大街上，可他又不可能就这么丢下这娘儿俩。

叶向云一路开车直接到了慕筱白入住的酒店，还不到五点钟，他站在门口犹豫着不知道要不要敲门。慕筱白也辗转反侧，无法安睡，这一晚上的折腾让她明白了一个很浅显的道理，那就是除了自己谁都是不可靠的。

如果她带了包出来，那么她至少还可以回家。

慕筱白迷迷糊糊听见房间的门铃不停地响，她纳闷地从猫眼里看了看，有些无奈地打开门。她还没来得及说话，叶向云就抱着她把她推进门："筱白，对不起，都是我的错。"说着他就低头吻她的头顶。

慕筱白很不耐地摇头，想要挣开他的束缚，可叶向云却紧紧地圈住她："筱白，你听我给你解释。"

"叶向云，你记得你把我丢下车之前你在做什么吗？"慕筱白抬头看着他，眼神中有些咄咄逼人的气势，说完又涌出一些水雾。她咬着嘴唇，倔强的样子让人有些心疼。

叶向云也着实懊恼，自己那时候是在求婚啊，结果就这么把她扔在了外面："对不起，筱白，都是我的错……"

"你没错！"慕筱白从他怀里挣脱出来，"叶向云，我们只是了解得太浅了。我根本不了解你，你似乎也从来没有打算让我更多地了解你，所以我现在对你几乎一无所知。可能我所经历的就是你这个人，只是之前我把你想象得太好，所以才会这么难过。"

叶向云听着就觉得有些慌张，似乎有什么重要的东西正在离自己越来越远。他伸手抓住慕筱白的胳膊："筱白，这里面有误会，我知道我这么做不对，可我有不得已的苦衷。小景他们是我的责任，我不能不管他们。我知道你知道景琳的事情，但这根本就是两码事！"

慕筱白一脸错愕地看着眼前的男人："还有孩子？"

叶向云深深地吸了一口气，抓住慕筱白的手："我带你去见他们，请你相信我，我没有做过任何会让你感到难堪的事情，哪怕是过去也没有。"他拉着慕筱白的手腕就把她给拖了出来，不给她丝毫摆脱的机会。

每个人都有不想被人知道的秘密，可此刻他更怕失去这个人。

慕筱白就这样被叶向云拖着上了医院的住院楼，他轻轻地推开病房门。慕筱白的脚像是被定在地上，心中无比忐忑，不敢迈步进去。

里面一个女人正伏在床边亲吻着床上的孩子："别乱动，伤口又疼了，干爹一会儿就到了。"

"我就要干爹亲口跟我说！"孩子有些苦恼地道。

叶向云笑了，回头看慕筱白，坚定地拉着她的手："进来吧，认识一下我干儿子。"

林景闻声回头，看见叶向云拉着一个漂亮姑娘进来，脸上显出些许不自在的神情："怎么这么快就回来了？"她说完又低下头，显得有些局促。

慕筱白的心里隐隐有些不安，女人对感情的事总是很敏感，眼前这个纯朴美丽的女人显然是喜欢叶向云的，那眼神里全是依赖。

她本能地往叶向云的身边靠了靠，紧紧地拉着他的胳膊，似乎是要宣誓自己的所有权一样。

叶向云轻轻地拍拍她的手，向林景介绍："这是我的女朋友慕筱白，你比她大，你叫她筱白就行了。"说着他就走到床边，蹲下身，轻轻地抚摸着孩子的额头："飞飞好像不乖，刚才惹妈妈生气了啊。"他的语气很轻柔，温柔得真的很像一个父亲。

床上的孩子眨着眼睛，眉头微微皱着。慕筱白是医生，知道这个时候伤口一定会很疼，可孩子却没有哭闹，那坚强的表情让她看着也有些心疼。

"干爹，我没有不乖，也没有哭鼻子，我很勇敢。我就是想问问干爹，我现在开了刀，以后不能跟爸爸一样当飞行员了怎么办？"他有些沮丧。

叶向云亲吻着他的额头："你听谁说做了手术就一定不能当飞行员？你现在就要好好地养伤，把身体养得棒棒的，以后一样可以当飞行员。"

慕筱白看着他耐心又亲切的样子心里有些吃酸，有些吃醋，原来这种温柔并不是只属于她一个人的。爱情真实的样子总是那么自私和贪婪，慕筱白也不能免俗。

叶向云直起身子走过来："筱白，你开车送林景回去收拾一下东西，我在这里陪一会儿孩子。"说着他就把车钥匙放到她的手里，用目光询问她的意见。

慕筱白愣了一下，没有想到他会这样让自己跟这个女人单独相处。片刻后她握住钥匙，点了点头："那景小姐，我们走吧！"

林景有些莫名其妙，转头看着叶向云。叶向云这才笑着开口："筱白，她是林景！"

慕筱白的脸一下子红了，她完全沉浸在自己的思考当中。韩丽雯提到的景小姐、旷宇翔的默认，再加上他亲切地称呼她小景，在慕筱白的心里，她已经对号入座了。

“对不起，我想我可能搞错了。”

“没关系！”林景冲她笑笑，“我们快走吧，叶大哥也一宿没睡了，我们快去快回，也好让他赶紧休息。”

慕筱白的心里有些小纠结，似乎觉得自己对他的关心很少，倒是他时时处处都对自己很用心，当然昨天晚上的事情除外。想到这里，她的心理又平衡了一些。一个女人不管她是做什么的，看上去有多么坚强和独立，骨子里她还是一个女人。

两个人走到楼梯口的时候，叶向云又追了出来：“筱白，你昨晚也没怎么休息，路上开车一定要小心点，路不熟就别太着急。”

慕筱白心中的那些怨气因为他的坦荡而消了不少，看着他紧张自己的样子，心里软软的。她上前一步抱住他：“嗯，我知道了。向云，对不起。”

叶向云的心情放松了，脸上露出淡淡的微笑，轻轻地拍着慕筱白的后背：“不是你的错，是我的问题。”他捧着她的脸，拇指指腹轻轻地抚摸她的脸颊，“快去吧，回来我还有很多话要跟你说。”

林景看着两个人相拥的样子，心中有些失落，却也为叶向云感到高兴。这一路上慕筱白都没怎么说话，她本来就不是很擅长跟陌生人打交道。林景看着她，小心翼翼地开口：“你是不是把我当成景琳了？其实我觉得你比她好很多。”

“你也认识她？”慕筱白诧异地看着她，原来那个人叫景琳。

“嗯，我们只见过一次，她是千金小姐，看不上我们这些从农村出来的人，见面时闹得挺不愉快的，从那以后叶大哥就再也没有带她来过。他们算是门当户对，可是他不喜欢很娇气的大小姐，我看他对慕小姐倒是很上心。”

“你也喜欢他对不对？”慕筱白直言不讳，她不会拐弯抹角。

林景的身子僵了一下，她没有想到这个女人会这么直接，跟温婉的外表有些不相称。她有些无措，正不知道该怎么应对慕筱白接下来的发难时，就见慕筱白笑了一下：“好男人总是会有很多女人喜欢，这也没什么。我早听说有很多人喜欢他，公司里还有很多女人整天围着他转，还有接航班的什么的。”

"慕小姐，我跟叶大哥之间有很多别的因素掺杂在其中，是他把我们母子俩接到城市里的，又给我钱开了现在这个果蔬超市。几年前他也曾提过要照顾我和孩子，可是我没有同意。我自己什么斤两我有自知之明，我没有什么文化，也没有什么好的家世背景，他那么优秀，家世又那么显赫，我们俩根本就不般配。"

慕筱白微微皱眉："其实只要两个人相爱，这些都不是问题。虽然我不知道你什么学历和背景，但你的谈吐并不显得你缺少修养。至于家世和背景，他还是什么皇亲国戚不成？"慕筱白话虽这么说，可心里还是打了个结，似乎她真的对他一无所知。可是她却不想在林景这里探究，心里那点小小的自尊心还是让她不肯在这个女人面前丢脸。

林景低低地叹了口气："他对我没有爱情，所以我不愿意。"即使她也被这个男人深深地吸引着。她微微地笑了笑，笑容有些惨淡，"人都不能抱着歉意过一辈子，我们相对过一生，对他会是一种伤害，我也不会幸福。"

慕筱白沉默了，整颗心被浓浓的疑惑和浅浅的伤感包围着。到底是什么让叶向云没有爱情却要娶一个有孩子的村姑？他又有个什么样的家庭？

林景虽然书读得不多，却是个聪明的女人："筱白，不管你怎么看我，我对你的印象都很好，至少你是一个很平和、很友善的人。叶向云这个人别的我不敢说，绝对是个讲义气、有良心的男人。"

"光有义气和良心是不够的。"慕筱白心里有些气闷，在林景面前，她这个女朋友什么都不知道。

"那你还想要什么？"

"最起码要相互坦诚！"她现在就纠结这件事情。

林景笑出来，看着旁边的慕筱白，一听她说话就知道还是一个对生活没有过明白的单纯的姑娘。慕筱白有些诧异："难道我说得不对吗？"

"永远不要指望男人跟你坦诚一切，男人是天生的骗子，运气好的碰到大骗子，他想骗你一辈子；运气不好的碰上一个骗你一阵子，那就伤了心了。选男人我看有三样就足够，责任感、胸襟、上进心。"

慕筱白面上不动声色，可心里却对这个女人肃然起敬。她可能没有念过很多书，可她却已经把生活读透了。等看到她经营的果蔬超市，慕筱白更是惊叹，一个带着孩子的女人能把一个花十万块钱建起来的小店做成这样的规模，不得不让人佩服。

慕筱白等在下面的超市里，林景上了二楼，她和儿子就住在楼上。只是一会儿工夫，慕筱白就见识了店里火爆的生意。林景很快就从楼上下来，从旁边拿了几个袋子挑了一些水果和新鲜的蔬菜一起拎着上了车。慕筱白虽然有些困惑，却也不好说什么。

到了医院，林景空着手下了车，慕筱白在后面帮着她把东西拎下车："林姐，你还没拿东西呢。"

林景拉住她："就放车里面吧，你跟叶大哥帮我忙活，我也没什么可送你们的，知道你们也不缺什么。这些算是我的一点心意，你们留着回去吃吧。"

慕筱白没有上去，就坐在车里等着。她随手翻着装水果的袋子，从里面拿了一个杧果剥开来吃了。叶向云拉开车门就见慕筱白还坐在驾驶位上，正专注地吃着水果。

"你还真是不客气！"叶向云看着她，"打算给我当回司机？"

慕筱白没搭理他，也不动弹，继续吃水果。叶向云讨了一个没趣，自己绕过来，坐到副驾驶座的位子上。慕筱白发动车子："先送你回家休息，不是明天还要飞早班吗？"她一副寻常的口气，完全看不出生气的样子。

叶向云的心又被抓起来，他小心翼翼地看着她的脸色："筱白，回去的时候给我一点时间，我想我需要跟你坦白一些事情。"

慕筱白不说话，就这么一路把车稳稳地开回了叶向云的家。两个人拎着东西进了家门，慕筱白就全都接了过来："去洗个澡吧，我去做点吃的，吃完你赶紧休息。"

叶向云不敢怠慢，慕筱白这个样子让他心里更没谱。他抓住她的手，把东西放在茶几上："筱白，我欠林景一个丈夫、欠飞飞一个爸爸。如果不是陈凯，我们可能今生都无缘相见，因为我可能已经是革命烈士，一级英模了。"他脸上虽然有笑，却有些苦涩。慕筱白皱了一下眉头，心跟着紧了一下。

叶向云搂住她的腰："筱白，有些事情我之所以没有说，是因为我自己都无法接受和面对，更不想让人知道。我只是个普通人，也会畏惧别人的有色眼光。当年我在部队是战斗机飞行员，那次飞机转场任务本来是由我来执行的，可是因为我第二天也就是周末约了女朋友看电影就不想去。那时我年轻不懂事，轻狂得很，于是我就去找了领导，撒谎说我闹肠胃病，后来就派了陈凯去。可飞机发动机出现了故障失控，本来他可以跳伞的，可那样的话飞机很可能会坠毁在一个村子里，陈凯是好样的，他把飞机开到了山上……”叶向云说话间有些哽咽，“因为这件事情，我觉得自己在部队真的待不下去了，总觉得战友们看我的眼神都很奇怪。政委跟我谈过话，说其实是我的心理作用，有时候我也知道是这样，可我自己心里有愧，是我撒了谎逃了任务。”

叶向云的眼圈有些红，不停地做着深呼吸：“因为这件事情，我一直没有办法接受和原谅自己，陈凯死的时候，林景已经怀了两个月的身孕。那时候很多人劝她放弃孩子，可她还是坚持把孩子给生了下来。那时候我是决定要照顾他们一生的，四年前，也就是陈凯牺牲两年以后我跟她提过，可是被她拒绝了。”

慕筱白错愕地看着眼前的人，她无论如何也想不到会是这样的故事。眼前这个成熟稳重，有时候又有些幽默风趣的男人也曾做过这么荒唐幼稚的事情，还闯下了这样的大祸。她转念一想，如果不是他贪玩，那撞山的人就会是他，她的心就跟着揪紧了。她靠到他怀里，紧紧地抱着他，一句话也不说，心里全是害怕。

“筱白，你会不会看不起我？”叶向云也有些忐忑，两只手圈着她的肩膀。

慕筱白在他怀里使劲摇头：“向云，我们不飞了好不好？”慕筱白有一种想哭的冲动，“不会总那么好运气的，你请假就能准假，你想停飞就能停飞，想转到民航就能转民航。”

叶向云不出声，心里却有些挣扎。片刻后，他还是决定坦白交代。林景说得对，有些事情早晚都要知道，不说反倒是不诚恳。他捧着慕筱白的脸，看着她通红的眼圈，心揪紧：“筱白，我瞒着你不是对你有什么怀疑和不满，只是怕你有负担。我能想做什么就做什么，其实不是我的运气好，是因为……我爸爸是空军某领导。”

慕筱白惊呆在那里，温柔如水的目光骤然冷了许多。她错愕地看着眼前的男人，一时间说不出话来。

旷宇翔大清早就去敲祁可和肖莱的房门，祁可裹着浴巾从浴室出来："这么快！"她边说边打开门，抬头看见外面站着的人是旷宇翔，脸爆红起来，立刻把门关上了。她捂着自己的胸口，背靠着门，心中无比懊恼。时间还早，她还以为是出去买早餐的肖莱回来了。

旷宇翔也没有想到开门后会看到这么香艳的出水芙蓉，他的脸有些热，轻轻地吐着气，舒缓着自己心里的那点躁动和慌乱。他不是什么纯情少男了，却不知道为什么会有这种情窦未开般的悸动。

他靠着墙，手握成拳，不停地捶打着墙壁，不时地侧过脸看着紧闭的房门，却不知道什么时候会再打开。

"臭翔？"肖莱出了电梯拐过弯就看见旷宇翔靠墙站着，眼睛紧盯着房门，"你怎么在这里？这么早，吃饭了吗？"

旷宇翔立刻收起那些说不清楚的情绪，上来就两只手搂住她的腰："想你了呗，昨晚落了地就想看见你，又怕打扰了你休息，我这不一大早就来了。"说着就在她的额头上亲了一下。

肖莱不自觉地皱了一下眉头："别闹了，我拎着豆浆呢。还好我多买了一些，进来一起吃吧。"她很快从旷宇翔的怀里挣脱出来，还没来得及敲门门就开了。

"这是你的东西……"祁可说完，抬头发现外面站着肖莱。

她的眉头皱起来，心情有些郁燥，一脸不耐的样子，又不想让肖莱看出来。她低头道："对不起，旷宇翔的东西，昨晚出了一点事情，我帮他拖回来了。"

肖莱有些奇怪，祁可此时穿得异常整齐，衬衣配长裤。这个时间让她觉得有些怪异，于是侧目看看旁边的旷宇翔："真会说话，还说是想我，原来是来取东西的。哼！"

旷宇翔也不管那么多，揽着肖莱的肩膀就进了房间。越过祁可的时候他接过了箱子的拉杆，然后靠墙放好，颇有深意地看了祁可一眼。

"取东西我还用这么着急吗？我不过是打着取东西的旗号而已。"旷宇翔嬉皮笑脸的，他接过肖莱手里的东西，不知道怎么放。祁可从小厨房里拿出碗筷，摆到小饭桌上，又把旷宇翔手上的豆浆接过来倒进杯子里。她低着头，尽量不去看眼前甜蜜的两个人。

“可可，分三份吧！臭翔跟我们一起吃。”肖莱一边跑到洗手间里换衣服，一边在里面嚷着。

祁可的手抖了一下，豆浆洒了一桌子。她冲着刚出来的肖莱抱歉道：“要不我出去吃好了，我最近胃口不好，不太想吃这么油腻的东西。”

肖莱有些诧异：“可可，起床的时候是你说要吃豆浆油条的。”她笑笑，蹿进厨房拿出水瓶，然后把豆浆平均分成三个小半杯，然后再往每一杯里都添了水，“好了，三份解决了，一起吃啊。”

旷宇翔看着祁可为难的样子，知道她是在故意躲着自己：“我看我大概是打扰到你们了，要不我还是回去吃吧。”他装出一副可怜的样子。

肖莱咬了一口油条，直愣愣地盯着两个人。祁可抿着嘴唇有些无奈，最后坐下来：“一起吃吧！”她心里明白得很，旷宇翔根本是在刁难她，难道他不该拉着肖莱出去吃吗？

这顿饭祁可吃得很难受，看着对面坐着的两个人欢快地打打闹闹，让她难免有些悲戚。她想自己大概是在缅怀失去的美好，她努力这么告诫自己，不想让自己往别的方面去想。

“你昨晚干吗了，还要可可帮你拿东西？是不是出去拈花惹草了？”肖莱佯怒，仰着精致的小脸看着旁边的男人。

旷宇翔直起腰，这次他可是不心虚：“傻妞，你是不是冤枉我上瘾啊？你问问可可我昨晚干什么去了？我三更半夜赴汤蹈火护送你表姐去酒店了。”

肖莱的眼睛一下子瞪大：“我表姐怎么了？你们怎么遇到她了？”看着两个人，肖莱显得有些急，立刻站起来给慕筱白打电话。

急促的电话铃声打破了慕筱白和叶向云之间的僵持和尴尬：“你让我去接一下电话。”说着慕筱白从他的禁锢中解脱出来，看到是肖莱打开的也就松了一口气，只是安慰了几句，也没说昨晚到底做什么了，还是推说自己不小心被关到门外了。

叶向云听着，心里还是有些自责：“筱白……”

慕筱白放下手机：“向云，你别逼我，一下子这么多事情我需要时间来消化。”她拎起茶几上的购物袋，“你去洗澡吧，我给你做点吃的。”她一副很平常的语气，脸上没有任何表情。

叶向云的心里更加不安，他抓住慕筱白的手腕不放：“别这么考验我，筱白，你这个样子让我吃不下饭，也睡不着觉。”他双眉紧锁，走到慕筱白的面前，“筱白，我从不撒谎，我不知道你还记不记得我们第一次见面是什么时候。从法兰克福回 A 市的汉莎 B747 上，我坐 27A，你坐 31D，我们四目相对的那一刻，我不知道我的心怎么了，我用力地呼吸希望能够平复那一刻的慌乱和紧张，在你过来抢救那个伤员的时候，我的心紧张得都快跳出来了。我回国之后景琳就要跟我分手，我连一丝犹豫都没有，我觉得她不是我想要的人。后来我们接二连三地遇见，我相信这是上天安排给我们的缘分。筱白，我现在已经不是当年那个轻狂的叶向云，我的家庭怎么样根本与我们的感情没有任何关系。在整个凌云航空，知道我父亲是谁的人不超过五个，包括旷宇翔也什么都不知道。我希望自己就是一个普通的飞行员、一个普通人，实际上我也只是一个普通人。筱白……”

慕筱白的鼻子有些酸：“你有体面的工作、有这么大的房子、有车，如果这样算是普通人，那我又算什么呢？我父母双亡，其中还有一个是自杀，工作没有着落，现在一无所有……”

“可是你有我啊！”叶向云提高音量，把慕筱白整个人紧紧地搂在怀里，“筱白，你有我。”

“我们才认识两个多月而已，叶向云，这样的感情、这样的生活还有这样的幸福都让我觉得很不真实。你懂吗？我怕这一切真的只是幻觉，就像做梦一样，醒来的时候真的什么都没有了。我会胡思乱想，你这么完美的人为什么会看上我？我既没有你们公司的空姐漂亮，又没有好的家世，也不会讨男人的欢心，你身边有那么多千娇百媚的人，还有要负责的孤儿寡母……我知道有些事情我不该去计较，可是我心里不踏实，不踏实你知道吗？！”

这个叶向云当然清楚，就是知道她心里不踏实，他才愿意先认真；也就是知道她心里不踏实，他才隐瞒了很多事情，也是怕她会更不踏实。他轻轻地拍着她的后背：“筱白，我尊重你，只是你别这么跟我抻着，告诉我你心里的想法，别让我心里也不踏实。”叶向云有些惶恐，抱着她迟迟不肯放开。

慕筱白有些不知所措，她不是一个贪慕富贵的人，一个高干子弟的身份陡然把他们的距离拉得很远，这个时候她仿佛能够体会林景所说的那种不般配。说别人总是轻松，临到了自己身上就完全不是那么一回事了。

慕筱白的心紧了一下，她紧紧地攥着拳头，看着眼前男人神伤的样子。她觉得是自己自私了，可她又放不下那些防备，没办法不把自己给保护起来。她低头："我去帮你做点吃的。"说完就转身拎着东西往厨房走去。

叶向云看着她逃避的背影，有些失望："筱白，我需要的不是一个保姆，即使我落了地还要回来给你做饭我都愿意，只要你是全心全意爱我的。"说完他解开自己的衣服，转身向着浴室。慕筱白站在原地，呆愣着不敢回头。

因为宋国海突然住院，整个机队的排班都做出了调整，本来还算轻松的一段日子也突然紧张了起来。叶向云第二天就被排了伦敦的航班，一去就是四天。慕筱白也没闲着，很快组织部就通知她去单位报到。原来A市接连在海边发现尸体，可警方却一筹莫展，没有任何线索。她焦虑而又惶恐的心因为繁忙的工作而渐渐平复下来，充实的生活让她没有更多的时间去考虑感情的事情，可只要脑子一空出来，她还是会被那个男人的影子和话语所占领。慕筱白有些无奈，她觉得自己仿佛已经陷入那种情网里无可救药了，可偏偏又固执地不肯承认，仿佛这样自己就可以放松一样。

慕筱白开完案情分析会出来已经是晚上七点多了，手机一开机就收到很多短信，都是叶向云发的。她在开会的时候就有些坐不住，知道他今天回来，即使有顾虑，可是不见面还是会很想念。

慕筱白拨通了他的电话："对不起，我刚刚才开完会，你到家了吗？"

叶向云拿着电话从车窗里看出去，就见慕筱白皱着眉头急匆匆地从市局的大楼往外跑。她身上穿着一身黑色短袖套装，显得有些老气。

"别皱眉头，不好看！"

慕筱白的脚步一下子顿住，她拿着手机四下观看。看到马路对面的沃尔沃，她心一热，知道他四点就落了地，不知道已经等了多久。她挂断电话就急忙奔过去："等很久了是不是？"

叶向云没有接她的话茬，开车就走。车子在路上飞驰，叶向云歪着头看旁边的人。她靠着玻璃窗，脸上满是疲惫的神情：“怎么去市局了？不是跟我说去省厅的吗？”

慕筱白勾着嘴角笑：“最近世道不太平，海边已经连续发现三具尸体，市局技侦力量不够，让我暂时过去帮忙。你刚走我就上班了，上午到组织部拿了介绍信，到了省厅直接就给我派下来了，我的命也真是苦。”

“那你岂不是不能陪我休息了？本来可以在国内待一周的，看来见面的机会不多了。”

慕筱白侧过身看着他笑：“我能做的现在都做完了，只要不出新案子，我就不会特别忙。所以白天你就安心在家睡觉，晚上我按时下班回来给你做饭吃。”

叶向云腾出一只手，抚着她柔顺的头发：“真是个好媳妇儿。看来我以后最大的愿望就是社会治安日益好转，暴力犯罪销声匿迹。怎么找了个警察媳妇儿，感觉我整个人的思想境界都提高了呀。”

“我还不是一样！”慕筱白嘟着嘴，把他的手拍开，“好好开车。我现在每天脑子里想的都是安全生产，上网做得最多的事情就是刷航班信息。”

“嗯！”叶向云满意地点了点头，“看来你现在已经有民航家属的觉悟了。我们先去吃饭，然后去医院看飞飞和老宋，他到底还是开了刀。”

“你人虽然不在国内，可什么事情都知道。”

“韩丽雯在我的机组里，我们一起飞了伦敦，我倒是不想知道也难了。”

说到韩丽雯，慕筱白的心情又有些异样，那个女人真的让她觉得又可怜又可恨。她叹了一口气：“你给飞飞准备礼物了吗？你不会空着手去看小孩子吧？”

“你没准备吗？你吃了人家那么多水果。”他坏坏地笑，慕筱白知道他又寻她的开心，也就没理他。

两个人找了家店随便吃了一点，就往宋国海住的医院跑，在门口买了一束花和一个果篮就上去了。推开病房的门，就看见宋国海一脸温暖的笑容，躺在床上看着自己女儿在旁边写作业。他伸手轻轻地抚摸着她的头，在慕筱白的眼里只看到了爱。

“季姐不在？”叶向云把花和果篮放在桌上：“岚岚！”他把小女孩抱起来，在脸颊上亲了又亲，“有没有想叔叔？”

“叔叔有给岚岚带礼物吗？”

叶向云有些为难：“叔叔不知道岚岚在，所以没有带礼物。”

“没关系，反正我也没想叔叔。”小孩子稚嫩的声音显得特别童趣，慕筱白和宋国海都忍不住笑出来。

叶向云有些没面子：“好你个丫头片子，你怎么就不能学你爸嘴巴厚道一点？全学了你妈。”

季晓棠推门进来正好听见：“怪不得我不招人喜欢呢，原来连你在背后都这么说我！”她的气色很不好，黑眼圈很大，一个大美人现在憔悴得有些不成样子。

这话有些带刺，在这个时候说就更有些深意，屋子里的人都笑不出来。叶向云看了看怀里的孩子，脸也沉下来，孩子的小手抬起来在眼睛上揉了两下，让人看了就心疼。慕筱白上前拉住孩子的手：“跟阿姨出去玩。”

孩子刚出了房门，宋国海的脸就拉了下来：“能不在孩子跟前说这样的话吗？晓棠，我真没想到你会利用自己的女儿来威胁我，这对孩子是一种什么样的伤害？”他蹙着眉头，说话的声音大一些就会觉得伤口疼。

季晓棠脸都气紫了：“你以为岚岚还是三岁两岁的小孩子吗？昨天她回来问我自己会不会变成跟琪琪一样没有爸爸的孩子，她班上那么多公司同事的孩子，你以为人家在家时不议论吗？整个公司的人都在等着看我们的笑话，韩丽雯快成英雄了，拆了号称凌云最幸福的家庭，策反了模范丈夫。”她不屑地哼笑，“没想到我居然这么多年都在引狼入室，报恩把恩人勾引成自己男人了……”

季晓棠还要说话，被叶向云拦住：“季姐，老宋这才刚开了刀，有话等他好了再说，要打要骂我都帮着你。”他不想看着这两个人在自己跟面闹开，“事情都得慢慢解决。”

季晓棠抿着嘴唇：“总之我是不会同意离婚的，你就是净身出户我也不会同意离婚。”

宋国海咬了咬牙，慢慢地闭上眼睛：“晓棠，难道我们就非得去对簿公堂？我们之间已经没有感情了，何苦要这么耗在一起浪费生命呢。”

季晓棠的眼眶一瞬间红了，她紧紧地咬着嘴唇，刚要开口反击，看宋国海因为伤口疼而露出痛苦的表情，又把火给强压了下来。他跟自己说了那么多绝情的话都没有这一句有杀伤力：我们之间已经没有感情了。十年同床共枕、相濡以沫，说没有感情就没有感情了。当年她看中了老实忠厚的宋国海，觉得他是个踏实本分的正经男人，可以托付终身。感情这种东西，感觉只要经常在一起总会培养起来的。

可十年过去了，她爱上了这个男人，而男人却爱上了别的女人。这可能就是生活，永远充满了讽刺。

从医院出来，两个人一路上心情都有些沉重，看着一段婚姻就这么走向死亡并不是一件令人愉快的事情。叶向云给飞飞带了一个 A380 的模型，孩子真的高兴坏了。

“所有的空客机型我都集齐了，干爹下次要记得送波音的哦。”

叶向云嘴上答应着，显然有心事，让他很难把心思用在这上面。

肖莱和祁可从墨尔本回来，开完总结会出来就看见顾念林等在乘务队的门口：“顾大哥？”肖莱有些兴奋，一下子就蹿过去，眼睛笑成月牙儿，甚是可爱。

“你们机组怎么这么慢，开会要这么久？”顾念林有些抱怨。

肖莱跳了一下：“顾大哥，你真的是在等我吗？”

顾念林笑着从口袋里掏出两枚徽章：“送给你的。”

肖莱拿到手里一看是埃航和加航的徽章，她更兴奋了：“哎呀，你怎么知道我收集这个？”

顾念林温柔地揉着她的头发，就是笑，也不说话。

肖莱脸上的笑是明艳的，祁可在旁边看着都有些刺眼。她拖着箱子走得远一些，不想干扰了那种气氛。她有些被感染了，被那种有人疼、有人宠，有人想要帮你达成梦想和愿望的幸福气氛感染了。

祁可远远地等了一阵子，没一会肖莱就跑了过来：“可可，你先回去吧，顾大哥说要教我做图片，我把我们这次出去玩的照片让他帮忙做个日历。哦，这个是我朋友让我带的东西，我让她到咱们公寓附近的车站点取，你帮我给她，谢谢你哦！”说着就回头跑向了顾念林。

祁可愣了一下：“哎……”她叫了肖莱一声，可那丫头早就跟着顾念林跑了。祁可无奈地拖着箱子、抱着盒子出了机场。祁可出来后没有来得及赶上机组车，在机场等大巴是一件很辛苦的事情，并且天色已经晚了，祁可有些着急。

旷宇翔今天在机场备份，从公司的停车场开车出来就看见了在夜色中焦急等待的人。他停下车：“回空勤公寓吗？上车吧！”

祁可犹豫了一下，最后看了看时间还是上了车：“谢谢你。”她坐在了后排，不看旷宇翔，脸一直向着窗外。

旷宇翔咬着自己的手指骨节，心里有些别扭，却又找不到话题。他从后视镜看了看后面的人：“怎么就你一个人，我们家傻妞呢？你们不是一起飞墨尔本吗？”

祁可忽然有些紧张，她抬头看了看旷宇翔，有些支吾。

旷宇翔笑笑：“怎么，不会是去做什么对不起我的事情了吧？！”

“不是！你以为她是你这种渣吗？”祁可拳头攥得很紧，“她去她表姐家了。”她又把脸瞥向窗外，生怕他看出什么破绽来。

旷宇翔倒是没有介意：“我们家傻妞绝对是这个世界上绝种的好女人，肯定不会做那种事情的。”他勾着嘴角笑，“祁可，你为什么总躲着我？”

祁可的心紧了一下：“我不是躲着你，我只是觉得我们之间没有什么交往的必要，我们保持距离是最好的。”

旷宇翔的脸有些黑，心情一落千丈。片刻后他有些自嘲地勾了勾嘴角，随手打开车里的收音机：“警方提醒市民夜间不要单独出行，尤其是女性朋友更是在晚上能少出门就少出门。市民如果有犯罪嫌疑人的线索，希望大家拨打110向警方报告。我们这里是一座美丽的城市，不能让一个杀人恶魔毁了美丽的夜色。好了，下面就让我们一起来听一首《可不可以不勇敢》，晚上出门的时候别勇敢，跟坏人作战的时候要勇敢！”

“电台这年头都招不到人了吗？这是什么狗屁台词，也太差劲了。”旷宇翔立刻换了频道，可现在几乎到处都是警方的安全提示，“让我遇上这个王八蛋我非亲手抓住他，真是个禽兽。”他拍着方向盘，有些气愤。

祁可只当他是说玩笑话，心中暗想，他不是跑得最快的那个就已经很庆幸了。

“在公寓外面的公交车站旁边停一下。”

“嗯？”旷宇翔有些诧异，“这么晚了，你没听广播说什么吗？你要去哪儿？我送你过去。”

“我哪儿也不去，我约了人，给别人带了一点东西。”祁可的口气缓和下来，对于旷宇翔的关心，她硬不下心肠来。她在车站点下了车，可旷宇翔并没有开车离开：“我没什么事情，等等你也无妨。我们公寓后面就是海，我看还是小心一点。”

祁可觉得自己要是这样还拒绝就有些不识抬举了，肖莱约的朋友还没有来，她就在车站来回打着转。一辆辆的公交车在这里停站，来来往往的人也不少，她远远地看见一辆丰田轿车开过来，车号跟肖莱叮嘱的一样。她赶紧跑过去，正跟一个刚下了公交车的人撞了一下。她有些抱歉：“对不起，我不是故意的。”

她抬头看了那人一眼，戴着一副黑框眼镜，中等个头，一副老实的学生模样，手里拖着一个大号的黑色拉杆箱，似乎里面装了很重的东西，她刚才撞上去觉得痛得要命。那人扶了一下眼镜，然后盯着祁可看了好一阵，再低头很慌张地走了。

旷宇翔因为这个人看祁可的目光而对他有些厌恶，就这么盯着他，见他走远了一些又回头朝着祁可的方向看了一眼，竟然还在笑。

祁可上了车：“你看什么呢？”

“那个人你认识？”旷宇翔回头看她，她有些懊恼，伸出手揉刚才撞到的小腿的位置，就觉得手上黏糊糊的。她抬手，发现手指上竟然都是血。祁可尖叫了一声，旷宇翔顿时觉得汗毛都竖了起来，脑子里全是那个男人的笑。他打了一个激灵，立刻发动车子：“可可，马上报警，那个人有问题，他可能就是那个变态。”

祁可觉得自己浑身的肌肉都痉挛起来，手都有些不听使唤：“喂，110，我们发现了线索，有个人拖着行李箱，里面正往外渗着血……”

“别废话了，说地址！”旷宇翔就看着那个人拖着箱子拐进滨海路，正式通往海边的方向。祁可有些慌乱，连忙报上地址。她扶着椅背，声音在颤抖：“旷宇翔，我……我们……”她两只手抓着椅背，手指骨节都发白了。想想刚才她碰到的那个箱子里装的可能是一具尸体，她就浑身打冷战。

“可可，你就老老实实在车上等着，无论出什么事情都别下来，把车门锁好。”旷宇翔说着就把车子开到那个人的前面停下来，他刚要打开车门，祁可探身拉住他："你也别下去了，他是杀人犯、亡命徒，什么事情都做得出来。我们还是等警察吧，警察马上就来了！"

旷宇翔回头看祁可的脸惨白一片，眉头皱了一下："等警察来人就跑了，明天又不知是哪个姑娘倒霉了。我没事，公司的体能测试我都是优秀，就那么个小贼，我肯定没问题的。"他说完就下了车。

旷宇翔点燃一支烟，心里也有些胆怯，腿还有些发软。他信步走过去："兄弟，知不知道机场怎么走啊？迷路了。"他淡淡笑着，装出一脸无辜的样子。

那个人面上有些紧张，握着拉杆箱的手越来越紧，这些微小的动作全落入旷宇翔的眼里。旷宇翔是心理学的高才生，对行为心理学有些研究。他越是表现得反常，旷宇翔就越发确定他有问题。

那个人推了推镜框，低头支吾着，陡然抬头看旷宇翔，眼睛眯起来。旷宇翔在心中懊恼自己找了一个最坏的借口，此刻他腰上正系着航空公司的皮带呢。他眨了一下眼睛，把手里的烟丢掉，还没来得及开口，就见那个人丢下箱子要跑。旷宇翔眼明手快，伸手把他给扯了回来。刚上前一步要制住他的时候，那个人掏出了匕首："你别多管闲事！"

祁可从车子的后窗看见黑暗中一道明晃晃的银光，心跟着提到了嗓子眼儿。她一时着急，抓起座位上的一个靠垫就跑下了车："旷宇翔，你小心！"

"你跑下来干什么！"旷宇翔有些恼了。这一刻，歹徒拿着刀就朝分神的旷宇翔冲了过来。他反应快，上前把祁可挡在自己身后，夺过她手里的靠垫往身前一挡，抬起脚就冲着那个人踢了一脚。只听见唰的一声，靠垫里的棉絮飞出来，只可惜那一脚没踢准，只是踢到了那个人的腿上。旷宇翔丢掉手里的靠垫，冲上去就抓住他的手腕，两个人就这么肉搏起来。

旷宇翔虽然跑三千米速度快，可打架完全不在行，一个不留神就被绊倒了。那个人举着刀压在他的身上，明晃晃的刀尖就冲着他的面门。祁可吓得尖叫起来，她无措地四下张望，这座城市的环卫工作做得太好，她连一块小石子都看不到。她心里急，把心一横，脱下自己的高跟鞋，跑过去冲着那个人的后脑勺狠狠地敲了两下。那个人吃疼，闷哼了一声，旷宇翔趁机翻过身压住他，祁可又弯腰用鞋跟不停地打他的手，直到他的手腕痛得使不上力，刀就这么掉了在旁边。祁可抬脚把刀踢远，心里的恐惧少了很多。她转身跑回去，打开车子的后备厢，里面就有一把车刷。她拿上就奔过来，看着还在地上打滚的两个人，把心一横，瞅准机会朝着那个人的脑袋就是一下。

那个人就这么直挺挺地压在旷宇翔身上没有了声音，祁可害怕极了，赶紧丢了手里的“凶器”，一脸惊惧地看着地上的人。旷宇翔艰难地爬起来，上前抱住祁可：“没事了，真的没事了。”旷宇翔一时忘情，轻轻地吻着她的额头，“有我在，没事的，你做得非常好！”

祁可浑身抖得厉害：“我是不是杀人了？”她的声音很小，里面全是惊惧，抱着旷宇翔的两只手越收越紧。

旷宇翔深深地吸了一口气：“人哪有那么容易被打死？再说他是杀人犯，就算他不是，他也打算拿刀杀我，你算正当防卫。没事，有我呢。”祁可紧紧地抱住他，他也紧紧地抱着祁可，两个人脸贴着脸，感受着彼此给予的安慰和力量。

五分钟不到的时间，警察就赶了过来，歹徒很快也恢复了意识，现场立刻被封锁。几乎在同一时间，叶向云的沃尔沃也出现在了现场。慕筱白从车上下来，从助理手中接过一副手套和自己的箱子。

“没事了，这里很安全，你赶紧回去休息。”她看着叶向云，又回头看看那个黑色行李箱，脸上是肃穆的神情，“明天不知道还能不能给你回去做饭。”她耸了一下肩膀：“自己照顾好自己。”

叶向云一边应着，一边看着远处正在接受询问的祁可和旷宇翔，两个人都是一副狼狈的样子：“他们俩怎么了？”

“就是他们俩报的警，然后还制服了犯罪嫌疑人。”旁边的助理插上了话。

慕筱白也朝着他们看去，脸上露出些许笑意：“你们机队这次又有风头出了。”说完转过身，钻进了警戒线中。她走到箱子跟前，蹲下身，手指在上面摁了一下，抬起手时白手套已经染了红色。她深深地吐出一口气，拉开行李箱的拉链，打开时里面已经是血肉模糊。慕筱白简单地看了看，然后站起身：“弄回去再说吧！”

旷宇翔和祁可从公安局回来的时候已经是深夜了。打开宿舍的门，肖莱就慌张慌张地从里面出来：“可可，你到哪里去了？给你打电话你也不接，现在外面有个变态到处杀人，真被你吓死了。”她拉着祁可的手，看着她惊魂未定的样子有些奇怪。

“她今晚把那个变态给打晕了，然后交给警察了。”旷宇翔坏坏地笑了笑，他倒是放松了下来，还不忘调侃祁可几句，“倒是你，跑到哪里去了？”在案发现场看见叶向云送慕筱白过来他就知道祁可在跟自己撒谎，只是那个时候他已经无心去计较这些东西了。

肖莱倒是没有那么多忌讳：“出来的时候碰上顾大哥了，他说教我做图片，我就去跟他学了一下，顺便弄了一个正版软件。”她笑得很开心，一副得意的样子。她转头看祁可，发现她正诧异地看着自己。

肖莱没在意：“可可，你真的遇上那个变态了？他有没有把你怎么样？”

祁可没有心思理会这个问题，她回头看旷宇翔，他脸上的表情说不清楚，只是看着她的时候有种探究的神情。“我……我也不是很清楚。”她有些担心，生怕自己这个掩护再给两个人的感情生出一些波折来。就是她这么一句解释，让旷宇翔的心里更加不是滋味。在最危险的时候他把她挡在自己身后，她却总是在给肖莱打掩护，维护着他们两个人的感情，把自己撇得远远的。

“不清楚？”肖莱瞪大眼睛，“他有没有伤害你你怎么都不清楚啊？”

旷宇翔黑着脸，把肖莱拉到自己身边：“你没看见我浑身脏得要命吗？跟歹徒英勇搏斗，在地上打滚舍命的是你男人好不好！”他握着肖莱的手腕，语气不太好。

肖莱被吓了一跳，抬头直直地盯着面前神情有些狰狞的男人。祁可也被吓着了，她错愕地看着发火的男人，突然有一种想哭的冲动：“是旷宇翔把歹徒抓住的，那个人有刀，他差点受了伤。”她忙解释。

肖莱有些内疚，声音怯怯地说：“我不知道原来臭翔是这么英勇。”她装傻，然后抱搂他的腰，“那你有没有事啊？”

旷宇翔则是一脸不忿地看着面前的祁可，她就这么站着，然后黯然转身，不想再看这个画面。

“臭翔，要不我陪你去医院检查一下吧？”肖莱抬起头看着他。

旷宇翔忽然又换上一副笑脸：“不用了，小毛贼根本不是我的对手。不如你亲我一下，你亲一下我我就不生气了。”

肖莱一下子愣在那里，脸上有些羞怯和不情愿。

旷宇翔睨着她：“怎么了，亲一下男朋友这么为难，不会真出墙了吧？你喜欢那个修飞机的？”

肖莱的脸更红了：“哪有？”说完她踮起脚在他的脸颊上啄了一下。

“这就完了？”旷宇翔捧着她的脸，看着她清澈无辜的眼睛，突然起了坏心。他低头捕捉到她的嘴唇，舌头很轻易地就探入她的口中。肖莱白纸一张，哪里经得住旷宇翔这种花丛老手的挑逗。

祁可想要假装看不见，却又忍不住去看，心里像是被塞满石头一样，沉闷又憋气。她给自己倒了一杯冰水，一口气喝下去，接着又倒了一杯。

旷宇翔一边吻着肖莱，一边侧目看着祁可的背影。肖莱觉得自己快要喘不过气，她用力地推开旷宇翔，脸上的表情有些生气：“你怎么这么坏，可可要笑我了。”肖莱的心里有些别扭，这个霸道的强吻让她略微有些反感，却又觉得不好说出口。

“那不如去我那里啊，我那里没人，可以做更多事情。”他诱导着眼前的小姑娘。

祁可的手抖了一下，杯子就这么摔到地上，发出清脆的声响，把肖莱也给彻底惊醒了。

“你又想什么呢，臭翔！我警告你，你还在本姑娘的考察期呢，你要是敢造次……哼哼，饶不了你。”说完她就转过身去厨房取了笤帚跑到祁可身边：“可可，你是不是被吓着了？你快休息吧，这里我来打扫就好。”说完她回头看旷宇翔：“你先走吧，可可要休息了。”

旷宇翔点点头，走到门口又回头看肖莱：“以后不准随便跟别的男人混，听见没有？”

“只要你能不随便跟别的女人鬼混我就成！”她狡猾地笑，伸出小舌头做鬼脸，觉得自己这个回合算是胜利了

旷宇翔站在公寓楼顶的天台，一只手扶着栏杆，另一只手不停地抽着烟。

他的心很乱，这个晚上他突然觉得自己是那么在意那个女人对自己的看法，在意她的安危甚至超过了在意自己。他不是一个高尚的人，这一点他有自知之明，所以这让他有些不能接受。

第二天一大早旷宇翔就到了公司，今天他有任务飞奥兰多，可是到了之后却被告知他的任务被取消了，因为电视台要来采访。他在会议室里等了半个小时左右，就看见祁可穿着一身制服推门进来。两个人的目光相撞，祁可马上别开脸，走到窗边看着外面的停机坪。

旷宇翔自嘲地笑了一下，信步走到她跟前："昨晚睡得好吗？"他说着抬手帮她捋了一下额前的头发。

祁可向后退了两步："别这样，被人看见不好。"

"那要是不让人看见呢？"旷宇翔眯着眼睛看她。

祁可的脸色很不好看："旷宇翔，你误解我的意思了。我跟肖莱是最好的朋友，我希望你自重。肖莱是个好姑娘，不珍惜你会后悔的。"

"珍不珍惜是我自己的事情，后不后悔也是我自己的事情，这些都不用你操心。我只想知道你心里是怎么想的。"旷宇翔扶着她的肩膀，强迫她看着自己，"别说你对我根本没感觉，昨晚你抱着我的时候可不是这样的。"

祁可有些羞愤，她甩开那旷宇翔："旷宇翔，你真够自私的，珍不珍惜怎么就成了你自己的事情？你把肖莱当什么了？我告诉你，我对你的确不是没有感觉，我讨厌死你了。"

"祁可，你到底什么时候才能做你自己，才能忠于你自己？"旷宇翔真的是恼了，他抓住她的手腕，狠狠地瞪着她。

祁可一瞬间就红了眼眶，她早就没有了自己。她硬是咬着牙不让眼泪掉下来，用力甩开他的手："什么叫忠于自己？就像你一样有女朋友还由着自己的性子跟别的女人乱来吗？还是这么肆意地勾引你女朋友的好朋友？如果是这样，那么我没有办法这么忠于我自己。旷宇翔，你做人能不能有点底线、有些格调？"

"那你所谓的底线和格调是什么？恨也不敢恨，爱也不敢爱，就这么被动地接受命运的安排，你还真是高格调。那我就想知道是什么把你造就得这么有格调，是钱还是周建明？"

祁可觉得仿佛有雷在自己的头上炸开一样，又仿佛是被重拳捶了胸口，一时间觉得整个世界都混沌了一样。她抬起手就要扇旷宇翔，却被他抓住："怎么，受不了了？还是被我说中了，恼羞成怒了？"

"旷宇翔，你怎么可以这么伤人！"祁可提高了音调，终于忍不住了，眼泪止不住地往下落，"你能不能放过我！"她近乎哀求他。

"那你怎么不放过我？"旷宇翔皱着眉头，有些神伤。

祁可愣在那里，盯着他的眼睛，只是一瞬间就别开脸："旷宇翔，你别开玩笑了，也别跟我装，我知道你在机队跟同事打赌要拐我上床。我早已不是单纯的小姑娘，你就别来这一套了。你是肖莱的男朋友，你这个人到底还有没有一点觉悟？"

"你不要总是拿肖莱说事，我是喜欢肖莱，打从心底喜欢，但跟你不一样。"

"那你就马上把这个念头给掐死，你如果还喜欢肖莱、如果你还想继续飞，你就马上停止这些不着边际的想法。我跟你根本没可能，现在不会有，以后也不会有，这是我对你的提醒和警告，你自己好自为之吧。"说完她便推开了身前的人。会议室的门被打开，就看见节目组工作人员扛着摄像机进来，后面还跟着公司领导。

两个人的表情都有些不自然，但很快就都摆出了职业的微笑。

叶向云一觉睡到自然醒，起来的时候已经是上午十点多了。他看了看手机，有一条短信："晚上等我！"

他拿着手机笑，想想昨晚她可能又是一夜没睡，他又皱起眉头，有些心疼。他洗了澡出来，看到冰箱里的东西很全，他不愁没吃的，就自己煮了点面条，把早饭和中饭一起对付了。外面的天气有些热，他也懒得出去，就一个人窝在书房看书，泡上一杯咖啡就是一下午，只等着晚上有人回来做饭，然后一起过一段二人世界的好时光。

叶向云拿着一本《二战回忆录》看得正入迷，手机突然就响了起来。他只看了一眼，眉头就锁了起来，他没想到景琳还会再给他打电话。

"向云，你得帮帮我，这次我真的是走投无路了。"

叶向云刚接通电话就听到那头的哭诉，他说："你先别哭，到底怎么了？"

"公司被查出偷税漏税，我爸爸被刑事拘留了，我大哥现在在国外，我都不知道怎么办了。向云，我找不到别人帮忙，那些整天围着我转的人都不见了……”说着她又悲悲切切地哭起来。

叶向云看了看时间：“你现在在哪儿？我过去找你。你别着急，先打给你们公司的律师，然后准备钱给你爸爸办取保候审，先把人弄出来再说。”

景琳抽泣着：“那我就在公司等你，你快过来。”

叶向云做人仗义，很难见死不救。他换了衣服就开车去了景琳家的公司，公司看上去秩序井然，可显然还是能感觉到一些不安。他跟着秘书进了副总经理办公室，前脚才刚迈进去，景琳就朝他扑过来，紧紧地抱住他：“向云，谢谢你还能来帮我，我只有靠你了。”

“别这样，景琳！”叶向云把那个人从自己身上扯下来，“哭不是办法，律师你找了吗？”

“律师去办去了，万一要是不能取保候审怎么办？”

“那就再想别的办法，通知你大哥了吗？”

景琳仰头看着叶向云，眼睛里都是依恋。她没有回答他的问题，直接搂住他的腰：“向云，对不起，之前是我伤害了你。这一阵子我们家出了事，那些人都不见了，我才知道到底谁真的对我好。向云，你能不能原谅我？我知道我错了，让我回到你身边吧？”

叶向云没想到她会这样说，一时间有些无措。他扳开她的手：“景琳，我只是想帮你渡过难关，怎么说我们两家都是有些交情的。我现在身边已经有人了，对不起。”

景琳抬头错愕地看着他，有些恼：“叶向云，你跟我开玩笑吧，我们才分开几天啊，你身边就有人了？你是不是还跟我一起的时候就已经劈腿了？到底是哪个女人跟我抢男人？”她看着叶向云，一副刁蛮无理的样子。

叶向云有些不耐烦：“你别胡闹了，我是为景伯伯担心才来帮忙的，我看你还有心思吵架，估计也不用我做什么了。”他转身就要走，可景琳却从后面抱住他：“向云，别走，求你了，我以后都听你的话好不好？”

叶向云有些无奈，他用力扳开她的两只手，转身看着她：“景琳，我们之间根本就没有爱，我们只是很熟。我曾经尝试着去爱你，可惜没有做到，现在我遇到了自己真正爱的人，我才明白有些东西是不能勉强的，所以我们已经不可能了。”

景琳一脸不甘心：“她是谁？哪个领导的孩子，还是哪家财团的千金？我认识吗？长得很漂亮是吗？”

叶向云淡淡地一笑："她就是个小警察，一个很普通的女人。"

景琳的脸色更难看了，仿佛受到了一种侮辱。如果那个女人极为优秀她也就认了，一个普通的小警察就把她的男人给拐走了，她怎么都咽不下这口气。两个人正僵持着，秘书进来汇报，说是董事长的取保候审办下来了，让公司派车过去接人。

叶向云松了一口气："你去接你爸爸吧，我先回去了。"

"你不跟我一起去？"景琳并不打算就这么放手。

叶向云点点头："我又帮不上什么忙，你爸爸出来了自然就会有办法。我就是个司机，借不上力，我先走了，还有人在等着我。"他不想再跟景琳纠缠，很迅速地就消失了。

叶向云的车子刚开出景琳家的公司，手机就响了，是慕筱白打来的："你在哪儿？我到你家门口了。"她拎着超市的购物袋，里面装着不少东西，正站在叶向云的家门口。

"我马上就到家了。"叶向云踩了一脚油门，加快速度，心里想着无论如何这次都一定要把钥匙给她。

慕筱白从昨晚一直忙到下午，只是在验尸房趴着休息了一小会儿就赶紧去超市买东西，路上还不忘设计菜谱。站在门口时她有些累了，身上难受得紧，感觉快要站不住了。她不禁靠着墙壁蹲下把自己蜷起来想休息一会儿，不知不觉竟然睡着了。

也不知道过了多久，她就觉得自己悬空了。于是她猛地睁开眼，正看见叶向云一张皱着眉头的脸。她放松下来，伸手搂住他的脖子："你去哪里了？不是让你在家等我吗？"她感到有些委屈。

"一个朋友家里出了一点事，我去帮忙看看。"叶向云避重就轻，他把慕筱白抱到沙发上，"不如今晚我做饭给你吃吧，你先去洗个澡，然后去卧室休息一下。"

"你会做饭？"慕筱白眼里全是不相信。

"人都有第一次，谁也不是拿着大勺从他妈肚子里出来的。"他用额头蹭着她的脸，"不如试试我的处女手艺？"

慕筱白也确实是累了，很不舒服，窝在他的怀里点点头。那一刻房间里很安静，她突然觉得或许自己真的该结婚了。

第七章 愿你心里永远洒满阳光

我可以保证不管我在世界的哪个角落，
我的心都是属于你和这个家的。

祁可和旷宇翔被市长颁发了好市民奖章，旷宇翔本就喜欢出风头，这次更是逮着机会，在公安局里就靠着他那点行为心理学的小知识把几个领导哄得还真以为他是专家呢。公司本来挺重视的，分管领导还特别找他们谈话，问问他们有什么要求。对旷宇翔而言，没有什么比机长更有诱惑力的了，他就想赶紧回到短程把自己的起降数给凑够了。领导笑呵呵的样子让他觉得这事挺有希望的，可最后也就这么不了了之。公司只是在内部发了个文件，对两个人进行了通报表扬，再给每个人发了一千块钱奖金，旷宇翔真是失望极了。

这天，飞行部开始发 ICAO4 的考试大纲。今年的备考又开始了，旷宇翔依旧一副懒懒的样子，消极抵抗就是他的一项策略。开安全会的时候，旷宇翔出来抽烟，在洗手间的门口碰到了祁可。两个人四目相对，眼中似乎都能溅出火来。旷宇翔冷哼了一声转身要走，祁可叫住了他："今年把四级过了吧？不然就终生副驾驶了。"

旷宇翔回头皱眉诧异地看着她。祁可低着头："我不是跟你开玩笑的，你如果对自己的事业是认真的，就别再玩火了。制度都是人定的，说改就改了。"她有些无奈，本来她不打算跟他说的，但最后还是忍不住。她跟自己说他是肖莱的男朋友，这与肖莱的幸福有关，可她自己的内心最清楚，她见不得他受挫。

宋国海休息了一个月又重新回到岗位上，A380 机队的机长们恨不得给他开个欢迎会，终于可以稍微轻松一些了。本就人员紧张的机队在缺了一根顶梁柱之后更显得捉襟见肘，只是考虑到他的身体状况，公司给他安排的都是备飞和国内的任务，他倒是也不算辛苦。

经过这一番折腾，宋国海非但没有回心转意，倒是季晓棠每天都在病床边冷言冷语，硬挡着韩丽雯不让她探病。每次看见韩丽雯一双含泪的眼睛，他的心都会跟着疼一次，这也让他更加下定决心，这个婚他是一定要离的。

这天季晓棠在凌云的服务台当班，就看见两个法院的工作人员朝着柜台走过来。她笑脸迎上去："请问有什么可以帮您？"

"请问这里是不是有一位叫季晓棠的员工？"

季晓棠立刻有种不好的预感，她脸上的笑容隐没，皱着眉头，音调也低沉下来："我就是。"

"你好，我们是区法院的工作人员，这次是来向你送达起诉状和开庭传票。宋国海先生正式向法院提起离婚诉讼，请你在送达回证上签字。"说着就把一摞法律文件放在她面前，旁边一个年轻的小姑娘递过来一支笔："请签收一下吧。"

季晓棠的眼泪一刹那涌出眼底，她深深地吸气，不想让自己太失态："我不离婚，我不签。"她别过脸，这件事让她有些无力招架。

"不签也没有用，法院依法可以留置送达，或者给你送到单位请你的领导代收。那样就更不好了，这不过是个法律程序，你可以在审理阶段争取自己的权利。"

季晓棠的手抖得厉害，她接过笔，犹豫着在受送达人一栏里签下了自己的名字，豆大的泪珠就砸在她书写下的字上。十年夫妻，今天竟然走到对簿公堂的地步。她翻开宋国海的起诉状，诉讼请求里只写着离婚，放弃一切财产，孩子的抚养权由女方来决定。

他什么都不要求，什么都不要，只是要跟她离婚。季晓棠握着那一纸文书，再也没有办法保持微笑，眼泪在脸上流成一条河。

"为什么我买了却机票不让我上飞机？"一个暴发户样的老男人拉着一个年轻妖艳的女人跑到柜台前叫嚣，"谁允许你们超售的，我不管，我就要坐这班飞机走。"

季晓棠本就心情不好，她擦了把脸："对不起，这班飞机你们没有座位了，我们可以给您改签其他航班。”

“我是来坐飞机的，你哭丧着一张脸，你哭谁呢？你们凌云到底什么服务！我告诉你，我非得坐这班飞机。”那人有些蛮横。

“这班飞机没有你的座位，我说了给你改签，你爱坐不坐。”

“你这是什么态度！”

“我就这种态度！”

旁边的同事和机场的工作人员急忙过来拉走了季晓棠。

“我告诉你，这件事没完，我非投诉到你下岗为止。”

季晓棠忍不住失声痛哭，不是为了那个不讲道理的人，只是心中有太多委屈，没有办法宣泄。

这件事情很快就在公司里传开了。

宋国海一落地就听到公司要处理季晓棠的消息，他草草地开完了总结会就直奔地服主管的办公室。主管有些无奈：“这件事情已经上报副总了，老宋，我们俩关系不错，我也不怕跟你说，这次机队领导调整，你的民意票很多，你的业务在公司也是有口皆碑，机会很好，可别为了这么件小事耽误了自己的前途。”

宋国海这人好脾气，在公司怕是都没有跟同事红过脸。这话他可就不愿意听了：“怎么叫小事？我老婆都要被处理了，我怎能不管？”

“你不是已经起诉离婚了吗？要不是上午接到传票，说不定这事还出不了了。”主管拍拍他的肩膀，“算了，先管好自己再说吧。”

宋国海愣在那里，半晌说不出话来。过了很久，他叹了一口气：“这样的话我就更不能不管了。这不是她的错，她的工作态度和职业操守大家也有目共睹，她是为凌云带来过荣誉的优秀员工，怎么能就这么被开除了？”他出了主管的办公室突然有些迷惘，此时忽然觉得权力真的是一个好东西。如果他现在就是机队领导，说话的分量自然不会是这个样子。他握了握拳头，上了楼就直接就找到总飞行师办公室。总飞行师曾经带过他一阵子，只是他为人木讷，不懂得利用关系，但也正是因为他的这种性格，倒是让他也结交了一些清水朋友。

他刚进门，总飞行师似乎就猜到了他的来意：“说情来了？”

“教员，这件事是因我而起的。如果非要开除晓棠的话，那么我就辞职。”最近因为民营航空公司挖角，飞扬航空和裕美航空都出现了飞行员集体跳槽的官司。凌云的队伍里也有些不安分的，所以公司这根弦绷得很紧。像宋国海这样的人一旦辞职，说不定会把整个队伍给搅乱了。

宋国海心里也很清楚，现在他唯一能拿出来的资本也就是自己是个优秀而成熟的机长教员。作为一个紧缺资源，他可以利用的也只有自己了。当然他也清楚，这一招放出来，以后他在凌云的前途也就基本没有了。

总飞行师被他将了一军，愣了一下：“国海，你说这话知道对自己的前途会有什么样的影响吗？”

“我不能看着晓棠出事不管。”

“那你又何必跟她离婚呢？”

宋国海说不出话来，他低着头：“我不是在要挟公司，我只是希望公司能给她一个机会。她是一个很好的员工，她有着对蓝天的执着梦想，她热爱这份工作，不能因为她的一个错误就否定她为公司所做出的贡献。”

“你也要挟不了公司的。”

宋国海抬头看着总飞：“那可能我跟公司也没什么缘分了，那么我们就法院见吧。”这算是破釜沉舟了，他不能让季晓棠就这么落难。这与离婚没有关系，或许在他心里他们早就是亲人，有着无法割断的东西，不能见死不救。

宋国海出院之后就跟公司申请了一间宿舍，跟季晓棠分居了。在航空公司这种地方是没有秘密可言的，尤其是这种带着浓浓八卦色彩的新闻。

在韩丽雯和宋国海的事情上，慕筱白没少埋怨叶向云，给他定的罪名是宋国海的帮助犯，明确定性算是他的一次案底。若有再犯，绝不姑息。

叶向云的心里还是有些疙瘩，照理说景琳应该不算是他犯的错误，他已经跟她说得很清楚了。可自从那次之后，她频频给自己打电话，还约他见面，这多少给他带来了一些困扰。叶向云想这么老是躲着也不是办法，一向娇纵惯了的景琳一旦脑子发热，指不定会做出什么事情来。

这天叶向云下了飞机就拨通了景琳的电话：“方便吗？我们老地方见。”说完就挂断。躲不是办法，以她那种任性而又执拗的脾气，他完全相信她很快就会找到慕筱白。

景琳从床上跳下来，赶紧开始梳洗打扮，把衣柜里的衣服全都试了一个遍，最后挑了一件亮片背心和一条短裤。从楼上下来的时候，她大哥瞥了她一眼："一个女孩整天半夜三更出去泡吧像什么样子？怪不得叶向云看不上你。"

景琳一撇嘴："这次你可是说错了，就是叶向云约我出去的。懒得跟你说，本姑娘由不得他不喜欢。"

"他可不是一般的男人，你别把他给惹毛了。"

"不是一般男人？他要是超人就那最好了，我今晚就搞定他，我就不信那个小警察有那么大的魅力。"说完她就拎着包就出了门。上车前她想了想，又给她的闺密打了个电话，她当然清楚叶向云不是找她约会的。

叶向云在咖啡馆等了一个小时才看见景琳浓妆艳抹、清清凉凉地进来，一瞬间吸引了众多人的眼球。在这种地方，这身打扮的人还真是少见。何况论姿色，她也确实有。

"我又不是请你去泡吧，你怎么这样来？"叶向云皱着眉头，有些看不惯。

景琳才不管那么多："我请你去啊。"她没有坐下来，就站在他身边，"这个时间待在咖啡馆多没劲啊，走吧，带你去玩点新鲜的。"她说着就拉他的胳膊。

叶向云反感地甩开她："我不是来找你玩的，我明天早班出港，一会儿就回家休息了。"

景琳脸上有些不悦的神色："你明天有任务那你叫我出来干吗？你是不是专门给我扫兴的。"她本来就有些小姐脾气，这会儿有些恼了。

"我就是想当面跟你说清楚，以后没事不要给我打电话，也不要再用你们公司的回访电话骚扰筱白了。"

景琳一听心里就冒火，她把包往桌上一丢："叶向云，你怎么回事？每次你都这么跟我说话，我喜欢你就得这么受你的气吗？"

周围诧异的目光刺得叶向云有些不舒服，他站起身，掏出一张百元大钞放在桌上："我已经有女朋友了，我们的关系很好，我们很相爱，请景小姐不要再喜欢我了，拜托！"说完他转身就走，越发觉得这个女人简直不可理喻。

景琳哪肯罢休，跟在叶向云的身后就追了出来。她挡在叶向云的车门前："向云，你怎么能这么绝情？"她又摆出一副楚楚可怜的样子，两只手攀上叶向云的肩头，踮起脚就去吻他。叶向云有些猝不及防，还是被她占了点便宜。

他用力把这个女人从身上扯下来："景琳，请你自重一点，别让我看不起你。"他愤然拉开车门，然后扬长而去。

景琳睨着车子远去的方向，眼圈有些红。她踩着高跟鞋上了自己的车。

"拍下来了吗？"她不服气，直接从闺密手上夺过相机看了看，然后把内存卡拿了出来。

"你就那么喜欢那个开飞机的？"闺密有些不解。

"我喜不喜欢是一回事，现在是有人抢了我想要的东西。"她骄纵惯了，从来都是要风得风要雨得雨，碰上叶向云这么个软硬不吃的主，这口气她咽不下去。

第二天叶向云一大早出发，领了任务书，开会，准备飞机。他看着旁边很认真在做检查的旷宇翔："我们好久没一起飞了，最近 ICAO 准备得怎么样了？这次还打算挂了？"

"有再一再二，没有再三再四。我都挂了三回了，这次再挂，我也不好意思啊。"说完他又低下头继续做检查。

"我就是提醒一下你，最近我听说公司高层要酝酿出台新政策，督促考证。所以别玩火了，凭你的高级英文水平，怎么会考不过？"

"我那是商务英语高级，跟这个不一样。"

"我又不是没有听过你的地空对话，好好考吧，虽然年轻飞重型机长程线在升级上会吃些亏，可是能学到的东西也多。别人四年磨一剑，咱就八年磨一剑呗，心态要好。"

旷宇翔有些无奈："心态要是不好的话，我早就跳机了。长程线上的 FO 是最全能的 FO，除了决断什么都懂。"

叶向云笑着拍他的脑袋："年纪轻轻的，怎么那么多牢骚？"

飞机正点起飞，这让叶向云心里十分高兴，至少这个航段没延误，那么按时落地回家的可能性就更大一些。A 市到 B 市两个半小时的飞行时间是他最喜欢的，一天两个起落，最惬意。

平飞的时候，旷宇翔拿出英语提纲，然后掏出烟。虽然他底子好，可考试路数还是要通一通的，这次他可是不能再有闪失，必须过了。

“给我一支。”叶向云伸手过来。

旷宇翔看了他一眼：“你们机长不是都抽中华吗？我这烟哪能入口啊。”说着他就递给叶向云一支，“你今天怎么了？你一向飞短程都不抽烟的，有心事？”

叶向云眯着眼睛吐出一串烟圈：“作为一个很受欢迎的男人，自然苦恼就会多一些，尤其是再遇上一个能吃定你并且还很矫情的女人。”

他说得一本正经，旷宇翔还是忍不住笑出来：“自从你跟慕筱白在一起，你是越来越闷骚了。原来以前你都是假正经啊。”

叶向云哼笑一声，深深地吸了一口烟：“当一个能够改变你的女人出现的时候，就好像你明明知道那是一个坑，但你还是会心甘情愿地往下跳。”

旷宇翔这次不笑了，看着他惆怅的样子，试探性地问了一句：“你们吵架了？”

叶向云摇摇头：“没吵架，但还不如吵架，我觉得她一直很抗拒我走进她的心里。”

“抗拒又怎样，你还不是一样走进去了？！”旷宇翔翻着大纲抽着烟，享受得很，“你别用那么崇拜的眼光看我，你自己想想，你若不在她心里，她通宵工作还去给你做饭？你飞的时候她可曾忘记给你发短信或者打电话？你航班延误，落地开机后那些未接来电的消息是不是都是她的？没有哪个女人愿意跟自己不爱的男人整天腻在一起，她又不是那种随便的人。”说到这里，他突然转身看着叶向云：“你们进展到哪一步了？”

“什么哪一步？”

旷宇翔一脸鄙视：“睡了吗？”

“睡是睡了，但没有发生任何事。”叶向云似是自言自语，转头看见旷宇翔跟看外星人一样看着他，“怎么了？”

“你不会是有什么毛病吧，还是你根本就不喜欢人家？跟你混还真是长见识。”

“那你跟肖莱睡了？”叶向云反问。

旷宇翔的脸色变得有些异样，他慌乱地看了一眼叶向云：“不忍心啊，太干净的姑娘。”

“不知道该骂你贱，还是该表扬你有良心。”

旷宇翔笑了，他发现他跟肖莱腻歪了这么久，他居然都没有动过别的念头。他是那么喜欢她，想要护着她，不想她受到一点伤害，可是不知道为什么反倒没有了欲望。原来那也只是喜欢，可是哪怕很喜欢很喜欢，但那终究不算是爱。此刻他的脑子里都是之前在候机厅里看见祁可的样子，她正排队等着上LY5834，那是飞C市的航班。他握紧了拳头，胸口隐隐作痛，脑子里出现一个词：报应！

慕筱白刚做了海滩连环案的报告，她伸了一个懒腰，助理就敲门进来：“筱白，下面有你的快递。”

慕筱白愣了一下，微微皱了皱眉，不知道是谁寄来的。

慕筱白签收了快件后，发现没有邮寄地址，她的眉头紧锁了起来，隐隐有些不好的感觉。她犹豫了一下，果断地打开，从里面掉出几张照片。虽然不是正面，但她一眼就能认得出这个跟清凉女郎贴面吻的男人是叶向云。

她的眼圈一下就红了，赶紧把照片塞回信封里，还没走几步，手机上就来了短信。她打开一看，是叶向云发的，里面只是很简单的内容：“我落地了。”

每次看到这条消息，慕筱白都会笑，这次却怎么都忍不住掉眼泪。她赶紧躲到楼梯间，努力地克制着自己，可眼泪还是不停地往下滑落。她不停地擦，却怎么也擦不干净。

下午的时候，叶向云返回A市，落地的时候是下午四点钟，开完会做完总结五点钟不到。他满心欢喜，两个航段一共就延误了半个小时，真的是让人开心。他拿出手机就给慕筱白打电话：“我下班了，晚上出去吃饭吧，我去接你。”他满心欢喜，坐在车里翻着新一期的美食杂志，想着今晚到哪里去浪漫一下。

慕筱白握着电话久久没有出声，叶向云似乎也感觉到她的不同寻常，微微蹙眉：“筱白，你怎么了？是不是哪里不舒服？”

“我晚上不想出去吃饭，我想跟你谈谈，说一点很重要的事情。”她闭上眼睛，低下头，眼泪还是从眼角往下掉。她皱眉，把眼睛闭得更紧了。不知道为什么，那种悲伤的感觉会那么汹涌，似乎她不睁开眼睛流出那些眼泪胸腔就会被那种悲伤冲破一般。她张开嘴大口大口地呼吸，怕自己会真的就这么窒息了。

叶向云心里更加不安：“筱白，你别吓我，你怎么了？”

慕筱白在慌乱之中挂断电话，趴在桌子上哭出声来，阴森森的敛房因为这凄凄切切的哭声变得更加恐怖。

叶向云开着车以最快的速度赶到了市局，到了门口就开始打电话，可是却没有人接听。

“慕筱白走了没有？”他上前问门卫。

“现在还不到下班时间，这几天市里大检查，都在加班，我反正是没看见她出去。”

叶向云也没管那么多，直接就进了办公楼。到了法医办公室，小助理告诉他说慕医生在解剖室。市局的负一层有些阴森，不知道是不是因为有一个特殊部门的缘故，叶向云看着那扇门就浑身不自在。他推开门，门很重，里面亮着昏黄的两盏台灯，隐隐约约的抽泣声让他的汗毛都竖了起来。他蹑手蹑脚地进去，就看见慕筱白趴在写字台上哭，他的心跟着揪紧了。

“筱白，你怎么了？”

慕筱白听到这熟悉的声音，心中更是委屈，哭得更厉害了。叶向云紧紧地蹙着眉头，走到她身后，把她拉起来：“跟我说，谁欺负你了？”

慕筱白转身猛力地把他推开：“就是你啊，叶向云！我现在就告诉你，随意期结束了，你马上给我滚，我不想再看见你。”

叶向云没有防备，向后趔趄了几步才站稳。他诧异地看着哭得十分伤心的女人：“筱白，你到底怎么了？”

慕筱白抬手用手背擦了一把眼泪，拿出那些照片丢到叶向云的脸上：“你这个大骗子，我再也不要相信你了。”说完便转身离开。

叶向云低头捡起照片，脸上的神色由错愕瞬间变为气愤。他几步上前拉住慕筱白：“你相信了？”

“你给我一个不信的理由！车是不是你的车？人是不是你的人？这件

衣服如果我没记错正是你昨天穿的吧。”慕筱白深深地吸了一口气，“我也不想相信，所以我扫描了照片像素，做了图片位置分析，根本就没有被PS过，也没有借位，这就是实拍。”说完她甩开叶向云，愤然地转身。

可叶向云却不肯就此罢休，他走上前挡在门口：“于是你就要跟我分手，你都不想听我解释一下？慕筱白，在你心里我是不是真的可有可无？”

慕筱白只觉得一阵心疼，如果真的可有可无，那么她现在就不会这么难过了。她别过脸：“叶向云，我不在乎我的男人挣多少钱，也不在乎他有多大的背景，我只希望他能对我好、对我忠诚，我不想以后家庭破碎。”

“那你现在看见几张照片就断定了我对你不忠诚是吗？慕筱白，你能不能对我公平一点？我对你不好吗？你扪心自问，我叶向云对你怎么样？你说没有安全感，好，我投入、我认真，你可以随意，你以为我的爱没有尊严吗？你有没有心？你要是有心，你就不会觉得我对你不忠诚，就该知道我有多爱你！”叶向云也恼了，一向无往不利的天之骄子，忍了这么久，用情这么深，可眼前这个女人说放弃就放弃，把分手说得这么轻而易举，这让他觉得非常沮丧和愤怒。

他掏出手机直接就给景琳打电话，并赌气地打开免提，电话一通就听见那头传来一个娇滴滴的声音：“向云，落地了？”

“你不觉得自己太过分了吗？你竟然设计陷害我！”他有些怒不可遏，声音大得让眼前的慕筱白都吓了一大跳。

景琳是大小姐脾气，根本就受不了气：“怎么？这么快就找上门了？叶向云，这是你自找的。既然你不愿意离开那个小警察，那我就只好想办法让她离开你了。总之，谁想抢我的东西，我就不能让她舒服了。”

叶向云看着眼前的女人：“你自己听见了，慕筱白，有人想抹黑我，你就跟着上当，你就要把我推出去。”

景琳一听便瞪大眼睛，知道自己这次被耍了。她咬着嘴唇，气鼓鼓道：“叶向云……”

“我告诉你景琳，这个世界上的女人都死光了我也不会接受你这么个阴险的人。”说完他就挂断电话，转身打开门走了。

慕筱白呆呆地站在原地，看着那个背影，心像是被挖空了一样。原来分手也只是说说，真到了要分开的时候，自己才是受不了的。她手捂着自己的胸口，慢慢地蹲在地上，哭出声来。负一层很安静，那声音透过安静的走廊，传到叶向云的耳朵里。

他眉头紧蹙，脚步顿住，可狠了狠心没有回头，还是走了，他的心里也一点都不好受。晚上躺在床上，他怎么都睡不着，想给慕筱白打电话，可想了想还是没打，他就想抻抻她，看看她到底是个多么心硬的女人。

第二天早上，慕筱白顶着桃子一般的眼睛很早就被叫起来出外勤，因为机场候机楼的辅楼有人坠楼身亡了。赶到现场的时候，慕筱白扶了一下眼镜，稍微遮挡了一下她红肿的眼睛。一来机场她突然就很想念那个人，心也跟着抽疼起来。

她深深地吸了一口气，振作精神。只是她才刚迈进大厅，就看见一队机组从自己的眼前经过，前面的那个人正是叶向云。这时她才记起他说过今天要飞悉尼的。她心里有些懊恼，但更多的是担心，不应该让他带着情绪去飞航班。可是她一转念，更伤心了。叶向云一向都对飞行安全极为上心，如果真的有情绪他也就会不飞了。

叶向云看着她黯然神伤的样子，皱起了眉头。她今天穿了一件很有型的白衬衣，搭一条黑色的高腰裤，显得腿更加修长。但是因为气色不好，她整个人看起来有些憔悴。他心疼得要命，可硬是狠下心不理她。

“嘿！看见刚才那个女人没有，那气质、那身材、那小模样，啧啧。”过安检的时候，空警忍不住感叹，“不知道是哪个单位的，刚才要不是列队，我就会上去要电话了。”

叶向云的脸有些黑，却也没有说话。旁边的旷宇翔忍不住发笑，回头看着那个空警：“跟你算是同行呢，她是警察，是法医，你没看她拎着的箱子，出现场的，话说最近机场总是出事啊。”他仿佛自言自语。

那空警急忙上前：“你认识她？今年多大了？有没有电话？知不知道怎么联系？”

旷宇翔还没说话呢，叶向云就转身看着他，脸黑黑的：“我觉得你最该问的是她现在有没有男朋友。”

空警有些没看出门道：“这个不是问题，名花虽有主，我来松松土。别说有男朋友了，就是结了婚又怎么样，还可以离呀。”

旷宇翔瞪大眼睛，看看叶向云，又看看那个空警，眉毛一挑等着看好戏。

叶向云气有些不顺，突然发现自己忽略了一个问题，到底有多少人在追求慕筱白。这样一个看起来温婉美丽的女人应该也很受欢迎，虽然她的性格实在是怪得让人受不了。

“我告诉你，你想给谁松土我不管，但你最好别打慕筱白的主意。那是我的女人！”说完他拎起飞行箱就走。

旷宇翔一脸邪恶地笑笑，拍了拍那个空警的肩膀：“泡妞泡到机长的女人，干得不错。”说完他就要走，却被那些人给拉住，大家七嘴八舌地打听起来：“不是说叶机长的女朋友很丑吗？”

“谁说的？叶机长说的？”旷宇翔装出一副不知情的样子。

“大家都这么传的，他也没否认，我怎么知道刚才那个女人会是他的。啧啧，他真是有艳福。”说完那个空警摇了摇头，“真是触了真神的眉头了，看来今天走霉运啊。”

“去你的！”旷宇翔从后面踹了他一脚，“乌鸦嘴，我看你今天就发霉，不准上我的飞机。”说完他拎着自己的箱子快步往前跑，跟上了前面的人。

准备飞机的时候，叶向云的脸就一直沉着。确切地说，是从看见他人的那一刻起他就一副很不开心的样子。

“怎么了？是不是跟慕表姐吵架了？刚才你看人家的时候，那表情跟有仇似的，眼神恶狠狠的。”

叶向云的心沉了一下，抬头看着旷宇翔：“真有那么明显吗？”

旷宇翔点点头：“很明显。不过话说慕表姐工作的时候真的是太有味道了。”他一副很回味、很陶醉的样子。

这让叶向云也有些心烦，他低头继续执行检查单，嘴里恶狠狠地念了一句：“一股子死尸味儿。”

旷宇翔忍不住笑，这根本就是吃醋了，居然连他的醋都会吃。

过了一会，叶向云有些无奈地叹气：“她昨晚在停尸房跟我说要分手，景琳强吻我，然后找人拍了照，还寄给她了。”

旷宇翔被呛了一下，抬头错愕地看着眼前的人：“慕表姐真不是一般人啊，你打算怎么办？”

“抻着呗，也不能老让她这么矫情。我算什么啊，我不会生气吗？什么也不问，劈头就是分手……”

旷宇翔一副幸灾乐祸的样子，就知道他舍不得。他拍了拍叶向云的肩膀，说：“你做得很对，不过可不要抻过了，适可而止，不然就真玩完了。”

叶向云从窗口朝着远方看过去，看得到警戒线和忙碌的警察，看得见一个穿白衣黑裤的女子站在那里跟旁边的人说话，只是看不到表情。叶向云心里有些郁闷，恨不得手边有个望远镜。

慕筱白做完现场的简单尸检，跟刑警队长汇报了情况就收拾好装备。要离开的时候，她还不忘回头看那个正在跑道上滑行的大家伙。她的眼眶有些热，她知道那里面有她想念的人，可他却要飞走了。

今天的天气有些阴，风也有些大，飞机滑行到一个位置的时候正好跟慕筱白离得很近。叶向云透过窗户勉强可以看见她的脸，却看不到她的表情。但是偌大而空旷的停机坪，她茕茕孑立的身影还是让他感到难过。那一刻她浑身仿佛都挂满了孤单，他仿佛开窍一般明白过来，她为什么会把自己包裹得那么紧，原来她真的孤单到了只有自己爱自己的地步。

叶向云的心软了，觉得自己做得有些过分，可无论怎样都只能等到从悉尼回来再说了。通报里给的天气状况并不是很好，有些侧风，并且还有越来越大的趋势，前面还有一架飞机在排队。叶向云就这么看着窗外的人，她并没有离开，她身后不远的地方已经开始在清理现场。有人正招呼她走，她没有理睬，仍继续站在那里。叶向云从来没有一刻这么想过，就是希望天气赶紧变得不适合启航，那今天就不用飞了。

正想着，耳机里就响起管制员允许起飞的声音。他深深地吸了一口气，收回了心思，通知了后舱乘务长做起飞前的广播。飞机在跑道上不断地加速，虽然有些侧风，但对于叶向云和旷宇翔这对搭档的技术而言并不算困难。飞机平稳地离地，爬升了不到三分钟驾驶舱就响起了尖锐的警报声，是 3 号发动机火警。

“三号发动机关车，执行火警检查单！”两个人立刻紧张起来，很快客舱里也乱了套，靠窗的乘客甚至可以从窗口看见发动机的明火和黑烟。

“LY7758，三号发动机起火，疑似遭遇鸟击，请求返航。”叶向云拿起话筒递给旁边的旷宇翔：“这次你来做机长广播。”

旷宇翔看着叶向云笃定的眼神，知道自己责任重大，要安抚客舱里乘客的情绪显然机长广播要比乘务员有效得多。他深深地吸了一口气，用中英文双语解释了目前的情况和风险，并要求大家按照乘务员的指挥做好迫降准备。

叶向云看着他，对他的表现颇为满意。他微笑着向旷宇翔点头："准备返航，左转一百七十度。"飞机在空中画着漂亮的弧线，尽管剩下三发对飞机的操纵并没有什么致命的影响，但发动机已经起火是个极大的隐患。

飞机在五边已经做好了降落的准备，整个机身突然剧烈地摇晃起来。接着飞机开始下坠，驾驶舱响起风切变警报。两个人异口同声地喊出"复飞"，飞机眼见着飘下来又生生地被拉了起来。

慕筱白站在停机坪上，她亲眼看着飞机飞上天，又亲眼看着飞机的一个发动机突然起火，眼睁睁看着那只大鸟像断了线的风筝一样在那里飘着，整颗心都吊在了嗓子眼。她伸手捂住嘴，眼泪一下就从眼眶里迸出来。

整个栗渊机场都一下子紧张起来，停机坪上各种特种车辆都跟着忙活起来。看着这些景象，慕筱白的心更是拧成了结。工作人员开始清场，慕筱白却不愿意离开："机长是我男朋友，你让我在这里看着他安全下来。"她哭着哀求。

慕筱白虽然是个外行，可飞机她坐过很多次，就没见过这么大的飞机这么不稳当左右摇摆地飘着下来的。如果没有情况，也不会马上就接地了又复飞。

可工作人员并不理解她的心情，很快慕筱白几乎是被她的同事给生拉硬拽地拖了回去。她浑身僵硬地站在机场的候机大厅里，两只手贴在玻璃上，整个嘴唇都是紫的，一句话也说不出来，连哭都发不出声音。

天气情况不见好转，而飞机又不能带着一个大火球在天上待着，备降的机场距离栗渊最近的也有将近一个小时的飞行时间，飞机已经不能再等了，强行降落是最后的选择。

叶向云的手心里出了汗，整个头皮都有些发麻。他转头看向旁边的人，旷宇翔正在发呆，他叫了一声："你在想什么呢？"

"想平安落地。我好像还有很多事情没有做，还没有认真地生活过、没有过四级、没有正经地爱自己想爱的人，甚至都没有告诉她我爱上她了。"

他忽然变得很深沉，两只眼睛炯炯有神。他看着叶向云，“我们一定会没事的对不对？”

“我觉得没事！”叶向云微微一笑，“我也有很多事情还没有做，没放教员、没有当上凌云的总飞行师、没有娶筱白。”

耳机里传来空管的声音，指示他们换个方向再尝试降落。复诵完毕，飞机修正方向，进近下落。风依然给他们捣乱，他们心里明白，飞机带着火，还带着满满一箱航油，等于就是一个大炸弹，这一次必须成功。

飞机呼啸着落下来，每个人的心都提到了嗓子眼。慕筱白的手指弯起来，像是要把那块大玻璃给抓破一样，牙齿咬着嘴唇，顺着牙印渗出血来。她从来没有觉得有一个人在自己心里是那么重要，如果说父亲的去世让她觉得崩溃，母亲的离开让她仿佛失去了所有，那看着外面那架岌岌可危的飞机，她觉得天都快要塌了。

“五百米、四百米、三百米、两百米、一百米、五十米、Land（降落）！”飞机重重地砸在地上，减速板打开，叶向云拼命地踩着刹车。飞机后面的消防车已经鸣着警报跟上来，飞机在滑行了一千多米后慢慢地停了下来。叶向云拿起话筒指挥客舱疏散旅客，放下手里的听筒后，他颓然地靠在椅背上，额头上的汗顺着脸颊流下来。过了一会他笑出声，旁边的旷宇翔也跟着笑出来，两个人探身拥抱在一起，一种劫后余生的轻松和感动充斥胸腔。

“筱白，我想娶你，我要娶你，我一定能娶到你！”叶向云的心里有一个巨大的声音在不停地吼着。

旷宇翔看着他，眼圈突然红了，心中满满的都是苦涩的味道，脑子里浮现的都是祁可。她现在应该跟周建明在一起吧？他的心像是被重重地捶了一拳，闷得透不过气来。

“把你最想做的事情喊出来，一定能梦想成真。”叶向云看着他。

旷宇翔的嘴唇翕动着，心中汹涌的都是那个女人的样子。他深深地吸了一口气：“我要升级，我要当机长。”他把脸埋在双手之间，不想让叶向云看见他的红眼圈。

“可可，能不能离开周建明，让我爱你？”其实这才是他真正想要喊出来的。

祁可此时正跟周建明在餐厅喝着咖啡，周建明的手机响了，他看了一眼，微微皱眉：“喂，什么事情？不是说这两天不要给我打电话吗……什么？引擎起火，哪个航班？飞悉尼的 A380……”

祁可手里的咖啡杯啪的一声摔在桌子上，整个人如筛糠一般发抖。她尽力想要保持镇定，可还是没有办法平复那种焦虑和紧张。

周建明诧异地看着祁可的过度反应，皱着眉头，低沉着声音问了一句：“机组有谁？”听到答案，周建明的脸色变得异常难看。他挂断电话，却不跟祁可说结果，就看着她不敢问又焦虑受煎熬的样子。他悠闲地喝着咖啡，祁可大概也知道没出什么大事，否则作为第二股东，他不可能还在这里坐着。

祁可低头，用力做了三次深呼吸：“建明，给我自由吧！”她抬起头看着对面的人。她受不了了，对那个人不见面就想念，见了面就又恨的情绪快要把她给逼疯了。她不知道这与跟周建明分手有什么关系，总之她不想再让他看不起。

周建明愣在那里，脸上没有任何表情。片刻后他放下咖啡，起身把餐巾丢在桌上，转身就离开了。祁可不禁趴在桌子上抽泣起来。她知道周建明不会就这么放过她的，今后怎么样她还不知道，却已经开始害怕。

叶向云从飞机上下来时觉得自己的腿有些发软，回头看看旷宇翔，他走路仿佛都在打晃。想他在部队试飞过那么多的新飞机，也算是见过大风大浪的。那个大男孩自从进了公司就一直是安全生产的先进，哪里见过这种阵势。

“要不要给你也叫一副担架？”他打趣自己的副驾驶。

旷宇翔狠狠地瞪他一眼：“去鬼门关转了一圈你还不让我后怕一下，真是刻薄的师父。”

“哈哈！”叶向云大笑，转身揽着他的肩膀，“我们这不是没事了？以后可以跟他们炫耀一下鬼门关是什么样子，很多人见不到，还有人见了也回不来。”说到这里，他收敛了笑容。

旷宇翔勾着嘴角，皮笑肉不笑：“想想你身后坐着五百多个人，他们的命都在你手里，突然觉得自己真的伟大了不少，突然觉得自己的责任很重。

什么意识、什么技术，到了最危急的时刻，有了责任就什么都有了。”

叶向云拍了拍他的后背：“小旷，我看好你，等着吧，你一定会是一个很出色的机长。”

从机组通道里出来，叶向云远远地就看见了那个身影。他停下脚步，隔着十几米的距离就这么望着她。看着她的表情从焦虑到惊喜再到委屈地哭出来，他的眼圈也有些发热。旷宇翔凑过来：“抓住时机，可别浪费了这个九死一生的机会。”他在叶向云的耳边提醒，然后再接过叶向云手里的飞行箱。

叶向云的脸上慢慢浮现笑容，他张开双臂：“筱白，我落地了！”

慕筱白一时间心中泛起波澜，她说每次起飞前和落地后都必须跟她汇报，他说：“好，我答应你，每次都会平平安安地落地，然后回家陪着你。”这是他给自己唯一的一个保证！

慕筱白一时间无法自持，她知道自己根本就没有办法拒绝那个怀抱。她放下所有的防备，一刻不停留地奔向他，扑到他怀里，把他抱得紧紧的，哭得一塌糊涂。

叶向云终于笑开了，他搂着怀里的人：“我答应过你，每次都会平安地落地，然后回家陪你。我说的话都是算话的！”

“我们不飞了好不好？真的，我们不飞了。向云，我不能再没有你了。求你了，别离开我。”她把脸深深地埋在他的胸前，一边呜咽一边恳求着。

“不离开，筱白，我就在你身边。”他捧着她的脸，上面全是眼泪。他皱起眉头，伸手给她擦，可是刚擦过眼泪又流出来，“不哭了，我真的没事。你看着挺凶险，其实没什么的，我们经常要处理这样的情况，不信你问问小旷。”他安慰着不安的女人。

旷宇翔在后面咧了一下嘴，这种情况要是经常处理的话，他的命最后肯定是被吓没的。可他硬着头皮点头：“这点小情况在师父眼里，简直就跟玩似的，闭着眼睛都能处理。”

慕筱白根本就不相信，她就这么死死地抓着他的手，心中的恐惧还是没有办法消除。叶向云看着她那不依不饶的样子丝毫不觉得烦，把她的身子转过来：“你看看，你身后都是我的同事，好多都是领导，好媳妇儿怎么能在领导跟前扯自家老公的后腿呢。”

慕筱白的脸一下子就红了，也不知道是什么时候身后围了这么多人。她羞愤难当，立刻就转身：“叶向云，谁是你媳妇儿……”

叶向云抓住她的手：“有人昨天在停尸房说要跟我结束随意期，刚才又说让我永远不要离开，你说她不是想做我媳妇儿是想干吗？”

“你……”慕筱白有些转不过来，她那些生离死别的情绪还没有完全释放出来，就这么被他插科打诨给搅乱了。她怒目瞪着眼前的男人，就见他拉着自己的手，弯身单腿跪在了自己面前。

“筱白，飞机起飞前，我在上面看着你一个人孤孤单单地站在那里，我就知道是我对你还不够好，让你没有安全感本身就是我的错。刚才在天上，我也不确定我是不是真的能下来，再站在你的跟前。如果真的没有机会了，那么我最大的遗憾会是没有照顾好你而不是没有带着这一架飞机的乘客安全落地。因为对于这次事故，我真的尽责也尽力做了一切我能做的，但对你我却没有。我现在没有戒指，有的只是一颗永远向着你的心。筱白，嫁给我吧。不需要钻石，就让外面那架倒霉的A380作为见证，即使生死也不能停止我对你的爱。我不能给你承诺你会是最幸福的人，也不能承诺你大富大贵，我只能向你保证，每次都平平安安地落地，然后就回家陪你和家人。我可能不能做一个称职的丈夫和父亲，不能每天都陪在你和孩子身边，不能在你们需要的时候立刻出现，但我可以保证不管我在世界的哪个角落，我的心都是属于你和这个家的。筱白……”

慕筱白的眼泪早已泛滥成灾，她跪下来，搂着叶向云的脖子，趴在他的肩头：“我嫁，我嫁！向云，是我的错，我一直都自私地接受你的爱。因为怕受伤害，我就小心地保护着自己不肯付出一丝一毫。是我坏、是我笨，都不怪你。可是你知道吗？因为心都满了，所以脑了才空了。”她紧紧地抱着面前的人，生怕一个放松就会消失不见。

叶向云被她勒得有些喘不过气，他就这样把她拉起来：“筱白，带身份证了吗？”

慕筱白诧异地看着他：“不记得有没有带，不过我包里有护照。”说着她转身，就看见人越聚越多。她难为情地从助理手里接过包，从里面掏出护照，转身看见叶向云从自己的飞行箱里拿出了自己的身份证。

“我们敢不敢再大胆一些？筱白。”

慕筱白瞪大眼睛，无辜又懵懂地看着他，不知道他在说什么。叶向云不想再等了，他俯身就把那个女人横抱起来，然后在她的脸颊上亲了一下：“我们闪婚吧！”说完也不顾还有很多人在等着他汇报情况，就这么抱着怀里的美人跑出了机场。

他们拦了一辆出租车就直奔民政局的婚姻登记处，不肖半个小时的时间，他们就一个人拿着一个红本子走了出来。叶向云的心情特别好，他把慕筱白搂到身边：“老婆！”他看着慕筱白，慕筱白眨着眼睛微微笑。

叶向云不太满意：“老婆！”他的手搂得更紧了。

慕筱白恍然，踮起脚在他的脸颊上吻了一下：“老公！”

叶向云笑道：“真是聪明的老婆。”他目光炯炯地看着她，“对不起，我下午要回去开会，不能陪你了，肯定也少不了挨批。”

慕筱白一副不解的样子：“你都把那么危险的飞机救下来了还要挨批？”

“我们一下飞机就通知要去参加说明会，结果……”他耸了耸肩，“肯定会挨批咯，不过也值了。”他又看了看自己手里的小红本，“把老婆骗到手了。”

慕筱白笑笑：“没关系，我下午也得回去上班，敛房里还有BODY（尸体）在等着我呢。”

两个人找了一家酒店简单地吃了一餐庆祝午餐后便各自奔回单位。叶向云走到会议室门口，就看见肖莱跟旷宇翔面对面站在那里。肖莱低着头一副犯了错误的样子，旷宇翔倒是和颜悦色地顺着她的长头发：“别自责了，我这不没事吗？再说了你在宿舍休息，不知者不怪。”

旷宇翔越是这么想，肖莱就越发难过，其实上午的时候她根本就没有在宿舍休息，而是跟顾念林去电子科技市场买电脑去了。不知道为什么她却不敢跟旷宇翔说出真相，在她的心里，顾念林突然变成了一个禁忌，一个在旷宇翔跟前绝口不提的禁忌。肖莱当然明白这意味着什么，她有些鄙视自己，居然脚踩两条船。旷宇翔此刻对她的宽容让她更加无地自容，一时间无法自持居然哭了出来：“臭翔，对不起，我以后不敢了。”

旷宇翔淡淡地笑着，一只手轻轻地圈着她，另一只手摸着她的脑袋，跟抚摸一只听话的小猫一样：“真是个傻妞，睡觉有什么错，难道以后你都不睡觉了？傻妞，真是个傻妞！”旷宇翔抱着她，轻拍着她的背，“没事了，我马上要去开会，你快回去吧。”

叶向云走过来：“这是怎么了？怎么这么一把鼻涕一把泪的，真是姐妹俩。”

肖莱傻傻地擦干眼泪：“叶机长！”

叶向云不客气地拍她的脑袋：“叫姐夫！”

肖莱歪着脑袋，皱着眉头：“这个我得问问我表姐。”

叶向云很有底气地从口袋里掏出小红本：“看见没，照片上这个女人你认识吗？”

肖莱被吓傻了，她不可思议地回头看旷宇翔：“这是……”

“所以你上午错过的是一出琼瑶式的求婚大戏，由叶向云和慕筱白联袂主演。”旷宇翔冲着她点头，“叫姐夫吧！没错了，中华人民共和国已经承认了。”

“天哪！”肖莱突然尖叫起来，“叶机长是我姐夫了！以后乘务队再有人欺负我姐夫可要帮我出头哦。”

叶向云笑笑，旷宇翔有些纳闷：“难道我不能帮你出头吗？”

肖莱提了一口气，然后又缓和下来：“我是怕你被那些姐姐欺负了。”说完她就赶紧跑了。旷宇翔瞪大眼，被叶向云拉进了会议室。

机组的其他人都已经到了，正七嘴八舌地议论着什么。两个人一进门，就听见了宋国海和季晓棠的名字。

“什么事这么热闹？”旷宇翔凑过来。

“上次法院不是来给晓棠姐送传票吗？结果她迁怒到乘客，现在处分决定下来了，停职反省三个月。听说是宋国海去跟公司以辞职相要挟，这才保住季晓棠的职位。”

“到底是十年的夫妻了，再说季晓棠要是下岗了，宋国海还怎么好意思在这个当口跟她离婚啊。”

“男人了变心，还管得了那么多？恨不得你赶紧死掉吧。”

“你能不能不要打击面这么宽啊，我们的名声就是被你们这样给败坏掉了。”叶向云不爱听了。

“就是！”一个空保在旁边插话，“季晓棠还不是不要孩子，你们女人一样狠心。”

“你说什么？”叶向云有些不敢相信，“你说季晓棠不要孩子，推给宋国海了？”

“是啊，季晓棠说除非宋国海净身出户把孩子带走，不要抚养费，否则坚决不离婚，根本就是不想给韩丽雯好日子过。”

叶向云叹了一口气，十年夫妻，走到今天却变成了仇人。

下午的会也就是例行汇报，两大功臣除了给了七天的疗养假外再没有任何表示，不过也足够让其他空勤羡慕了。这个时候正是生产的旺季，每个人几乎都是连轴转，公司不把每个人、每个月的计划安排到九十九个半小时不罢休。

叶向云回家之前去旅行社拿了一摞旅行资料，正好趁着这个短假期跟慕筱白出去度个蜜月。他看了一下时间，还早，便去花店买了一大束玫瑰花后直奔家里。他趁着慕筱白还没有下班，安排了烛光晚餐。可好不容易等慕筱白回来了，还没来得及开口说点什么，门铃就急促地响了。

叶向云懊恼得脸都绿了，低头狠狠地咒骂了一句，抬起头时看见慕筱白竟然冲着他在笑。他愤愤不平：“笑，笑，今晚非让你哭出来不可。”

叶向云打开门就看见季晓棠领着岚岚站在门外，叶向云有些意外：“季姐？”

季晓棠把岚岚往屋里一推：“一会老宋会过来你这里接孩子，你帮忙看一会儿。”说完她就头也不回地走了。

叶向云还没有反应过来，电梯的门就已经关上了，耳边是岚岚伤心的哭声。他有些无奈地皱起眉头，转身把岚岚给抱起来：“岚岚不哭了啊，跟叔叔回去，里面有个漂亮阿姨会跟岚岚一起玩。”

“我要爸爸和妈妈。”

慕筱白和叶向云面面相觑，脸上都显出些许无奈。慕筱白握着岚岚的手：“你吃过晚饭了吗？”

岚岚一边哭一边摇头，慕筱白有些心疼，抬头看着叶向云：“你先跟她玩，我去给孩子做点吃的。”说着她便转身进了厨房。

叶向云一个人在客厅里哄了岚岚好一阵子才止住她大哭。

“叔叔，是不是爸爸妈妈都不要我了？我以后是不是就变成孤儿了？”

叶向云微笑着看向岚岚："不会的，你爸爸和妈妈都很爱你，他们以后可能不会在一起生活，但肯定不会不要你的，这一点叔叔可以跟你保证。"季晓棠和宋国海是叶向云来到凌云最初交的朋友，对于这两个人他还是有些了解的。他们可能会离婚，但绝对不会放弃孩子，这会儿不过是季晓棠在拿孩子赌气罢了。

很快慕筱白就端出了新鲜的甜点和水果沙拉，还有鲜榨果汁。她不知道小孩子都喜欢吃些什么，总之她小时候就最喜欢这种甜甜的东西和水果了。岚岚还没有吃上几口，就又听见有人敲门，是宋国海过来接孩子了。

岚岚一看见自己的爸爸，就立刻放下点心扑了上去，搂着他的脖子大哭起来。宋国海心里疼得紧："岚岚不哭，爸爸来了，跟爸爸回家。"

"我们去找妈妈好不好？我要爸爸，也要妈妈！"

宋国海把孩子抱起来，走到叶向云跟前："抱歉，打扰你们了。新婚愉快，我们先走了。"他的脸上有些无奈，只可惜他的婚姻真的已经死亡了，在季晓棠打电话来告诉他，孩子被送到了这里的时候，他就已经没有再回头的理由了。

"非要走到这一步吗？"叶向云蹙着眉。

宋国海苦笑道："你也看见了，我们真的回不去了。她连孩子都可以利用，真不知道她是怎么做母亲的。孩子我可以养，并且我相信丽雯一定会对孩子好的。"他默默地点头，"我先走了。"

本来一个愉快的夜晚因为这个小插曲被搞得两个人都有些黯然神伤。叶向云坐在沙发的拐角处，把慕筱白抱在腿上，轻轻地用手捋着她的头发："怎么不说话？"

慕筱白换了个更舒服的姿势窝在他的怀里："有点害怕，我们以后会不会也那样？"

叶向云笑着弯腰把茶几上的点心和水果端过来，又给了她一个盘子让她端着，然后自己很惬意地吃起来："不会，你不是季晓棠，我也不是宋国海。我们是因为相爱结婚的，又不是为了分房子。最关键的是，我爱你。"

这个夜晚注定美妙，因为两个人彼此相爱。

夏天的雨总是来得出其不意，慕筱白是被下大雨的声音给吵醒的。她想翻个身，可浑身的酸痛让她的动作有些艰难。身后的男人把身体贴上来：

"醒了？"慕筱白拍开他的手，想要起身却被按住，"你再睡一会，反正今天又不上班。"

慕筱白确实困，也没什么心事，倒是闭上眼就又睡着了。等她裹着被单从楼上下来时，就看见她的男人正系着围裙照着菜谱在厨房里忙。看着他手忙脚乱的狼狈样，慕筱白忍不住笑出声来。

叶向云回头就看见倚着门框在笑的女人，长发有些凌乱地披散在肩头，床单简单地围在胸前，漂亮的小腿露在外面。他皱了一下眉头，也对着她笑起来。慕筱白觉得这一刻很好，感觉整个世界的花都开了。

两个人研究了半个下午，因为慕筱白现在还有欧洲的公务签没有过期，于是两个人决定去冰岛泡泡温泉，好好地放松一下。

十月初真是个好时候。

晚上本来是有一班凌云的航班经停马德里到雷克雅未克，不过可惜只剩下一张头等舱的票了。慕筱白嘟着嘴有些不高兴，本来六天时间去冰岛就很紧张，行程上再耽搁可就真没得玩了。叶向云搂着她："我们就要这一张吧，然后我让他们排班的时候尽量给我空一天，我们就又有一天的时间了。"

"可是只有一张票，我们怎么走啊？"

"我去申请加机组，这样我们还能省下一张票，三万块呢。"叶向云一只手摸她的头发，另一只手就给公司打电话，很顺利就得到了批准。两个人立刻就收拾东西，准备晚上上飞机。

叶向云上了飞机后居然在机组里看见了旷宇翔，两个人都有些惊讶。

"你也去冰岛度假？"他好奇地问。

旷宇翔叹了一口气："我哪有你那样好命，我的假期被取消了，飞巴塞罗那个机组的副驾驶在西班牙遭遇了车祸，我是过去接班的。"

"这么过分？"叶向云皱了一下眉头，"还好我跑得快。"

"不是你跑得快的问题，你是教员机长啊，公司的宝贝，副驾驶都是后娘养的。就这样都不能给我买张直飞的机票，还让我到马德里以后搭火车去巴塞罗那。"旷宇翔忍不住发牢骚，"说是年底会给补休，不知道是不是又只是随便说说。我这个周末还要去C市参加大学同学会，也不知道能不能来得及。"

叶向云笑着拍拍他的肩膀：“慢慢来，你也会有亲妈的。”

飞机在马德里经停的时候，旷宇翔就下了飞机，然后坐火车辗转到了巴塞罗那，休息了不到七个小时后便上了飞机。唯一让他心情好一点的事情就是，他发现肖莱居然也在机组里。

巡航的时候，小丫头进来送餐，旷宇翔就拉住她：“回去之后有空吗？我有好多话想跟你说。”他很快便低下头，肖莱清澈而又单纯的眼神让他不忍心做出伤害她的事情，他心里第一次对一个女人有了愧疚的感觉。

肖莱看了看旁边的机长，赶紧把他的手拍开，小脸红扑扑的，她抱着餐盘，说：“我回去还有两个国内航班要飞，周日大概会有时间，我们到时候再联系吧，我先出去工作了。”说完她就赶紧转身走了。

肖莱心里也是百转千回，有些不知道该如何面对旷宇翔。旷宇翔对自己越来越宽容，也越来越照顾，可闲下来的时候自己脑子里出现的不再是他工作时的样子，却是顾念林看着自己时的笑脸。

旷宇翔回去休息了一晚，第二天就跑去公司跟同事换班，飞了两个不好的时段。这样他就可以周末连休，不会耽误了同学会。

周五的晚上，旷宇翔蹭了公司的职工优惠票，因为时段不好，他候补上了，到达 C 市落地已经是午夜了。他也没找别的地方，就在裕美的航空酒店开了一间房，在七楼的 8772 房间。

因为聚会安排在周六的中午，裕美的酒店就在市中心，旷宇翔第二天睡到自然醒，起来洗了个澡，收拾了一下就出了门。他刚出电梯老同学的电话就打来了，非说要来酒店接他。旷宇翔拗不过，便坐在大厅里等。

这时，酒店的大堂经理走到前台：“周总今晚预订了三楼望海厅招待大客户，另外就是把 8766 房给留出来，祁小姐晚上可能会过来。”

旷宇翔一听到周建明和祁可的名字就分外敏感，他放下手里的杂志，朝前台的方向看，就见两个服务员一边操作一边窃窃私语。旷宇翔的心仿佛被扎进一根针一样疼，他又翻开了杂志，却怎么也看不下去。于是他有些暴躁地把杂志丢开，起身就出了酒店的大门。

中午聚会的时候，全班六十多个人几乎全到齐了。毕业五年，大家的发展已见高下，旷宇翔不算好的，但终归是有个神秘而又拉风的职业，还是引来不少人羡慕，尤其是班上的女生。

因为那时候他在班里就是最小的，比同学们的平均年龄要小四岁，所以在学校的时候他都是和低年级的小学妹交往。到了这个时候，大部分同学都拖家带口，有的孩子都打能酱油了，可他连自己喜欢谁都搞不清楚。

吃饭的时候他就敷衍，本来很好的心情就这么被一个不经意间听到的消息给搞得无影无踪。吃过饭，大家三五成群地交流心得，互聊五年来的感想，他就找了个角落一个人抽烟。

“干吗呢？一个人待在这里玩深沉啊。”曾经的室友在他旁边坐下，“怎么样？什么时候当机长啊？到时候我坐飞机还能混个免费升舱什么的。”

“那还用当机长，你现在坐我就能给你免费升舱。不过我的航班两舱基本都能售罄，升舱的机会很少。”旷宇翔眯着眼，手里夹着一支烟，看上去有些萎靡和神伤，“你怎么样？听说你找了个模特媳妇，真是艳福不浅啊。”

“嗨，别提了，已经离了。”他叹了一口气，“男人有时候就是想不开，其实什么长相啊、身材啊，过得去就行了，最重要的还是要找个好女人，能顾家的，起码不能给你戴绿帽子。我说你们那个圈子也是真乱，你小子也肯定不是什么好东西。不过找老婆跟谈恋爱不一样，还是得找个踏实正经的。”

“难道不是要找个自己喜欢的吗？得相爱啊？”旷宇翔诧异地看着旁边的人。

“你还是小，相爱算什么啊？我们那时候也是相爱才结婚的，可结果呢？何况你也不知道那所谓的爱情到底是不是真的，人跟人在一起时间长了总是能培养出感情来的。”

旷宇翔没说话，只是深深地吸了一口手里的烟，吞吐出的烟雾熏得自己有些睁不开眼睛，也看不懂前面的方向。他本就模糊的心，现在越发摇摆不定了。找老婆是要找个正经女人，可是也不能找一个自己不爱的，毕竟那是婚姻，决定了就不能再出去鬼混了。

晚上同学们约着一起出去唱歌，旷宇翔有事回酒店拿东西。他拿完东西刚下来酒店大厅，就看见周建明带着一众客人往这边走来，在人群里他一眼就看见了打扮清新的祁可，她低着头从他的身边走过。那一刻旷宇翔有些恍惚，他们之间仿佛最熟悉的陌生人一样，让他的心发慌。

祁可的身体都绷得紧紧的，几乎是用尽全力才勉强支持着她行走。其实她早就看见了旷宇翔，只是前面的人遮挡了视线，他们的目光并没有相遇。她故意低下头，与其相遇的时候尴尬难堪，倒不如就假装没有看见。

旷宇翔拦了一辆出租车来到KTV。他坐在KTV包间角落的沙发上，一个人喝着啤酒。在来的路上肖莱给他打电话，问周末要不要来陪他，他鬼使神差地答应了。同学说得对，找老婆还是要找个正经人。肖莱没得话说，长得好看、心地单纯，又好脾气、好欺负。他不但不讨厌，还很喜欢那个傻丫头，找老婆还是该找这样的吧。

他仿佛下定了决心，仰靠在沙发上，眼睛一闭上，脑袋里立刻就出现了祁可的影子。他猛地起身，不知道为什么，他这几天就像是被什么附了身一样，脑子里全是那个女人。他抓起茶几上的啤酒瓶仰脖子就开始灌，一瓶还没喝完，就被人给夺了下来。

“我说你怎么回事啊，把你情歌王子叫来是让你唱曲助兴的，你光喝酒了。你们凌云的待遇就这么差，连酒钱都挣不出来？”

旷宇翔皱着眉头：“我要是平时喝酒，你们还敢坐飞机吗？”

大家笑成一团，还是把他拖起来推到中间：“唱一首，既然都来了，不唱一首我们可不放你走。”

旷宇翔有些无奈，眯着眼睛：“那好，我就唱一首，唱完就让我回去吧。我这是想出来休假的，可被你们搞得比飞洲际航线还要累。”说完他转身就去点歌，可一旦没了心情，什么兴致都提不起来，最后也只是随便找了一首歌敷衍了一下诸位歌迷。又坐了一会后，他借口上厕所出来便打了车回酒店。

祁可从来没有喝过这么多的酒，勉强维持着把客人送走了。周建明转身看着她，脸是黑的：“小可，我希望你想好了，你要知道你现在是在为你以后的生活做选择。”他看着祁可，祁可低着头一言不发，他是真的狠不下心逼她，“你先回去休息吧，我走了。”

祁可头晕得厉害，感觉整个大厅都在转一样，没走几步就捂着嘴巴跑到洗手间吐了起来。她一晚上什么都没吃，光喝了一肚子酒，胃里像是被火灼烧一样。她拧开水龙头，用凉水拍打自己的脸。她抬头看着镜子里的自己，脸色惨白就像个死人一样，没有一丁点血色。

祁可皱着眉头，伸手在镜子上摸了一下，她十分厌恶镜子里的人。她踉踉跄跄地从洗手间出来，扶着墙走到电梯间。她一进电梯便靠在墙上，仿佛身体里已经空了。电梯门缓缓合上，却在最后一刻被一只手挡了："等一下！"

四目相接的一瞬间，仿佛空气都凝固了一般。祁可呆呆地看着门外的旷宇翔，旷宇翔也看着她，片刻后放开挡着电梯门的手。他就这么看着电梯门又慢慢地合上，看着里面的人在最后一刻突然迸出的眼泪，仿佛心中跟着流血了一样。他急忙上前按电梯键，可电梯已经上去了。他看看旁边的电梯，前面摆着"故障，正在维修"的牌子。

旷宇翔转身就冲进了楼梯间，拿出自己所有的力气，三步并成一步往七楼冲。等他推开七楼的楼梯门时，对面的电梯已经停了。他脑子里闪着"8766"的房间号，绕过去，远远地看着祁可正倚着墙，艰难地在包里摸索着门卡。

旷宇翔的一颗心仿佛落了地，他疾步上前抓着她的胳膊就走。祁可有些反应不及，脚下踉跄着，包里的东西也跟着散落出来："你放开我，旷宇翔，你放开我！"

旷宇翔根本不听，硬是拖着她来到自己的房间门口。刚打开房门他就把人甩了进去，并反手把门上了锁。

祁可脚下没有站稳，高跟鞋崴到了一旁。她靠着墙才能让自己站稳，头发沾在脸颊上，不知道是泪水还是洗脸的水。

旷宇翔的心突然平静下来，他捧起她的脸，用大拇指擦着她脸上的泪："可可，我再不能放开你了，我爱上你了！"

祁可的脑袋放空，抬起头看向旷宇翔。旷宇翔正专注地看着她，脸上没有一丝戏谑的神情。她的呼吸乱了，脑子里反复回响着那句话："我再不能放开你了，我爱上你了！"

旷宇翔就这么凝望祁可的眼睛，原来他从来就没有认真地看过，那里面是那么清澈明净，一眼就看得到映在里面的自己，他突然有种掉下眼泪的冲动。

原来世界再大，心里也只有一个她而已。

对于旷宇翔，他现在更困扰的是不知道该怎么跟肖莱说，他实在不忍心伤害这个眨着清澈的大眼睛看着自己的女孩。

回到本埠第一次见肖莱，饭还没吃上两口，他突然就问了一句："傻妞，你喜不喜欢我？"

肖莱愣了一下，忙低下头："怎么突然这么问？"她的声音有些低沉，有些心虚。

旷宇翔的心情却很沉重，他觉得他的傻妞这是害羞了。他放下手里的刀叉，轻轻地拉住她的手："肖莱，感情的事情有时候很难捉摸，有时候当我们看清自己的心的时候，会做出一些愚蠢的事情，可那却是不能不做的事。如果你能理解，那么请你原谅我。我很喜欢很喜欢你，相见时就有种仿佛是亲人的感觉。"

"你怎么了？"肖莱被他弄糊涂了。

旷宇翔深深地吸了一口气，那句"我们分手吧"就在嘴边，可看着她那无辜的双眼，他又说不出口。或者他需要从长计议，找个更好的时机开口以给她最少的伤害。

被罪恶感深深缠绕的祁可就这么在C市多住了几天。旷宇翔和肖莱登机回A市之前，这个男人不停地躲在洗手间给祁可打电话，可电话始终处于无人接听的状态。他有些心急，突然又有些担心，不知道她那天离开后是不是出了什么事情。

肖莱找到一个乐子，就是跟着顾念林做图片，她现在已经可以把自己的照片做得跟杂志一样了。她喜欢往顾念林那里跑，似乎他更容易找到，只要她想，他要么会出现在她眼前，要么就是在机库工作，反正只要到了机场就能找到他的人。有时候看着他工作，真的是一件很享受的事情。可旷宇翔就不一样，每次你要找他的时候他都是关机状态，你病了、孤单了，这些他都帮不了你。不是他不好，只是他天南海北地飞，即使心在你身上，他的人大多数时间也是属于飞机、属于蓝天的。

在雷克雅未克的机场候机厅里，慕筱白把自己包裹得严严实实的，一脸的不高兴。叶向云搂着她的肩膀："还生气呢？大不了我们下次再来。

极光本来就不是天天都有，这阵子天气不够好，看不到很正常，你可不能迁怒到我身上。”说着他转过身在她的额头上亲了一下。

“你别避重就轻，我们花了这么多钱来这里度蜜月，可结果呢？什么都没看到，整天就在床上混了。你早说啊，我们哪里要跑这么远，家里的床比酒店的要舒服多了。”

“谁说的，我们看了冰川、冰帽、斯乃费尔峰，吃了最美味的北冰洋海鲜，再说我们不是还泡了温泉吗？”说着他还一脸回味的样子。

慕筱白的脸更红了：“臭流氓！”

叶向云笑着把她抱紧：“玻璃幕墙这边太冷了，我们去里面等吧。”

“啊，看，快看！”慕筱白突然兴奋地尖叫起来，“是绿光的，还有些紫色，是不是？快看！”

叶向云回头，透过巨大的玻璃墙望出去。天边一片碧绿，当真是美不胜收。他有些不敢相信，居然真的看到了，如果不是航班延误，可能就会错过了。

他回头再看慕筱白，她双手合十举在胸前正闭着眼睛许愿。叶向云虽然不信这些，却也学着她的样子。他再睁开眼，就看到慕筱白挨着玻璃墙，眼睛里全是赞叹的目光：“向云，真的是太美了，我们真的好有福气，居然因为飞机延误这么一会儿就被我们看到了。”

叶向云走上前，把她从玻璃墙前拉过来：“筱白，你看着我。”

慕筱白脸上兴奋的笑容被不解和困惑所取代，就看着他从大衣口袋里掏出一个枣红色的丝绒小盒子。慕筱白用手捂着嘴，她当然知道那里面是什么，只是叶向云在这个时候拿出来让她有些意外，又有些惊喜。

“筱白，之前求婚太匆忙了，身上没有戒指，但是我一早就准备好了。本来打算回去再补一个仪式的，可是我觉得没有什么比让这幸福的绿光作为见证更美好的了。”他打开盒子，里面是一枚熠熠生辉的钻戒，四分的样子，不算很大，却很美。

慕筱白的眼泪一不小心就流了出来，她挥舞着小拳头，捶着叶向云的肩膀：“你总是害人家哭，你怎么这么坏，你不是说让 A380 见证的吗？到底谁见证啊，你怎么那么没定性啊。”她不想总是在他面前感动得哭成这个样子。

叶向云知道她矫情，拉住她的手：“多找些好东西作为见证不好吗？等我们举行婚礼的时候，我还要让更多的人见证。”说着他抓起她的手，把戒指套在了无名指上，“这下好了，别人就都知道你有主了。”

“那你呢？你怎么不戴？”

“你没送给我，我只戴你送的戒指！”叶向云倾身向前，在她的额头上落下轻轻一吻，“筱白，我爱你！”

慕筱白的心都快化掉了，她抬头看着眼前的人：“我刚才许的第一个愿望就是希望你能平安，希望我们永远在一起。”

叶向云抿着嘴笑，虽然慕筱白从来不跟他说那三个字，但他心里知道慕筱白是爱自己的。她只是别扭矫情地守着心里的那一线墙，可其实早已经被摧毁殆尽了。

“知道我许的第一个愿望是什么吗？”叶向云目光灼灼地看着慕筱白，“希望筱白的眼中永远都能看到最美的景色，心里永远都洒满阳光，没有疾病和孤独困扰，远离伤害，永远开心幸福。”还有就是能放下心中的执念，好好面对自己未来的人生。

“还有呢？”慕筱白歪着头看他，手攀上他的脖子，两个人之间挨得更紧了，“你说一个，我说一个！”

“我的第二个愿望就是我老婆慕筱白越来越美丽，越来越温柔，越来越贤惠，出得厅堂，下得厨房。”叶向云看着她微红的脸庞，笑出声，“那你的第二个愿望是什么？”

慕筱白脸上的神色收敛了，她松开手，转头向窗外，望着天边的极光：“我希望我父亲的事情终有一天能够水落石出。”

叶向云脸上的笑容瞬间隐没，他自身后抱住慕筱白：“筱白，我爱你，我会给你幸福的。”

叶向云和慕筱白下飞机的时候已经快接近中午了，慕筱白在飞机上睡了十个小时，是这个星期睡得最好的一觉，所以下飞机精神便抖擞了起来：“我们先回爸妈那里一趟，把给他们带的礼物送去。不然也太不像话了，这么久都没出现，还不知道你爸妈会不会怪我。”她显得有些紧张。

叶向云不以为意：“这才几天，一个星期而已，我通常一年也就回家那么几次。我属于后进分子，在家里不受欢迎。”他扶着慕筱白的肩膀，把重心都压在她身上，一副很享受的样子，“我们还是先回家休息吧，晚上过去吃饭好了。明天我又要上天了，烦！”

“那别飞了！”慕筱白倒是求之不得。

叶向云笑出声：“不飞怎么养家、养老婆？慕医生，你养我吗？”他直起身子，把行李规整好，找来一辆推车，“走吧，这辈子到退休都要这样了，飞着烦，不飞更难受。”

慕筱白睨着他，眼中含笑：“真是口是心非啊。”说完就推着他往外走。

景琳正在等行李，隔得老远就看见了笑得异常开心的两个人，顿时有些妒火中烧。她匆匆取了行李就给旁边的助理，然后快步跟了上去。

第八章 做你的先生

抱着你的时候，我就知道，我的世界
还在我的怀里。

“向云！”

前面两个人的脚步顿了一下，回头就看见一个打扮入时的姑娘朝他们走过来。慕筱白和叶向云很有默契地皱着眉头，景琳虽然心中不快，可脸上还挂着笑容。

“干吗见了我就是这个样子，还为那次照片的事情生我的气呢？”她仿佛没有看见慕筱白一样，“我爸爸让我跟你约个时间，他说要好好谢谢你。上次他出事，就你肯帮我。”

叶向云碍于慕筱白在眼前，又是在公共场所，也不能完全不顾及景琳的面子。他耸了一下肩膀：“我也没帮上什么忙，不用这么客气。”

“你这是说的什么话，我爸爸看中的就是你的这份情义。墙倒众人推，我一个电话能出现的人就你一个。明天晚上有空吗？”

“不行，我明天要飞法兰克福。”

“那干脆就今天晚上吧。”说着她就拿出手机，“我跟我爸爸说一声。”

“别了，晚上我要跟筱白回我爸妈那里，已经都打好招呼了。替我谢谢景伯伯，有空的话我请他老人家喝茶。”叶向云说着就把筱白拉到自己身边，“给你介绍一下，我老婆慕筱白。”

景琳愣了一下，然后露出笑脸：“这么亲昵的称呼，咱们在一起的时候，你怎么从来没这么称呼过我呀。”她一副很轻松的表情。

叶向云也跟着笑：“那时候我们又没领证，老婆是能随便叫的吗？”

说着他看着慕筱白："这个就是景琳。"

慕筱白不打算跟她有什么牵扯，只是微微颔首："景小姐，你好！"

可景琳的脸色已经变得有些难看了，没想到只是不到半个月的工夫，他们就已经领证了。她的手攥得很紧，脸上的笑容也挂不住了。

叶向云握着慕筱白的手："到我们办酒的时候再请你，我们先走了。"

看着两个人离开，景琳一时气急，竟忍不住哭出来。她跺着脚转身："叶向云、慕筱白，哼，我是不会让你们好过的。"

叶向云确实马上就不好过了，慕筱白一路上都没有给他好脸色看，也没跟他说一句话。不过叶向云心情倒是不坏，嘴角始终微微勾着，这让慕筱白越发不爽。

进了家门，女主人就把东西往地上一撂："叶向云，你什么意思啊你，是不是结了婚你就无法无天了？"

叶向云看着她也不恼："我说慕筱白，你怎么这么爱吃醋啊？好老婆，抱抱！"说着他就张开双臂，一副欠揍的样子。

慕筱白这一拳好像打在了棉花上，一点力都借不上。她虎着脸："抱什么抱，不给抱！"说着转身就进了卧室。

没一会工夫，叶向云也跟了进来，从身后扶住她的肩膀："我错了，真心跟老婆大人检讨，以后除非是你，别人找我我都不出现。"

本来慕筱白是没那么介意的，何况他在机场的表现也不错，只是他总是摆出一副不在意的笑脸让她觉得有些窝火。她转过身，抓着叶向云的胳膊就咬了一口。

"啊！"叶向云尖叫，"你是属狗的吗？"

"暂时没有戒指，先咬个牙印，标记一下主权。"她白了那人一眼，摸着上面的牙印，脸上露出些许坏笑，"好了，我去洗澡了。"

叶向云无奈，胡乱地摸着她的头发："真是个悍妇，快去吧，水都给你放好了。"看着慕筱白下楼，叶向云长出了一口气。他对景琳的个性还是很了解的，猜想她不会就这么罢休。他倒是不怕，就是怕那个大小姐会给筱白使绊子。

他从口袋里掏出手机，从里面找到景琳哥哥景辰的电话打了过去。可电话被转到了秘书台，想必对方又是在开会或是会客。

中午两个人简单吃了点东西就又倒头睡了一下午，傍晚的时候起来收拾了一下就准备去叶向云的父母家。

还没出门呢，叶向云的电话就响了。他看了一眼，是景辰打来的。他犹豫地看了慕筱白一眼，见她眼光一凛，故意打了一个冷战，然后笑着接听："没事，我结婚了，就是跟你说一声，刚从冰岛回来，给你带了点北极光，让你沾沾仙气。"

两个人就这么有一搭没一搭地聊着了两句就挂了，慕筱白也不在意，把东西收拾好就出了门。晚上两个人吃完饭回来以后，慕筱白就给肖莱打电话让她有空来拿礼物，可显然肖莱的兴致并不高。

肖莱看着桌子上的麻省理工学院的入学通知，心里像是堵了一块大石头一样，沉甸甸的。她深深地吸气，可还是有种说不出的难受。

顾念林端着水果从厨房里出来，就看见肖莱拿着通知神伤的样子。他走过去，递给她一个苹果："昨天刚收到的。"

肖莱抬头努力挤出一个笑："恭喜你，这下你离自己的梦想越来越近了。"说着说着她竟有些哽咽。她慌忙地低下头，大口大口地咬苹果，可还是止不住难过。

顾念林看着她："莱丫头，如果你说不想我走，那么我就不去了。肖莱，我很喜欢你，不是朋友的那种喜欢，是希望能永远跟你在一起。"

肖莱手里的苹果掉在桌子上，嘴巴里的也还没咽下去。她就这么看着眼前的人，他一脸认真，那眼中灼灼其华的光芒像是晃了她的眼睛。她忙别开脸，心中愁肠百结。她不能拦着他，那是他的理想和宏愿。本来她还有些左右摇摆，这下她觉得真的就该这么快刀斩乱麻地结束了。

"顾人哥，我有男朋友的，其实我来找你就是想跟你说清楚，我们还是不要走得这么近了。"她低着头，生怕自己的表情会出卖了自己的心事，"你就安心地出去读书，然后回来造自己的大飞机。"她努力地点头，可一滴眼泪也跟着掉落下来。

旷宇翔这几天没看见祁可，露出一副心事重重的样子。叶向云看着他的两个黑眼圈就有些担心："怎么了，是不是没睡好？不要勉强，我可以让小刘备上。"

旷宇翔摇了摇头:“我没什么问题,不会拿安全生产开玩笑的。”他苦笑,然后又低下头翻着手册做检查。在地上待着他更寝食难安,此刻仿佛站在了十字路口,有些难以选择。

飞机平飞的时候,旷宇翔拿着英语书却一个字也看不进去。叶向云早就看出了他有心事:“能跟我说说吗?看看我能不能帮上忙。”

旷宇翔放下自己手里的书,掏出一支烟,刚要点上就被叶向云给夺了下来:“不准抽烟,我要生孩子,别给我影响了质量。”

“哼,哈哈!”他笑起来,“你能生孩子啊,还真是没看出来,叶机长越来越有能耐了。”他把烟盒收起来:“真是羡慕你,成家立业,一个男人一辈子的几件大事,你就差一个孩子了,这也是水到渠成早晚的事。”

“你跟肖莱闹别扭了?还是你又犯错误被人家发现了?”

旷宇翔沉默着,片刻后抬头看着叶向云:“我爱上可可了。”

叶向云脸上的笑容一下子就僵住了,他皱着眉看着一脸苦笑的人。

叶向云有些头疼地挠了挠头发,追求真爱本没什么,可是跟周建明抢,这无疑是与虎谋皮。他对那个人有些了解,对于祁可,她并不是一个可有可无的人,不然他不会把她带在身边这么久,以至于他的朋友圈子都知道有这么个人存在。

“祁可是什么态度?”

“我也不确定,她没有拒绝我,我不信她是一个随便的女人,我想她对我不是没有感觉。可是我起来的时候她就不见了,之后便再也没有联系上。”

叶向云惊呆了,他不知道该表扬他们为了爱情勇敢到让他佩服,还是该说他们幼稚得无知者无谓。

“还有,我不知道该怎么跟肖莱坦白。我怎么开口?让我情何以堪!”他仰头,张开嘴大口大口地呼吸,仿佛这个狭窄的驾驶舱快要让他窒息了,“我是不是很浑蛋?”

“是!”叶向云斩钉截铁,不管怎么说,有些事情就是不该做的,“去跟肖莱说吧,别让她自己发现了,那样伤害会更大。”

旷宇翔点了点头,没有再说话。乘务员进来送餐,叶向云回头一看是韩丽雯,有些惊讶:“你怎么还在飞,岚岚谁照顾啊?老宋昨天好像飞美国了。”

韩丽雯的神色有些尴尬：“岚岚回她妈妈那里去了，孩子不愿意跟我在一起。”说完就匆匆地把机组餐端上来然后转身出去了。

飞机在法兰克福落地的时候已经是夜里，简单的总结会是在飞机上做的。回到酒店大家都累了，旷宇翔洗了澡出来却依旧睡不着，那种困得要命却无法入眠的痛苦有种要把人逼疯的气势。骄傲的旷宇翔第一次觉得自己真的是没有用，命运被左右的无力感让他忍不住想哭。那一刻他不得不承认自己想祁可了，并且非常非常想，她的每一个动作、每一个表情仿佛都在他的眼前。

慕筱白出了电梯就看见自己门口倚着一个人，她警惕了一下，定睛一看是祁可，有些讶异：“可可，你怎么了？脸色这么难看！”说话间，慕筱白就打开门把祁可让了进去，“可可，你是不是病了？哪里不舒服？”

祁可努力保持微笑：“没事，我就是有些累了。”她抬头看着慕筱白，“本来只是想来碰碰运气的，没想到还真的遇上了。”

慕筱白给她倒了一杯水：“我在休婚假，这几天向云飞法兰克福，我闲着没事，就把一些东西零零散散地搬过去，这边很快我就退租了。”

祁可也吃了一惊：“你们这么快就结婚了？”

慕筱白点点头，脸上全是幸福的微笑：“既然我们都认定是彼此了，觉得也就没什么必要再等了。你找我有什么事情吗？”

祁可从包里拿出一大堆病历本：“筱白姐，你能不能帮我看看，这人还有苏醒的可能吗？要是真这么一直治疗下去，还得花多少钱能醒过来。”

慕筱白谨慎地接过来，看着她紧张的样子心也跟着揪紧了。她认真地从头翻到尾，眉头始终皱得很紧：“可可，这是你的亲人吗？”

祁可愣了一下，表情变得很不自然：“不，不是的，我朋友让我帮忙找人看看。”

慕筱白知道她在撒谎，却也没有拆穿她。她看着祁可的脸：“我说实话，这个病人如果要苏醒，那真的只能等待奇迹出现了。”

祁可的脸一瞬间变得煞白，一脸的不敢相信，她嘴唇都在颤抖，似乎是用足了力气才发出声音：“你……你真的……真的确定吗？她醒不过来了？”

慕筱白再次确定了自己心中的想法，这个人绝对不是朋友那么简单。她坐到祁可身边，拉着她的手：“医学没有绝对的，但真的只能期待奇迹出现了。只是从病历来看，所用的药物基本都是些维持生命体征的，也就是一些营养液，并没有什么治疗的效果。如果只是这么维持，还不如搬回家，用的药还不及床位费贵。”

“你说其实早在两年前就已经停止治疗了是不是？”祁可气若游丝，眼睛里满满的都是绝望。

慕筱白有些傻了，呆呆地立在那里，不知该如何是好。

祁可没有等慕筱白的答复，转身就走，可才刚拉开门就一头栽倒在门外。

慕筱白被吓坏了，赶紧跑过去，一边进行简单的急救，一边打急救电话。救护车来得很快，慕筱白刚跟着上了车，电话就响了。

叶向云一边往停车场走，一边在打电话。旷宇翔跟在身边，看着他幸福的面孔，心里全是羡慕。

“我落地了，还没吃饭，不知道老婆大人能不能给做个小灶，我马上就回去，已经在停车场了。”

慕筱白哪还有心思跟他说这些：“祁可在公寓里晕倒了，我们现在正在去往人民医院的路上，你自己找地方吃吧。”

叶向云猛地抬头看着不远处正在往车子里放东西的旷宇翔，嘴里重复道：“你说祁可在你的公寓晕倒了？人民医院是吗？”

旷宇翔突兀地抬头，脸色大变。他什么都不顾，在听到“人民医院”四个字后就立刻上了车。叶向云挂断电话后就听到尖锐的倒车的声音，抬起头就看见旷宇翔的车子已经驶向了出口。

空勤公寓的门口，肖莱慌乱地钻进出租车：“师傅，去人民医院，有急事，麻烦你快点。”本来她是想找表姐拿礼物的，没想到却得到了这样的消息。

旷宇翔飞奔去了急诊室，一打听才知道人已经被送到病房去了。他顾不上什么，三步并成两步就跑上楼去，猛地撞开门：“可可！”他喘着粗气，扶着门把手，一脸焦急的表情。

祁可躺在床上看着站在门口的人，一瞬间又别开脸，朝着另一侧的方向。

慕筱白一头雾水地看看祁可，又回头看看满头大汗的旷宇翔，脑子里全是问号。

旷宇翔慢慢地走进去，他看着慕筱白，抿着嘴唇想了一下：“嫂子，我想跟可可单独谈谈。”

慕筱白心里一时间说不出是什么感觉，这个嫂子的称呼还是让她有些陌生，他一向都很不要脸地跟着肖莱叫自己表姐的。

“你……”

慕筱白刚要说话，就被旷宇翔拦住：“有些事情我会给大家一个交代，现在我只想跟可可待一会儿。”他说着话，可目光一直都没有离开病床上的人。

慕筱白的敏感让她立刻明白了个八九不离十，她瞪着旷宇翔，心中涌起愤怒。肖莱那个傻丫头还一直跟自己显摆，一副幸福小女人的样子：“旷宇翔……”

她不是一个能忍的人，刚要发作，就被闯进来的叶向云拉住：“我们出去等等！”

慕筱白还要挣扎，可是就这么被那个男人给拉了出来。

病房里突然安静下来，旷宇翔慢慢地走到床边。他伸出手要去擦她脸上的泪珠，可祁可却拉起被子蒙住了脸。

“可可，让我看看你！”旷宇翔去拉被子，可祁可却拽得更紧，一个劲地在被子里面摇头。那隔着被子也让人听得心碎的呜咽声，让旷宇翔几乎喘不过气来。

他在床边坐下，俯身把床上的人给圈起来：“可可，是我不好，我犹豫了，可这几天我把自己的心看清楚了，没有什么比你更重要。我想你，一直都在想你，可可，离开他吧，我娶你！”

肖莱站在门口，听到里面传来的话，整个人突然蒙了。

在楼梯间里，慕筱白挣脱开叶向云的束缚：“你干什么？”

“祁可还在病床上躺着，有什么事情非得在病人跟前说。”

“可旷宇翔他明显是脚踩两只船，他跟祁可是什么关系？祁可病了，他急成那个样子算什么？怎么肖莱一抱怨她感冒、牙疼了，他就在忙，什么也照顾不上。”慕筱白出了一口气，突然想起什么，抬头看着叶向云，“你知道这件事？”

叶向云神色一敛，觉得自己有些引火烧身了：“我只比你早知道三天，他是在去法兰克福的路上跟我说的。”

“那这三天你就瞒着我？”慕筱白的火气大起来，又是找不到重点地乱开枪。

叶向云有些哭笑不得：“我告诉你能怎么样？让你去告诉肖莱，这种事情难道不应该他们三个人自己去解决吗？让别人告诉肖莱难道对她很好吗？”他俯身扶住她的肩膀，“他现在知道自己该怎么做，感情的事情，别人都帮不上忙。”

慕筱白沉了气，可是猛然间抬起头：“坏了，肖莱知道可可在医院，说是马上就过来。”慕筱白推开叶向云，立刻就折了回去，远远地就看见肖莱孤孤单单地站在走廊里，浑身上下都在颤抖。

“小莱！”慕筱白心疼，轻轻地唤了一声。

肖莱木木地转身看她一眼，眼泪一下子从眼眶里迸出来。她没有等慕筱白过去，转身撒腿就跑。

“肖莱！”慕筱白一边喊着一边追了上去。

慕筱白在电梯门口追上了肖莱，她拉住肖莱的胳膊：“小莱！你站住！”她的声音有些严厉，“你在做什么？就为了一个对你不忠诚的男人就这样吗？”

肖莱哽咽着，慢慢转过身：“可……可是……为什么是可可？我拿她当亲姐妹一样。”说着她就抽泣得更厉害了，“我进公司时就那么几个朋友，我在乎的人更是少得可怜，他们俩怎么能这样？”说着她就扑到慕筱白的怀里大哭起来。

慕筱白皱着眉头，轻轻地拍着她的背：“别难过了，你还有表姐，表姐会一直陪着你的。我们先回去，回表姐家。”慕筱白感同身受，那个时候她也是亲眼看着林永鑫跟别的女人在一起，可让肖莱更受伤的是那个插在中间的人竟然是她的姐妹。

晚饭肖莱一点都没吃，慕筱白怎么劝都没有用，最后叶向云用他的气势硬是逼着她喝下了一碗粥，喝完她就又跑上楼把自己关在了客房里。

慕筱白忧心忡忡，连带着叶向云也没有什么好心情。

“今晚你自己睡吧，我去陪着小莱，真怕那个丫头会出事。”慕筱白叹了一口气，随即又抬头怒视叶向云，“你们公司果然就是破烂事情多……”

“你别把别人的事情迁怒到我这里，他们是他们，我是我。”叶向云揽过她的肩膀，“感情的事情不好说，其实我从一开始就不看好肖莱和旷宇翔，但是我没有立场给意见，肖莱收不住那个浪子的心。”

“你在帮谁说话啊，胳膊肘往外拐？”

“你难道想看着肖莱结婚以后不幸福？”叶向云笑着，手指顺着身旁女人的头发，“第一次就能找对人的幸运儿真的很少，大多数人都在人海里寻寻觅觅。她现在才二十出头，受些感情的挫折对她来说未必就是坏事，受过伤的地方会是她以后最坚强的地方。”

慕筱白把头靠在他的肩膀上：“你可能是天之骄子，没有受过感情的伤，这伤不是那么容易坚强的，那种滋味不好受。何况她现在是爱情和友情都被背叛了。小莱单纯，对人太真，怎么可能不难过。”

两个人说着话就被门铃声打断，慕筱白没有想到旷宇翔会在这个时候出现在自己的家门口。她一脸怒气，立马就要关上门，却被旷宇翔给挡住：“嫂子，你让我见见肖莱，我有话跟她说。”

“她现在不会想听你说话的，你还是走吧，陪你的祁可去吧。”慕筱白冷着脸，完全不留情面，“还有，别叫我嫂子，我担当不起。”

旷宇翔低着头：“你让我见见肖莱……”

“表姐！”肖莱似乎是听到了声音，她从楼上下来，推开慕筱白，站在门口：“有什么话就在这里说吧，说完赶紧走。”

旷宇翔看着她肿得像桃子似的眼睛，也心疼：“不管你怎么怪我都不过分，其实我做的对不起你的事情并不只有这一件。我是个浑蛋，不值得你同情和原谅。可是肖莱，我请你不要太责怪可可了，她最不想伤害你，可是我们情不自禁……”

“滚！马上滚！”肖莱插进话来，“都是我没听顾大哥的话，你果然是个烂人。你——我是不会原谅的，你回去告诉祁可，我没有她这样的姐妹。是我甩了你，旷宇翔，是我甩的你。”肖莱大哭起来，关上了门，身子倚着门滑坐在地板上。

慕筱白蹲下来把她抱在怀里，轻轻地拍着她的后背，一句话也说不出来。

安慰在这种时刻永远都是没有用的。

祁可站在病房的窗前，今夜本该有一轮明月的，可是太多的云彩遮去了它的光华。她看着旷宇翔一脸沮丧地回来，嘴角抽搐着，眼泪刹那间就滚落下来。

旷宇翔走到窗前，从背后拥住她。她太瘦了，在他怀里那么小，让他心里疼得厉害。

“看啊！”他抬头，看着一大块云彩飘走，月亮露出半边脸，“出来了，总会天晴的。可可，我们好像为了爱情众叛亲离，一无所有了。”他淡淡地一笑，有些凄凉的味道。

祁可深深地吸了一口气：“宇翔，我们是不是做错了？爱情是美好的，不应该是这个样子。”

旷宇翔沉默了，这让祁可更加不安。她紧紧地皱着眉头，抓着他胳膊的手越来越紧，身体也僵硬得厉害，有种不能呼吸的感觉。

“我也不知道对不对、错不错，但我知道我不后悔。”他正面对着祁可，“看着肖莱受伤，我心里真的很难过。可抱着你的时候，我就知道，我的世界还在我的怀里。”

肖莱请了两个星期的大假，在十月份这个生产旺季真的是让人不可想象。但无论在什么地方都是背靠大树好乘凉，别人做不到，可是叶向云可以。这几天她得到了另外一个让她纠结的消息，顾念林辞职了，准备马上就飞去美国。

这个消息让本就很难过的肖莱有种雪上加霜的感觉。

慕筱白心思敏感，看出了一些端倪：“小莱，那个顾念林是怎么回事啊？怎么没听你说过？”

肖莱突兀地转头盯着慕筱白看，然后又红着脸低下头：“没什么，只是一个比较要好的同事而已。”

“只是比较要好？”

肖莱噘着嘴，眼泪说掉就掉下来：“不简单又怎么样？我都已经拒绝人家了，人家也马上就要去美国了，我不能挡了人家的前程，真的把他留下来。”

“他愿意为了你留下来？”慕筱白有些讶异，不知道为什么肖莱会这么轻易地拒绝这样的人的追求。

肖莱不再说话，越说起顾念林就越伤心，她趴在表姐的肩头抽泣起来：“他说我留他他就不去念书了。表姐，我真的不能这么做，说不定他以后会埋怨我。”她越说哭得越厉害。

慕筱白拍着她的背，却不知道该怎么安慰她，原来他们都是一些还没有长大的孩子。她长叹一口气，她自己又何尝不是，若不是叶向云坚决而不放弃的追求，她可能就这么错过了自己的幸福。

而此刻，她希望肖莱也能遇到这样一个人。

整理了自己的心情，肖莱做出的第一个决定就是从宿舍搬出来。搬东西那天，祁可也在宿舍里，听到声音立刻就站了起来：“肖肖！”

肖莱没有理她，她强忍着眼泪，打开自己的衣柜，拿出行李箱就开始装衣服。她拼命地深呼吸，拼命忍着，不希望自己这么没出息地掉眼泪，可脸上还是不经意就布满泪痕。

“对不起！肖肖，我知道我说什么都没用……”

肖莱胡乱地把东西塞进行李箱里，出门的时候把门狠狠地关上，发出的巨响让祁可浑身颤抖了一下。

顾念林走的那天，肖莱还是去给他送机了。顾念林看见她就笑着奔过来：“莱丫头，真怕你真的这么狠心不来了。”他面对着肖莱，“你看看你，气色差，又瘦了。”

肖莱摇摇头，没有说话，可眼泪却不受控制地落下来：“你在美国要小心点，听说那里有很多校园枪击案，你千万当心。”说着她竟然抽泣起来。

顾念林扶着她的肩膀：“肖莱，你现在说还来得及，你留我我就不走了。”

肖莱伸手用手背抹去眼角的泪水：“顾大哥，人生实现梦想的机会可能就那么一次，你要加油念书。等C929的时候，你一定会是其中的一员骨干，还有咱自己的宽体机，我等着到时候能上去服务。”

顾念林刚要说话，就听见广播里已经在播他的名字了，还有十分钟飞机就要起飞了。

“叫你了，快走吧，免得误了机。”她就这么推着他进了安检门，“顾大哥，加油，保重！”可眼泪就是忍不住，她使劲地擦，不想在顾念林面前丢人，可偏偏身不由己。

“我会跟你联系的，三年，三年我就回来。”

叶向云没有想到慕筱白会来接航班，总结会开得也很仓促，十天没见面，他心里早就想她想得抓狂了。站在出口，他远远地就看见穿着一身淡绿色抹胸长裙的女人。他微微皱了一下眉头，就看见很多男人经过她身边时都在有意无意地回头用目光瞟她几眼。虽然只是过了眼瘾，但他还是有些不高兴。

慕筱白也看见了那个人，他微蹙着眉头站在那里，雪白的制服衬衣、笔挺的西装裤，手里拖着飞行箱，另一只手插在西裤的口袋里，整个人挺拔潇洒，在来来往往的人群里分外扎眼。

她快走几步，可还没到跟前，就看见一个瘦高的女孩抢了先。慕筱白抿着嘴，脚步慢下来，绕到旁边，就看见那个姑娘腼腆地看着眼前的男人。

“叶机长，您不记得我了？三个月前，我在您的机组一起飞B市，还没起飞的时候，有个乘客对我动手动脚，您很不客气地就把那个乘客给轰下去了，我们俩还都被投诉了呢。谢谢您还帮我反映情况，不然我恐怕已经被开除了。”

叶向云对眼前的这个人已经完全没印象了，但说起这件事他倒是记忆犹新：“哦，那都是我应该做的，本职工作而已。”

小姑娘的脸上满是腼腆之色：“在公司里，机长都是多一事不如少一事，很少有人愿意为我们小乘务员说句公道话。所以叶机长，我想请您吃个饭，表达我的谢意和仰慕。”

叶向云歪头看了看旁边的慕筱白，她眯着眼睛，咬着嘴唇看着他，眼里有些挑衅的意思。叶向云笑笑，他整了整自己的头发：“对不起，你的谢意我知道了，吃饭就算了吧，我也没有什么可仰慕的。我太太的目光已经快要把我给杀死了。”他伸手把慕筱白拉到自己身旁，笑得一脸无害，“那次的事情你确实是无辜的，所以你不需要感谢我，我只是讲出了真相。”

他冲着那人点了点头，便搂着慕筱白的腰走了。

慕筱白有些不情愿，脚下拖拖拉拉的："今天我要是不来接你的航班，你是不是就延误了？"她有些小嗔怪，语气里都是酸泡泡。

"怎么会！"叶向云一边说，一边用手挡住她裸露在外的肩膀，不想她这么被吃豆腐，"我老婆现在刷航班信息比我还顺溜，我就是有天大的胆子也不敢拿航班信息撒谎啊。"

说完这话，叶向云就拉下脸来："还有，你怎么穿成这样就上街了？你看看那些男人看你的眼光。"

慕筱白抬头看他，心中欢喜，可脸上却是一副无所谓的样子："说明我这么穿好看，你不是也经常说我的肩膀好看吗？扬长避短，当然要露出来了。再说了，他们也就是看看，既没人请我吃饭，也没有人表达仰慕之情。"说着她甩开了叶向云的胳膊，转身朝着候机厅的方向去。

"不回家吗？你这是去哪儿啊？"叶向云跟了上去。

慕筱白的心情低落下来："小莱给顾念林送机来了。"她低低地叹了一口气，"你信不信缘分啊，那个顾念林之前我就觉得面熟，今天在机场看见他我突然想了起来，我回国那天，我们还同机来着。"

"就是你不听话，后来坐我腿上那次？"

慕筱白狠狠地剜他一眼："我跟你说正经的。就是那次，我跟小莱联系着突然电话就断了，然后我心里就不放心，就去了你们公司的服务台，当时好像就是季姐在值班，就是找的顾念林去外场找小莱的。你说巧不巧？"

叶向云一头雾水："公司就这么大，也不是很特别，再说这有什么其他意义吗？"

"顾念林跟小莱表白了，但小莱拒绝了，因为她已经有了旷宇翔。可我觉得她也不是不喜欢顾念林，只是不想耽误了他的学业。总之我现在也被那个丫头搞得很乱，她的伤心似乎更多的是因为祁可，或许对旷宇翔更多的怨念是因为放弃了顾念林这么好的男人。"

"你是说肖莱更喜欢顾念林？"叶向云不可思议地瞪大眼睛，然后又换上一副若有所思的样子，"不过念林倒真是个好男人。"

"所以啊，都是被旷宇翔给害的。"一想起来慕筱白就有气。

他们进了候机大厅，远远地就看见肖莱坐在长椅上，低着头。虽看不到她的脸，可隔很远就能感觉到她的不开心。

慕筱白也不知道该怎么办好了，在感情上她也是个弱智。她看了看旁边的人：“怎么办？”

叶向云把她往怀里搂了搂：“她还是个孩子，慢慢会知道自己想要什么的。顾念林不过是出国念书，又不是去结婚，如果她心里真的喜欢念林，对她而言是一件好事，时间会让她看清自己的心。”说完他就这么搂着怀里的人走过去。

肖莱就这么呆呆地坐着，心里像是被挖了一块一样。机场的信息牌上，顾念林的航班状态已经是起飞，她的心仿佛也跟着飞走了，放空的感觉很难受，仿佛四肢百骸都不是自己的。

她看着眼前出现的四只脚，深深地吸了一口气，抬起头努力挂上笑容：“表姐夫回来了？”说着话，尾音还是带出一些哽咽，她慌忙低下头，用手背擦了擦眼泪。

叶向云在她的身边坐下：“我们小莱遇到挫折了，哭鼻子也没关系，在你面前的都是你的亲人，都是关心你的人，为什么要忍着呢？装坚强很辛苦的。”

肖莱一下子就哭出了声，转身就趴在叶向云的肩头上大哭。从出事那天起，她都没有这么哭过。这让慕筱白跟着心里发酸，眼睛也红了起来。

叶向云拍着肖莱的后背：“好了，我们先回家，姐夫还给你从美国带了礼物，回去看看喜不喜欢。”说着叶向云就起身把肖莱交给了慕筱白，三个人一起出了机场。

“我去开车，你们到路口等我。”

慕筱白点点头，扶着肖莱站在路口等。她转身看见季晓棠也走到自己的身边，四下张望着。这里是机场大巴的停车点，她像是在等车的样子。

“季姐！”慕筱白跟她打招呼，倒是季晓棠显得有些尴尬和不自在。她跟宋国海闹得越来越凶，现在谁都不好收场了。况且现在大家都在传季晓棠只要财产不要孩子，宋国海是只要小三不要家庭，总之，以前模范家庭的神话现在已经灰飞烟灭。

“你们也在等大巴？”季晓棠找不到什么话题。

慕筱白微微一笑：“向云开车去了，我们一起走吧，反正也顺路，这个点等机场大巴还要些时候，才刚走了一辆。”

说话间，叶向云的车子就停在了跟前。肖莱打开车门：“季主任，大家一起走吧，我们坐后面。”说完自己就先钻了进去。

慕筱白看着她还有些犹豫不决，就上前拉住她：“一起走吧，反正也能坐得下。”

一路上气氛有些凝固，慕筱白不知道说什么好，怕说到人家的伤心处。叶向云却不管那么多，因为熟，说话也就没那么多忌讳。

“开庭的日子定了吗？”他倒是问得很直接。

季晓棠叹了一口气：“下周四。”

“请律师了吗？”

季晓棠沉默了一会：“请什么律师啊，我的所有条件他都答应，这么丢人的事情，就别让更多人知道了。”

肖莱红肿着眼睛，嘟着嘴：“季主任，您一点都不显老，又这么漂亮，一定能找到更好的男人。”

季晓棠苦笑，知道肖莱也是一番好意：“我可不能跟你这么漂亮的小姑娘比。肖莱，结婚之前一定要瞪大眼睛找男人，你甩了旷宇翔是对的，他不是个好对象。别难过，季姐看到合适的给你介绍。”

“宋机长找小三，也不是好男人，所以你也不要太伤心。”她抱着季晓棠，虽然差了十几岁的年纪，却有些同病相怜。大家都知道肖莱甩了旷宇翔，也没有人对此表示过惊讶。毕竟以那个男人的作风，这是很正常的一件事。

进了家门，慕筱白就忙着进厨房给男人弄点吃的，肖莱就杵在客厅里等着。叶向云换了家居服出来，看见肖莱就想了起来，他打开自己的箱子，从里面拿出一部笔记本电脑：“不是老跟你表姐抱怨电脑不好用吗？送给你的。”

肖莱拿着电脑仔细地翻看，一副爱不释手的样子，总算是有了一件让她心情好的事了。她看着叶向云笑：“谢谢姐夫。”说完又大声地冲着厨房的方向喊，“表姐，我的手机也快要不好用了。”说完又就抱着新电脑跑上了楼。

叶向云忍不住笑，走进厨房从身后抱住慕筱白：“看来已经没事了，这么顽皮，还知道讨礼物。”

慕筱白的脸上有些宽慰之色："你出钱给她出去玩，又给她买电脑，把她惯坏了。"

"我还要送她一部手机呢，小姑娘都开了口，当姐夫的也不能太吝啬。"说着就在她的脸颊上亲了一口。

慕筱白回头诧异地看着他："你还真给她买啊？算了，我把钱给你吧，不能给她养成坏习惯。"

叶向云的下巴搭在她的肩头："你都是我的，那么几个钱还分什么你的我的。肖莱是个懂事的孩子，心情不好嘛，总得自己寻一点开心吧。一部手机而已，我又不是送不起。只是希望她不要有事没事霸占我老婆我就开心了。"

慕筱白腼腆地一笑："每次我都没有礼物，那个丫头居然这么受重视。"她话说得酸酸的。

叶向云笑出来："你吃醋了？还不是因为她是你表妹，不然我才懒得管呢。再说了，我不是最好的礼物吗？我知道你不喜欢那些奢侈品。"他有些累，拉开旁边的椅子坐下，看着慕筱白忙活，"难怪下周给我安排了那么多任务，原来是老宋要开庭。这都是些什么事啊，我之前还真没看出来，韩丽雯是这么一个女人。"

宋国海回到自己的新住处时已经是深夜了，他一身湿漉漉的，外面的雨越来越大，台风的尾巴还是扫到了这座城市。下了班的宋国海竟然不知道该去那里，最后鬼使神差地去附近酒店开了个房间过了一夜。

开庭那天，宋国海早早地就到了，在审判庭等了很久都没有看到季晓棠的影子。他打了十几遍电话，但还是没有人接听。法庭最后不得不按缺席审理，在孩子抚养权的问题上，因为岚岚的年纪也不小了，法官觉得有必要调解一下，征求一下孩子的意见。

第一次开庭没个结果，宋国海反倒是松了一口气，出了法院的大门就收到了韩丽雯发来的短信，她现在应该在墨尔本，可心思肯定会在官司上。宋国海知道韩丽雯是个敏感细腻的女人，心里装不下什么大事。自他们俩的事情公开以后，她被投诉的次数都是爆发式地增加，原因都是不小心将饮料泼洒在了乘客的身上，他知道她一定是工作的时候走神了。

叶向云看着韩丽雯一脸怅惘的样子，想同情她都同情不起来。旷宇翔心里也明白："老宋的案子今天能结了吗？"他看着叶向云。

"没离过，不了解。"

"真替季晓棠感到窝囊。说真的，韩丽雯除了年轻，哪一点比季晓棠好？今天在飞机上又泼了乘客一身饮料，可想而知以后肯定不会做家务。"

"那你说祁可又哪一点比肖莱好呢？"

旷宇翔的脸色一下子阴沉下来："我知道你们现在是亲戚了，求你别调侃我了。我是对不起肖莱，可我是真爱上别人了，也就不能再耽误了她。"他狠狠地吸了一口手里的烟，然后把烟头丢进垃圾箱，"你以为我打心眼儿里想去爱老板的人吗？为了那么个女人去伤害那么好的姑娘？这就是我的报应，每天都见面还是每天都想，现在我们已经有三个多星期没有见过面了，我都快想她想疯了，快疯了你知道吗？"

叶向云没说什么，只是安慰性地拍了拍他的肩膀。祁可复飞了，不知道排班真是不是那么巧，她跟旷宇翔一个天上一个地上，总是见不着。

宋国海开车回到自己的公寓，洗了个澡出来后就查看自己的电话，依旧没有什么动静。他打开电视，正赶上插播重大新闻。

"今天上午在机场路发生重大交通事故，一辆满载石灰粉的重型卡车与一辆油罐车发生追尾事故，并造成油罐车发生爆炸起火，两车失控冲向路边的人行道，造成行人伤亡。截至发稿时，有四人死亡、九人受伤，其中三人伤势严重。"

宋国海的心中陡然升起一些不安，他又掏出手机不停地给季晓棠打电话，可依旧无人接听。他再把电话打到家里，也一直都是忙音。他一直安慰自己不会那么巧，可他的家就在那附近，让他没办法不担心。

在家里坐了不到半个小时，他终于坐不住了，拿起车钥匙就奔向市立医院。新闻里说，伤者都已经被送到那里去了。他车子开得飞快，到了医院一看，急诊室的门口已经被警察拉起了警戒线，外面围着一大批记者。

宋国海想进去，可根本就进不去，找医生打听，大家也都是三缄其口。

就这么一直折腾到下午快三点的时候，宋国海也累了，仍是什么消息都没有。这也就应了那句话，没有消息就是好消息。他回到停车场，打算开车回家，心想季晓棠大概就是想躲避今天的庭审。

车子还没有发动起来，他的手机就响了，是个陌生的号码。他皱起眉头，心突然跳得很快。

“喂，你好！”

“是宋国海先生吗？”

“我是。”

“我们是机场路车祸事故处理小组的，请你马上到市立医院医务处来一下，你的妻子季晓棠和女儿宋岚在事故中受了点伤。”

宋国海的脑子里一片空白，眼睛瞪得老大，似乎没有办法消化这个消息。片刻后他冲下车，连车门都顾不上关，就飞奔到了医务处。

宋国海冲上三楼就看见医务处门口聚集了大批的人，他亮明身份后被工作人员带到了旁边的一个会议室。

“我老婆孩子到底怎么样了？”他的情绪有些激动。

“宋先生，你先别激动，听我们慢慢说。”

“你的老婆和孩子生死不明你能不激动，能听别人慢慢说吗？！”他咆哮起来。

说话间，会议室的门被推开，进来的人是慕筱白。她微微皱着眉头：“宋机长，你别着急，岚岚现在已经没事了，季姐还在手术室里没出来。她们两个人的随身物品都没有找到，我是过来处理善后的，看见了岚岚，所以才通知你的。”

出了这么大的恶性事故，司法部门肯定是要介入的，省厅本来是要把慕筱白招回去，这样一来也就直接让她继续配合做好死者的尸检和伤者的伤情鉴定工作。

在病房里看到那个昏迷的小姑娘的时候，慕筱白真的被吓了一跳。她还带过岚岚一天，尽管此时满脸伤痕，可她还是认得出来。

“岚岚还没醒，但只是受了点擦伤，没有大碍。听救援人员说，当时季姐把她压在了身子下面……”慕筱白说不出话来，别过脸去不想看到这个男人，想到他背叛了这个家庭她就有些气愤。

宋国海的眼睛红得吓人，他站起来就抓住慕筱白的胳膊：“晓棠现在怎么样了？晓棠她怎么样了？！”

“具体情况我不清楚，听说是严重的颅脑损伤。”她说着看了一眼旁边的工作人员：“你带他过去等吧。”说完便出了小会议室。

这一条长长的走廊他也走过，当时是割了阑尾，躺在病床上都没有这么不安和慌乱。尽头的那扇门上的红灯依旧亮着，宋国海的心跟在油锅里煎一样。

他这边还心思没安定下来，就听见一阵凄厉的哭声：“我要找我妈妈，我就要找我妈妈！”

宋国海一听声音，猛地站起身，就看着自己的女儿哭着往这边跑，旁边还有一个护士紧紧地跟着。

他眼睛一酸，眼泪就掉了出来。

“岚岚！”

小姑娘的哭声止住，脚步也停下来，斜着眼睛睨着眼前的人。

“到爸爸这里来。”

岚岚后退了一步，挣脱开宋国海的怀抱：“你是坏人，你不要我和妈妈了，你不是我爸爸！”说完她哭得更大声，直接从他身边绕过去，往手术室的方向跑。

宋国海似乎听到自己的心破碎的声音，他最爱的女儿不认他这个爸爸了，他自以为的那个不负责任的母亲在危急关头拼了自己的性命保护了孩子。

他惭愧极了，感到无地自容。小护士硬拉着岚岚不让她去拍手术室的门，孩子的哭声凄厉，让他觉得耳膜都快承受不住了。

他走上前蹲下就把孩子紧紧地抱在怀里：“岚岚，别哭，是爸爸错了，爸爸跟你一起等妈妈出来。妈妈一定会没事的，她那么爱你，那么爱咱们的家，她一定会没事的。”他不停地亲吻着孩子的脸颊，在她的耳边安慰着，“没事的，岚岚，妈妈一定会没事的。”他是在安慰孩子，更像是在安慰自己。

天色渐晚，季晓棠进手术室里已经快十个小时了。

“爸爸，为什么妈妈还不出来？”孩子的嗓子已经哭哑了，抱着宋国海的手越来越紧。她不过是个小孩子，大而清澈的眼睛里闪着那么美丽而无辜的光芒。

孩子有什么错，她一尘不染地来到这个世界，带给父母的都是快乐和幸福，可现在却要她来承担这样的不幸，因为大人的自私和欲望带来的不幸。

宋国海的心都已经跳得没有力气了，浑身也被虚汗浸湿了。他的嘴贴着孩子的脸，不停地亲吻：“时间长是好事，没事的孩子，只要我们一家人的心在一起，就没有什么是不可能的。”

“爸爸，爸爸，你是不是真的不要我们了？妈妈每天都哭，眼睛总是红红的。妈妈想爸爸了，可爸爸为什么总是不回家？爸爸，你真的不爱妈妈了吗？真的不爱岚岚了吗？要是妈妈有事，岚岚是不是就成孤儿了？”

宋国海的眼泪不自觉地掉落下来：“岚岚，爸爸爱你，也爱妈妈，我们一家人是不会分开的。”

手术室的灯灭了，宋国海抱着孩子站起来，朝着医生奔过去：“我老婆怎么样了？”

“现在她的颅脑损伤已经没什么大问题了，只是需要很长一段时间的康复，留下后遗症的可能性也不大。现在最主要的问题是，病人的眼睛里进了大量的石灰粉，因为施救不够及时，角膜受到了严重的损伤。也就是说，病人失明了。”

宋国海愣在那里，随后他闭上眼睛，轻轻地吻着孩子：“妈妈没事了，岚岚，妈妈没事了。”失明又能怎样，至少还有人在，以后他可以当她的眼睛，替她看这个世界。他又亲吻女儿的眼睛，“岚岚，以后我们一起照顾妈妈，你跟爸爸一起照顾妈妈。”

季晓棠被送回了病房，整个头被纱布包了起来，眼睛也被绷带缠着，一个大美人已经面目全非。他先把孩子哄睡着了，然后就静静地坐在季晓棠的病床边。他拉着她的手，她的手上也遍布擦伤。

宋国海心中有隐隐的痛，他轻轻地吻着她的手背，或许只有在危难时刻才知道那个人在自己心里到底处于什么地位。听到她们母女俩受伤的消息，他的心跳都要停止了。

“晓棠，你要赶紧好起来，我们不会分开的。晓棠，是我的错，你要赶快醒过来。”

韩丽雯没想到自己只是离开A市三天而已，再回来就已经变了天。她匆匆赶到医院，见到的宋国海却是一脸胡楂，一看就知道已经很久没有回家了。

宋国海看见韩丽雯，也有些意外："你怎么来了？"

韩丽雯有些尴尬，一时间说不出话来。宋国海也有些不自在："你先回去吧，有时间我们再好好谈谈。晓棠还没有醒，我要留在这里陪她。"

韩丽雯一句话也没有说，她没有立场，也没有什么话可说。她就这么黯然地离开，留给宋国海一个孤单而怅惘的背影。

宋国海有些迷茫，竟然不知道该怎么面对她。可现在他却不得不对这个女人怀抱一个此生都无法释怀的歉疚，因为他真的不能再丢下自己的家庭了。

叶向云和旷宇翔来探病，一进门就看见满脸胡楂的男人抱着孩子坐在病床边。

听见有人进来，宋国海回头，伸出手指做了一个噤声的动作。孩子已经在他怀里睡着了，眼睫毛上还挂着一滴泪珠。

叶向云看着孩子的样子心里就难受："孩子怎么能一直待在医院里呢？"他压低嗓音。

宋国海有些无奈："她非要跟妈妈一起，我也没办法。我又离不开，也没人能带。"

"我有两天假，要不我给你看两天吧。"旷宇翔在旁边跟了一句，他现在很无聊，祁可早上的航班去了美国，两个人又生生地错开了。

以前总是盼着的假期现在却变成了他最难熬的日子。

把一个这么脆弱的小女孩交给旷宇翔这么一个不着调的人，任谁都不能放心："不然让我妈给看两天吧。"叶向云皱着眉头，有些无奈。他的母亲在家闲着也是闲着，只等着抱孙子。可是三个孩子中，大的已经快四十岁，小的也快三十岁，还没一个有孩子的。

宋国海叹了口气，手轻轻地拍着怀里的孩子："等等吧，晓棠没醒，谁带她都不会乖的。"

病房里一阵沉默，三个男人就这么对着眼，心里各自想着事情。世事无常，如果还有时间，那么就应该好好地在一起。

旷宇翔指了指自己的眼睛："看不见了？"

宋国海点点头："不过医生说了，初步判断只是伤到了眼角膜，等她醒了会做进一步的检查。如果确定了，那么只要移植角膜，晓棠仍可以重见光明。”

可是等着移植角膜的人恐怕已经排到十年以后了，真要这么等，不知道猴年马月才能有机会。

可他毫不气馁，至少还有希望。只要有一线希望，他就绝对不会放弃。

从医院出来，旷宇翔长出一口气：“唉，韩丽雯这次是彻底出局了，只是可惜了季姐，好好的一个人就这么瞎了。她那双眼睛多漂亮啊，在咱公司绝对排第一。可可的眼睛也没她的好看，要么眼神太厉，看着发冷；要么就太凄凉，看着心疼。”

“最不好受的人应该是老宋，这下好了，老婆毁了，情人也辜负了。他要真是个完全没良心的人也好，只可惜他又不是。这么一来，真的一辈子都会不好过了。”

“没办法，那也是他自找的。”旷宇翔仰头看着天上的太阳，阳光有些刺眼，可是照得人心里敞亮。

叶向云笑着拍了拍他的胸脯：“你能认识这么深刻还算是有进步，有前车之鉴，你就别再步人后尘了。得，你好自为之，我先走了，下午赶紧休息，晚上得给老婆做饭吃。”

慕筱白最近也忙得厉害。在没娶法医之前，叶向云觉得世界真太平，可娶了法医之后，他突然觉得自己活着真是个奇迹。

季晓棠醒来的时候眼前一片漆黑，一点光亮都没有。是不是晚上？为什么缠着纱布？她的头有些疼，可意识很快就清醒了。她很怕，真的很害怕。

当手被另外两只大手握住的时候，她的心才踏实了些。她想说话，却发不出声音来。

宋国海看着自己老婆艰难翕动的嘴唇，心中悲喜交加。他站起来，俯身把脸轻轻地贴在她的脸上：“晓棠，是我，我在你身边，别怕，我会一直陪着你。”

季晓棠勉强从嗓子里挤出一个字：“岚……”她的声音很微弱，没有一丝一毫力气。

宋国海的眼泪滴在季晓棠的脸上：“孩子没事，孩子一点事都没有，是你救了她。”

他明显感觉到季晓棠松了一口气，那种如释重负的感觉他能感同身受。原来他一直都错怪了她，她所做的一切不过都是想挽回这个家庭。

宋国海想跟公司请长假，但公司最后只给了他十天的假期。不过领导也承诺会尽量给他安排备份和国内的一些线路，给他尽量多一些的时间照顾家庭。

宋国海没办法拒绝，晓棠需要长时间的治疗，还需要移植角膜，他已经做了打算，如果真的要等很长时间，他不排除带着她去国外花高价进行手术。

这些都需要钱，所以他不能没了经济来源。

日子过得很快，季晓棠很快就能坐起来，又逐渐可以下地行走了。颅脑的损伤确实没有给她带来什么后遗症，可双目失明还是让她的情绪变得很消沉。

一双颇有神采的眼睛现在像是蒙了一层灰，没有了一丁点光泽。

她的话变得很少，除了跟女儿的交流稍微多一些外，几乎都不怎么说话。宋国海跟她说什么，她只是静静地听，偶尔有询问，也只是简单地回答。她冗长繁杂的唠叨没有了，言语间的那些锋利也没有了，她的安静让人有些心慌和窒息，仿佛和她一样处在一个没有光彩的世界。

宋国海的心里时时刻刻都塞着大石头，沉闷又没有办法开解，每到这个时候他就会想起韩丽雯。以前他会给她写信、写电邮，或者把她约到很少有熟人出没的地方聊聊天，纾解心中的那些不快和愤恨。

她巧笑嫣然，轻声软语总能帮他赶走那些苦闷和牢骚。她真的很懂他，对着她的时候，他会从心底笑出来。那种心理上的轻松和愉悦，是他的家庭没有给过的东西。他一时间迷失了，仿佛看到了自己想要的生活，一个女人可以给他带来的改变。

想到这里，他皱紧了眉头，眼前出现了韩丽雯那天离开时的背影，心猛地紧了一下。不知道她现在怎么样，过得好不好？在那之后他们没有再见过，也没有联系过。哪怕他向法院撤回了离婚诉讼，她也没有只言片语。

她从来没有要求自己做过什么。悔恨和愧疚再一次将这个男人的心淹没，找不到救赎的出路。他到底是爱她的，一个没有虚荣、恬淡而又懂事的女人。

“你最近烟是不是抽得太多了？”季晓棠说了一句，没有什么力气，话语虽然还是那么强势，可是当那些戾气退散的时候，剩下的就只有浓浓的关心和担忧。

宋国海回过头，赶紧掐灭了烟：“我以为今天的风向不会往病房里串味呢。”他走到跟前，从护士的手里接过轮椅，“都检查完了？我推你去院子里转转好不好？秋高气爽，外面的风很舒服。”

季晓棠点了点头，没有出声。两个人在小花园绕了一圈后找了一条长椅停下来：“歇一会儿好不好？”说着他把轮椅固定好，然后自己坐在长椅上，拉着季晓棠的手，愁肠百结。

他真的很讨厌自己，陪在韩丽雯身边的时候，他总是想着自己的家，可这个时候他又忍不住想知道那个人现在怎么样了，他给了她伤害，却就这么不闻不问了。

“别抽那么多烟了，你的嗓音都变了。”季晓棠淡淡地说了一句。

宋国海抬头，看着她脸上浅浅的笑，心却紧了一下。自己的声音变了吗？他并不觉得。他是抽烟抽得厉害，但那些都是半夜在楼梯间或者楼下抽的，她却能感觉到这么细微的变化。

“案子什么时候了结啊？本来我还想再争抚养权的，不想让你消停，现在也没办法了。我知道韩丽雯人还不错，对岚岚不会坏，只是等你们有了自己的孩子以后，不要太厚此薄彼就行。岚岚本来就像你，心思敏感……”

“晓棠，我撤诉了！”他紧紧地握着她的手，“我们是一家人，不能分开。”

季晓棠的脸上一片茫然，过了一会，她幽幽地叹了一口气：“你这是自找苦吃，以后生活压力只会更大、更辛苦。我脾气不好，不会这么一直温顺下去，我现在只是身体虚弱，没什么力气罢了。”说着她自己就笑了，“我不需要谁可怜。医生不是说了吗？只要进行角膜移植我就能重获光明。”

宋国海半晌没有说出话来，然后自嘲地一笑：“晓棠，你还是那样，你这是想让我无地自容。”

“你是该无地自容。人家一个大姑娘，花样年华，比你年轻十几岁，什么都给了你，什么都没要，到头来也什么都没有。我现在不是在跟你说气话，以前我不同意离婚，因为做妻子我可以做得比她更好。从我不飞那天开始，我所有的满足都是从家庭里得到的，看着自己的女儿慢慢成长，聪明漂亮又乖巧。我把自己的老公照顾得很好，早晨送出去，虽然知道要过几天才能迎回来，可只要还能回来我就很高兴，因为这又是一个平安的起降。在机场听同事们议论，宋机长的制服每天都跟新的一样，我心里真的特别高兴，比别人直接夸我还要高兴……”她顿住，有些说不下去了，“可以后我恐怕不会再有这种满足感，我眼睛虽然瞎了，但是我的心不瞎。国海，你跟公司里很多男人离婚不一样，公司里男男女女那么多事情，你从来都不沾身。我知道你不花心，不是一个不负责任的人，走到这一步是因为你真的爱她。”

季晓棠浑身都在颤抖，让一个妻子对丈夫说出这样的话需要多大的勇气和爱。

“晓棠，你别说了，我求你了。”宋国海的心跟被刀在切割一样，他紧紧地抓着她的手。

“其实你陪着我的时候想着她，这种伤害比离婚还要大。”

宋国海打了一个寒战，像是被人从头到脚泼了一盆冷水，一下子清醒了不少。他直直地看着季晓棠一脸受伤的表情，一句话都说不出来。

宋国海休完假后，公司果然没有给他安排太多的任务，这也苦了A380机队本来就很稀少的机长们。

慕筱白回了省厅之后工作清闲了不少，可是跟老公见面的机会也越来越少。

这天，慕筱白回家一开门就闻到了浓浓的煎牛排的味道，油腻腻的，让她忍不住喉咙里泛起酸水。她丢下手里的包就跑进卫生间，扶着水盆就吐了起来。

叶向云躲在厨房里煎炒烹炸，根本没在意外面的响动。他一边煎着牛排，一边看着锅里的鲜虾豆腐汤，不时地深吸一口，陶醉在这鲜美的味道中。

“筱白，你回来了吗？赶紧进来看看老公给你做什么了？保留菜品哦！”自从结了婚，叶向云就又多了一项技能，那就是做饭。他现在会做的东西已经很多了，书架上多了很多菜谱，闲着的时候他就下下厨，希望能多多弥补自己忙工作时妻子的辛苦。

慕筱白洗了一把脸，进了厨房看老公穿着围裙有模有样的，嘴角就勾了起来，可这股煎牛排的味道还是让她有些反胃。

“你中午不是飞赫尔辛基了吗？”慕筱白有些意外，他竟然在家里做饭。

叶向云回头，一副很开心的样子：“你知道吗？我这个月排的大部分都是飞欧洲的航班。但冰岛火山爆发了，现在整个欧洲上空都被火山灰笼罩着。我想我可以休个假，虽然不能出去旅行，但是能每天晚上都回来陪你。”

慕筱白听了这个消息也跟着开心起来，她走上前从背后搂着他的腰，看着他翻着锅里的牛排：“我也希望你能轻松一点。”

“接下来我可能会飞一飞国内的热门线路，总之还是会轻松不少。”

叶向云的饭菜现在已经做得很好吃了，慕筱白虽然胃口不是很好，但鲜虾豆腐汤还是很对她的口味的。饭后，两个人一起收拾了碗筷，然后就窝在沙发上看电视。

叶向云抱着自己的老婆，慕筱白就很温顺地窝在他怀里，手里端着一个大水果盘猛吃。

“筱白，你这个月疼了没有啊？”叶向云关切地问了一句，她每个月都疼得死去活来的那几天真的让他头疼，带着她去看了中医，她又不好好配合吃中药，没见过这么不听话的病人。

慕筱白打了个激灵，快五十天了吧？想到自己进门时的干呕，她猜测应该八九不离十了。

她猛地坐起来，把叶向云吓了一跳：“怎么了？”

慕筱白直勾勾地看着眼前的男人，抡起小拳头就捶他：“你这个坏蛋，坏蛋，臭男人！”

叶向云有些蒙，不知道她好端端的又发什么无明业火。他抓住她的手腕：“这又是怎么了？”他坏笑，说着就低头要吻她，却被她推开了。

“向云，我八成是有了！”她的眼神有些无辜。

“有什么？”叶向云这话刚出口就恨不得扇自己一巴掌，他的脸上立刻显现惊喜之色，“真的吗？有了？我的？”他有些激动，看着慕筱白骤然变黑的脸，立刻就扇了自己一耳光：“我不是那个意思，我……我就是不敢相信，我就要当爸爸了，哈哈！”他的脸都红了起来，感觉整个脑袋都充血了。

慕筱白没有想到他的反应会这么大："这么高兴？"

"当然！"叶向云有些自豪，一边咧着嘴笑，一边在她的肚皮上摸，"我看看是男孩还是女孩。"他一副认真的样子。

"滚一边去！"慕筱白从他身上下来，"我就是怀疑，还不知道是真是假呢。"

叶向云的情绪一下子低了两度："筱白，你是医生，怎么可以随便怀疑呢。一定是真的，不可能是假的。"

他忽地就站起身，拉着慕筱白就往外走："我们马上去医院检查一下。"

"你发疯了！"慕筱白的手抓着沙发靠背，"大晚上的，又不是急诊，医院哪会有人给你验孕？明天吧，我们明天再去。"

"不行！"叶向云一本正经地看着她，"我明天要去机场备份，这么大的事情我怎么能不在场。"他略作思索，然后拿起电话："我爸爸的保健医生是个中医师，让他先过来把把脉。我立刻找我爸爸，他听到这个消息肯定会很高兴的。"

慕筱白真的被他吓着了，上去就把电话给夺了过来："你真是疯了，这还不知道是怎么回事呢。惊动了爸妈，万一再没有……"

"没有也不怕，没有今晚就弄一个出来。"说着他又把电话夺了过去。

慕筱白被吓怕了，这种事情可不是说说那么轻松，如果不是真怀了会在公婆面前丢人的。她捂住电话，一脸委屈地看着叶向云："别打，我们去买支验孕棒，成了再说行不？"

"那个准吗？"叶向云将信将疑。

慕筱白狠狠地点头："属于医学界的尖端技术产品，准确率高达百分之九十九。"这会儿就是个棒槌她也得把它说成是金条。

"那还等什么？快走。"

"我去换件衣服啊。"

"换什么衣服，药店很近的，我陪着你。"说着他就把人给拖走了。

叶向云站在洗手间的外面等，他不停地看时间，已经过了十五分钟了，他有些后悔。他就应该直接让父亲的保健医生来看。去了药店，他一听说那个尖端产品只要五块钱，就觉得自己受骗了，这件事根本就不靠谱啊。

"好了没有啊？！"叶向云敲门，"你锁什么门啊？没有也别躲在里面不出来。我们多努力，迟早的事情。”他又开始敲门：“听见了没有，你……”

他这边话还没说完，洗手间的门就开了，慕筱白一脸沮丧地走出来。

“没有？”叶向云在看到她的表情时心情也低落下去，不过他强打起精神，看着她笑，“没有也好，我们多过过二人世界。”

慕筱白点点头：“你的‘二人世界’要落空了。”说着她就把验孕棒拿出来，上面一深一浅两条线，“真的。”

叶向云一时说不出话来，他原地打了几个转，转身猛地把慕筱白抱起来：“你真是我的好老婆，哈哈！我真的要做爸爸了。筱白，谢谢你！谢谢你！”说着他就在她的脸颊上亲了又亲。

“放我下来。”慕筱白一副命令的口气，一脸娇嗔的样子。这副娇蛮的样子恐怕也就叶向云有这个福气能看得到。

叶向云没松手，抱着她坐在沙发上：“打电话回家说一声吧。”

“先不要，等我们去医院再确认一下，免得闹笑话。”慕筱白嘴角噙着笑，一脸幸福的模样，“我们自己先偷着高兴一阵子不好吗？”

叶向云对她的这副模样完全没有抵抗力：“行，明天下午我工作结束得早，我陪你去医院。”

慕筱白答应了，可心里却另有打算。她可不想跟着叶向云这个疯子一起去医院丢人，到那之后他指不定又会有什么惊人之举。

第二天慕筱白送叶机长上了机组车，她给自己的领导打电话请了一上午的假后就直接去了医院。等到她看见化验单上那个醒目的红色加号的时候，她的心才算是真的踏实了。她边走边给叶向云打电话，当然少不了被那个男人责怪，总觉得人生一个很重要的时刻错过了。

慕筱白不以为意，觉得他有些小题大做。她挂断电话正要走，就看见韩丽雯一个人木木地坐在走廊的椅子上。

慕筱白的脸上显现出厌恶的神色，想到季姐现在的境况她就对这个女人心生气愤。她刚转身要走，就看见韩丽雯捂着脸痛哭起来。她一时不忍又有些好奇，于是便走了过去。

“你怎么了？”她问。

韩丽雯抬头看见慕筱白，神色立刻慌张起来。她赶紧把手里的纸搓成一团，两只手背到身后：“慕医生，你怎么在这里？”

慕筱白的眉头紧紧地皱着，韩丽雯脸上的泪痕清晰可见，眼眶里噙着泪水，说话间便掉落了下来。

“慕医生，我还有事，我先走了。”说着，韩丽雯就转身，狼狈地逃出了慕筱白的视线。

慕筱白更疑惑了，她抬头看了看，诊室门上赫然写着：神经外科。

她想了一下，没走，立刻转到了医院的病理科。因为工作的关系，她跟这个部门的医生很熟：“能不能从电脑里帮我查一个叫韩丽雯的人的诊疗记录？”

“慕医生，你是法医，你应该知道这个是不能随便看的。”化验员跟慕筱白很熟，看着她一脸纠结的样子又有些忍不住。化验员打开电脑系统，输入密码，随便点了几下，“我先去上个洗手间。”

慕筱白会意，等人出去以后就自动检索了信息。当页面打开的时候，她被震惊了。她错愕地看着上面的信息，脑子里一片空白。她查看了第一次诊疗的时间，心中顿时明白了很多事情。

她闭上眼睛，深深地吸了一口气。爱情中的女人，永远跟傻脱不了干系，可是她也突然之间没有了立场。这样的病，不住院，消极治疗，还在天上飞。可是治又能怎么样呢？不过是早晚的事情。

慕筱白心里依旧装不了事情，她出了医院大门就给叶向云打电话要韩丽雯的电话。电话还没有接通，她就依稀看见韩丽雯坐在地上，旁边有很多人在围观。她急忙挂断电话，走上前去慢慢把她扶起来，并捡起地上的包：“来，别着急，放松，慢慢放松。”说着她又冲着人群喊：“都散了吧，她只是摔了一跤而已。”

慕筱白拦了一辆出租车，去了附近一家咖啡馆。韩丽雯坐在那里一句话也不说，只是一直掉眼泪。

“哭解决不了问题，宋机长知道吗？”

韩丽雯突兀地抬头：“别，慕医生，你千万别跟他说，不能让他知道。他现在已经很烦了，我不能再去给他添麻烦了。”

“那是他自作自受！”慕筱白有些激动，“既然他是你的男人他就不可以什么都不管！如果不是他要离婚，他的老婆孩子就不会出意外。是他自己造成了今天的局面，你为什么还在替他着想？你快都没命了你知不知道！”

“不要，不要啊！”韩丽雯忍不住哭出来，“我求你了，我已经出局了，这个时候你让我说这些，我情何以堪？季晓棠已经失明了，难道我要拿命去博那个男人吗？我也是有自尊的，我不想他认为我是个没有人情味、耍心机的女人。”韩丽雯哭得泣不成声：“我没想跟他结婚，我只是想在我生命最后的时光能跟自己心爱的人在一起，哪怕很短暂，我也没有什么遗憾了。我不会让他的下半生都照顾一个瘫痪在床的女人，然后再看着我最后连呼吸的力气都没有，慢慢地死去。我只是想霸占他一段时间，不会很长的，等到了成熟的时机我就会离开……”她不停地摇头，“我知道我错了，所以老天都不给我机会，现在出了这么大的事情，我真的没有脸再出现了。”

“韩丽雯，宋国海已经撤诉了，你还能这么护着他……”慕筱白有些错愕，不知道自己该帮谁。她的眼圈有些红，韩丽雯的一番表白让她有些动容。

“他本就不应该离婚的。”韩丽雯哭得更伤心了。

人之将死，其言也善，想到这句话，慕筱白突然打了一个寒战。她抬头看着眼前的姑娘，心中泛起怜悯。

“我在美国读过脑外科，认识几个权威的专家，我可以介绍给你，看看是不是有新的办法。”慕筱白长长地叹了一口气，作为一个医生，看多了病人离开，却又不愿眼睁睁地看着病人离开。

韩丽雯连头都没有抬：“不用了，没用的。我真的什么都不求了，只希望他们能过得好，能让我在他面前带着尊严离开。我求你，这件事情谁都不要说，算是我们之间的秘密。”

韩丽雯走了，慕筱白坐在位子上有些不安，心有点乱。她端起咖啡，刚送到嘴边又放下。她现在怀孕了，不能随便吃东西。

电话铃声突然响了，她被吓了一跳，看了一眼手机，是叶向云打来的：“爸妈让我们晚上回家吃饭。”

慕筱白闭上眼，在心中腹诽，这男人的嘴巴真是太快了。

“那我在单位等着你接我，还有……”她犹豫了一下，最后还是没有说出口，“没什么事了，我们见了面再聊。”说完她就挂断了电话。

她看着玻璃窗外来来往往的人群，心中满是惆怅。爱情，真的是个折磨人的东西。

离下班还有五分钟，慕筱白就到门口去等叶向云。可她没想到那辆沃尔沃早已经等在门口了。慕筱白笑道：“等很久了？”

“等老婆和儿子再久也是应该的。”他说着拍了拍她的肚子：“儿子，今天乖不乖？爸爸带你去见见爷爷奶奶和姑姑大伯。”他说得一副煞有介事的样子，仿佛肚子里的孩子真的能听懂一般。

“谁告诉你是儿子的，我就喜欢女儿。”慕筱白系好安全带后白了他一眼，“你居然还重男轻女。”

“儿子多好呀，以后我就带着他上天，有机会知道‘天高任我飞’的气魄。”他一副很陶醉的样子，发动了车子就走。慕筱白虽然没说话，可心里早打定主意，以后她儿子肯定是不能飞的，女儿就更不行了。一个整天不着地已经让她担心得要死了，还两个？那她肯定会早死。

进了家门就看见二老一脸的笑容，婆婆直接迎上来，又是打量又是关心，让慕筱白有些不自在：“妈，真的不用这么紧张，女人怀孕是很平常的事情。我又是医生，一定会照顾好自己的。”

“妈嘱咐你你就听着嘛。”叶向云在旁边推她，免得惹老人家不高兴。

慕筱白倒是一向直来直去惯了，也没有别的意思，就是觉得家里人有些过于夸张。她得到提示也很快明白过来，拉住婆婆的手，一脸的笑：“向云已经很紧张我了，如果你们都这样，我就真的会害怕了。您放心，肯定能生个健康宝宝出来。”

“最好是个儿子，以后进了部队好好干，我孙子肯定能有出息。”老爷子居然也发话了，还笑出了声。慕筱白虽然也不怎么喜欢孩子当兵那么辛苦，但总好过整天在天上飞。

叶向云看得懂她的心思，凑到她耳边：“我爸是空军，呵呵。”

慕筱白他一眼，刚要开口就听见门口传来一个声音：“爸，你这么说让弟妹多大压力啊，生女儿好，以后跟着他大伯和姑姑学做生意。”

全家人抬头看，就见叶薄云先进来，后面还跟着一个男人，一看就知道是成功人士。他走进来就冲着叶向云的胸口捶了一拳：“好小子，没想到啊，咱哥们儿几个居然被你抢了头。”

“所以你们年纪大也没用，你们的孩子都得管我儿子叫大哥！”他转头看向慕筱白：“这个是景辰，景琳的哥哥，我的好哥们儿。”

慕筱白本能地就有些抵触，心中有些疙瘩，却还是保持优雅的微笑：“景先生，您好。”

景辰看着她点了点头，心中自是服气。如果让他选的话，他也会选这种温柔的姑娘做老婆。

叶薄云上了一半楼梯又转过头来：“你还要不要东西了？拿了东西赶紧走，我们晚上有家宴，不留你。”

景辰看着叶向云夫妻俩笑了笑：“我先上去了，看来今天我不太受欢迎啊。”说完就跟着上楼去了。

在叶薄云的房间里，他拿着自己要的材料：“你别说，向云的老婆还真是个美人啊，怪不得他看不上我妹妹了。慕筱白一看就是个贤良淑德的女人。”

“何止啊！简直是太有渊源了，你知道慕筱白的父亲是谁吗？”

景辰一脸疑惑地看着他。

“慕振山！”

慕筱白的日子过得越来越像少奶奶了，只要叶向云在家，就什么家务都不让她动手，好像擦个地板就会把老婆孩子给累坏一样。公婆倒是希望他们能搬回来住，只是慕筱白不太习惯，叶向云也就由着她的性子。只是辛苦了勤务员，每天开车来送滋补的汤品，这倒是让慕筱白有些为难了。

“你要是不习惯我们就先单独住着，等你肚子再大一些，我忙起来照顾不上你了，那个时候我们就得回去住。”

慕筱白偷笑，老公真是太体贴了。

“你明天飞美国？”

“后天，航班又进行了调整，总之最近的工作都乱了套。”他是有些不满，可是却有受益的人。

肖莱收拾好厨房出来，就看见慕筱白坐在叶向云的腿上，那男人正用水果叉喂自己的老婆吃苹果。

“表姐，你肚子里是龙子吗？真是过分！”她有些生气，一屁股坐在他们旁边，偏偏要当电灯泡。

叶向云可不觉得这是什么坏事情，倒是觉得脸上有光：“等你大肚子的时候也会有人这么伺候你的，你眼馋什么呀。”说着挑了一个橙子丢给她，“对了，我上次飞波士顿，顺道去了一趟坎布里奇，在MIT看见念林了。”

肖莱脸上的表情立刻就有些不自然，她低头应了一声就玩命地捏着手里的橙子。

“那小子在那里好像很受欢迎啊，好多女生跟着他问这个问那个，也不知道是真不懂还是懂了装不懂。”叶向云冲着慕筱白说，一副若无其事的样子。

肖莱手上一使劲，一个橙子就这么被她给捏爆了，橙汁溅到了慕筱白的脸上。

“哎呀！”她尖叫了一声。

“不怕不怕！老婆不要紧，亲亲，别把橙汁给浪费了。”说着他就在她的脸颊上、眼睛上和嘴唇上好一顿亲。

慕筱白拿他没办法：“你还能更恶心一点吗？没正经的玩意儿！”

看着眼前的人秀恩爱，肖莱有些悲从中来。顾念林跟她联系过很多次，可她却故意躲着。她不知道自己在较什么劲，明明很想跟他说说话，可是又觉得他们之间的距离好远。

“表姐，你说我就读个本科是不是不够用啊？”

一旁嬉闹的两个人安静下来，相视一眼，彼此心中也都有数了。慕筱白转身对着肖莱说：“如果你想去美国读书，表姐可以帮你。能申请到奖学金最好，申请不到也没关系。”

“谁说我想去美国读书了？”她有些害羞，把头转向叶向云：“姐夫你说。”

“我听你姐的。”

“啊！”肖莱尖叫了一声，把手里捏扁的橙子丢到面前的垃圾桶里，“你们两个肉麻的人，真是气死人了。我今晚不走了，我去客房了。”说完她便上了楼。

“顾念林这个人怎么样？”慕筱白看着叶向云，很认真地问。

“靠谱，很优秀，只是比我还差那么一点点。”他一脸得意的样子。

慕筱白最受不了这个人的自我感觉良好，抓起一小块苹果塞进他的嘴里："那我得提醒肖莱小心点，那也是个不靠谱的人啊。"

第二天下午肖莱就上了飞往波士顿的航班，到美国的时候正是早上。她没有休息，换下制服就急急地上了火车直奔坎布里奇去了。

肖莱的英文还算过得去，只在学校里转了两圈就找到了顾念林住的地方。她心中有些忐忑，轻轻地敲了敲门。从里面出来一个金发蓝眼的美女，皮肤白得像雪，还没有雀斑，这在肖莱的眼中真是不多见。欧美她飞得多，眼前的这位绝对算是美女了。

"顾念林住这里吗？"她用英文问道。

"哦，顾啊，他是我们的室友，不过他现在在图书馆。"

肖莱有些沮丧，她出了小楼看了看时间，午饭时间还在图书馆，要不要这么拼命啊。她原地打着转，不知道图书馆该怎么走。远远地就看见了那个熟悉的身影，他手里抱着两本书，正跟身边的美女热情地交流着。肖莱下意识地躲到了身边的大树后面，再看着两个人在楼门口拥抱、贴面，然后颇有些恋恋不舍地分开。

肖莱的鼻子一酸，眼圈就红了。她背靠着大树，不再看他们。她伸手抹了抹自己的眼睛，勉强一笑："你都已经拒绝人家了，人家也没有给过你承诺，凭什么等你啊？你凭什么觉得人家有别的女孩？"越说她的眼泪就流得越多，"你真傻。"说着她便跑远了。

顾念林回到住处就看见室友的女朋友在收拾房间，他友好地打了个招呼。那女孩叫住他："顾，刚才有个很漂亮的中国女孩来找你，是你的女朋友？"

顾念林愣了一下，然后神情有些激动："是不是高高的、白白净净的，笑容很甜的姑娘？"

那女孩点了点头："是的！"

"莱丫头，一定是莱丫头。她什么时候离开的？"

"刚刚，我以为你们会遇到。"

顾念林拉开门就冲了出去，跑到楼下却连个人影都没有看到。他立刻给肖莱打电话，可电话始终没人接。

肖莱此时站在公交车站的站牌下，看着闪烁的手机屏幕，咬着嘴唇，心中全是懊恼。她不知道自己那时候是怎么想的，怎么会不知道自己到底喜欢什么样的人。

在顾念林打到第四遍的时候，她接了电话，深深地吸了一口气："顾大哥，你有什么事情吗？飞机马上就上客了，我要关机了。"

顾念林的心一下子跌落到谷底，这也就是说之前来找他的那个人不是肖莱。他平复了一下心情："那好，以后再聊吧，我就是想问问你好不好。"

肖莱不停地眨着眼睛不想哭出来，可睫毛上已挂满泪珠："我很好，不跟你说了，顾大哥，你一定要好好学习。听说那里美女还很多，你也要加油哦。"说完她就赶紧挂断电话，真怕自己会在电话里就哭出来。

顾念林沮丧地叹了一口气，默默地转身又回到了住处，本来很好的心情一下子低落了。早上他收到了叶向云发来的电邮，是肖莱的所有学籍材料，说是希望他先帮忙看看能不能申请到学校，有没有奖学金都无所谓。他兴奋了一上午，直接就把这件事情拜托给了一个很有经验的辅导员。本来他以为他们很快就会在美国相聚，不过现在看来只是他一厢情愿罢了。

第九章 想一直飞下去

一切都来得那么猝不及防，说爱就爱了。

叶向云到机场的时候大家都已经到齐了，这对他而言还是第一次："对不起，我来晚了，大家准备一下吧。"他抬头看见乘务组里的祁可，愣了一下又回头看旷宇翔，今天果然一派神清气爽的样子。

在驾驶舱做准备的时候，叶向云还不忘跟慕筱白打电话嘱咐事情。

"你怎么了？不但迟到，还婆婆妈妈的。"旷宇翔问他。

"等祁可怀孕的时候你就知道怎么婆婆妈妈都不过分了。"他边说边笑，然后在加油和放行单上签了字。

旷宇翔惊讶地看着他："嫂子怀孕了？"他也有些兴奋，"你真不够意思，这得请客啊。"

"好啊！"

两个人正聊着，有乘务员冲进来："机长，外面打起来了，一个女人像疯了一样在打祁可，还骂人。"

旷宇翔的眼睛一下子就瞪大了，拉开座椅就冲了出去。

"旷宇翔，待在你的位子上！"叶向云吼了他一句，可他连停都没停就这么冲了出去。

叶向云眉头一皱，稍作整理后也跟着追了出去。

旷宇翔跑到动机舱门口，就看见一个打扮得很贵妇的女人揪着祁可的头发，不停地打她的头和脸："你个不要脸的狐狸精，我打死你！别以为你能坐上周太太的位子，只要我还没死你就休想！"

安全员不敢下重手拉扯，毕竟对方是乘客，并且听得出来还是贵客。可旷宇翔管不了那么多，上去便把那个女人给扯开：“这是飞机上，不是你撒野的地方，你马上道歉……”

“我道歉？就是因为这个狐狸精我老公才跟我离了婚！”

旷宇翔呆在那里，祁可的脸上也满是震惊：“你说什么？”

“哼！你还装什么糊涂，周建明跟我离婚了，你满意了？”

祁可恍然大悟：“你是周建明的太太？”

李青讪笑：“你是说你这两年多时间根本就当我不存在，完全无视我吗！”说着冷不防又扇了祁可一个耳光。

祁可脚下没站稳，身子一歪就磕在了旁边座椅的扶手上。

“可可，可可！”旷宇翔跪下来扶起她，把她搂在怀里，“没事了，可可，有我在。”说着他抬起头看李青：“这里是民用航空器，你在这上面打架，已经触犯了法律，我现在就可以叫空警把你给抓起来，”

周围的同事无不大跌眼镜，被眼前的景象给惊呆了，挤在厨房门口看热闹的人都在窃窃私语。

“看什么，回自己的岗位去！”叶向云出来看见去这个场面有些恼火：“祁可，我想你今天不太适合工作，早点回去休息吧。旷宇翔，回你的位子上去。”

“机长，你怎么……是这个女人先打可可的。”旷宇翔双眉紧锁，怒目瞪着叶向云。

祁可恭敬地点头，很快从自己的位子上拿了行李，拖着就要下飞机。

“机长，你怎么能这么对她？根本是那个女人先动手的。”

“哼！不要脸的女人都没有好下场。”有人说完一伸腿，祁可没注意，被绊了一下，一下子便跪倒在地上，双腿正磕在登机廊桥冰冷的钢板上。

“可可！”旷宇翔忙上前去扶她。

叶向云皱着眉头，有些郁闷：“旷宇翔，我命令你立刻回到你的位子上。安全员，马上通知机场公安，让他们把这位太太给请下去。”

旷宇翔自然是没有听见，一心只觉得叶向云是向着周建明。祁可强忍着疼和眼泪：“听机长的话，回去，回你的位子上去。”

“可可，我不能把你丢到一旁。”

“可是你必须回去。”祁可有些激动，平静了一下又开口，“我没事，我真的没事，你是不是想我心里不安宁！”祁可没有再理他，站起来朝叶向云鞠躬：“对不起，给你添麻烦了，把他拖走吧。”说完便拖着箱子转身一瘸一拐地走了。她仰着头，不想哭，可眼泪就像是决堤的河一样已经无法控制。

飞机因此晚点了将近两个小时，旷宇翔坐在右位有些心不在焉。飞机马上就要推出，叶向云看着他：“还能飞吗？”

旷宇翔深深地吐出一口气：“我可不可以飞下一个航段？”

叶向云回头看着后面的人：“小刘，你上来飞第一个航段，让小旷先休息一下。”

旷宇翔根本就休息不了，还不如在座，那样强大的安全压力还可以让他不去胡思乱想。周建明离婚了，他是为了祁可吗？一向自视很高的年轻人突然没有了信心。他紧握着拳头，不知道祁可现在怎么样了。她的伤口疼不疼？脸都被打得青紫了，有没有消肿？周建明现在在哪里？他是不是在A市落地了？

肖莱从坎布里奇回去以后就没露过面，一直都躲在自己的房间里。本来她就不是很会倒时差，这么一来就更睡不着了。直到准备出发返航，她才顶着两个黑眼圈出现在大家面前。

几个空姐一看见她就忍不住嘀咕，其实早就有人传了消息过来。

“肖莱，你也别太难过了，遇上那么不要脸的姐妹也没办法，真是亏了你什么事情都为她着想。”

“祁可是什么人啊？她可是老板的人，都能把完美男人周建明迷成这样，你怎么能是她的对手啊。”

肖莱被她们说得一头雾水：“你们说什么呢？我怎么听不明白？”她有些无辜。

四周安静了片刻，就听一个人叹了口气：“肖莱，我们都知道你单纯，肯定是祁可勾引了旷宇翔。那个小飞在公司是出了名的花心加滥情，我们都为你感到不值。”

肖莱的脸一下子火辣辣的，就像是被人扇了一巴掌似的。她低下头，眼眶发热，可她还是咬着嘴唇不让自己哭出声来。

“肖莱,你也太好欺负了,就这么给那对狗男女让路吗？又不是你的错，凭什么让他们逍遥快活！”

“不过这回周建明离了婚，祁可肯定得把旷宇翔给踹了。帅有什么用？还不如周总那样的人实在。”

“你怎么那么老实啊，居然能咽得下这口气。不是旷宇翔的父母都很喜欢你吗？就祁可那种女人，没有公婆会喜欢的。”

大家七嘴八舌，你一言我一语的，肖莱有些招架不住，可心里却是真的越来越生气。

“你们别说了，那种滥情的男人我才不要！”说完她就拖着自己的箱子跑到一旁。

她听见大家在后面议论：“分明就是窝囊，要换了是我，也得给他们拆散了，然后再把那个男人给踹了。”

“被自己的好姐妹骑在头上拉屎，居然也能忍得了这口气，真是被人欺负到家了。”

肖莱的脸都气紫了，可有句话她听到了心里。他们凭什么逍遥快活？为了旷宇翔,她失去了那么多,为什么只能独自伤心？她心里越想越不开心。

一路上肖莱做事都有些心不在焉，由于她不小心把饮料洒在乘客的身上而且道歉的态度不好，客人向乘务长投诉了她，而且宣称落地后还会去公司投诉。肖莱的心里更恼了，她还在实习期呢，这次肯定是有效投诉，那她转正的机会就更渺茫了。

她下了飞机，凡遇到的同事不管男女都用异样的眼光看她，还三五成群地窃窃私语。她忽然觉得自己仿佛掉进了冰窟窿，周身发冷。那些流言蜚语快要让她崩溃了！

她胸口闷得很，到这个时候她发现自己的真心朋友是那么少。以前但凡有什么事都是找祁可商量，可现在祁可却在她的心上扎了一刀。

肖莱越想越想不通，便打电话给慕筱白，可表姐的手机关了机，她知道表姐一定又是出现场了。她有些失落，感觉自己的心就像漂浮在汪洋上一样，想哭都哭不出来。

她就这么呆呆地坐在沙发上发呆，从上午到晚上，明明已经困得不行了，可偏偏就是睡不着。她的头昏昏沉沉的，晕得厉害。

慕筱白打电话过来让她过去一起吃饭，肖莱说自己已经睡了。慕筱白知道倒时差的辛苦，也就没多言，两个人就这么挂了电话。

天越来越暗，房间里漆黑一片，黑暗放大了她心上的伤和那些不安分的种子。电话铃声在一片寂静中总是有些骇人的刺耳，她木然地拿起手机，竟然是旷宇翔的妈妈打来的。她灰暗的眼中忽然闪过一抹厉色。

“肖莱，宇翔是不是出了什么事情？我刚才给他打电话，他好像有什么事情，只说了一句在美国，就挂断了。他从不这样的。”

她的手紧紧地握着电话，手指骨节泛白，还发出声响。她心中的魔鬼再也压制不住，眼睛里全是眼泪，嘴唇咬得很紧。

“阿姨，您以后别再给我打电话了，我们已经分手了……”她深深地吸了一口气，“他爱上我们公司大股东的情人了。”

她没有等到电话那头的回音就匆匆地挂断电话。空气闷得厉害，窗外闪过一道光，轰隆隆的雷声划破长空。

肖莱蜷在沙发的角落里：“我没错，我没错，是他们先欺负我的。”她不停地自言自语。

C 市此时也是电闪雷鸣，祁可静静地坐在病房里。

“病人的情况很不乐观，肺部的组织已经开始坏死了，以后恐怕会要一直倚仗呼吸机来维持生命，你们要有准备。”

祁可的身子晃了几下，可一点声音也没有发出来。周建明扶着她：“小可，没关系，我一定会找最好的医生，即使是靠呼吸机，我也会保住你妈妈的命。”说完他转身对着医生：“请你们医院马上组织专家会诊，有什么新药、什么更好的疗法，钱不是问题……”

“不用了！”祁可的声音很微弱，却让这个时刻寂静下来。天边一道炸雷在耳边响过，祁可被吓得浑身哆嗦了一下。她走上前，看着医生：“我妈妈已经受了很多罪了，是时候该解脱了，我们都该解脱了。”

“祁可！”周建明惊诧地看着她。

祁可完全没有理会他，就这么跟着医生去了加护病房。她没有穿防护服，推开门直接走进去。床上的人已经瘦得不成人形，三年的时间，仅靠着营养液和一点流食维持着生命，肌肉都萎缩了，脸上更是没有一点血色。

祁可的眼泪止不住地往下掉，很快就浸湿了被褥。她缓缓地在床边跪下，揪着母亲身上的被子：“妈，女儿救不了你了，没办法了。我知道我自私，可是我有了很爱很爱的人，妈，对不起，女儿想有自己的生活。”

祁可趴在母亲的床前哭得喘不过气来，周建明站在门口，手捂着自己的胸口，仿佛也要窒息了一般。

他很清楚母亲在祁可心目中的地位，她那么骄傲，愿意三年时间里忍气吞声委屈自己，不过就是为了母亲有一线苏醒的希望。

周建明突然很害怕，这些日子他一直在给她灌输一个希望，她妈妈会醒。可他知道那不过是一个谎言，一个让他能继续占有她的美丽的谎言。

医生拿着同意书来到祁可跟前：“祁小姐，如果你真的决定停止治疗，那么请你签一下同意书。”

祁可抬起头，不停地抽泣。她慢慢地站起来，伸出的手颤抖得厉害。周建明猛地抓住她的手：“小可，现在不是你赌气的时候，如果拔了呼吸机，你妈就没命了！”

祁可抬头，从他一向幽深不可捉摸的眼睛里看到了一丝惊慌。她愣了一下，嘴唇紧抿着，心也颤抖得厉害。她怎么会不知道后果是什么？只是她真的顾不上了。

她一狠心，挣脱开周建明的手，拿过文件飞速地签下自己的名字。

祁可一落笔，便见护士鱼贯而入，拔掉了呼吸机，撤走了所有的医疗设备。祁可就这么眼睁睁地看着屏幕上原本微弱跳动的曲线越来越平缓，越来越稀疏，直到最后发出一声长鸣。

她觉得自己就像是胸口被人重重地打了一拳，整个人向后倒去。

洛杉矶的天气晴朗，旷宇翔却无心享受异国的好天气，祁可的电话总也打不通，母亲打来越洋电话不停地追问他到底为什么要找一个那样的女人。他的心里有些乱，更多的是焦虑，祁可突然销声匿迹让他有种“山雨欲来风满楼”的不好的预感。

傍晚时分，叶向云把他叫到自己的房间。他一进门就看见了宋国海，还有一个机队的另外一位副驾驶。他有些心不在焉：“找我有事？”

宋国海看了看叶向云："还是你说吧。"然后就把信封递给了他。

叶向云脸上全是无奈和惋惜的表情："旷宇翔，接到公司的通知，因为起飞前的纠纷，乘客投诉到公司，且被公司确定为有效投诉，你……被停飞了。张明奇会接替你接下来的工作，你明天坐 LY649 回国接受调查。"

旷宇翔一脸错愕，直愣愣地看着叶向云。

"小旷，别怪你师父，你们的航班后天回去后，他也要接受调查。公司认为他让你继续飞本就是处置不当，你应该知道他这是在保护你。"宋国海在旁边解释。

旷宇翔低头，长长地出了一口气："没想到这么快，都等不及让我飞回去吗？"他吸了一下鼻子，深深地呼吸，可眼圈还是红了，"可可呢？可可怎么样了？"

对面的人面面相觑，没有人能回答。

旷宇翔走后，叶向云看着宋国海。

"公司扛不住了，还是让你飞长程了，那季姐谁照顾？"他关切地问。

宋国海摇头叹息："我现在想见她一面都难，晓棠已经正式向法院起诉离婚。现在她的家人正在照顾她，她都不见我了。"

叶向云有些吃惊，他看着宋国海："那你打算怎么办？"

他转身坐回椅子上，满身疲惫的样子。他闭上眼睛，轻轻地摇了摇头："我不知道。"他把手插进头发里，"我真的不知道该怎么办，我不能没有她们。以前我不知道，其实她们早就是我生命中的一部分了。"

沉默，除了沉默，什么都没有。当只有沉默留下来的时候，就似乎真的没有什么办法了。

叶向云不知道还能说什么，轻轻地拍了拍他的肩膀："先休息吧，已经飞过来了就先休息，别多想了，保障安全才是第一位。"

"明天她就出院了，我们是不是真的就这么错过了？！"他的语气里满是伤心，叶向云看得出来，他这次是真的受伤了。

"别想了，我让筱白去看看有没有什么能帮上忙的。"

季晓棠守着两个行李包坐在病床上，家人去办出院手续了。虽然她恢复得不算快，却也熬了过来。昨天做了最后的全面检查，她颅脑的伤已经完全恢复，现在只要回家等器官移植的消息。只要有合适的角膜移植，她的眼睛要复明也不是什么大问题。

韩丽雯站在窗口，看着一个美丽成熟的女人安静地坐在那里，心里全是酸楚和苦涩。她知道如今这个局面自己多多少少是需要负上一点责的。

她深深地吸了一口气，止住眼泪，慢慢地推门进去。

季晓棠皱了一下眉头，这个脚步声听起来有些陌生。

“谁进来了？你好，是找我吗？”她的声音很好听，温暖而充满亲和力，脸上带着淡淡的微笑，让人感到亲切，难怪会被评为“最受欢迎的乘务员”。

“是我！”韩丽雯的声音压得很低，觉得有些张不开嘴，在季晓棠的面前她只感觉羞愧，“韩丽雯。”

季晓棠的脸一下子沉下去，她把头转开：“我知道是你。你来干什么？炫耀？你赢了，我不会阻挡你们的幸福，我已经向法院起诉离婚了，他很快就自由了。”她的声音冷得像冰一样，完全没有了刚才的温度。

韩丽雯抽泣着：“我已经知道了，我今天就是来求你的，求你不要跟他离婚……”韩丽雯哽咽到说不出话来。

季晓棠丝毫没有心软：“这是我的事情，你管不着！我不需要一个在我身边还想着别的女人的男人，更不想有一个同床异梦的丈夫。”季晓棠有些不自在，站起来，手摸索着归拢行李，“韩小姐，如果没别的事情你请回吧。我虽然看不见，但连你的声音我也不想听见。”

韩丽雯抓住季晓棠的胳膊，突然跪在她面前：“季主任，是我错了，我求求你，你别跟宋机长离婚，他真的很后悔。求你了，别让他的良心再受折磨了。”她握着季晓棠的手哭得泣不成声，“我消失，我可以向你保证宋机长回来就看不到我了，我保证再也不会出现在他面前。”

季晓棠的心里翻滚着愤怒，她甩开韩丽雯：“你算什么？你消失了我就要跟他在一起吗？你以为我是怕你才跟他离婚的吗？我再说一遍，我不想要一个爱着别人的老公！”

“不是的，他也是爱你的。即使我们在一起的时候他也从来没有放下过你，我都知道。可是我太爱他了，所以我就假装什么都没有看到。他的心里是有家的，属于你们的家。他跟我抱怨你的时候，语气里是那么有爱，我说你的每一句坏话他都会为你辩解。你知道我有多么羡慕你、嫉妒你吗？

他越是这样，我就越是不能自拔。你知道我没有家，我只是想成为你，那样被那个男人护着。他不是不爱你，只是你把他逼得太紧了，他才会到我这里来寻找安慰。”

季晓棠深深地吸了一口气：“我把他逼得太紧？”她无奈地笑了，“你们都以为我想靠着他当官太太，国海什么性格我会不清楚？可是你能懂每天在家刷着航班信息，看着不停地延误而没有原因、没有解释的日子吗？你能体会航班信息在正点过后突然显示取消时的心情吗？我连他在天上还是已经不在这个世上都不知道。你知道日复一日地看着他满身疲惫地回家的样子吗？看着他倒时差几天都睡不着觉，那又是一种什么样的心情？我不指望他当官，可是当了领导就不需要这么拼命地飞了，只要飞够小时数，保住自己的资格就可以了。我心里怎么想的，你们懂吗？”

韩丽雯自惭形秽，这些她从来都没有想过。她的心里只有骄傲，一个能翱翔蓝天的男人带给自己的荣耀。

“对不起，真的对不起！”她无话可说，除了歉疚，她什么都说不出。

“你是对不起我，可是我不接受你的道歉。还有宋国海，他应该受到良心的折磨。我离婚是我对自己负责，我不能接受背叛。”

“没有，他从来就没有背叛过你。我们之间什么都没有，他从来都没有碰过我。”

季晓棠有些震惊，她安静下来，一副不敢相信的表情。

“真的，他没有。他总是说你们还没有离婚……”韩丽雯捂住自己的嘴，哭得几乎喘不过气来，“求你了，就算你不要他了，也请让他陪着你走过这段看不见的日子吧，不然他一辈子都不会安心的。”

慕筱白站在门口，不禁红了眼眶。她转身出去，轻轻地擦着眼泪。爱情总会让人失去自我，韩丽雯不值得原谅，可她却没有办法不去可怜她。一个只剩下不到半条命的女人，为了一个男人，几乎没有了一丝一毫的人格尊严，做了拆散别人家庭的第三者，被千夫所指，又回过头来为了那个男人去祈求原谅。不管是善解人意还是傻，在她看来都是不值得的。

不管有多么爱那个人，都不能不尊重自己。

韩丽雯从病房里哭着出来的时候，正看见外面走廊上的慕筱白。她的脸上全是尴尬之色，只是点了个头就跑远了。慕筱白走进病房，就看见季晓棠坐在病床上发呆。

“季姐，我是筱白。”慕筱白把花放到她怀里，“你最喜欢的风信子，蓝色的哦。”她假装若无其事的样子。

季晓棠摸索着抓住她的手：“韩丽雯说她跟国海什么都没有发生，怎么会呢？”她的脸上还是一副不敢相信的表情。

慕筱白一时间不知道该说什么，只能紧紧地握着她的手：“可能宋机长觉得对不起你吧，我都不明白你们怎么就闹开了，向云还一直说要跟宋机长学做模范丈夫。你太要强了，宋机长又不善于表达……”

这边的话还没有说完，季晓棠的家人就已经办好了手续回来。两个人心照不宣地不再说这件事情，一大家子人出了医院。

“妈、姐姐，你们等等，我先去找一辆车。”季晓棠的弟弟拎着几个大包就往外走。

慕筱白突然觉得有些凄凉，宋国海一直是这个家的支柱，现在这个家一下子什么都没有了。

“不用麻烦了，我送你们回去吧，我是开向云的车来的。”慕筱白叫住他，“你们稍等一会，我去把车开过来。”说着就小跑着向停车场去。

秋风渐凉，季晓棠抱着自己的手臂，天气再冷也抵不过心冷的煎熬。她舍不得，那是她放弃了自己的飞行梦想，全心经营的又一项事业，是一个家啊。

季晓棠的父母还跟弟弟住在一起，一个城区的旧楼，本来就不怎么宽敞，再加上一个盲人，更是显得局促。

“我弟弟快结婚了，本来跟公婆一起住，人家姑娘就不太满意，现在还加上我，也不知道什么时候才能有角膜进行移植。”季晓棠叹了一口气，“我有时候真想财产我也不要了，好让宋国海一辈子不安。可是我堵不上这口气，我不能不生活。我跟他有不少积蓄，即使分一半也有几百万，等拿到钱了先给我弟弟买套房子，至少也先交个首付。结了婚以后我对父母还有弟弟都忽略了太多，到了这个时候还是要靠家人。”

她有些惆怅，人生中会有很多后悔的事情，不怕错了，就怕没有机会补偿。

慕筱白拉着她的手：“为什么不给他一个机会呢？季姐，我不是想来当说客，宋机长是个什么样的人你一定比我清楚，如果你觉得他是真诚的，能悔过，为什么不给他一个补偿的机会呢？现在要找一个好男人何其难，何况你们还有孩子。岚岚还很小，单亲家庭的孩子很辛苦的。”

季晓棠沉默了。因为她发生了意外，岚岚被转到了寄宿学校，小小年纪就离开家开始了集体生活，做妈妈的又于心何忍。她握紧拳头，她是很要强，性格也太硬了。

慕筱白一直以为自己钻牛角尖，可季晓棠比她还要厉害。

中午季家人非要留慕筱白吃饭，她推不掉，最后便留了下来。吃过饭，慕筱白看着季晓棠的弟弟：“听说你在单位给领导做秘书，应该会开车吧？”得到肯定的答案后，她便把钥匙交给了他，“这辆车你们先用着，你姐姐这阵子还得频繁地去医院复查，总打车还是不太方便。”

“筱白！”季晓棠打断她，“你别这样，就算你不用，向云没有车就太不方便了，你总不能让他半夜落地睡机场的长椅上吧。”

“你放心，之前我们定了一辆车，昨天就通知车到了，一会儿我就打车去车行提车。你说对了，其实我现在坐地铁也挺方便的，至少不堵车，到了单位还有公车。只要向云有车开就行了。”慕筱白对这一点倒是不担心，她总觉得宋国海很快就会把季晓棠给接回去。

下午慕筱白回家拿了文件就去车行提车，一进去就看见景琳坐在 VIP 区喝咖啡，旁边有销售在跟她详细地讲解新款 A8。慕筱白没想跟她打招呼，就径自去办了手续，可没想到景琳却一直在等着自己。

“景小姐好像找我有事情？”慕筱白保持着自己的优雅和淡定。

景琳上下打量了她一番：“听说你怀孕了？”她双手抱在胸前，哼笑了一声，“叶向云怎么这么倒霉，什么责任都往自己身上背？他还真是个负责的好男人，一个不够还又来一个。”

“你这话什么意思！”

慕筱白有些心慌，直直地盯着景琳。景琳一副不屑而又慵懒的样子，让她非常反感。

“算了！”慕筱白突然不想去纠结其中的缘由，她不知道自己是想躲什么，可内心却就想着这么走开。

人的预感和本能有时候是很灵的。

慕筱白刚走开两步，景琳就开了口："你是慕振山的女儿吧？"

慕筱白停下脚步，错愕地看着眼前的女人。景琳轻轻瞟了她一眼："很惊讶我是怎么知道的吗？哼，我知道的还有很多呢。比如叶向云是怎么看上你这么个要什么没什么的女人，另外我还知道你父亲是怎么自杀的。"她脸上挂着挑衅的笑，"你知道叶向云的战友死了，有个叫林景的遗孀吧？"

慕筱白哑然，仿佛有一万个问题涌上来，可她却张不开嘴。她心慌得厉害，无论她多么想回避，都不得不承认自己害怕极了，仿佛一直以来寻求的真相就在眼前，她却不敢去揭开。

"其实那次事故也不能全怪叶向云，只能说是那个人倒霉。可他却甩了自己的女朋友，要去照顾那个寡妇，就为了弥补自己的过失。他真是傻得有一套！你知道他的第一个女人是什么人吗？不怕告诉你，那才是真正的高干子女，红色千金，最关键的是她永远都是叶向云最爱的女人，也是感情上最亏欠的女人。"

慕筱白只觉得全身都是冰凉的，肌肉僵硬得厉害："我不知道你在说什么。"

"你还不明白？"景琳讪笑，"你不是博士吗？怎么比林景还要笨。人家林景都知道只是歉疚没有爱在一起是不会幸福的，可是你却不知道。"她一挑眉，换上一副恍然大悟的表情："还是你根本就是觊觎他这个人，还有他的背景？"

慕筱白气得脸发紫："请你说话放尊重一点！叶向云爱不爱我没有人比我更清楚。"慕筱白嘴上虽这么说，可心里却有些打鼓。对啊，自己到底有什么好，能让一个那么优秀的男人，一个见过那么多美女、那么多有背景的女人的男人一见钟情呢？她没有这个自信，也不是没有顾虑，不然当初就不会开始得那么艰难。

景琳也有些恼了，没想到慕筱白居然这么有定力。她斜睨着眼前的人："非要我说得那么直白吗？他分明是在为当年薄云私募基金为了挽回损失逼死你爸爸的事情在赎罪。"

慕筱白只觉得脑子里像是有什么炸开了，她的嘴唇抖动，僵得说不出话来："你说什么？"

景琳倒是愣了一下："难道你不知道当年你父亲与薄云私募的事情？"她笑出声来，冷哼了一声，"还真是得可怜你一下。"说完她抓起自己的包，转身就出了店门。

慕筱白在原地站了一会，突然向后踉跄了几步，靠在服务台上。她的眼里一片茫然："怎么会？不会的，这不是真的！"

她自己都不知道自己是怎么把车开回家的，就一个人在沙发上坐了一晚上。第二天她也没有去上班，她想不通，这一整夜，她把他们交往的每一个细节都在脑子里过了一遍。一切都来得那么猝不及防，说爱就爱了，她真的有那么好吗？为什么他总是口口声声地说支持自己找到真相，拿走了自己全部的材料，可是却一点消息都没有？

慕筱白咬着自己的拳头，她不敢去做，可内心却有着强烈的冲动想去探究清楚。

她起身进了叶向云的书房，他的抽屉都没有上锁。慕筱白犹豫着，不知道该不该这么做。左右摇摆后，她还是拉开了他的抽屉，在最后一格里找到了自己曾经给叶向云的材料。材料依旧整整齐齐地放在文件袋里，连拆都没有拆开过。

慕筱白一下子失了声，不敢相信她最信任的人居然就是这么糊弄她的。

叶向云下了飞机开手机，居然没有收到慕筱白的短信，从他们确定了男女朋友关系开始这还是第一次。他刚想打电话，就收到了公司发来的通知，让他马上去会议室接受调查。他之前在国外，不知道原来那件事已经被好事的乘客拍下了视频发到了互联网上。

他推门进了会议室，就被里面的阵势给吓了一跳。副总、总飞，宣传处的、客舱部的、投诉科的，每个部门都有领导在。

叶向云关掉手机，进去后就坐在了自己的位子上。

"叶向云机长，现在公司已经启动程序调查LY728机上空乘与乘客斗殴事件。作为机长，公司对你的处理感到很遗憾。现在视频已经被传到网络上，这些天已经有大量的媒体记者向公司发难，也有记者表示要直接跟机长接触，要求访问你。现在你回国了，要时刻注意自己的言行。你应该清楚凌云在航企里的形象一直都很正面，服务更是我们的招牌，所以对媒体尽量不要发表不负责任的言论。另外就是写出事件报告，将事件的全过程进行详细的检讨，另外关于你为什么让旷宇翔带着情绪继续执行任务做出合理的解释。这是公司对你提出的几点要求。你还有什么要说的吗？”

叶向云点了点头：“我听从组织的意见和安排，但是我认为机组在这件事情的处理上并没有大的问题。乘务员虽然是服务于乘客的，但她们也是有尊严的，不管他们的私生活怎么样，都不能以这种方式来解决问题。尤其是在飞机上，这种严重危害飞行安全的行为完全是由乘客造成的，我们的空乘包括副驾驶自始至终都没有还手，也没有不当地使用言语来攻击乘客，详细情况我会在机组总结完毕后给出报告。”

从会议室出来，叶向云的心情变得有些差，总结会的气氛也不是很好。凌云的服务在业内一向是王牌，公司已经很久没有出现负面新闻了。视企业声誉为生命已经成为凌云的一种文化，这样的事情出在自己的航班和机组身上，让一向对待工作一丝不苟的叶向云也有些难以接受。

他从综合楼出来就给旷宇翔打电话，电话响了好长时间才接通，并且接电话的不是他，而是他的妈妈。他一肚子的火气也只能压下来：“阿姨，让旷宇翔接电话。”

“是工作上的事情吗？他不是已经被停飞了吗？”

叶向云听着有些别扭：“我是他这次航班的机长，是有关于这次事件调查的事情。”

电话里一时间没有了声音，然后就传来旷宇翔的声音：“师父，我被我爸妈给关起来了，我出不去，你过来吧，我根本就说不过我爸妈……”

他这话还没说完，电话就被旷妈妈给夺去挂断了。

叶向云觉得事情越发变得不可收拾了，正是调查的关键时刻，当事人居然被锁在家里关禁闭。只是这个时候他也顾不了那么多，家里的孕妇总也不打电话来让他的心里有些不安。他没等机组车，出门拦了一辆出租车就回家了。

打开家门，叶向云一步迈进去就听见洗手间里传来呕吐的声音。他的心一下子就揪紧了，疾步跑进去，轻轻地拍着她的后背：“筱白，要不要去医院看看？是不是很不舒服？怎么没上班？”

慕筱白慢慢地抬起头，叶向云从镜子里看到一张灰白的、没有一点血色的脸，整个眼圈都是黑的，眼皮也肿得厉害，他被吓住了。

“筱白，你这是怎么了？”他扶着妻子的肩膀，眼中全是关切，心像是被刀割一样疼，“告诉我，你到底是怎么了？”说着他就把她扶出洗手间：“我们马上去医院。”

慕筱白猛地推开他：“叶向云，你不用装了，你就是个大骗子，我不想看见你！”说着她又禁不住哭起来。

叶向云一时间有些摸不着头脑：“筱白，你这到底是怎么了，你别这样，你现在怀着孩子……”

“你现在就只关心孩子了是不是？叶向云，你怎么能做这么缺德的事情！”她有些歇斯底里。

叶向云抓住她的胳膊：“慕筱白，你发什么疯！”

慕筱白平静下来，浑身颤抖着，声音低沉地道：“我发疯？叶向云，你把我爸爸的材料拿走说要帮我查出真相，可真相就是你们家人害死了我爸爸，你就是杀人凶手家的人。”

叶向云一下子愣在那里，一时间没有话说。

“怎么？没话说了？叶向云，你一早就知道，可是你为什么要娶我？我不需要你可怜我，也不需要你来弥补，更不需要你替你的家人赎罪。你让我怎么办，我跟仇人睡一张床上，还给他们家生孩子！叶向云，你让我情何以堪！”

“你够了！”叶向云恼了，把手里的钥匙狠狠地摔到地上。这个声响把慕筱白吓了一跳，她噤声，悍恐地看着发怒的人。

“你情何以堪？慕筱白，你摸着良心想想，我从认识你之后是怎么对你的？而你又是怎么对我的？我有没有跟你计较什么，你倒好，一句话就把我在你身上付出的爱全抹没了，你让我情何以堪！我缺德？我缺什么德了？是，我是知道一些你父亲的事情，可那都已经是过去的事情了，你为什么非要去纠结一个是非对错呢？”

“这么说你就是承认了？”

“我承认什么了！慕筱白，你不要跟我胡搅蛮缠。”

“你对我隐瞒了真相，还说我胡搅蛮缠！你为什么瞒着我？为什么！”慕筱白没有办法接受这个事实，叶向云的一句“知道”，让她的整个心理建设轰然崩溃。

可她的歇斯底里却让本就心情不好的叶向云也压不住心头的火，他伸手指着慕筱白："我告诉你，我就是跟你隐瞒真相了，我也不怕告诉你为什么，因为真相你根本就要不起！"

慕筱白被震惊了，片刻后别过脸去讪笑出声，语气也平静了一些："我要不起？叶向云，到底是谁要不起？！你们为了利益逼死人，是谁要不起？！你们家族显赫，你们纨绔子弟背靠大树好乘凉，是谁要不起？！你以帮我调查为理由拿走我的材料，其实是想毁灭证据吧。"

"你……"叶向云一时间气得浑身发抖，"慕筱白，这是你逼我的。当年隧道坍塌事故是因为设计缺陷和偷工减料造成的，我大哥能拿什么去跟你爸爸谈判？就是因为知道你爸爸作为主设计师默许了施工方随意修改设计方案来降低成本！"看着慕筱白一脸震惊而又怀疑的样子，叶向云心里更气了："因为当年施工的建设集团答应可以帮助你父亲中标跨海大桥的设计，所以你父亲明知道他们在修改设计违规建设也没有出声。薄云私募在这个项目上损失上亿，难道我大哥没有权利要求他出来说明真相，挽回公司的损失吗？你父亲在这个项目上前前后后拿了将近五百万的设计费，这里面有没有利益输送，慕筱白，你自己没有脑子吗？"

慕筱白哑口无言，情绪低落下来："不可能，这不可能。"她呜咽起来，完全没有了刚才的气势，"我爸爸他为人正直，是不可能做这种事情的。叶向云，你不要抹黑我爸爸！你怎么能这么坏，不行……"她向后踉跄着，"我不能跟你过了，我不能生这个孩子，我要离婚，我要离婚！"

叶向云觉得脑子有些充血："慕筱白，你无理取闹我当你是怀了孕内分泌失调，你要敢动这个孩子，你试试！"

慕筱白愤恨地看着他："她说得没错，叶向云，你根本就没爱过我！你一直都在欺骗我、愚弄我，你就是个浑蛋！"

"慕筱白！你再给我说一遍！"叶向云已经怒不可遏，他紧紧地攥着拳头，"你再说一遍'我没爱过你'！"

慕筱白站在那里，心里有些胆怯，可是她偏执又强硬的性子由不得她就这么认输。她深深地吸了一口气："你就是个浑蛋！"说完转身跑了出去。

叶向云没有追出去，整个人颓然地倒在沙发上。十几个小时的飞行，回来以后就是调查，没关系，他能承受。可这里是他的家，一个他希望得到休息和安稳的家。那个他不断付出、无怨无悔爱着的女人，跟自己歇斯底里地喊着不生他的孩子，还要跟他离婚。

叶向云把脸埋在双手之间，突然觉得好累。不知道是哪里出了岔子，她那么轻易地说出离婚，那么笃定自己没有爱过她。他想不明白，或许是她真的没有爱过自己吧。

叶向云失望了，情绪低落到谷底的那一刻，他突然觉得很疲惫，似乎坚持不下去了。

电话依旧响个不停，叶向云只看了一眼，便接起来：“喂，爸爸，我知道了。你放心，不会有负面消息的……我很累，不跟你多说了……哦，筱白啊，她挺好的。嗯，挺健康的……再见。”他松了一口气，慢慢地放下电话，伸手抹了一下眼睛，不知什么时候眼圈就湿了。

他努力眨眨眼，长长地吐了一口气，拿上车钥匙就下了楼。可车位上停了一辆没上牌照的新车，自己的车却不见踪影了。

诸事不顺的叶向云在原地打着转，最后无奈只能走到小区门口等车。在金融大厦的楼下，他仰头看着眼前的摩天大楼，心里有些没谱。

叶薄云在开会，他只能在办公室里等着。

“真是稀客，你怎么来了？怎么一副无精打采的样子。”

叶薄云瞟他一眼就开始跟秘书交代事情，叶向云等得有些不耐烦，站起来走上前：“你先出去，我跟你们老板说一点事情，五分钟后你再进来。”

“她是你的机组吗？你打发得这么利索？”叶薄云完全没进入情况。

“哥，筱白是怎么知道她爸爸的事情的？是你告诉她的？”他皱着眉头，语气有些不好。

叶薄云歪着头看他：“怎么了，东窗事发了？”他倒是一副若无其事的样子，“那件事我自认为没有做错，问心无愧。我为了公司的利益希望他说出真相，不管他是迫于什么压力，或者是心理承受不住，这些都与我无关。”

“可筱白不这么认为，她觉得我在欺骗和利用她。”

“她跟你闹了？”

“离家出走了，要跟我离婚，还要拿掉孩子。”叶向云垂下眼睑，一副无可奈何的样子。

叶薄云的眉头皱起来，脸上有些怒气："不懂事的女人，让她离，看她上哪儿去找你这么傻又死心塌地的男人，就让她后悔去吧。她自己不知好歹，谁也不能拦着她。"

叶向云不说话，一脸受伤的表情："那是我的女人和孩子，不管你怎么说我，可我是真心爱她的。"

"如果她真的把孩子拿掉呢？"

叶向云的眼圈一下子就红了："那我就真的不能原谅她了。不单纯是因为孩子，而是因为她根本就不爱我，不然又怎么下得了手。"

叶薄云点了点他的脑袋："你说叶家怎么就出了你这么个没出息的男人。行，你说你想怎么办吧。"

"我不想理她了，我确实很伤心，她也应该知道没有我的日子是什么滋味，应该好好想想我是不是对她好。她应该反省一下，如果她想不通，我们就真的没必要再勉强在一起了，她应该去找她的爱人。可是……"

叶向云欲言又止，叶薄云笑了，拍拍他的肩膀："得，这段时间我找人偷偷给你照应着，是这个意思吧？"

"谢谢大哥。"叶向云勉强笑笑。

"你小子，一肚子坏水。不过你道行浅，在你大哥跟前还不行，你一撅屁股我就知道你拉什么屎。不过最好先别让爸妈知道，不然你有得受了，啧啧。"

"那我先走了，谢谢大哥。"

叶向云转身正要出去，又被叫住："这次是哥对不住你，上次我不小心说漏嘴了，跟景辰说了慕振山的事情。"

叶向云心中了然："没事，想瞒一辈子总不是那么容易的，也好。"

慕筱白无家可归，只能回到自己以前租的公寓。肖莱飞欧洲了，家里没有人。一个人的孤单忽然让她心中的惊恐和无助发酵得无限大，她抱着自己的膝盖哭起来："爸爸，我该怎么办？到底是怎么一回事？怎么会这样？"她不停地抽泣，一阵阵抽搐让她几乎喘不过气来。

她觉得头晕得厉害，整个身子轻飘飘的，难受极了。她起身想给自己倒杯水，还没有走到厨房，就觉得一阵眩晕，随即眼前一黑便失去了知觉。

也不知道过了多久，她醒过来，只见自己正躺在厨房门口的地板上。家里依旧很安静，静得能够听到时钟的秒针走动的声响。她慢慢地爬起来，心中一阵凄凉，原来她真的是死了都没有人知道。

往日种种的甜蜜又出现在自己的脑海里，他给自己灌热水袋，把疼得蜷成团的自己紧紧搂在怀里；他的眉头皱得那么深，仿佛疼在他的身上；自己稍微有些不舒服，他都会紧张得像是得了大病一样，问这问那，唠叨个不停，可现在他竟然安静得连一个电话都没有打来。

慕筱白有些懊恼，她清楚自己不应该再去想那个人，他是导致自己现在孤孤单单、无依无靠的罪魁祸首。可是她没有办法把那个影子从自己的脑海里抹掉，睁开眼睛是他，闭上眼睛也是他。

“啊——”慕筱白抱着自己的脑袋尖叫着，她觉得自己真的快要崩溃了。

同样崩溃的还有祁可，她一个人呆呆地坐在殡仪馆的敛房里，她已经在这里坐了四天了，母亲的遗体就放在冷冻箱里。

“是我杀了我妈妈，我是凶手。我为了自己，杀了我妈妈。”祁可放声号啕起来，声音凄厉。

“小可，别折磨自己了，把你妈妈火化了吧。”周建明没办法形容自己的心情，除了这句话，他什么都说不出来。

祁可就这么守了自己母亲三天三夜，从殡仪馆出来的时候，她收到了乘务部主任的电话，倒不是让她回去接受质询，而是因为旷宇翔的妈妈总是来公司闹，乘务队实在是受不了了。

祁可没有说话，默默地挂断了电话。自从知道母亲其实根本不可能再醒来的事实，祁可这还是第一次主动跟周建明说话。

“是你告诉他妈妈的吗？”

周建明本来露出笑容的脸立刻就沉了下去。

“你把我当什么了？村口嚼舌的妇女吗？还是你认为我的本事就只能靠这些上不得台面的手段？祁可，这件事根本就没有秘密，现在全公司都知道是谁告的状，谁会知道旷宇翔父母的联系方式，谁又是你们苟且的受害者。”

祁可愣住，有些不敢相信：“怎么可能是肖莱？她不会做这种事情的。”

“为什么不可能？一个是男朋友，一个是闺密。”

祁可不愿意相信，可是她知道，周建明绝对不是做了不敢承认的人。还有，肖莱也确实有这个权利告状。

祁可没有回公司，第二天早上，她便向公司递交了辞职信。这件事随着祁可从公司离开，很快就偃旗息鼓。旷宇翔也不知道为什么被解禁，但祁可的电话再也打不通了。

旷宇翔来到公司，大家都用同情的目光看他。因为很多人都看见，就在祁可被打下了飞机没一会儿，周建明就来把她给接走了，从此再也没有人看见过她回来。旷宇翔红着眼眶看着叶向云：“祁可……她一直也没接受询问吗？”

叶向云轻轻地拍了拍旷宇翔的肩膀：“公司现在管不着她了，她已经交了辞职报告，离职了。”

旷宇翔错愕地看着叶向云，片刻后那本就无神的眼睛仿佛又蒙了一层灰一样。他突然笑了一下，眼泪就掉了下来，不知道这是不是就是现世报，对他以前的滥情和不负责的报应。

“别伤心了，天底下的好姑娘多得是。”

“可可，她怎么会是这样的人？”旷宇翔咬着嘴唇，转身用手撑着窗台，眼眶里的眼泪在打着转。他望着远处的停机坪，飞机来来回回地在滑道上滑行，有靠桥的，有推出的。跑道上一架 330 横着就下来了，在跑道上擦出白烟，摆正，慢慢地减速转入滑行道，今天栗渊机场又是大侧风。

“师父，周建明到底是个什么样的人？”旷宇翔十分不甘心，可他不知道自己能做些什么。为什么他周建明那么轻易就可以把祁可带走呢？

叶向云看着旷宇翔，轻轻拍他的肩膀：“别傻了。”

“我想知道！”他声音不大，却异常坚决。

“这要看你说哪个方面了，作为一个领导，他能玩转整个民航界，非常有影响力。但说是个男人的话，他温文尔雅，很有成熟的魅力。如果说行事风格，他的目的性很强，并且非常有执行力，不达目的不罢休。”

旷宇翔沉默着，过了许久，他转头看着叶向云：“原来我根本就没有机会，我不过是一根救命的稻草。周建明离婚了，而我什么都不是。”

“大丈夫要拿得起放得下，重新开始。”叶向云也不知还能说什么，他没有什么资格来评说祁可这个人，至少从一个旁观者的角度来看，她的选择不算不明智。旷宇翔并不是一个值得在感情上托付终身的人，而周建明虽然眼前艰苦一些，但用不了多久依然会什么都有。

旷宇翔一个人木木地走上公司顶楼的天台，这里可以一览栗渊的风光，风景很壮美。他最喜欢到这里来看飞机，喜欢看飞机起飞时的霸气，那股傲气让他整个人都有种飘起来的感觉。

可是今天，他突然迷上了落地。微扬的机鼻慢慢地落下来，打开反推，减慢速度，低调而平稳，慢慢地滑回廊桥。他闭上眼睛，能想象旅客提着行李匆忙地下机，出口处有朋友或家人在等着他们，有一个热情的握手，或是一个温暖的拥抱。

他松开握着栏杆的手，突然明白那种飞起来的感觉总不是最后的归宿，扎扎实实的落地才是王道。

旷宇翔掏出自己的手机，打开卡槽，抽出里面的手机卡，捏在两根手指之间。他抬起手一松，卡片被大风吹走，很快就消失在视线中。

“可可，我爱你，但我们不要再见了。”

他紧紧地皱着眉头，胸口剧烈地起伏着，那种被钝刀切割的痛，清楚地留在心上。他知道，他这趟无比豪华且刺激的爱情航班在中途坠毁了。没有原因，如果非要追究责任的话，大概是他根本就不熟悉这飞机的性能，又或许在起飞之前就已经出现机械故障了。

慕筱白没有想到韩丽雯会给自己打电话，因为医院强烈要求向韩丽雯的家人交代病情。韩丽雯第一次觉得自己是个孤儿也不算差，至少不会拖累到家人。对于韩丽雯的病情，慕筱白很清楚，面对医生紧张的忠告，她知道根本没有办法再给韩丽雯的心湖带来什么波澜。

中午，慕筱白带着韩丽雯去了一家不错的酒店，两个人点了一桌子菜：“我们都需要好好地补一补。”她说着就给韩丽雯盛了一碗鸡汤。

“下午我回去收拾东西，你去订票，我们坐最快的航班去洛杉矶。我给你联系了一家不错的医院，那里有我的导师和学长，他们都是世界顶级的脑外科专家，我陪你去。”

“没用的。”韩丽雯低头看着眼前的汤，声音死气沉沉的。

慕筱白放下自己手里的碗："既然你已经了解自己的情况，为什么不能放手一搏呢？你做好了死亡的准备，难道却没有勇气去面对一线生机吗？"

韩丽雯抬头看着慕筱白："我没有钱，没有办法。"她摇摇头，"你知道航空公司的地勤其实收入微薄，在这座城市也就能做到解决温饱。我也没有家人，连上学都是国海资助我的。"她长长地叹气，脸上勉强露出微笑："筱白，你现在又怎么能陪着我去治病呢？你有叶机长，肚子里还有一个宝宝。不过我还是要谢谢你！"

"我跟叶向云之间也有很严重的问题，我想我们需要分开一段时间，彼此好好地冷静一下。"慕筱白脸上的神色黯然，她抓住韩丽雯的手，"钱不是问题，你的积蓄飞到美国足够了。"

韩丽雯突然笑开了，她点点头："好。"其实她是不需要准备回程票的，这样走得更远会更好。

吃过饭，两个人便各自分开，韩丽雯要回公司递交辞职报告，顺便订票，筱白则回家去收拾自己的东西。

叶向云回到家时没想到慕筱白已经回来了，他兴冲冲地推开卧室的门，却看见她已经收拾好了行李。他上前按住她的包："我们好好谈谈。"

慕筱白抬头看着他："向云，我们现在需要的是冷静，我们都该好好想一想。或许我们还不是很了解对方，是我们的步子迈得太大了。"

"你现在是在怀疑我们的爱情还是婚姻？"

慕筱白一时语塞，说不出话来。她对什么都怀疑，可心里却酸得说不出那句话来。她怕说出来会真的成真，那这个家就真的散了。

"向云，我真的转不过弯来。别逼我，给我一点时间好不好？"她眼圈红了，别过脸去不想让他看到。

叶向云松开手："筱白，我说过我可以坚持，但你别不给我希望。"

慕筱白深深地吸了一口气，拎着行李就出了家门，可还没有进电梯她就已经忍不住流下眼泪。她舍不得，可心里那个结太大，她没有办法忽略。她清楚，如果结解不开，那他们在一起就永远都不会幸福。

叶向云仰躺在床上，不知道为什么，本来一切都那么美好，突然就风云突变了。世事无常，真没有什么是永恒的。宋国海和季晓棠曾是多么令人艳羡的一对，旷宇翔和祁可也轰轰烈烈地说要在一起，可到最后不过是生命中一场华丽的演出，总是要谢幕的。

他不想重蹈他们的覆辙，可爱情永远不是一个人的事情，而婚姻更不是他一个人就可以说了算的。

从洛杉矶回来，叶向云一直都没有正经地休息过。他实在太累了，想着想着就迷迷糊糊睡着了。不知道过了多久，他被一阵急促的电话铃声吵了起来，是宋国海打来的。

“喂！”他有气无力地回应。

“一起出来吃个晚饭吧，叫上你老婆，去上次你介绍的那家餐厅吧。”

叶向云有些纳闷，随即无奈地讪笑：“你等等，筱白去不了了，我马上过去。”他看了一眼时间，立马挂断电话，洗了个澡就打车去了餐厅。

宋国海这时已经到了，找了个靠窗的位子坐着。

“怎么突然想起请我吃饭了？”叶向云虽有些惊诧，但他很乐意接受邀请。一个人待在那个家里冷清得可怕，他不敢想象自己以前是怎么生活的。

宋国海把他的车钥匙推过来：“谢谢筱白了，我已经跟晓棠肯谈过了，她同意撤诉，再给我一次机会。”他抿着嘴笑，显然心情很好，“不知道筱白跟她说了什么，她对我已经不那么抵触了。”

叶向云愣在那里，片刻后他自嘲地笑起来：“你们是和好了，可筱白离家出走了。”他长出一口气，看着一脸错愕的宋国海，“你信不信，有时候你给别人讲大道理能说服别人，但有时候却说服不了自己。”他拿过自己的车钥匙在手里把玩着：“她对别人都很好，别人有错怎么都可以原谅，可是换到我身上，就永远都不能原谅。她固执得让人叹为观止！”

宋国海虽然不知道发生了什么，可隐约也感觉到了事情的严重性：“等到她对你和对其他任何人都一样的时候，你就真的出局了。”他伸手把服务员招呼过来，“我们俩喝一杯吧，我已经很久没有遇上顺心的事情了，你也浇浇愁。”

两个人就在这大厅里喝了起来，叶向云心情不好，喝得有些急，几杯下去就有些微醉了。

“快看，这是不是网上那个最帅机长？”几个年轻人凑上来，拿着手机就开始拍，“发微博，果然帅，真人比视频上还帅。”

叶向云有些不耐烦，伸手就挡住镜头。他不想再给自己找麻烦："对不起，别拍了，你们认错人了。"

"他们居然喝酒？开飞机居然也酒驾，拍下来……拍下来！"旁边还有人不停地在起哄。

叶向云愤然地站起来，一把夺过他手里的手机："我跟你们说了，你们认错人了。"说着就把手机里的照片给删除了。

"你怎么打人啊？怎么还抢东西……飞行员打人了……"说着后面的几个小伙子就凑上来，场面一时间乱成一团，宋国海想上前拉架，可根本就近不了身，还不知道被哪来的拳头一拳就砸出了鼻血。

叶向云怎么说也是行伍出身的，虽然喝多了，但脑子还清楚，他要是动起手来可就真说不清楚了。他只是推挡着，却不知谁抄起一个酒瓶子，冲着他的后脑勺就拍了上去。

叶向云当即就觉得眼前一黑，之后便失去了知觉。

·

慕筱白和韩丽雯这时正在过安检，她们坐的是晚上的航班。手机在包里一直响，可包正在过机器，所以慕筱白并没有听到。安检完之后，她拎着行李就跟韩丽雯一起上了飞机。

"没想到你居然买了商务舱。"慕筱白倒是很称心。

"你现在是个孕妇，十一个小时呢，经济舱太辛苦了。何况我还从来没有坐过商务舱，觉得有些遗憾。本来我还想坐头等舱的，可惜已经没有了。"韩丽雯转头看着慕筱白，眼睛里有些兴奋，随即也黯淡下来。

慕筱白握着她的手："没关系，今天太仓促了，回来的时候我请客，我们坐头等舱。"她拿出手机来准备关机，看见上面有两个未接来电，都是叶向云打的。她犹豫了一下，还是没有回拨过去，直接就把手机给关了。

韩丽雯在旁边看着他："叶机长担心你呢。"

"我不想理他。"慕筱白的神色也有些黯淡，心中还是放不下，却生生地让自己硬下心来。

A380 的商务舱也可以平躺，很舒服的客舱设计，可慕筱白却怎么也睡不着，她辗转反侧，脑子里全都是那个人，还有那件事。她想不通，作为知名的专家和设计师，父亲的收入算很高了，再加上母亲是医生，也收入不菲，他完全没有必要去贪黑钱。她不敢相信，也不愿去相信。

“睡不着吗？”韩丽雯半起身看着慕筱白，压低了声音询问。

韩丽雯又笑了，轻轻地拍她的肚子：“你肚子里有宝宝，别老是折腾自己。”

慕筱白看着她的笑，心里却发酸。她能感觉到身边的人是多么热爱生活，可老天却不给她活下来的机会。

她觉得自己有些作孽，伸手轻抚着自己的小腹，原来自己才是最自私的那个人。她点点头，闭上眼睛，现在即使什么都没有了，她也要为自己的孩子好好活着。

有了责任，她突然觉得自己长大了不少。就像韩丽雯说的，她们相交不深，却是彼此生命里很重要的人。

叶向云再醒过来就看见自己躺在医院里，看见大哥、二姐，还有母亲都站在床边。他微微动了一下，感觉头疼得厉害：“这么大阵势，这城里的大户都来了。”

叶薄云走到母亲的身边：“妈，看见了吧，他还贫着呢。没事了，您先回去吧，有我们在这里守着就行了。”

叶妈妈一脸不高兴地说：“老婆是干什么的？自己的丈夫被人开了瓢了连个面都不见，这样的媳妇有还不如没有呢。”

“妈，你快走吧，别让爸在家干着急。”叶美云说着把老人家推出去，又吩咐警卫员把人送回家。

叶向云嘴上虽然没有说，心里却失望极了，他最想看到的人此时不在他的身边。有时候他真想一狠心就这么放弃算了，可这才分开不到一天，他就已经开始心慌，不知道是忧虑还是因为想念，或许两者都有。

宋国海第二天照着约定来季晓棠的父母家来接人，岳父岳母的一顿数落自然是少不了。丈母娘更是一针见血：“那个女人你打算怎么办？”

宋国海低头，这个问题现在已经变得很简单了。韩丽雯辞了职，这让他有些猝不及防，他甚至都没有给她一个明确的说法。他欠她的，不仅仅是一个解释、一个抱歉，他欠的是一世的情。

只是他现在已经还不起了，很可能他这辈子注定要辜负一个爱他的女人，而韩丽雯已经替他做出了选择。她什么话都没有留下，他想她是恨他的，并且她也应该恨他。

“妈，您放心，以后我会对晓棠一心一意的。”宋国海的态度很谦恭，他一直都是个谦和低调的人。

季晓棠的心里有些着急，父母在说话她也插不上嘴。宋国海进卧室给她搬东西的时候，她跟进去一脸担忧地摸着丈夫的脸：“我听小弟说，昨晚你和向云被小混混给打了？”

宋国海愣了一下，然后握住她的手，心里感觉暖暖的：“他是怎么知道的？”

“视频又被放到网上了。这一波未平一波又起的，公司会不会处分你们啊？”她叹了一口气，心中隐隐全是焦虑

宋国海淡淡地一笑：“晓棠，你放心，本来打架就不是我们的错，下午我回公司处理了这件事情，不会有事的，你放心。”他把季晓棠轻轻地搂进怀里，手轻轻地拍着她的后背，“别担心，没事的。”

季晓棠的世界是黑的，没有一丁点光亮，她不是不害怕，只是假装无所谓。此刻偎依在这个怀抱里，她的心才慢慢地踏实下来。毕竟是自己的丈夫，在一张床上睡了十年，无论他心里装着谁，她都明白自己的心，丈夫也是她的全部。

想到这些，季晓棠的心里就酸。她死死地抓着他的衣襟，想问一些问题，却无从问起。

“晓棠，你别担心了，我不会有事的，我们以后会好好在一起过一辈子。”他几不可察地叹了一口气，“韩丽雯辞职去美国了，听说有个一直追求她的大学同学在那边混得很好。”宋国海不知道韩丽雯自己说的这个传言是不是可信，可是他竟然从心底希望这是真的。如果韩丽雯能找到自己的幸福，那么他的负罪感也会少一些。

人都是自私的，谁都逃不掉。

叶家老爷子为这件事可是发了大火，儿媳妇怀着孩子离家出走，自己丈夫受了伤打电话居然也不接，这还了得。老爷子直接放出狠话来，谁也不准给那个女人打电话，更不准自己的小儿子跟她说软话，要是不尽快自

己主动回来检讨错误，就立刻扫地出门。

话虽是这么说，但一家人都还算淡定。叶向云是出了名的不听话，也是出了名的有办法对付老爷子，所以这件事最后会怎么办肯定还是他自己说了算。

下午的时候，宋国海作为事件的当事人，接受了一些媒体的采访。他倒是应付自如，从来没有发现自己对付这群难缠的记者居然也能游刃有余。可能是自己的心境有变化，现在也想振作起精神好好地在事业上进取一番。其实有时候爱一个人，去达成她所期望的，也是一种方式。

人的潜力真的很难讲，有时候是没被逼到那个份上，可能你自己都不知道自己有什么本事。

一个星期以后，关于飞机上乘客殴打乘务员的一幕闹剧落了幕。当事乘务员辞了职；副驾驶因为违反规章不服从机长指挥被罚停飞反省三个月；机长因为处理失当卷入打架事件，影响了公司形象而被停飞一个月。

旷宇翔在办公室里坐班，整个人浑浑噩噩的，什么都做不了。就这么安静了四五天，他风风火火地去服务商那里补回了原来的电话卡。他迫不及待地给祁可打电话，他不死心，不相信他爱的人会是如此薄情虚荣的人。

祁可离职后生了一场病，幸好周建明发现得早，及时将她送到了医院。

周建明看着病床上虚弱的人，再看着手机屏幕上闪着的名字，恨得咬牙切齿。可是现在他却没有办法去对付旷宇翔，因为那是他最在乎的女人的爱人。

周建明在挂断和接听之间犹豫了很久，直到电话自己中断。他刚松了一口气，可电话再一次响了。这次周建明丝毫没犹豫，直接就接听了：“喂！”

就这一个字，仿佛让旷宇翔坠入地狱。他一个字都说不出来，沉默了有一分钟后，他挂断了电话。他似乎没有办法再说服自己，他觉得自己就是个彻头彻尾的失败者。

叶向云待生活能自理后便搬回了自己的住处，可才第一个晚上又被电话给叫回了医院。旷宇翔这个平时少烟少酒只爱泡妞的徒弟，竟然因为失恋喝酒喝到胃出血。

旷宇翔睁开眼睛的时候就看见床边坐着叶向云，因为他是后脑受伤，处理伤口的时候就把头发给剃光了。可这前面有毛后面没毛实在是难看，他索性就剃了个光头，所以这个很爱美的男人这会儿只能戴帽子。

“怎么是你？”旷宇翔的嗓音有些沙哑，“能不能给我一点水？”

“不能喝水，会死人的。”叶向云皱着眉头，“你能有出息一点吗？守则你是不是也忘了？我看你离永久停飞也不远了。”

旷宇翔的眼神有些茫然：“她没来过吗？”

“谁？”叶向云皱了一下眉头，忽然反应过来，“别想太多了，你现在最重要的就是好好休息。如果好不利索，以后就真飞不了了。你说你喝这么多有意思吗？”

“我也不想啊，可是她真的回C市了，那么快，晚机没赶上，就搭早机走了。我认真了，这辈子头一次这么认真地对待一个女人。我什么都不要求，只要她离开周建明，我就娶她。我的要求很过分吗？我只想她以后能安安稳稳地做我的老婆。”他很委屈，说着说着一滴眼泪就从眼角落下来，消失在枕头上。他立刻闭上眼睛，可眼角却依旧湿润。他想自己这辈子都不会再为谁认真了，他已经被伤透了。

“第一次认真就能找到自己对的人真的很难，你还这么年轻，受点感情的挫折又算什么？只能说你们没有缘分，不合适。”叶向云说着这话心里也在打鼓，那他跟慕筱白又算什么呢？他被人一个酒瓶差点就送上了西天，可是他老婆却在陪别人看病，他不知道问题到底出在了哪里。

第十章 原来幸福很简单

我退休了，再也不用飞了，我就每天
陪着你早上看日出，晚上看日落。

韩丽雯在超声波室的外面等着，她的病情恶化得很快，现在大部分时间都得坐轮椅。慕筱白从里面出来，她就凑上去：“怎么样，医生怎么说？四个多月了，应该能看出男女了吧？”

慕筱白依旧抿着嘴笑，心情好得不得了。

“是男孩？”韩丽雯看着她的脸色猜测。

“不是啊！”慕筱白很兴奋地伸出两根手指，“是两个，一男一女。”

“筱白，你太厉害了，龙凤胎。不对，是叶机长厉害，他如果知道这个消息，一定会高兴坏了。”

慕筱白的脸一下子沉了：“别跟我提他，他根本就不在乎我，我的心情他根本不能体谅。我都出来这么久了，他也不找我，我肚子里还怀着他的孩子。”

韩丽雯笑，心里知道这个骄傲又矫情的女人是在等着台阶下呢。她拉住慕筱白的手：“你就是矫情，你把手机关了，人家总不能满世界大海捞针吧。”

“那电邮呢？电邮我又没关。”

“筱白，人生太短暂，没有时间折腾。他一飞出去你们就几天都见不到，你们这一辈子真正能相守的日子才几天啊。我现在是巴不得把一天掰成十天来过，可你却都这么挥霍了。”她神情黯然，慕筱白想安慰她，却被她抢白，“趁活着，要好好爱你爱的人，好好珍惜爱你的人给你的爱。你不要再胡思乱想了，你们生活在一起，他爱不爱你你应该最清楚，又何必听别人挑拨呢。”

慕筱白心里难过，可嘴上却还是硬撑着：“算了，别说我了，下午我们一起去拍写真好了。”

就在几天前，韩丽雯答应了要接受手术，这让慕筱白很吃惊。像这种尝试在医学界还没有成功的先例，也就是说这边推进去了，希望就比九死一生还要渺茫。慕筱白想知道她的真实想法，可韩丽雯只是笑了笑，跟她说想拍一套新娘写真。

慕筱白心想，这大概就是韩丽雯的临终遗愿了吧。

吃过午饭，慕筱白和韩丽雯就偷偷地从医院里跑了出去。慕筱白提前联系好了一个工作室，以前她在美国念书的时候曾跟同学一起在那里拍过写真。摄影师是个华人，很帅，人也很好。他身边的化妆师就是他的太太，是个韩国人，长得很漂亮。

换好衣服化好妆后，韩丽雯靠了过来：“你说她有没有整容啊？”

慕筱白笑道：“应该没有吧？整了还不如我们好看，那也太失败了。”说完两个人就笑了起来。

摄影师转头看见这样一副姐妹情深的样子，就忍不住拿起相机拍下来：“说什么呢？笑得这么开心，不会又在讨论我老婆有没有整容吧？”

慕筱白的脸有些红：“快拍吧。还有，一会儿能不能扮演一下新郎啊，不需要正脸，侧脸意思一下就行。”

“那就要看我老婆是不是同意了。”摄影师笑了，慕筱白知道他这就算是同意了。拍照本就是一件很累的事情，尽管都是内景，可韩丽雯还是有些体力不支。

慕筱白有些忧心：“要不就算了吧，已经很漂亮了，也拍了很多。我们要是再不回去，医院也会找我们了。”

韩丽雯勉强地笑笑：“让我拍个双人的，这样我也算是了一个心愿。”

慕筱白虽然很纳闷，不知道她为什么会这么执着地要拍一张有新郎的婚纱照，却也不好说什么。

晚上，慕筱白整夜都陪在医院里。韩丽雯回到医院后就又犯病了，而且很严重。她有些忧心，这种每况愈下的情况总是会让她想到不好的事情。

“筱白！”韩丽雯的声音有些虚弱。

“我在这里呢，你怎么不睡了？”慕筱白把床头摇起来，“想跟我说话？”

韩丽雯点点头：“下周我就要做手术了，如果结果不好，还是那件事情，就是把我的角膜捐给季主任。”她叹了一口气，“我的脑子不太灵光，你帮我想个理由，别让他们知道是我捐的，我不想给他们添一些心理上的负担。反正就是这么一回事，人死了就什么都没了。”

慕筱白握住韩丽雯的手：“丽雯，你太无私了，你那么爱他。如果结果不好，就让他陪着你走完这一段吧，你不能这么欺骗他。”她哭着说，没有办法想象就这么离开人世，离开自己爱到骨头里的那个人，甚至这一切那个人都不会知道，这是多么凄凉惨淡。光是想想，她就会觉得胸口像压了一块大石头，喘不过气来。

“什么是爱？不是一辈子都守着，是希望他可以过得好。如果欺骗和隐瞒一些事情可以让你爱的人过得更快乐，为什么不能做？只要能骗一辈子，那就是对的，因为你给了他幸福。”

慕筱白像是被点中了穴位，她愣愣地看着韩丽雯，眼里全是疑问和探究的目光：“难道打着爱的名义，就真的什么都可以做吗？难道只要动机是好的，就可以不问行为是不是卑劣吗？”

韩丽雯看着她，也颇有些惊讶：“筱白，感情的事情不像你做医学鉴定，总要探究什么真相，找出个因果来，感情是不能较真的。叶机长对你不好吗？你过得不幸福吗？为什么非要纠结他隐瞒你呢？你现在知道了真相，心里舒服、痛快、轻松吗？只要是想你好的，你也确实过得很好，这又能有多卑劣呢？扛起所有的责任和压力，让你一无所知地自在生活，只有爱你的人才会这么做。”

慕筱白说不出话来，这么不堪的真相，她从无法接受，到现在完全接受了，却没有办法再坦然地面对知情人。她苦苦追寻的清白与真相，其实根本就不属于她。

她转身趴在窗台上，仰头看着天空，这座钢筋混凝土搭建的水泥森林让她有些惶恐。一架闪烁着灯光的飞机从头顶飞过，她的心里升起一丝向往，会不会是他？

这天夜里，韩丽雯辗转难眠。看着慕筱白已经在旁边的加床上睡得香甜，她无奈地一笑：“都是小姐脾气，死鸭子就剩嘴硬了，可偏偏碰上还有王子病的。”她躺下来，侧头看着漫天星空，熠熠生辉，可是再美也会在第一缕阳光出现的时候便失去所有光辉。

她就像是这星星，可季晓棠永远是宋国海心里的太阳。

周末的晚上，慕筱白拉着韩丽雯的手，紧张得没有办法放开。她知道这个手术的代价会是什么，可是她不敢说出来，眼泪就在眼眶里打转。

韩丽雯若无其事地翻着自己刚出炉的照片，一边看一边笑：“可惜了，我其实一直都很喜欢那种鱼尾的婚纱，只是没有机会穿上。不过黑眼圈完全看不出来，拍得真漂亮。”

慕筱白强颜欢笑应和着。

韩丽雯从里面抽出那张双人照，她让摄影师给她做成了明信片的样子，没想到效果会这么好：“筱白，等你跟叶机长结婚的时候也可以做成这样，广发不能到场的亲朋。是不是很漂亮？”她一边笑一边兴奋地跟慕筱白炫耀。

言毕，她便拿起笔，戳着自己的下巴，皱着眉头思考着。片刻后，她低头在明信片上留言，写完便递给慕筱白，脸上一副轻松俏皮的样子：“这是我交给你的最后任务，我们是好朋友，你一定要帮我完成。”

慕筱白困惑地接过来，看到上面的文字，很短，可眼泪却再也止不住。

“国海，我结婚了，现在很幸福，他给了我一个新的世界。给你寄这张卡片，是为了正式跟你，跟我们的过去说再见。谢谢你曾经给予我的帮助，也祝你幸福。丽雯。”

时间署的是明年的明天。

“丽雯……”慕筱白哽咽出声。

“明天我要是没事了，你也就不用麻烦了。”她深深地吸了一口气，硬是把眼泪给忍了回去，“器官捐赠卡我已经填好了，除了角膜，其他的器官也给有需要的人，这样也就相当于我在这个世界的延续。”她在笑，可慕筱白却看得更加心酸。

第二天吃过午饭，护士就拿着剃刀进了病房。做开颅手术，剔头发在所难免。韩丽雯拿着镜子不停地照，有些舍不得。

筱白接过护士手里的盘子：“我来给她剃。”

韩丽雯看着她："这个你也会？"说完自己又笑了，"我忘了，你说过在做法医之前你是学脑外科的。"

"对啊，每个脑外科医生都有剃光头的手艺。"慕筱白拿着剃刀很小心地刮着她的头发，以前她的导师做手术，经常给她派的活就是给患者剃头，然后在头上画好下刀的图。可是今天，她的手却不停地在抖，"丽雯，手术中不管发生什么状况，你都要坚持，千万不要轻易放弃，那样的话就真的谁都救不了你了。医学没有绝对，奇迹虽然罕见，却也发生过。"

韩丽雯脸上一直挂着淡淡的笑容："筱白，谢谢你，这一个月你一直这么陪着我，听我说那些废话，还要帮我忙很多之后的事情。人的生命不在乎长短，关键是要活得精彩。"

"如果没有宋国海，你的生命精彩吗？"

韩丽雯叹了一口气："因为要让自己精彩，却让一个家庭破碎，让一段十年的感情沦陷，我这种精彩又有什么光彩？关键是我已经给不了他任何东西了，又何必给他平添痛苦。你知道吗？他给我打过电话，我没接，害怕听到分手的话，也不知道该跟他说什么，所以我都没接。今天我可能会踏实地走，明年的今天，我会给他一个踏实的结局，他也可以放下心里的包袱，真正地开始新的生活。"

"为什么你可以这么坦然地面对死亡呢？我见多了生死，为什么还是没办法这么淡定？"慕筱白看着眼前面色灰暗、眼圈乌黑的女人，她还这么年轻，正是青春绽放的年纪，却不得不接受死亡的考验。

"我也很害怕，不想死，可是没有办法啊。筱白，你知道吗？还能说出来的苦都不算什么，真的苦是说都说不出来的。如果你还在抱怨，那么就代表还有希望，一切都还好。"韩丽雯垂目，一滴眼泪猝不及防地掉落下来。

她一直告诉自己一定要笑着离开，那么下辈子她会快乐地生活，远离这些不开心和可怕的事情。可是……没有办法，没有谁会比一个热爱生活却不得不面对死亡的人更懂得生命的可贵，更明白什么才最需要珍惜。

"筱白，趁活着，一定要幸福。"

慕筱白坐在手术室的门外，脑子里却一片清明。医生并没有让她等太久，三个小时以后，她接到了韩丽雯脑死亡的通知。那一刻，她失声痛哭起来，蹲在地上连站起来的力气都没有了。

“丽雯、韩丽雯……”除了呼喊她的名字，慕筱白什么都说不出来。这个小自己几个月的姐妹，给自己上了可能自己一辈子都理解不了的人生课程。

叶向云从医院出来，心情似乎不错，医生说他的伤口愈合得很好，不会对工作造成任何影响。他摸了摸自己光溜溜的脑门儿：“不知道什么时候能长出头发来，还好可以穿秋装了。”他看了看天，这样制服的帽子就能用上了。

他开车去机场，从今天开始，他复飞了。第一天是模拟机，然后会有一个跟飞的航班，重新熟悉流程，然后飞本场测试，没什么问题就可以恢复机长的工作。

从模拟机舱出来，他打开电话，里面全是慕筱白的未接来电。叶向云皱了一下眉，心里全是担忧，她突然打来这么多电话让他不能不往坏处想。

“喂，筱白吗？”

慕筱白一听到这个声音，哭得更厉害了，上气不接下气的。

“筱白，你别哭，有什么事情让我来解决，我马上就飞过去。听话，保重身体，筱白，宝贝儿，你千万保重自己，等我十三个小时，我马上就过去。”

慕筱白抽泣着：“你知道我在哪里？”

“洛杉矶！我不跟你说了，我马上就去订票，飞机还有两个小时就飞了。”

慕筱白擦了擦眼泪：“别，向云，你别急着过来，我没事，只是有事情拜托你。丽雯脑死亡了，她自愿把眼角膜捐给季晓棠，并且要保密，不能让他们夫妇知道。我想不出办法，又不敢给宋机长打电话，我怕会忍不住。你帮我想想办法，一定要快。”

叶向云一下子怔住，片刻后他闭上眼睛：“筱白，你等我。”说完便挂断电话。

他原地打了几个转，宋国海昨天的班机已经飞了洛杉矶，可季晓棠现在还在家里由保姆照顾着。他看了一眼时间，去接人已经来不及了，他立刻定了两张去洛杉矶的票，然后直接打电话给保姆让她把季晓棠送到机场，并嘱咐她带好护照和签证，其他的什么都不需要。

慕筱白坐在韩丽雯的床前，拉着她的手："对不起，我告诉向云了，我实在想不出办法。我跟你保证，我一定不会让他们知道真相的。明信片我带走了，我会记住你的嘱托，一定会帮你完成心愿。丽雯，谢谢你，趁活着，我会好好珍惜眼前的幸福。"

叶向云带着季晓棠出现在宋国海眼前的时候，把他吓了一跳："你们怎么来了？"

"来治病！"叶向云脸上很难露出笑容，这虽然是件好事，可背后的代价却让他轻松不起来。

宋国海一下子紧张起来："晓棠，你哪里不舒服？怎么还要到美国来治病？是不是腿又麻痹了？"他记得出院的时候医生曾叮嘱过，如果出现下肢麻痹的现象一定要记得及时就诊。他的心一下子提到了嗓子眼上。

季晓棠微微笑着，摸着丈夫的脸："向云说让我来换眼角膜。"

宋国海更诧异了，他看着叶向云，眼睛里都是疑问。

"我之前在这边拜托了一位朋友，但这个不是排序的，所以可能会需要钱，晚上我会过去跟他沟通一下。我怕耽误时间，也不管这次能不能成，就把嫂子直接带了过来。"

"那我跟你一起去，只要他能开出价，不论如何我都要凑出来。"他歪着头，看着自己妻子黯淡无光的双眼，脸上一副疼惜的表情。

叶向云抿着嘴唇，露出一副很无奈的样子："人家是不会见你的，你别跟着去搞砸了。你陪着嫂子，我自己过去。我也见不到捐赠者，我朋友只是跟中间人比较熟，我去看看这件事靠不靠谱。"他一副像煞有介事的样子，安抚好两个人的情绪，就出门打车去了医院。

叶向云进了一间普通病房，就看见慕筱白呆呆地坐在床边。床上的人很安静，身上插满了管子，心电监测仪上的线条还在微弱地跳动。

"筱白！"他轻轻地唤了一声，就这么站在门口。

慕筱白的神经就这么被撩了一下，她慢慢转过头去，看着有些不一样的男人，先是一愣，然后站起来就扑了过去："向云！"说着便号啕大哭起来。

叶向云抱着她，轻轻地吻着她的额头：“别难过了，我在这里，有我呢。”

“对不起！”她抽泣着，“都是我的错，是我自己任性。向云，你原谅我好不好？”说完她抱得更紧了：“我不想跟你分开，向云，我以后都不会这样了，我会老老实实地听话，你别不要我，我保证听话。”

叶向云倒是被她搞得有些蒙，原本以为她只是因为韩丽雯的突然离开而手足无措。他想了一下，然后慢慢推开眼前的人：“筱白，我们先说说角膜移植的事情，我们的事情以后再说，我现在没有心情。”

慕筱白愣在那里，就看着叶向云把自己的手从身上拿开。他板着脸：“我跟老宋说是我朋友托关系弄到的，打算管他要五万美金，这样做会显得比较真一些。我知道你跟医院的医生很熟，既然韩丽雯生前明确表示要向受赠者保密，那医院方面应该没什么问题。”

慕筱白愣愣地看着他，心情一下子跌落到谷底：“向云？”

叶向云看着她，脸上没什么表情：“还有什么问题吗？哦，我看你还是赶紧回国吧，你在这里让他们看到可就不好说了。”

他的平淡和冷漠让慕筱白的心凉凉的，她讷讷地说不出话来：“向云……”

“你在这边的时间也不短了，不想穿帮就别在宋国海和季晓棠的眼前出现，不然真的没办法圆这个谎。就算是为了完成韩丽雯的心愿，你也不要再坚持了。”

慕筱白的心里突然有些害怕，以前她总是很倔强地转身，可是当叶向云真的要放手的时候，她才发现，原来真的是她矫情了，她的洒脱不过是吃定了那个男人会挽留她。

慕筱白这次没有走，她上前去搂住他的腰，把脸贴在他的胸前：“向云，我不走，我要跟你一起回去。我可以躲到酒店里，你别赶我走。我已经都承认错误了，以后我也都听你的话，再不矫情了，你说怎么样就怎么样。”她越说越委屈，眼泪一个劲地往下流，“宝宝也会想爸爸，你不能把我们娘儿仨给打发了。”

叶向云愣了一下：“仨？”他推开慕筱白，脸上有些困惑和隐约的兴奋之色。

慕筱白点了点头："这边医生说有两个，可能是龙凤胎。"她说得有些腼腆，低着头，两只手还牢牢地抓着他的衣襟。总之她是赖上他了，绝对不能就这么放他走。

"哈哈！"叶向云突然笑起来，说着就在她额头上一个劲儿地亲，"真是我的好老婆。"

这下倒是换成慕筱白愣住了，片刻后她明白过来："叶向云，你坏死了，让你给我装！你知不知道我都快被吓死了，我还以为你真的不要我了。"说完她就又扑到他怀里哭起来。

叶向云紧紧地抱着她："我怎么会不要你呢？你偷偷跑出来，我还得求着我大哥派人盯着你。我躺在医院里的时候就光生你的气了，你真的差点就看不到我了，那个王八蛋用酒瓶砸我脑袋的时候我脑子里全是你的影子。"

慕筱白猛地抬头，这才发现他跟平常不一样，头上戴了一顶帽子："你怎么了？出什么事了？"说着就摘下他的帽子，一眼就看见了他后脑上的疤痕。

"被小流氓打的，然后因为打架这件事我被公司停飞了一个月，今天才刚复飞。"

慕筱白的心一下子揪紧了："低头，我看看。"她小心地查看着伤口，"你这是什么时候弄的？这么严重！"她瞪大眼睛看着眼前的男人，他居然还跟人打架了。

叶向云直起身，捏着她柔弱无骨的手："就在你离开的那天晚上，老宋给你打过电话，用的是我的手机，可是你没接。医生说要是力道再大点，我这条小命也就交代了。"他手上有些用力，捏着她的手腕带了些惩罚的意思，"我不是装，我是真的很生你的气。筱白，你并不爱我。"

"没有！"慕筱白立刻扑到他身上，像是树袋熊攀着树一样，"向云，我爱你。我没有说谎，我也不会说谎。我就是任性、就是矫情，我都已经认错了，你怎么还能这么伤我？"

叶向云抱着她，心里松了一口气，这是她第一次对自己说"我爱你"。他微微一笑："筱白，你总是这样，错都是我的，每次都是我伤你。你知道吗？你就跟刺猬一样，满身就是刺，从来不在我的面前收敛。可是我不怕，再疼我也抱着你。你还抱怨我伤得你满身是血，可那血是我的，你知道吗？”

慕筱白浑身一僵，手立刻抱得更紧：“那我以后乖一些，你也别对我那么凶了。以后换我抱着你，再也不放手。”

叶向云对她突如其来的转变有些纳闷：“筱白，你这是怎么了？怎么突然跟变了一个人似的。”

“我要趁活着，好好珍惜自己现在所拥有的幸福，珍惜爱我的男人，珍惜我爱的人。”她侧眼看着床上已经在医学上宣布死亡的人，“是丽雯教会我的，我错了，我知道我是恃宠而骄了。向云，我爱你，很爱很爱你，我真的不能没有你。我以后再也不会这样了，我保证！”

两个人正你侬我侬，电话突然很不识时务地响了起来。叶向云看了一眼后说：“是老宋的，你别出声。”说着便接了起来。

宋国海有些紧张：“向云，情况怎么样？谈妥了没有？”

叶向云故作犹豫：“现在还在谈价钱，人家要五万美金，恐怕再没办法谈下去了。”

“没关系，五万就五万，只希望能尽快给晓棠做移植手术。”他有些急切，脸上是兴奋的表情。季晓棠没有出声，五万美金可是三十多万人民币啊，老宋辛辛苦苦飞小半年的就这么一下没有了。

宋国海放下电话就搂住她：“晓棠，钱都是身外物，我们也有这个条件，你很快就可以重见光明了。”

季晓棠点头，脸上也满是期待。黑暗太可怕了，更可怕的是什么都做不了，像一个废人一样，只能成为别人的负担。这种感觉太差了，简直让人想死。

接下来的日子，季晓棠住进了医院接受检查，宋国海没回去，而是由公司又派了一位机长过来接班。叶向云没有在洛杉矶多逗留，倒是慕筱白并不急着回去，她要把韩丽雯的骨灰给带回去。她还记得，韩丽雯说过她想飘在机场上空，保佑着这些天之骄子平安起落。

季晓棠的手术很成功，没等摘纱布他们就从美国飞了回来。身在异国总是有着各种不方便，经医生检查后，他们也同意了这个方案。尽管慕筱白已经极力避开，可阴差阳错还是搭上了同一班飞机。

下飞机的时候，叶向云等在国际到达的出口，看着慕筱白一副很紧张的样子：“怎么了？”

慕筱白摸了一下额头，回头看看那夫妇二人没有跟在自己后面：“我跟季姐搭同一班飞机回来的，你知道我不会撒谎，这一路上快吓死我了。”

叶向云揽着她的肩膀：“没关系了，以后我们别在那两个人面前提韩丽雯这个名字就不会有事的。”他接过慕筱白手里的包，“这就是你等着取回来的？”

慕筱白点点头：“我想帮她完成所有的愿望。”

叶向云手摸着下巴，显得有些为难：“进外场需要安检，机组也不例外。你这个未必过得去，说出来也不好听。”他双手叉腰想了一下，“你跟我来！”说着便一只手拎包，一只手牵着慕筱白。两个人进了凌云在机场的综合楼，一直到了楼顶的天台上，这里可以鸟瞰整个栗渊机场。

“今天老天照顾，风向刚刚好。”他看着慕筱白。

“可能是老天也知道我今天要做很重要的事情吧，需要借风势。”慕筱白从包里取出一个包裹打开，里面就是韩丽雯的骨灰。

她潸然泪下，那么鲜活的一条生命，那么美丽的女人，最后也不过是一捧灰而已。她展开来，风直接带着那些粉末飘向天空，向着机场的方向。

“丽雯，保佑我们的飞行员都能平平安安的。我不会忘了你的嘱咐，明年的那一天，我会给他一个安稳的结局。”

叶向云从身后抱住自己的老婆，朝着机场的方向：“谢谢你，我们都会珍惜眼前的幸福的。”说完就在慕筱白的额头上重重地吻了一下：“筱白，我爱你。”

“向云，我也爱你。”

叶向云和慕筱白一起回家，一路上慕筱白都心虚得很。叶向云看在眼里，可是也没安慰她，觉得让她受点惩罚还是很有必要的。本来他是打算好好治治她这个任性的毛病，只是她一说到孩子，他就自动破功了。

下车以后，叶向云自顾自地往回走，也不回头看她。慕筱白有些委屈，却也不敢发脾气，走快几步追上去：“向云，你爸妈……”她一看叶向云的脸色立即改口，“我是说咱爸妈。”她低头怯怯的样子：“他们会不会不理我啊？会不会对我不满意？”

“你说呢？”叶向云看着她。

筱白也不敢大声说话，心里却懊恼，在感情的世界里其实也是力量此消彼长的。以前她总是我行我素，叶向云就迁就她。可现在正好反了过来，可是没办法，谁让她做错了呢？

“你会帮我的对不对？”她小心地凑过去，拉着他的胳膊撒娇。

叶向云别开脸笑：“你还用我帮你吗？你现在有万能护身符，都比得上金钟罩铁布衫了，谁你都不用怕。”

慕筱白当然知道他在说什么，她可以拿孩子跟叶向云讨好，却不能以此向长辈要挟。她嘟着嘴：“你分明就是想要我好看，现在是在报复我吧。”

叶向云依旧笑：“嗯，就当我是好了，我恐怕这辈子这种机会都会很少。”说着他就按了门铃。

很快警卫员就给他们打开门，叶向云也不顾还在胆怯犹豫的女人，直接就把她拉进屋里：“爸、妈，我回来了。还有你们的儿媳妇自己回来投案自首了。”

慕筱白有些难为情，站在客厅里很规矩地向二老行礼：“爸、妈，我回来了，让你们担心了。”

二老就抬头看了她一眼，然后很有默契地低下头不再说话。慕筱白有些惶恐：“爸爸、妈妈，我知道自己错了，我以后不会再任性了。我一定会对向云好，跟他好好过日子。”

叶向云在旁边笑：“检讨得很深刻嘛。”

叶妈妈抬头看着慕筱白：“要不是向云跟我们说情，我和你爸真是不打算原谅你。你怎么能这样，动不动就离家出走？老公受伤了你连个电话都不接，你是怎么做人家老婆的！”

“妈妈，我错了。”

“好了好了，别难为你儿媳妇了，回头再把我儿子和闺女给吓坏了，你们可赔不起。”叶向云站到慕筱白身旁，揽着她的肩膀笑。

老爷子一听来了精神，立刻放下手里的报纸：“你说什么，儿子和女儿？两个？”

“两个是肯定的了，不过是不是龙凤现在还不好说，日子还太浅了。”

叶向云说着就抱住自己的老婆："是吧，筱白。"

二老的脸色立刻就放晴了，可是又有些想端着。于是老爷子回头："小赵，晚上让厨房多送几个菜，做点给孕妇进补的。整天在外面，身体怎么受得了？"

"还有，你们马上搬回来住，都是些孩子，又怎么知道照顾自己？向云马上又开始飞了，你一个人住着让人怪不放心的。还有你那个工作，整天跟尸体打交道，我看也别做了，对孩子不好。"叶妈妈更是一下子抛出很多话。

叶向云心惊了一下，说回来住，这个他也同意，毕竟他不在家的时候得有人照顾孕妇。可是让慕筱白辞了工作，他还真是在心里捏了一把汗。他倒是不怕养不起她，只是慕筱白可不是个甘于做全职太太的人。

慕筱白纵然心里有一千个不愿意，这个时候也不敢造次。她点点头："我听妈妈的。"

叶向云瞪大眼睛："筱白，你有什么想法可以说，别太委屈自己了。搬回来我同意，辞职的事情你还是要自己拿主意。"

"我也想过了，我觉得妈妈说得很有道理，那种工作确实不太适合孕妇。"

二老脸上满是喜色："上楼吧，坐这么久的飞机也累了，好好休息一下。"

说着两个人就上了楼，进了房间叶向云就抱住慕筱白："你真没必要委曲求全，难道真打算以后就在家待着？我倒不是怕养不起你，只是给你安排这份工作我也费了很大的劲，何况我觉得你在家待不住。"

"这工作是你帮我安排的？"慕筱白诧异地看着他。

叶向云的脸色有些不自然，耸了一下肩膀："对不起，我那会儿就想把你弄到我身边来，也方便我追你。"说完他做投降状，"我发誓，那会儿我真不知道你是慕振山的女儿，其实我哥哥的事情我从来也不参与，我是在我们已经好了以后才偶然知道这件事的。筱白……"

慕筱白用手捂住他的嘴："别说了，向云，我了解。关于我爸爸的事情，我想那可能就真的是个谜了。我不想再去纠结那件事，真相是什么我也不想再追究，更不想文过饰非。过去的，那就过去吧。"她握着叶向云的手，"重要的是，我们以后要好好生活，不是吗？"

叶向云脸上绽开一抹笑，紧紧地抱住她："筱白，你终于能理解了。"他心里的一块大石头总算是落了地。

"我想跟你商量一件事，我打算辞掉工作，然后利用怀孕的这段时间在家复习。等生完孩子以后，我想重考医生执照，我想回医院工作。"她是喜欢做医生的，选择做法医是因为一些特殊的原因。现在执念没有了，她又开始有梦想了。

叶向云笑道："我就说你不会老实待着做全职太太嘛。唉，怎么办？我老婆这么优秀，我要是挡了你的路，简直就是毁了医学发展的前途啊。"

"去你的，油嘴滑舌。"慕筱白娇嗔着拉着他的衣领，"你早跟爸妈打过招呼了还跟我硬撑，你知道我有多紧张吗？我发现你学坏了。"

"还有更坏的呢。"说着他便低头咬住她的嘴唇，两个人厮磨起来。慕筱白被他推着，退了两步就退到床边，脚下一趼便向后倒去。叶向云伸手搂着她的腰，慢慢地把她放倒在床上。他的呼吸有些急促，目光炯炯地看着她，"行不行？"

"你得小心点，别太过了。"

叶向云吞了吞口水，翻身倒在旁边："小心不了，我还是忍着吧，别把里面的小家伙们吓着了。"说完他侧身抱着筱白，在她的肩头磨蹭着，"我抱着你睡一会儿。"

"嗯！"慕筱白往他怀里凑了凑，紧紧地抱着他，"我也好累了。"

人活着总是会很累，各种考量，各种压力，各种诱惑，躲也躲不掉。这也难怪，舒服那是给死人留的，可有时候悲剧的是你想去死、想去舒服都很难。

第二大叶向云是中午的航班飞澳洲，上午他出发得比较早，拐了一个弯去了一趟医院，给旷宇翔送了很多书和学习材料："ICAO的考试没多少时间了，过不了你就真完蛋了。"他调整了一下自己的表情，"宇翔，放下你的执着吧，祁可现在很开心。如果你真的爱她，就该放下她。"

叶向云转身要走，却被旷宇翔抓住手腕："她真的很好吗？你找周建明了？"

叶向云不知怎样才可以减轻他的痛苦："宇翔，你对飞机的感觉非常好，你对飞行也非常有天分，祁可可能是爱过你，可现在她已经有了自己的选择，你也没有办法。”

“她爱过我是吗？”他太不甘心、太痛苦了，他真的把心都掏给了她，也下定决心收心，以后只一心一意对她好。可就在他不惜跟家里翻脸的时候，她却用事实扇了他一个耳光。

这个耳光来得太突然，太搓火，让他失控了。这阵子他一直在想，甚至莫名有一种惶恐，是不是他自己抛弃了可可。

慕筱白在家里养胎，日子过得比猪还腐败。这里什么都不需要做，衣来伸手饭来张口，还真是有些三少奶奶的味道。电话突然响了，居然是肖莱打来的。她一边吃着水果一边接听起来："你已经消失了很久了，怎么这会儿想起我来了？”

“表姐，你不是回家了吗？你在哪儿啊，我在你家门口呢。”她的声音听起来挺愉快的。

慕筱白猛地站起来："你在我家门口？我……我现在已经不住那里了。”她一时间不知道该怎么办才好，“要不我们约在西苑餐厅见面吧。”慕筱白感觉有些不方便，这种高门大院，她也不方便把人领进来。

她简单收拾了一下，便拎着包下楼。叶妈妈坐在客厅看电视："你这是要去哪里啊，肚子都那么大了，也不在家好好待着。向云中午就回来了，你还到处跑。”

慕筱白有些不自在："妈，我表妹找我有点事情商量，我出去一下。”

叶妈妈看着她，脸上露出讶异的神情："叫到家里来谈不行吗？现在外面多乱啊，马路上的车子横冲直撞的，出去不安全。你不是跟向云保证不出去乱跑的吗？”

慕筱白愣了一下："妈，我可以让她到家里来吗？”

“有什么不可以的？这里是你家。你这孩子怎么了，成天脑子里都在想些什么。”说着她板起脸，“不准出去，让她过来，我让警卫员出去接。”

慕筱白虽然被婆婆训了一通，可她却一点都没有不高兴。其实一直以来都是她总把自己当外人，游离在这个高贵家庭之外。她走到婆婆面前，有些羞怯："妈，谢谢您。”说着就给了一个大大的拥抱。

叶妈妈被弄得有些摸不着头脑，片刻后明白过来。她看着自己的儿媳妇，有些无奈："筱白，在这个家里就向云想干什么就干什么，你公公那么严谨且严肃的一个人都由着他，说到底都是宠他。他喜欢你，我们就高兴他娶你回来。当然，你也是个品貌端正的好孩子，我跟他爸爸都很满意。你是这个家庭的一员，那么你就可以做任何你认为合适的事情，你的亲戚或者朋友来家里坐坐这些都无可厚非。我们唯一不能接受的就是你对向云不好。像这次离家出走，我希望不要出现第二次，你爸爸对这件事非常生气，如果不是向云提前给你打了埋伏再加上你怀了孕，估计没这么便宜饶过你。"

慕筱白笑道："谢谢妈，我保证以后一心一意待向云。只是我是普通人家的孩子，还是希望妈给我讲讲规矩，免得惹了您和爸爸不高兴。向云很低调，我也怕给他惹麻烦。"

叶妈妈看着慕筱白心里就欢喜，她是个很懂事的孩子："你只要知道向云很低调，你公公很在乎声誉，这就够了。"叶妈妈裹紧自己的披肩，"忙你的去吧，有需要就吩咐勤务员。"

慕筱白应了一声后便给肖莱打电话。肖莱对这座城市还不是很熟，倒是顾念林听了地址后吓了一跳，想来公司里关于叶向云的传言八成是真的了。他心里不禁佩服叶机长，真的够低调的。

两个人在大院门前下了车，肖莱照着慕筱白说的，到了门口就打电话。电话还没拨通就看见一辆奥迪停在跟前，她被吓了一跳，刚要开口，就看见叶向云露出脸来，还戴着一副大墨镜，样子很酷。

"表姐夫？"她一看就自在了，赶紧拉着顾念林上了车，"正好，你把我们领进去，就不用表姐出来了。"

"你个丫头真会使唤人。"叶向云笑了，看着顾念林，脸上一副坏坏的样子，"等不了三年了？"

顾念林低头笑："叶机长，说话可不可以不要这么犀利。"

叶向云又笑，踩了一脚油门开了进去。

肖莱有些兴奋，见到慕筱白就跑过去："表姐，你可真不够意思，嫁了高干子弟居然都不跟我说。"

慕筱白笑笑："我比你知道得也早不了多少。"她瞥了一眼旁边的叶向云，"这个你埋怨也该埋怨你们的叶机长。"

叶向云只是淡淡一笑："你们先聊，我去洗个澡换身衣服，我这身上都快臭了。”

他脸上有少许疲惫之色，慕筱白有些心疼，上前揪着他的衣襟：“累了就去休息，肖莱也不是外人。”

“那怎么成，肖莱不是外人，念林也是客啊。中午别走了，留下来一起吃饭。”叶向云看着沙发上的两个人，又转向慕筱白，“你跟勤务员说说，让他们中午多备几个菜。”

顾念林也有些不自在，这辈子没想过会到副司令家里吃饭，难免有些拘谨：“叶机长，真不用麻烦了，其实我就是跟肖莱一起跟你们说件事情。”

叶向云解着衬衣扣子的动作停下来，目不转睛地看着他们：“哦？有好事情？”

“我在美国帮肖莱申请了学校，我想带她过去读书。”

叶向云愣了一下，本来他只当是这小子受不了相思之苦回来看看那个丫头，没想到他居然用了这一招。他看了看旁边的慕筱白，见她微微皱了一下眉头。

“小莱，你是怎么打算的？”慕筱白把肖莱拉到自己的身边。

肖莱的神情一下子严肃起来，倒是把慕筱白给吓了一跳：“你这孩子怎么了？有什么想法你就说，我想他也会顾及你的感受的。”

肖莱抬头，勉强笑了笑：“表姐，我想去。公司我已经不想再待了，不开心的事情太多。”她反握住慕筱白的手，“我知道我就是没什么耐心，当初闹着要做空乘，现在又半途而废。可是我做得真的很不开心。念林帮我申请了学校，我们以后会一起学习，我想尝试过新的生活。”

慕筱白很敏锐地抓住了她眼中的那点娇羞，还有称呼上的变化，觉得可能现在自己再说什么都是多余的了。不过顾念林不一样，他不像旷宇翔，给人的感觉很踏实。这是慕筱白唯一感觉安慰的地方。

“这事你要跟你爸妈说，我只把你从澳洲带到这里，你要去了美国我就不能看着你了。”

“嗯！”肖莱点头，“我要去也是下个学期的事了，这段时间我会回爸爸妈妈那里跟他们交代，公司这边……我想尽快辞职。”

虽然慕筱白心里一直对顾念林很有好感，也希望肖莱能跟他有个结果，可这么快、这么突然还是让她有些意外。她回头看着叶向云，不知道从什么时候开始，每到自己拿不定主意的时候就习惯地依赖他。

叶向云不动声色地一笑："看来中午真的要好好庆祝一下了。"说完便转身上楼去。

慕筱白在客厅里陪着两个人，随便问了一句肖莱什么时候回来的。本来这个问题也没什么，可慕筱白一听，她居然已经回来三四天了。

"这几天怎么没找我？你干吗去了？"她原本不过是想八卦一下，可肖莱的脸色却一下子难看起来，支支吾吾着，不知道该怎么说。

"你们这是怎么了？"慕筱白有些好奇，收敛了笑容，诧异地看着面前的人。

"哦，没……没什么。"肖莱闪烁其辞。

中午，叶向云的母亲出去跟朋友聚会没有在家吃饭，这倒是让大家也更自在一些。自从慕筱白问了那个问题，肖莱的脸色就再也没有放晴。饭后，慕筱白抽了个空跟叶向云说了。她心里有些不踏实，肖莱被旷宇翔坑了一次以后，她总是对那个丫头的感情问题有些不放心，觉得肖莱还是个孩子，太容易走错路了。

叶向云倒是不在意，狠狠地剜她一眼："你就别操那么多心了，你情商也不高，要不是你运气好遇上我，现在还在等着人解救呢。你也快三十岁了吧，要不是嫁给我你就是剩女了，真是凄惨。"说着他还一副邀功的样子。

慕筱白一脸愤恨的表情："说什么呢？分明就是你的运气好。追我的人多了去了，我要是早嫁了，哪能便宜你。"

"你不是没嫁出去吗！"他说完就赶紧躲了出来。

慕筱白又气又笑，他总是跟个长不大的孩子一样，他在飞机驾驶舱里的样子跟在家里完全对不上号。

肖莱站在二楼的阳台上，有些迷茫。祁可音信全无，旷宇翔为了她酗酒到胃出血，她觉得这都是自己的错，尤其到现在，她已经明白，其实她也早就喜欢上了顾念林，又何必要那么对祁可呢？

"小莱！"

慕筱白只是叫了她一声，她被吓了一跳，手里的苹果都丢出去好远。

"你到底怎么了？"

肖莱一副泪眼婆娑的样子：“表姐，我做了错事，不知道该怎么面对自己和朋友。”

她这么神经兮兮地一说，倒是真的让慕筱白感到害怕：“出什么事了？”

肖莱还没有开口，眼泪就先掉了下来：“可可的事情，是我告诉他妈妈的。我告诉旷宇翔的妈妈祁可的事，所以旷宇翔才会被关禁闭，他们之间才会有误会……”她抬头泪眼汪汪地看着表姐，“是不是我把他们拆散了？我好后悔。我也不知道是怎么了，就好像着了魔一样。可我当时就是想要拆散他们的，我该怎么办啊？”她越说哭得越厉害。

慕筱白把肖莱搂到怀里，眉头皱得很紧。因为她也不知道该怎么办。

两个人正纠结着，就听见顾念林在下面喊肖莱：“我们先走吧，叶机长飞长程回来，也得休息了。”

临走时，叶向云从抽屉里拿出一个盒子递给肖莱：“上个月去美国的时候带回来的，一直没看到你。”

肖莱接过来一看，是一部手机，她诧异地看着叶向云。

“忘记了？你不是说手机也坏掉了吗？送你的。”

肖莱先是一愣，然后笑了，眼睛里隐隐有泪光在闪动：“谢谢表姐夫。嗯，我想起来了。你没事的时候也记得送一点东西给表姐，她嘴上虽不说，可心里嫉妒着呢。你看，她的脸色多难看。”

“你这丫头！”慕筱白狠狠地剜她一眼，随即抬头看叶向云。他正冲着自己笑。

“她最爱的大礼物就是我了。”说着叶向云伸手搂着自己的老婆，“你们快走吧，司机在外面等着急了。肖莱，记得办好手续后说一声，你表姐现在身子不方便，我帮你订航班，再送你过去。”

肖莱点点头：“世界上的男人要是都能像表姐夫一样就好了。”

送走了肖莱和顾念林，叶向云回头看慕筱白。慕筱白本就不擅长撒谎和隐瞒，这会儿更是惴惴不安。

“你真的要去送肖莱？”她赶紧找了一个话题。

“怎么，你不会真吃醋吧！”他故作惊讶地看着慕筱白，笑着说，“我现在大部分的任务都在飞北美，到时候我当司机不远万里越洋送过去。”他正对着慕筱白，双手搂着她的腰，目不转睛地盯着她的脸。

慕筱白有些惊慌："你……你怎么了？"

叶向云看出她有什么隐瞒了自己，想了一下又放弃了问的念头："中午你也没睡，不如我们一起上去睡一觉吧。"说着他打了一个大大的哈欠，然后拍拍她的肚子，"儿子、闺女，上去睡觉了。"说完就搂着她上了楼。

时间过得飞快，一转眼A市的冬天就到了。今年的雪下得格外早，这天早上起来的时候，宋国海特意地找了一副太阳眼镜给季晓棠，怕外面的雪太刺眼，再伤了眼睛。今天他们要去医院做最后一次检查，如果没有问题，她就完全复原了。

一路上两个人都没有说话，可心中都有自己的心事。医院检查的结果很理想，医生说其实她的眼睛已经完全康复，即使是大雪天也没必要戴眼镜。

回来的路上，还是宋国海先开口："听说你向公司交了报告，想重新飞？"

"国海，你知道飞一直都是我的梦想，从来就没有改变过。"季晓棠看着他，一脸认真的样子。只是她当初为了家庭，为了照顾孩子和丈夫，选择了放弃自己的理想。

宋国海一时间无语。他知道，其实他一直都知道为了这个家，季晓棠牺牲了多少。他鼻子有些酸，越发觉得自己对不起这个女人和家庭。他腾出一只手，握住季晓棠的手："我支持你。"

这倒是让季晓棠很意外。说心里话，她还是有些赌气的，所以根本没有跟他商量就递交了申请，还想着等他向自己兴师问罪的时候再好好地理论一番，以发泄心中始终积聚的愤怒与不快。

"那样的话你往后落了地很可能就没有人再照顾你了，没有热饭，也没有热被窝，孩子在寄宿学校学习，也不在家，就你自己了。"

宋国海心里一阵凄凉，原来自己以前觉得很平常的事情原来都是难得的幸福经历。

"你以前不就是这么过日子的吗？我能照顾好自己，我知道你是一个很有理想的女人，你不该只属于家庭。以前是我忽视了这些，现在我可以为家里做更多的事情。"宋国海顿了一下，"这次机队长调整，我还是很有希望的。没想到前一阵子在网上兴风作浪的居然是自己公司的人，无非是想打击我和向云。向云他志不在此，现在最大的对手自己把自己给搞砸了，估计就剩下我了。到时候我会轻松很多，可以更好地照顾你和岚岚。”

季晓棠看着宋国海，感到非常不可思议。一向听到当官就像是让他去服毒一样的人，怎么突然就转性了？

宋国海淡淡地一笑：“以前是我不理解你的苦心，我现在真的不年轻了，再不给自己卡个位置，到时候辛苦不说，各方面也都没办法跟年轻人拼了。”他看了一眼身旁诧异的女人，“晓棠，我支持你拥有自己的事业。”

季晓棠情不自禁地笑了一下，她的决定是对的，即使是女人，有了有能力赚钱的老公，也不能放弃自己的事业和追求。即使那只是一份平凡而不起眼的工作，却可以让你自信和有价值，让你因为有活力而更有魅力。

果然，没过几天，凌云中层调整的名单就公布了，宋国海成了飞行十大队的队长，季晓棠也重新走上了空乘的岗位，只是要从普通的乘务员做起。

晚上老宋叫了几个比较要好的朋友和同事一起庆祝，当然少不了叶向云和慕筱白。在宋国海和季晓棠的心里，他们就是光明使者，可越是这样，也就越让慕筱白的心里充满负担。

“筱白，听说是一男一女龙凤胎啊。”季晓棠打量着慕筱白的肚子，确实比一般孕妇要大不少，“向云真是好福气，娶了一个好女人，还一下子就儿女双全，只是他怎么还没来？”

肖莱扶着表姐：“表姐夫飞法兰克福了，不知道为什么到现在还没回来，一定是又延误了。”

慕筱白有些累了，她现在是真的不能久站，两只脚也浮肿得厉害。季晓棠赶紧扶着她到沙发上休息：“我那会儿怀孕也是，国海每天都在外面，三更半夜才回家。做飞嫂实在是不容易，我生岚岚的时候他在洛杉矶，可是他一落地在电话里听到孩子的哭声，他就哭了，一个大老爷们儿哭得可难听了。”说着就看着身边的男人。

宋国海也不觉得难为情，他看着筱白：“我们也想陪在老婆身边，可是没办法。向云不在你身边的时候，他的心肯定是系在你和孩子身上的。做机长的老婆更加辛苦，所以你们很伟大。”

“宋机长当了队长，连说话都有高度了啊。”肖莱笑起来，还打趣他。正说着话，就看见叶向云和旷宇翔走进来。

“恭喜你啊，宋大队。”叶向云走上来拍了拍他的肩膀，还不忘改一下称呼。

“这是我和叶机长送给你们二位的礼物。”旷宇翔把手里的一个盒子递过来，侧头看见旁边的肖莱，脸上的表情立刻有些不自然。

肖莱的脸上也显现出些许紧张，她躲在慕筱白身边，别开脸，故意装没看见。

宋国海接过礼物后就转给了季晓棠，他看着旷宇翔，微微皱眉：“你脸色这么差，怎么了？是不是身体还没康复马上就复飞有些应付不来？”

旷宇翔有些尴尬：“没有，真的没有，我挺好的。”他身上的伤已经痊愈了，只是心上的伤还没有找到有效的治疗办法。祁可就像是从这个世界上消失了一样，连带着他身上的某一块地方也被挖走了，从此消失不见。

一个人就这么人间蒸发了。

肖莱的手续办得很快，虽然没有申请到奖学金，可读书的钱对于肖莱的家庭而言也不算多么大的负担。加上慕筱白的朋友愿意在美国提供担保，签证很顺利就到手了。

飞机落地以后，她从国际到达一出来就看见了神采奕奕的顾念林。他今天穿了一件墨绿色的棉衣，抱着一大束花。肖莱忙奔过去，这才发现居然是包了一大束的小玩具。

旷宇翔穿一身深蓝色的羊绒大衣，戴着帽子，手拎着飞行箱，远远地看着深情相拥的两个人，脸上露出浅笑，可是又忽然变得悲戚起来，有一种欲哭无泪的伤感。

风吹起来，卷着残雪往他的衣领里蹿，他情不自禁地打了一个寒战。天冷不是真的冷，可以穿得暖一些，可心冷却怎么都不能缓过来，就像是被冰封住了一样。

“不去祝贺一下吗？”叶向云拍了拍他的肩膀。

旷宇翔苦笑：“我就不去了，怕给人添堵，你过去顺便帮我说句话就行了，我到车上等你。还有，别依依不舍，这边不是我们本场，机组车不会等你太久。”说着他就拎着箱子头也不回地走了。

他希望肖莱能幸福，却没有办法亲眼见证这种幸福。太心痛，无法释怀的歉疚，蚀骨入心的思念，让他几乎一刻都无法安生。

叶向云也只是上去寒暄了几句，这个时候最好不要打扰相恋的人们，把肖莱安全地送到顾念林的手里，他的任务也算是圆满完成了。

他上车的时候就看见旷宇翔正端着一本书看。

“看什么呢？”他瞅了一眼，“ICAO5？我听说你四级考了第一名，怎么现在开始酝酿考五级了？”

“跟师父学习嘛，你都五级了，我也不能落后啊。”他合上手里的书，“师父，我想去读书。”

叶向云被吓了一跳：“你要辞职？你有那么多钱赔吗？”

“不是，我想读在职研究生。你知道我当年成绩还是挺好的，突然觉得荒废了很可惜，想重新拾起来。”

叶向云看着他，片刻后点了点头：“不过那样会很辛苦，公司不会因为你有学业而少给你安排工作。”他点点头，心里明白，眼前这个人只是想找更多的事情来填补自己无所事事的业余时间。

旷宇翔点了点头，然后又翻开书，假装若无其事，心里却堵得厉害。他手里捧着书，却连一个字母都看不进去。

时光荏苒，一转眼春节就过了，又一个生产旺季过去了。叶向云难得请到疗养假，能在家里陪老婆。慕筱白的预产期没有几天了，因为是双胞胎，肚子大得要命，连路都快走不了了。

晚上，慕筱白躺在床上懒洋洋地哼哼：“叶向云，你个浑蛋在哪里啊？你闯了这么大的祸，害我现在连路都走不了了。你个臭男人，你怎么还不出现。”

叶向云在浴室里擦着头发，深深地吐了一口气，现在才明白为什么人家都说孕妇是最难伺候的。

“我亲爱的小姑奶奶，小的这就出来伺候着了。”他扑到床边，跪在地上看着她，“老婆，想干吗？要星星还是要月亮，老公给你摘啊。”

“我想吃草莓，要那种又大又红的大草莓。”她一副可怜兮兮的样子。

叶向云挠着头皮：“你还不如让我去摘星星。”

“那你是不是不给我买啊？你个臭男人，我给你生孩子，连吃个草莓你都舍不得。”说着她就哭起来了。

叶向云叹了一口气：“我老婆要的东西，多贵都舍得。你等我，我出去给你买。”

说着他就起身穿好衣服，拿着车钥匙出了门。这个季节草莓实在是稀少，几个大超市都已经没货，叶向云跑遍全城，最后还是空手而归。

回到房间，他发现慕筱白已经睡着了。他无奈一笑，轻轻地摇了摇头，又冲了一个澡便上床躺下来。他侧过身轻轻搂着旁边的女人：“筱白，晚安，明天给你买草莓吃。抱歉，今天买不到了。”

早上，慕筱白醒过来的时候已经日上三竿了：“向云，向云！你在哪里啊？”

慕筱白艰难地起身，出了房间，慢慢地下楼。可还没走几步，她的肚子就疼得厉害。

“哎！”她叫了一声，却疼得更厉害。

待一阵痛感过去，她又下楼来：“妈妈，向云呢？”

“不知道，一大早说是要赶早机。”

“哦！”她应了一声便拿出手机，可拨号以后却提示对方关机了。她挂断电话，突然肚子又疼了起来，并且比刚才更厉害。

她扶着沙发的扶手坐下来：“妈妈，我……我想我得马上去医院，我疼得厉害。”

叶妈妈一下子紧张起来，立刻就叫车把慕筱白送去医院。可怎么打叶向云的电话都打不通。

慕筱白已经在产房里喊了两个小时了，可还是没有什么进展。

叶向云下了飞机，一看时间还不到十点钟，真是效率惊人。他端着一盒刚从地里摘出来的新鲜草莓，满脸都是笑。他打开手机，发现里面有许多未接来电，既有慕筱白的，也有家里的，他的心紧了一下，立刻就拨了回去。

“妈！”

“你个孩子，跑哪里去了？你老婆快要疼死了。”

叶向云的心一下子提到嗓子眼儿：“妈，在哪家医院？我马上过去。”说完他就飞车往医院赶。

“妈，筱白怎么样了？”他一脸紧张。

“已经进去两个多小时了，现在还不知道要怎么样呢。”

慕筱白一直到下午快一点了才从里面出来。

“筱白，筱白！”叶向云有些着急，可床上的女人却没有一点生气。

“叶先生，别着急，现在她只是麻药还没过，很快就醒了。还有就是孩子很健康，龙凤胎，哥哥和妹妹，恭喜！”

叶向云和大家都松了一口气，叶妈妈立刻给家里的老头子打电话报喜。再回头发现叶向云双手合十正在祈祷，一脸兴奋。

一直到了傍晚，慕筱白才清醒过来：“向云！”她的声音还是有些虚弱。

叶向云立刻把注意力从孩子身上转回来：“筱白，你醒了。对不起，我不是故意的，我飞去产地给你买草莓了，都是我不好。”他亲吻着妻子的手背，满脸都是歉疚。

慕筱白有些震惊，随即幸福地笑起来：“你真傻，我那是矫情嘛，你居然还飞到产地去，孩子呢？”

叶向云闪开身：“看，就在你旁边的小床上。哥哥和妹妹，都好可爱哦。”说着他低头亲了亲慕筱白的脸颊，“谢谢你，筱白，我爱你！”

慕筱白一时间情难自禁，眼泪一下子就涌出来：“向云，我做妈妈了，我有两个健康的宝宝，一双儿女。”

“是！我做爸爸了，我们为人父母了。筱白，我们以后要好好的，过我们幸福的日子，照顾好自己的孩子，看着他们长大，读完大学，出国深造。然后我们那个时候也都老了，我退休了，再也不用飞了，我就每天陪着你早上看日出，晚上看日落。”

慕筱白反握住他的手：“嗯！”

她含笑点头：“然后看着他们谈恋爱，建立家庭，再生孩子，我们就做爷爷奶奶、姥姥姥爷了。”

叶向云把脸贴在慕筱白的脸颊上，能感受到她温热的泪水。

叶家不添则已，这一下子一添就添了两个，倒是让叶家的家长们高兴坏了。叶副司令一向低调，可还是忍不住要摆上几桌，请请他的那些老战友。

他被笑话了十来年了，这回终于一下子就有了孙女又有了孙子。看着他现在眉开眼笑的样子，完全没有办法想象他平时那个严肃的样子。

慕筱白是剖宫产，身体有些虚弱，请客那天就抱着孩子出来跟长辈们见了个面，便回到了房间里，现在光是照顾孩子就已经让她忙得不可开交了。

只是苦了叶向云，被一众叔叔伯伯灌酒，晚上回到房间的时候走路已经不能走直线了。

“你干吗这么拼命啊？” 慕筱白有些心疼。

叶向云躺在床上笑，眯着眼睛看着她：“我高兴啊，儿女双全，哈哈哈！”说着自己就笑起来，嘴里不停地念叨着，“儿女双全啊。筱白，谢谢你。”最后一句话，他收敛了笑，讲得很认真，还很虔诚。

慕筱白的脸微微红了，随即佯怒：“就是不想带孩子才喝这么多的吧，偷懒。”

叶向云看着她不说话，片刻后自己先笑出来：“慕筱白，你就是死鸭子嘴硬，明明就是感动了，明明就是很动情，干吗要跟我藏着，你跟我表露一下你的内心真实世界就这么难吗？等你一句‘我爱你’等了那么久，如果不是韩丽雯，你是不是藏在心里一辈子都不会说出来？”

慕筱白一怔，随即弯下腰，在他的嘴上啄了一下：“你就那么想听我说那些肉麻的话？你心里不是都清楚吗？我想什么你都看得穿，干吗非要我说难为情的情话呢？”

“总憋在心里怎么行？要说出来，我的好筱白，好老婆。说说，说给老公听听。”他伸手拍打着身边的人。

慕筱白别过脸，露出一副难为情却又洋溢着满满的幸福感的表情：“好了，好了，你怎么也变成小孩子了。”她拗不过他，“我说还不行吗？”

“好，我听着。”叶向云闭上眼睛，连喘个气都是酒香。

慕筱白趴在他的耳边：“就想给你生孩子，向云，我爱你。”

说完她抬起头，看着叶向云的脸，有微笑挂在上面，很英俊，很温暖。匀称的呼吸声说明他已经睡着了，慕筱白笑了，原来真的每个男人心里都住着一个小孩子。

一个月以后，叶向云开始疯狂补课，偷懒的好事再也没有了。旷宇翔正跟着叶向云过安检，他们要一起飞悉尼。叶向云看着他一蹶不振的样子就有些急：“你别整天这个样子，你总盯着大股东的女朋友这也不是个办法，还搞得自己很猥琐的样子。”

“我已经没有别的办法了，我发了那么多电邮，打电话也不接。”旷宇翔有些不知道该说什么，他知道自己不应该再对祁可有想法，可他心里放不下那个人，也莫名地感到不安。

两个人检查好了飞机，因为今天流控得厉害，还上着客呢，他们就偷偷向塔台报备排队了。忽然就听见频道里的声音，居然是周建明。

叶向云有些诧异：“周建明飞伦敦？裕美飞伦敦改机型了？不是用A332飞的吗？”

“周建明飞什么？”旷宇翔有些不解。

“周建明飞B777，再说他现在不飞国际了，大部分时间都是B777在国内串飞的时候飞一飞，保住自己的资格就完了。”叶向云皱着眉头，有些疑惑。

这时，就听到频道里热闹了起来，多半都是裕美的航班机长向老板问好的。

“周总，您今天亲自飞啊？怎么想起飞伦敦了？”叶向云也跟着插了进来。

周建明对其他人都可以爱答不理地敷衍，可对叶向云还是不一样。撇开私人关系，单是叶向云的背景也不得不让他礼让三分。但尽管如此，在叶向云反复追问祁可的去向，他还是没有回答。

“我的飞机上有我心里的VVVVIP，我当然要亲自送她了。”周建明沉下声音，听得出来，他很认真。

“什么客人这么重要，居然是周总的VVVVIP？”很多人都好奇起来。

这时听到管制员的声音：“YM798，现在五边上有一个湾流在进近，等他们下来，下一个就是你们走，跑到16R。”

“收到！我们准备好了。”

周建明这句话说出来，旷宇翔心里的某根弦一下子被拨动：“周建明，是不是可可？”

波段里一下子安静下来。片刻后，周建明平静地开口：“是不是都已经不重要了，重要的是我们都留不住她。”

旷宇翔的心一下子被填得满满的，却不知道那种情绪是什么。他拉开座位就跳了出去，直接奔下飞机冲向了停机坪。他在跑道两侧的草地上狂奔，远远地看着那架波音 B777 飞机以舒展的姿势直上云霄。

他知道这样没有用，却无法停下来。空旷的机场，大风迎面吹来，吹乱了他的头发，也吹起了他的制服衣角，领带搭在肩膀上，整个人在风中摇晃。眼泪模糊了他的整个世界，他不想这样，已经下定决心去做一个像样的好男人，坚毅、果断、上进、宽容而有责任感，可是此刻他没有办法坚强。

随着那一架飞机消失在视野里，他觉得自己已经失去了全世界。

他颓然地跪在草地上：“可可，我爱你！”他把双手拢在嘴边，向着天空，向着她离开的方向，用尽全力。

——全文完——